리프트
WHEEL OF
FORTUNE

옮긴이 서수지

건국대학교 인문학부에서 철학을 전공했으며 YBM시사닷컴 게임 사업부에서 근무했다. 회사 생활에서 접한 일본어에 빠져 들어 회사를 그만두고 본격적으로 일본어 공부를 시작했다. 프리랜서로 통역 업무를 맡다가 출판 번역의 길로 들어서 다양한 장르의 작품을 번역하고 있다. "나는 읽는다. 고로 존재한다!"를 삶의 모토로 삼아 더 많은 책을 읽고 더 많은 책을 알리기 위해 번역가가 되었다. 옮긴 책으로는 이누이 구루미의 『이니시에이션 러브』 등이 있다.

REPEAT by INUI Kurumi
Copyright © 2004 by INUI Kurumi
All Rights Reserved.
First original Japanese edition published by Bungei Shunju Ltd., Japan 2004.
Korean translation rights in Korea reserved by
Booksphere Publishing House under the license granted by
INUI Kurumi arranged with Bungei Shunju Ltd., Japan
through Shinwon Agency Co., Korea.

이 책의 한국어판 저작권은 신원에이전시를 통해
Bungei Shunju Ltd.와의 독점 계약으로 **도서출판 북스피어**에 있습니다.
저작권법에 의해 한국 내에서 보호를 받는 저작물이므로 무단 전재와 복제를 금합니다.

이 도서의 국립중앙도서관 출판시도서목록(CIP)은 e-CIP 홈페이지(http://www.nl.go.kr/cip.php)에서 이용하실 수 있습니다.(CIP 제어번호:CIP2009002566)

일러두기 : 본문의 모든 주는 옮긴이 주입니다.

01

1

전화벨이 울리면 언제나 마음이 들뜬다. 놀러 나오라는 전화라면 대환영이고 설령 잡담만 나누더라도 그동안에는 우울함을 잊게 된다. 잘못 걸려 온 전화나 광고 전화인 경우에는 기대했던 만큼 실망하지만 그래도 단조로운 일상에 적당한 자극을 주는 소음이라고 생각하면 용서할 수 있다. 경품에 당첨되었다며 전화받은 사람을 어딘가로 불러내 영어 회화 교재를 강매하는 악덕 업자가 있다던데 그런 상술에 걸려드는 피해자의 마음도 이해가 간다. 따분한 일상에서 자신을 끌어내 주는 누군가의 전화를 그들은 언제나 기다리고 기다린다.

그 전화는 구월 일일 일요일 오후에 걸려 왔다. 아직 여름 방학 중이었지만 2학기 수업이 시작하기 전까지 졸업 논문 개요를 마무리 지어야 했기에 나는 며칠 전부터 드물게 방에 틀어박혀 공부에 전념하고 있었다.

벨이 울리기 시작했을 때 무의식적으로 현재 시각을 확인했다. 오후 네시 반이 막 지난 참이었다.

서둘러 자리에서 일어나자 다리 관절이 삐걱댔다. 나는 방을 몇 걸음에 가로질러 두 번째 벨이 끝나기 전에 잽싸게 수화기를 들었다.

"여보세요."

"실례지만 거기가 가정집인가요?"

저음에 성량이 풍부한 성인 남자의 목소리가 들렸다.

"네. 그런데요."

일단 대답은 했지만 이상한 전화라고 생각하며 고개를 갸웃거렸다. 자기가 걸어 놓고 무슨 수작일까.

"학생이신가요?"

"아, 네. 실례지만 무슨 일이시죠?"

광고 전화 나부랭이라고 생각하면서도 끊지 않고 받아 주었던 이유는 예감 비슷한 무언가가 작용했기 때문이리라.

과연 남자는 뜬금없이 매우 기묘한 말을 꺼냈다.

"지금부터 약 한 시간 후인 오후 다섯시 사십오분에 지진이 일어납니다. 미야케지마 섬에서 진도 4, 도쿄에서는 진도 1입니다. 확인해 보십시오. 다시 말하겠습니다. 지금부터 한 시간 후인 다섯시 사십오분입니다. 지진이 일어납니다."

"네?"

엉겁결에 바보처럼 되묻고 말았다. 그러나 상대는 그에 개의치 않고 말을 이었다.

"이런 전화를 받았다고 절대로 아무에게도 말해서는 안 됩니다. 거듭 당부드립니다. 저…… 성함을 여쭤 봐도 되겠습니까?"

어떻게 할까 잠시 주저했지만 딱히 상관없다는 생각에 솔직하게 대답했다.

"모리라고 합니다."

"모리 씨는 가족과 함께 사십니까?"

"아니요."

"혼자 사십니까? 그렇군요. 그렇다면 아무 데도 전화하지 마시고 혼자서 결과가 나오길 기다려 주십시오. 나중에 모리 씨가 결과를 확인할 때쯤 이쪽에서 전화드리겠습니다. 그때까지는 누구에게도 말하지 말아 주십시오. 그럼 이만 끊겠습니다."

"저기, 이봐요. 여보세……."

잠깐만이라고 말하려 했을 때는 이미 전화가 끊어져 뚜-뚜- 하는 전자음만 흘렀다. 나는 우선 수화기를 내려놓았다.

뭐야, 지금 전화는.

피난 권고? 아니, 아니다. 왜냐하면 애초에 지진을 예고하는 일이 가능할 리가 없으니까.

아니, 설령 가능하다고 해도 왜 그저 학생에 불과한 내게 알려 줬을까?

생각에 생각을 거듭한 끝에 나는 한 가지 결론을 내렸다. 적당히 번호를 눌러서 전화가 연결되면 예언 비슷한 말로 상대방을 당황시키는 신종 장난 전화가 틀림없다. 어쩌면 내가 아는 누군가가 나를 골려 주려고 걸었을지도 모른다. 하지만 그 저음의 목소리에는—삼십 대쯤 되었을 것 같던데—전혀 짚이는 데가 없었다.

뭐, 아무래도 상관없다. 나는 한숨을 한 번 내쉬고 책상으로 돌아갔다. 그 순간 무의식적으로 책장에 놓인 자명종 시계로 눈이 갔다.

네시 삼십팔분.

다섯시 사십오분이라고 했으니까 앞으로 한 시간 칠 분 뒤란 말인가.

그렇게 생각하고 한차례 코웃음을 쳤다. 진짜라고 믿지도 않는 터무니없는 이야기 때문에 이렇게 남은 시간을 계산하고 있다니, 그런 자신의 모습이 왠지 객쩍게 느껴졌다.

그러나 마음 한구석에서는 정말로 지진이 일어난다면 재미는 있겠지 하는 생각도 들었다. 물론 그런 일이 일어날 리는 없지만…….

마음을 다잡고 공부에 전념하려 했지만 일단 끊어진 집중력은 좀처럼 회복되지 않았다. 자료의 글자를 몇 번이나 읽어도 내용이 전혀 머릿속에 들어오지 않는다. 불현듯 책장의 시계를 보며 현재 시각을 확인했다. 앞으로 오십팔 분……. 오십이 분……. 사십오 분…….

"안 돼, 이제 그만."

혼잣말로 자신을 탓하기도 했다.

하지만 신기하게도 정작 문제의 시각이 되었을 때 나는 예언 따위 깡그리 잊고 있었다.

그 순간—희미한 진동이 느껴졌다.

—지진?

착각이 아니었다. 반사적으로 고개를 들고 전등 줄을 쳐다보니 희미하게 흔들리고 있었다. 그제야 나는 아까의 전화를 떠올렸다. 부랴부랴 책장의 시계로 시각을 확인했다.

오후 다섯시 사십오분이었다.

2

서둘러 텔레비전 전원을 켰다. 어린이 프로가 방송되고 있었다. 나는 숨을 죽이고 화면을 뚫어지게 바라보았다.

이 분 정도 기다렸을까. 시청자의 주의를 끄는 차임벨 소리와 함께 화면 오른쪽 끄트머리에 속보 자막이 떴다.

—오후 5시 45분경, 도카이 지방에서 다소 강한 지진이 발생했습니다. 진도 3 이상이 관측된 지역은 다음과 같습니다.

―진도 4 미야케지마 섬.

맞았다. 다섯시 사십오분에 지진. 미야케지마 섬에서 진도 4. 시각도 장소도 적중했다. 어떻게 그런 일을 예언할 수 있었지?

다시 전화벨이 울렸을 때는 또 한 시간 이상이 지나 오후 일곱시가 막 되려던 참이었다.

줄곧 기다렸던 주제에 나는 일부러 꾸무럭꾸무럭 자리에서 일어났다. 다섯 번째 벨이 울렸다 잦아들기를 기다려 천천히 수화기를 들었다.

"여보세요?"

"모리 군이지요?"

역시 조금 전의 남자 목소리가 들렸다. 좀 전에는 '모리 씨'였는데 이번에는 '모리 군'으로 바뀌었다. 그 대목에서 왠지 상대방의 우월 의식이 느껴졌다.

"네, 그런데요."

"어떠셨습니까. 확인하셨습니까?"

"아, 네. 확실히 지진이 일어나더군요."

"지진이 일어나기 전이나 일어난 후에도 예언에 관해서는 아무에게도 말하지 않았겠지요?"

"네."

나는 무의식적으로 상대방에 대한 말투를 바꾸었다.

"의외로 상당히 침착하시네요."

남자는 약간 불만인 듯했다. 좀 더 직설적으로 놀라길 바랐으리라는 상대방의 심중을 헤아려 나는 서둘러 덧붙였다.

"아, 아닙니다. 충분히 놀랐습니다. 그런데 여쭙고 싶은 게 있습니다만. 음…… 그러니까 당신은 어떻게 미리 지진이 일어나리라고 예상했죠? 그리고 왜 제게 전화를 하게 됐습니까?"

왠지 묘한 상황이었다. 진짜로 궁금해서 물었다기보다 상대방이 물어 주길 바라는 질문을 내가 추측해 늘어놓는다는 느낌이다.

"맞다. 또 한 가지."

질문을 덧붙였다.

"당신은 도대체 뭐하는 사람입니까?"

묻고 나서야 아차 싶은 생각이 머리를 스쳤다. 아직은 그다지 실감이 나지 않는다고 쳐도 냉정하게 생각하면 이번 사건은 상당히 불가사의한 경우여서 자력으로는 도무지 예언의 수수께끼를 풀 수 없을 것 같았다. 상대에게 기필코 수수께끼의 답을 들어야 한다. 그때까지는 예의 바르게 굴자. 그런 식으로 내 이성이 작용했다.

"모리 군, 상당히 냉정하군요. 이렇게 말하면 실례가 될지 모르지만 이야기를 나누어 보니 상당히 흥미로워요."

남자는 크게 기분 상한 기색도 없이 내 질문을 받아쳤다.

"먼저 통성명부터 하지요. 저는 가자마라고 합니다."

이어서 남자가 이름을 밝혔다.

가자마? 한자로 쓰면 바람 풍風에 사이 간間이리라. 다나카나 스즈키처럼 흔한 이름과 달리 상당히 드문 성인지라 가명이 아닌 본명이라고 추측했다.

"조금 전의 전화는 말입니다. 먼저 제 말을 믿어 주시지 않으면 이야기가 진행되지 않을 것 같아서 일부러 퍼포먼스로 준비해 봤습니다."

남자는 그런 식으로 말을 꺼냈다. 지금부터 한마디도 놓치지 않겠다는 각오로 나는 묵묵히 상대방의 이야기에 귀를 기울였다.

"모리 군은 어떻게 그런 일이 가능했다고 생각하십니까?"

나한테 물어봤자 전혀 짐작이 가지 않으니 지금 이렇게 곤혹스러운 게 아닌가.

"음, 예를 들면 예지 능력 같은 건가요?"

바보 같다고 생각하면서도 그렇게 말을 꺼냈더니 딱 잘라서 부정한다.

"아닙니다. 어떤 의미에서 특수한 능력 같은 힘은 아쉽지만 저도 가지지 못했습니다."

그야 그렇겠지.

"저는 지극히 평범하고 어디나 있을 법한 인간입니다. 뭐, 능력 면에서 말하자면 그렇다는 소립니다. 다만, 보통은 생각도 하지 못할 경험을 했지요."

보통은 생각도 하지 못할 경험……. 나도 오키나와 여행에서 반시뱀에게 물린 일을 필두로 특이한 경험이라면 다른 사람에게 뒤지지 않을 자신이 있다. 그렇지만 지진 예지는 불가능하다.

"힌트를 드릴까요? 음, 제가 예언할 수 있는 일은 지진만이 아닙니다."

"그렇다면 그 밖에는 어떤 일을 예언할 수 있죠?"

"좀 부풀려서 말하자면 온갖 일이죠. 저는 모든 일을 압니다."

"설마……."

바보 같은 소리라고 말하려다 그만두었다. 잠시 침묵이 이어졌다. 무언가 말해야 한다.

"예지 능력이 아니다. 예지가 아니라, 이미 아는 사실을 그저 말했을 뿐……. 그렇다면—."

"그렇다는 건?"

"당신은 지금 이 순간을 이미 한번 체험했다?"

"그 말은?"

말도 안 된다고 생각하면서 나는 말했다.

"당신은…… 미래에서…… 왔다?"

그러자 회선 너머에서 남자가 갑자기 웃음을 터트렸다. 목 안쪽에 뭔가 걸리기라도 한 것처럼 불쾌한 웃음 소리였다. 나도 같이 웃으려고 했다. 그런 바보 같은 일이 있을 리가 없지.

그러나 남자는 웃음을 멈추고 나서 말했다.

"그렇습니다. 잘 맞히셨습니다. 말씀하신 대로……."

3

"설마—아니, 그러니까."

나는 고개를 설레설레 내저었다. 한기가 든다. 저쪽이 정신이 나갔든지, 아니면—도대체 뭘까?

사고를 포기한 내 머릿속에 직접 남자의 낮은 목소리가 침입해 왔다.

"말도 안 되는 소리라고 생각하십니까? 그렇게 쉽게 믿을 수 없으리라는 건 저 역시 잘 압니다. 그래서 굳이 그런 퍼포먼스를 보여 드렸던 겁니다. 어떠셨습니까? 절대 일어날 리 없는 일이 현실에서 일어난 것을 모리 군은 확인하셨죠? 그래서 너무나 불가사의한 사건처럼 여겨졌겠죠. 있을 수 없는 일이라고 생각했겠죠. 그러나 만약 제가 정말로 미래에서 온 인간이고 앞으로 일어날 일을 이미 한번 체험했다면 어떨까요? 일단 그 부분만 인정하면 제가 보여 드렸던 퍼포먼스—즉 예언도 모리 군에게는 더 이상 불가사의하지 않은 사건이 되겠죠?"

어쩐지 연기에 휩싸인 기분이었다. 어떤 불가사의를 설명하기 위해 또 다른 불가사의를 가져와서 납득이 될 리 없다는 게 솔직한 내 감상이었다.

"그런 식으로 하나하나 단계를 거쳐 제 리피트 체험—시간 여행 말입니다. 그 경험을 모리 군이 사실로 인정해 주었으면 했습니다. 시간 여행 자체를 체험해 보는 것이 가장 쉽고 빠른 최선의 방법이겠지만, 아쉽게도 아직은 불가능해서요. 그러나 제 말은 믿어 주셨으면 했습니다. 그러려면 간접적으로나마 일단 증거를 보여 드릴 수밖에 없었습니다. 그래서 제가 굳이 그런 퍼포먼스를 벌인 겁니다."

남자는 거기까지 말하고 뜸을 들였다. 내가 이야기를 이해하기 위해서는 시간이 필요하리라고 생각해 배려한 것처럼 느껴졌다.

"음—조금 전에 리피트라고 말씀하셨는데……."

"과거의 자신으로 돌아가는 일을 우리는 그렇게 부릅니다."

"과거로 돌아간다……?"

"네. 시간이 되감기는 거죠. 과거 일정 시점의 자기 육체 속으로 의식이 돌아가는 셈입니다. 다만 지금까지 경험한 일의 기억은 그대로입니다. 미래의 기억을 가진 채 과거의 특정 시점부터 자신의 인생을 다시 사는—그것을 우리는 리피트라고 부릅니다."

"우리라고 말씀하셨나요?"

남자는 순간 뜸을 들였다.

"……네. 저 이외에도 동료가 있습니다. 동행자라고 해야 할까요. 저는 게스트라고 부르지요. 그리고 모리 군을 특별히 다음 리피트의 게스트로 뽑은 겁니다. ……어떠십니까?"

어떠냐고 물어도 난감할 뿐이다. 머릿속이 혼란스러워 논리적으로 사고할 수 있는 상태가 아니었다. 자연히 되묻고 말았다.

"그 초대 말인데요, 어째서 저 같은 사람을 초대하려는 겁니까?"

"전화번호를 되는 대로 골라 걸었더니 그쪽이 연결되었을 뿐입니다."

역시 그랬나. 그러나 확률적으로 계산하면 상당히 낮은 확률일 터였다. 복권 당첨보다 훨씬 낮은 확률. 그게 하필 나라는 건······.

"이렇게 생각해 보십시오. 시간을 거슬러 올라갈 수 있다면—과거의 특정 시점으로 돌아가서 인생을 다시 한 번 사는 꿈같은 일이 현실에서 가능하다면—누구나 그것을 바라지 않겠습니까?

물론 일단 신용할지 말지의 문제가 우선이겠지만, 모리 군에게 조금 전에 보여 드린 것 같은 퍼포먼스를 공개적으로, 예를 들어 언론의 힘을 빌려 전 국민 앞에서 펼친다면—그리고 그런 퍼포먼스를 몇 차례나 되풀이한다면—아마 어지간히 의심이 많은 사람이 아닌 한 대부분의 사람이 제가 체험한 시간 여행을 믿지 않을까요?"

나는 이야기를 들으며 코로 한차례 숨을 내쉬었다.

"그런데 제가 주최하는 여행에 참가하면 누구나 체험할 수 있는 일이라고 말하고 동료를 모집한다면 어떻게 될까요? 엄청난 분들이—그야말로 전 국민의 대다수가 너 나 할 것 없이 참가를 열망하지 않을까요? 그러나 애석하게도 모두의 희망을 이루어 주기란 사실 불가능합니다. 제가 동료로 데려갈 수 있는 인원은 기껏해야 몇 명에 불과하니까요. 다른 분들에게 아무리 죄송하다고 말한들 뒤에 남겨진 사람들은 받아들이지 않겠죠. 그래서 동료를 늘리고 싶어도 공개 모집할 수는 없는 노릇입니다."

시간 여행 동료 모집—그런 광고 문구를 상상하자 웃음이 나왔다.

"다시 말해 누구나 잠재적인 희망자라고 상정하면 공개 모집할 필요도 없어집니다. 이쪽에서 뽑기만 하면 그만이니까요. 그렇다고 제게 그런 식으로 선택받고 선택받지 못하는 사람을 뽑을 권리가 있냐고 묻는다면 아마 없겠지요. 그래서 기회를 가능한 공평하게 분배한다는 의미에서 무작위로 전화를 걸었더니 모리 군이 뽑혔다, 뭐 그렇게 된 겁니다."

수화기에서 거침없이 흘러나오는 설명을 나는 그저 잠자코 듣고 있었다. 하고자 하는 말의 내용은 일단 이해했다. 이해할 수 있었다. 그러나 시간 여행이 어떤 방식으로 현실 세계와 이어지는지 실감이 나지 않았다. 마치 고등학교 시절의 수학 수업을 들을 때와 같은 느낌이었다.

남자의 이야기는 계속 이어졌다.

"다만 모리 군이 말입니다. 비밀을 지키지 않을 법한 사람이라면—또는 제 말을 믿지 않고—아니면 믿었다손 치더라도 참가할 마음이 없다, 인생은 지금 이대로 족하다, 다시 살 필요는 없다고 한다면 그건 그대로 저한테는 상관없는 일입니다. 또 다른 사람에게 전화를 걸어서 다음 예언을 하고 리피트 이야기를 믿을지 말지—저희 동료가 될지 말지를 판단해서 납득하신 분만 동료로 받아들이면 그만이니까요. ……모리 군은 어떻게 하시겠습니까? 사실, 갑자기 시간 여행이다 뭐다 말해 봤자 감이 잘 오지 않으시겠지요. 하긴 지금 바로 믿어 달라는 게 오히려 무리일지 모르겠네요. 별로 급할 것도 없으니 충분히 시간을 두고, 일단 이야기 내용을 차분히 음미해 주십시오. 이쪽에서 다시 연락을 드리겠습니다. 그리고 같은 말을 반복해서 죄송한데, 이 건에 관해서는 아무쪼록 비밀을 지켜 주십사 부탁드립니다. 만약 모리 군이 이 일을 누군가에게 말했다는 사실을 알게 될 경우에는 스스로 기회를 포기했다고 판단하겠습니다. 따라서 이후의 연락은 없다고 생각해 주십시오. ……그럼 이만."

"아."

그렇게 통화는 또다시 일방적으로 끊어져 버렸다.

4

과거로 돌아가 인생을 다시 산다.

그 말은 내게 이루 말할 수 없이 매력적으로 다가왔다. 고혹적이라고 해도 좋을 정도였다.

물론 그런 일이 현실에서 가능할 리가 없다. 그렇게 구미가 당기는 일이 가능할 리가 없다. 그런데도 어느새 나는 그것을 몽상하고 말았다.

기억을 그대로 지닌 채 과거의 자신으로 돌아간다면 어디로 돌아갈까. 무엇을 할 수 있을까.

가령 삼 년 전 대학교 1학년 시절의 여름으로 돌아간다고 치자. 시부야의 선술집에서 열린 소림권법 동호회 모임. 1차 모임이 끝나자 사전에 모의한 대로 가즈미와 둘이 도겐자카 언덕길을 올라가 큰맘 먹고 들어간 호텔에서……

나는 처음이었다. 결과는 대실패였다. 다시 떠올리기만 해도 부끄러운 기억이다. 그런데 만약 그 전으로 돌아가 다시 시도할 수 있다면…….

어떻게 될까? 가즈미는 나와 처음이겠지만 나는 그녀의 성향부터 이런저런 취향까지 시시콜콜 알고 있다. 그런데도 아무것도 모르는 척 시치미를 뗀다. 어쩐지 치사한 기분도 들지만—예를 들어 선물의 내용물을 알면서도 모르는 척하는 것 같은—뭐, 나쁘지 않다.

그렇게 다시 시도해서 그날 밤 일이 잘 풀린다면—그 후는 어떻게 될까?

그날 밤만 무사히 치렀다면 아마 가즈미에게 미움을 사지 않고 끝이 났으리라. 지금의 나라면 가즈미가 무엇을 생각하는지 무엇을 원하는지 대강 알고 있으니까 그 후로도 내가 잘만 대처하면 그대로 가즈미와 계속 사귀었을 가능성도 있을 것이다.

그렇지만…… 그래서 어떻다는 거지? 이제 와서 가즈미와 다시 사귈 수 있다고 한들 그게 지금 내가 가장 바라는 일일까?

그렇지 않다. 나는 딱히 가즈미와 다시 사귀고 싶지는 않다. 그저 첫 경험의 실패를 기억에서 지우고 싶을 뿐이다. 내 바람은 단지 그것뿐이다.

그렇다. 지금이라면 그런 실패는 하지 않으리라. 무사히 일을 치를 수 있다. 가즈미가 나랑 자길 잘했다고 생각하게 해 줄 테다. 그렇게 되면 가즈미에게는 무사히 치른 쪽이 사실이 되는 셈이다. 나는 첫 경험을 성공적으로 치렀다. ……그러나 내 입장에서는 어떻게 되는 걸까. 주위의 모두가 모른다고 해도 나만은 안다. 두 번째 첫 경험을 설령 성공적으로 치렀다고 한들 예전 기억이 내 안에서 사라지지는 않는다. 다른 사람들이 몰라도 내게는 변함없이 실패한 사실이 남아 있지 않을까.

연이어 또 다른 여자의 얼굴도 떠올랐다. 가와노—고교 시절 같은 반이었다. 사귀자고 말했다가 거절당한 후 나는 바로 그녀를 포기했다. 만약 지금 고등학생 시절로 돌아간다면.

상대는 열일곱 살. 나는—일단 겉모습은 그 시절로 돌아가는 셈이니까 같은 열일곱이라도 지금의 내 입장에서 보면 어차피 네 살이나 아래의 여자애……. 어떻게 될까? 이제 내게는 그 요상한 자의식 같은 것은 없다. 열일곱 먹은 애송이들 속에서 그녀가 나에게 연상의 매력을 느끼고 좋아하게 된다는 전개도 가능하지 않을까.

가와노와 사귀었다면 고교 시절도 장밋빛이었겠지—나는 몽상했다. 그러나 좋은 일만 있지는 않다. 만약 고등학생으로 돌아간다면 입시도 다시 치러야 한다. 지금의 실력으로 대학 입시—과연 괜찮을까? 게다가 고등학교 시절로 돌아간다는 건 또 한 번 고쿠보 같은 선생에게 수업을 받아야 한다는 소리다. 그런 일은 가능하면 사양하고 싶다.

그렇게 어리석기 짝이 없는 상념에 잠기려는 자신을 질책하며 현실에 의식을 집중시키려 애쓰는 나날이 이어졌다. 우선 2학기 수업이 시작되기 전에 졸업 논문의 개요를 완성해야 했다.

가까스로 완성한 리포트는 빈말로라도 잘 썼다고 할 수 없는 수준이었다. 예상대로 제출한 지 사흘 후, 화요일 강의가 끝나자 교수가 나를 연구실로 호출했다.

"모리 군, 이 시기에 이런 리포트로는 좀 힘들지 않을까."

"죄송합니다."

검은 테 안경에 숱이 줄어들기 시작한 머리. 나는 이 교수님을 진심으로 존경한다. 그래서 더욱 몸 둘 바를 몰라 쥐구멍에라도 숨고 싶은 심정이었다.

"자네 이미 취직 자리는 정해졌지?"

"네, 내정을 받았습니다."

"그럼 조금만 더 애써 보게."

교수의 방을 나섰을 때 나는 송구스러운 마음만 가득했다.

게다가 그 순간에도 딴 생각을 하고 있었다.

만약 그 전화를 걸었던 사람 말대로 정말로 과거로 돌아갈 수 있다면, 졸업도 취직도 결국 내게는 아무 의미 없는 일이 되는 건 아닐까.

5

다음 날 저녁은 가부키초의 밤비나라는 주점에서 아르바이트가 있었다.

"지진은 어느 정도까지 예측할 수 있을까요?"

그때도 나는 어느새 카운터 자리에 앉은 미야자키라는 손님에게 그렇게 묻고 있었다.

"지진 예측 말이지."

미야자키가 안경 너머로 실눈을 떴다.

"그야 뭐, 아무리 과학이 진보한들 실용화하기 힘들지 않을까."

"지진 예보에 예산을 쓰는 건 낭비죠."

카운터 자리에 앉은 또 한 사람의 손님, 간짱이 끼어들었다. 카운터 자리에 앉은 손님에게 화제를 제공하는 일도, 카운터 안에 있는 직원의 업무 중 하나다. 나는 두 사람이 함께 관심을 보인 그 이야기를 계속 이어가기로 했다.

"사실은 말이죠."

요전에 이런 전화를 받았거든요—라는 말이 입가를 맴돌았지만 필사적인 노력 끝에 나오려던 말을 그대로 삼켰다. 그 건은 무심코 다른 사람에게 말해서는 안 된다.

나는 순식간에 화제를 바꾸었다.

"—그런 거 있잖아요. 지진 직전에 메기가 흥분해서 날뛰었다든지 하는 이야기요. 그런 이야기는 어디까지 믿어야 할까요?"

박스석에 앉은 손님이 뭔가 농담이라도 했는지 아가씨들이 깔깔 웃는 소리가 플로어 쪽에서 울려 왔다. 간짱의 유리잔에 맺힌 물방울을 훔치며 나는 미야자키의 이야기에 의식을 집중했다.

"동물이 흥분하는 이유는 지진 직전에 전자파가 발생하기 때문이라는 설도 있긴 하지."

"전자파요?"

"음, 전자파에 따라 인간의 귀에 들리는 종류도 있기는 한데. 어떤 원리로 그런 전자파가 발생하는지는 나도 잘 몰라. 뭐, 어쨌든 말 그대로 지진이 일어나기 직전이니까 그때부터 경보를 내려도 멀리까지 피난할 만한 시간도 없고 기껏해야 화재를 조심하라는 정도려나. 연구를 거듭해 실용화했다고 쳐도 대략 그 수준이겠지. ……그리고 이건 지금 하는 이야기와는 큰 상관이 없지만 분명 중국 어딘가에서 실제로 경보인지 피난 경고인지를 해서 적중했다는 이야기를 들은 적이 있는 거 같긴 해."

"헛, 정말입니까?"

나는 깜짝 놀랐다. 지진 예지가 만약 현대 과학으로 가능하다면 이야기는 또 달라진다. 그 전화는—어째서 내게 걸려 왔을까 하는 수수께끼는 잠시 제쳐 두고—예언 자체에는 아무런 불가사의도 없는 셈이다.

"—중국에서 했다는 예보 말인데요, 몇 시 몇 분에 일어난다든가 진원지는 어디고 진도 몇 정도의 수준으로 자세했나요?"

내가 용기를 내어 묻자 미야자키는 얼굴 앞에서 손사래를 쳤다.

"아니지, 아니야. 앞으로 며칠이 위험하다는 수준의 예보였지, 아마. 그것도 수십 번 경고해서 그중에 한 번인가 두 번이 맞은 정도였을걸. 뭐, 대략 그런 이야기였던 거 같아. 주민을 그때마다 피난시켰다고 하더군. 그래서는 도저히 실용화했다고 하기 힘든 수준이지. 몇십 번이나 예보하면 한 번 정도 맞히는 건 그다지 신기한 일도 아니잖아."

"우연히 맞았다는 말인가요?"

"그런 가능성도 있다는 소리지."

어쨌든 현대 과학으로는 요전의 전화처럼 발생 시각을 분 단위로 지정할 수 없다는 소리다.

간짱이 어깨를 으쓱하며 말했다.

"그래서는 양치기 소년 수준이네요. 정작 중요한 때 다들 피난을 가지 않는 사태가 날 것 같은데요."

"일본에서도 같은 일을 하면 분명 그렇게 되겠지."

미야자키가 고개를 주억거렸다.

"애초에 일본에서 지금까지 그런 종류의 경보를 내린 예가 없지. 도카이 지진이다 뭐다 너무 막연해서 예보라고도 하기 힘든 수준의 경보는 별개로 치고 말이야. 게다가 그것조차 안 맞았잖아. 그래서 말인데 가령 조금 전 이야기처럼 확실한 경보를 내렸다 쳐도 몇십 번에 한 번 정도의 정확도로는 지금 저쪽 분 말씀대로 정보를 유효하게 활용할 수 없겠지. 기껏해야 다섯 번에 한 번 정도일까. 경보가 나올 때마다 어딘가로 피난을 간다는 것도 그 수고와 실제로 지진이 일어났을 때 피할 수 있다는 이점을 저울질했을 경우지."

"결국 아직은 무리라는 말이네요."

나는 다시 확인해 보았다.

"아직이라기보다 언제가 된들 아마 무리가 아닐까."

미야자키는 그렇게 단언했다. 그렇다면 요전의 예언은 무엇을 근거로 삼았던 걸까.

"어서 오세요!"

아가씨들의 목소리가 새로운 손님이 왔음을 알렸다. 카운터 담당인 나는 서둘러 술잔을 준비했다.

지진 이야기는 거기서 중단할 수밖에 없었다.

6

집 밖에서는 비바람 소리가 거셌다. 태풍이 접근중이라고 한다. 내일쯤 일본 열도 남쪽을 통과하리라고 일기 예보의 아나운서가 떠들고 있었다.

구월 십구일 저녁. 예언을 들은 지 벌써 두 주 이상이 지났다. 이미 2학기 학사 일정도 시작되었다. 요 며칠간 나는 졸업 논문 수정에 착수했다.

그날 저녁도 교수님이 일러 준 자료를 읽던 참이었다.

그때 전화벨이 울리기 시작했다.

나는 순간적으로 마음의 준비를 했다.

장만한 지 며칠 되지 않은 새 전화기에서 호출음이 울렸다. 집을 비웠을 때 남자에게 전화가 걸려 오면 어쩌나 싶어 걱정이 된 나머지 새로 구입한 자동 응답 기능이 딸린 전화기였다.

그 때문에 새로 산 전화기. 그 때문에 새로워진, 아직 귀에 익숙하지 않은 호출음—그자라는 예감이 들었다.

나는 자리에서 일어나 침을 꿀꺽 삼키고 수화기를 들었다.

"여보세요."

"게이스케?"

예감은 빗나갔다. 여자 목소리였다. 지진까지 예지하는 인간이 이 세상 어딘가에 있건만 내 예감은 완전히 빗나갔다.

게다가 이 목소리는 들은 기억이 있다―기억이 있는 정도가 아니다. 유코였다. 반년 전에 헤어진 여자친구다.

"나, 누군지 알겠어?"

"누구신데요?"

나는 모르는 척 시치미를 뗐다. 옛날에는 목소리를 듣기만 해도 행복해지곤 했다. 그러나 즐거웠던 기억은 이별의 추한 말다툼으로 모두 사라졌다.

"나야 나. 유코."

"아, 마치다 씨."

일부러 깍듯이 성으로 불렀다. 그녀는 (도대체 무슨 속셈일까?) 옛날과 같은 대화를 바라는 모양이었지만 나는 이제 와서 그녀를 친한 척하며 이름으로 부를 생각은 없었다.

"웬일이야?"

"요즘 어떻게 사나 해서. 게이스케, 올해 졸업하지 않나? 제대로 준비는 하고 있어?"

"뭐, 그럭저럭."

나는 무뚝뚝하게 대답했다. 그대로 침묵이 흘렀다. 그다지 대화를 이어갈 마음이 없었다. 그렇다고 가만히 있을 수도 없어 곤란하던 참에 유코가 말을 이었다.

"―있잖아. 나, 전에 선본다고 했잖아. 그 사람이랑 결혼하기로 했어."

음, 그래서? 라는 말밖에 나오지 않는다.

"감상은?"

"잘됐네."

"그게 다야?"

"마치다 씨도 이제 스물다섯이니까, 슬슬 자리를 잡을 나이지."

"……그리고 또?"

"결혼식장에 나를 초대하고 싶다는 말은 실수로라도 하지 말았으면 좋겠네."

내가 말하자 유코가 갑자기 웃음을 터트렸다. 자지러지는 듯한 웃음이 몇 초간 이어졌다.

"아이고, 우스워라. 아무리 나라도 그 정도의 상식은 있거든."

"그럼 됐고."

나는 뚱하게 대꾸했다.

"근데, 사실 결혼 날까지 잡아 두고 아직 망설이는 중이야. 이대로 이 사람이랑 결혼해도 괜찮을까 하고. ……내가 결혼할 사람 말인데, 무지 성실하고 좋은 사람이야. 그런데도 정말 사랑한다는 확신이 안 서. 솔직히 말하면 나는 지금도 게이스케가 좋아."

나는 엉겁결에 한숨을 내쉬었다. 한숨이 수화기에 닿아 푹 하는 탁한 소리를 냈다.

"―이제 와서 그럴 건 없잖아."

"진짜야. 게이스케랑 함께 있을 때 정말 즐거웠어. 안 그래?"

"미안하지만 이쪽은 상당히 힘들었거든. 헤어질 때는 더했고."

"그래도 우리 속궁합은 좋았잖아. ……있잖아, 우리 한번 만나지 않을래?"

결국 그런 이야기인가. 나는 겨우 그녀의 의도를 이해했다. 또 한숨을 내쉬었다.

그녀의 몸은 여전히 매력적이리라. 그러나 나는 이제 와서 그녀와 육체관계만을 재개할 마음이 없었다.

즐거웠던 시절은 이미 끝났다.

"아무래도…… 만나지 않는 편이 나을 거 같은데."

"그래……. 자존심 상해서 그러는구나?"

"뭐라 말해도 좋아."

"알았어. ……미안. 그럼 끊을게."

마지막으로 기특한 한마디를 남기고 그녀는 일방적으로 전화를 끊었다.

나는 수화기를 내려놓고 비척비척 방을 가로질러 침대에 걸터앉으며 그대로 등 뒤의 이불에 몸을 던졌다. 자료를 계속 읽어야 한다고 생각은 했지만 의욕이 일어나지 않았다. 아니, 공부만이 아니다. 아무 일도 할 마음이 들지 않았다. 유코에게 기력을 완전히 빼앗긴 느낌이다. 멀거니 천장을 바라보며 마음을 떠도는 부질없는 생각에 멍하니 몸을 맡겼다.

그 시절 나를 항상 따라붙던 초조함이 마음속에 스멀스멀 소용돌이쳤다. 즐거웠던 시절, 마음 편히 지내던 시간은 이미 끝났다. 정신을 차리자 처음에는 멀게만 보이던 졸업 논문이라는 산과 그 뒤에 솟은 사회인이라는 미지의 산이 바로 코앞으로 닥쳐왔다. 우뚝 솟은 위용에서 오는 압박감이 나를 짓누른다.

앞으로 반년밖에 없다.

반년 뒤―그 목표가 영원히 찾아오지 않으면 좋으련만.

다시 전화벨이 울렸다. 좀 전의 전화에서 채 십 분도 지나지 않았다. 또 유코인가?

나는 몸을 일으켜 호출음에 질세라 "알았어, 간다고 가"라고 중얼거리며 방을 가로질러 수화기를 들었다.

"여보세요."

"―아, 모리 군이지요?"

가자마라는 남자의 목소리가 들렸다.

7

나는 코로 크게 숨을 내쉬었다. 침착하자고 스스로를 타일렀다. 그러나 지금까지 마음속에 담아 두었던 말의 격류는 억누를 길 없이 단숨에 입에서 터져 나왔다.

"그 후로 계속 기다렸습니다. 정신 건강에 좋지 않다고요. 이제 기다리는 일은 사양하겠습니다. 만약 제가 없을 때 전화가 오면 어쩌나 걱정이 되어서 결국 자동 응답 기능이 있는 새 전화기까지 샀단 말입니다."

"현명하시군요."

회선 너머에서 남자는 희미하게 웃는 듯했다. 나는 어쩐지 울컥하는 기분이 들었다.

"게다가 그 설명 말인데요—."

"믿기지 않으십니까?"

남자가 선수를 쳤다. 이런 반응 정도야 예상했다는 투였다.

"네. 시간이 지나면 지날수록 왠지 바보 같다는 생각이 들어서요. 지진 예지는—아직 어떻게 그런 일이 가능했는지 밝혀내지 못했지만요."

나는 솔직히 자신의 기분을 털어놓았다.

"합리적인 설명은 찾을 수 없겠지요."

"과거로—돌아간다는 얘기였죠?"

나는 공격 방법을 바꾸기로 하고 먼저 그런 식으로 말을 꺼내보았다.

"과거로 돌아간다는 게 타임머신을 타고 지금의 내가 과거로 돌아간다는 개념이 아니라—."

"그렇습니다. 과거의 자신 속으로 돌아갑니다. 그러니까 의식은 지금 그대로지만 몸은 당시의 자신입니다. 그 상태에서 인생을 다시 한 번 사는 셈이지요."

"거기서 현재로 돌아오는 건 가능한가요?"

"안타깝지만 불가능합니다. 과거 여행은 어디까지나 일방통행입니다. 그대로 인생을 다시 살아야 합니다."

"음, 그러니까 과거의 자신으로 돌아간다는 게, 예를 들어 내가 오십 년 전으로 돌아간다거나 하는 건 불가능하다는 말이죠? 아직 태어나기 전이니까요."

"맞습니다. 사실 귀환 포인트는 정해져 있습니다. 항상 같은 시각으로—즉 특정한 날의 특정한 때로만 돌아갈 수 있습니다. 아마 모리 군의 예상보다 현재에 가까운 시간이 아닐까 합니다."

돌아가는 지점은 이미 정해져 있다.

그 말은 지금까지 내가 예상하지 못했던 정보였다.

"그 시간이 언제인지는 아직 가르쳐 주지 않으시겠죠?"

"뭐, 어느 정도까지는 알려 드려도 상관없겠지요. 귀환 일시는 올해 일월의 모일, 모시입니다."

"올 일월이요?"

일월이라면 나는 아직 3학년이다. 3학년 겨울. 순간 설경이 눈앞에 떠올랐다. 일월에 눈이 내렸는지 어땠는지는 기억나지 않지만 나에게 겨울이란 그런 이미지인 모양이다.

"음, 그러면 가자마 씨는 이미 과거로 돌아가서 올해를 다시 살아 봤다는 뜻이네요."

"그렇습니다. 몇 번이나 다시 살았지요."

남자는 선선히 인정했다.

"몇 번이나 말이지요."

그의 말을 되뇌어 보았지만 실감이 날 리 없다.

"과거 여행을 반복하고 계시는 건가요. 그래서 지난번처럼 경미

한 수준의 지진도 일어난 일시를 기억하고 계셨군요."

"덧붙이자면 이번처럼 여러분을 시간 여행에 초대하기 위한 증거로 쓸모가 있으리라고 생각했기 때문입니다. 그래서 돌아가기 전에 신문 등을 조사해서 정보를 기억했죠."

나는 내심 탄복했다. 되는대로 말하다 보면 어딘가에서 탄로가 나리라고 생각했건만 가자마라는 남자의 이야기는 나름대로 교묘하게 짜여 있었다.

그러나 아직 공격 수단은 남아 있다.

"그렇다면 이런저런 다른 일들도 잔뜩 기억하고 계시겠군요. 그런 의미에서……."

"뭔가 다른 일도 예언해 보라는 말씀이라면, 안 됩니다. 안 된다는 건 불가능하다는 의미가 아니라 할 생각이 없다는 뜻으로 이해해 주십시오. 할 생각도 없고 해 봤자 의미도 없습니다."

"어째서죠? 나름대로 의미는 있다고 생각하는데요. 지금 또 다른 예언을 가자마 씨가 보여 주고 그 예언이 적중한다면 저 역시—."

"백 퍼센트 믿으시겠습니까? 그렇지는 않겠지요. 예언은 지난번 지진 예지만으로도 충분합니다. 그런데도 모리 군은 리피트를 믿지 않지요. 그건 모리 군의 상식이 리피트를 믿으려는 마음을 방해하기 때문이라고 저는 생각합니다. 그렇다면 아무리 예언을 반복한들 의미는 없습니다. 그렇지 않겠습니까?"

어떨까? 지금 다시 뭔가를 예언해서 적중한다면 나는 그가 말하는 리피트 체험을 백 퍼센트 믿게 될까?

"아차, 그건 그렇고. 오늘은 용건이 있어서 전화를 드렸습니다. 통화 괜찮으십니까?"

"아, 네."

나는 앉음새를 바로 하고 전화에 귀를 기울였다.

"용건을 말씀드리기 전에 한 가지 확인할 게 있습니다. 지진 예언이나 리피트에 대해서 누군가에게 상담 따위를 하지는 않으셨겠죠?"

"말하지 않았습니다. 비밀은 지켰습니다."

나는 자신감을 담아 답했다.

"알겠습니다. 믿기로 하죠. 사실 리피터 동료로 여러분을 초대하기 위해서는 이런저런 자잘한 사항들을 실명할 필요가 있습니다. 그러고 보니 제가 말씀드렸던가요? 모리 군 외에도 마찬가지로 시간 여행에 초대한 분들이 있다는 이야기 말입니다."

"―아니요."

나는 고개를 가로저었다. 그런 이야기는 처음 듣는다.

"대충 전화번호를 골라서 저한테 걸었다고만―."

"그래서 동료가 있다는 겁니다. 모리 군 이외에도 몇 분에게 같은 예언 전화를 드렸습니다."

"그러면 그 사람들에게도―."

"네. 그분들께도 리피트에 대해 설명했습니다."

"그래서…… 그분들은 믿던가요?"

"글쎄요, 어땠을까요? 뭐, 반신반의 정도라고 해 두죠. 그중에는 노골적으로 믿을 수 없다고 딱 잘라 말씀하신 분도 계셨습니다. 그러면서도 시간 여행을 단칼에 거절하지는 않으시더군요. 다들 비밀을 엄수했고 지금은 제가 하는 말에 따르게 됐습니다. ……뭐, 그렇게 됐습니다. 조금 전에 말하다 말았지만 상세한 설명을 하려면 지금처럼 개별적인 전화로는 상당히 귀찮아지죠. 그래서 여러분을 모아 한 번에 설명하고자 합니다. 이번 달 이십구일입니다."

나는 벽에 걸린 달력을 보았다. 구월 이십구일. 일요일이다.

"어떠십니까. 오실 수 있습니까? 참고로 다른 분들 중에는 선약을 취소하고 저희 모임에 참가하겠다는 분도 계셨습니다."

어차피 오지 않을 거라면 이걸로 연락은 끝이라는 소리였다.

"아, 네. 별다른 약속은 없습니다."

"그러면 오실 수 있겠군요?"

"저―, 잠깐만 기다려 주세요. 거기 가면 그―가자마 씨와 직접 만난다는 말인가요?"

"뭐, 그렇게 되겠지요."

나는 흥분하고 말았다. 가자마를 직접 만난다. 그런 기회를 저쪽에서 만들어 준다는 것이다.

"그럼 가겠습니다, 물론. ……그런데 장소는 어딘가요?"

"요코하마에 차이나타운이 있지요. 게이힌 도후쿠 선을 타고 간나이 역에서 내리면……."

가자마는 그렇게 회룡정이라는 가게까지 가는 길을 설명해 주었다. 가게의 특별실이 '재방회再訪會'라는 단체명으로 예약되어 있다고 했다. 시각은 정오부터. 게다가 그날 식사비에서 교통비까지 제반 비용은 그가 부담할 생각이란다.

"느긋하게 점심이라도 들며 리피트에 대해 설명하면 좋겠다는 의미에서 마련한 자립니다."

그러고는 여러분과의 만남이 기다려진다는 말을 남기고 전화를 끊었다.

Ø2

1

약속한 일요일. 평소보다 일찍 잠에서 깨어나 안절부절못하는 마음으로 오전 시간을 보내다 결국 약속 시간보다 한 시간이나 이른 오전 열한시에 간나이 역에 도착했다.

차이나타운으로 들어가자 회룡정은 금세 찾을 수 있었다. 차이나타운을 두 바퀴 정도 돌며 시간을 때우고 나서 열한시 반쯤에 가게로 들어갔다. 바닥에 깔린 붉은 융단과 대비되어 흰 테이블보가 먼저 눈에 들어왔다. 정장을 빼입은 종업원 몇 명이 입구 근처에 꼿꼿이 서 있다가 나직한 목소리로 손님을 맞이한다.

"혼자 오셨습니까?"

"아뇨, 저…… 예약이 돼 있을 텐데요. 재방회라고—."

그렇게 말하자마자 어머 하고 놀라는 소리가 들렸다. 뒤돌아보자 한 여성이 서 있었다. 사람들이 오가는 밝은 문 밖을 배경으로 역광을 등진 여성의 얼굴—이목구비가 또렷하고 예쁘장한 얼굴이란 사실은 어렴풋이 식별할 수 있었다. 아이돌 같은 아름다움과 귀여움이 어우러진 생김새로 아담한 체구와 청순한 복장이 어른스럽다기보다 귀엽게 느껴졌다. 나이는 나와 비슷해 보인다.

"혹시…… 그쪽도?"

"아, 네."

내 물음에 여성은 나를 보며 살짝 고개를 끄덕였다.

"저도."

나도 가볍게 고개를 숙여 인사했다.

다시 가게 안쪽으로 돌아서자 그때까지 우리를 살피며 가장 앞에 있던 종업원이 "안내해 드리겠습니다" 하고는 안쪽을 향해 걸음을 뗐다. 나와 그녀는 뒤를 따랐다.

"이쪽입니다."

종업원은 우리를 제법 근사한 별실로 안내했다. 그는 중후한 느낌이 드는 문을 열고 손짓을 하며 우리를 안으로 이끌었다.

실내는 플로어와 마찬가지로 중화풍 장식으로 꾸며졌고 넓이는 여섯 평 남짓. 중앙에 둥근 테이블이 놓여 있고 먼저 온 손님 네 명이 띄엄띄엄 앉아 있었다. 넷의 시선이 일제히 우리를 향했다.

모두 남자였다. 가장 연장자로 보이는 사람이 마흔 정도, 또 한 사람은 서른가량, 나머지 두 사람이 이십 대 중반으로 보였다. 이 중에 가자마가 있는 걸까?

"처음 뵙겠습니다."

일단 모두를 향해 고개를 숙여 인사했다.

"그런데 가자마 씨는……."

네 사람의 얼굴을 돌아보았다.

"아직 안 온 모양이에요."

내가 서른 정도라고 짐작한 남자가 대답했다. 볕에 그을린 얼굴에 하얀 이가 인상적이었다. 다부진 체형으로 왠지 운동선수 같은 느낌이었다.

"여기 있는 분들은 다들 게스트로 초청된 사람들이죠. ……그런데 그쪽 두 분은 서로 아는 사이신가요?"

그 말을 듣고 나는 순간 등 뒤의 여성과 눈이 마주쳤다. 우리는 입을 모아 "아니요"라고 도리질을 했다.

"들어오는 길에 우연히 만나서요."

"아, 우선 자리에 앉으시죠."

의자는 모두 열 개였다. 안쪽에 세 자리가 비어 있어 빈자리 가운데에 앉았다. 한 자리 건너 오른쪽에 스포츠맨 타입의 남자가 있고 왼쪽으로 한 자리 건너서는 중년의 땅딸막한 아저씨가 자리 잡고 있었다.

은근히 기대했던 대로 입구에서 만나 함께 들어온 여성은 내 옆에 앉았다. 내 오른쪽 옆자리, 스포츠맨 타입 남자와의 사이였다.

"앞으로 네 사람인가."

내가 이십 대라고 짐작했던 남자 중 하나가 자기 양옆의 빈 의

자를 바라보고 그렇게 중얼거리며 나지막이 한숨을 내쉬었다. 앞머리가 차양처럼 드리워져 있다. 은색 자수가 들어간 보랏빛 재킷을 입었고 가슴팍에는 금색 목걸이가 살짝 보였다.

또 한 명의 이십 대 남자는 몹시 큰 키가 특징으로 장례식을 마치고 돌아온 사람처럼 검은 정장에 검은 넥타이 차림이었다. 우리가 방에 들어왔을 때 흘낏 고개를 들어 험상궂은 눈빛으로 이쪽을 보긴 했지만 바로 고개를 숙이고 나서 줄곧 손에 쥔 종이에 빨간 펜으로 무언가를 적고 있었다. 일을 하는 걸까. 이처럼 희한한 자리에 초대받아 놓고 일을 가져와 태연하게 처리한다는 건 상당히 대담한 신경의 소유자라는 의미다.

나머지 한 사람, 중년 남자는 볼록 나온 배 위에 양손을 얹고 지그시 눈을 감은 채 조금 전부터 몇 차례나 심호흡을 하고 있다. 긴 소매 폴로셔츠에 면바지로 휴일을 보내는 아버지 같은 차림새였다.

특별실이란 VIP룸이라는 말이다. 벽에서 천장 그리고 융단의 문양에 이르기까지 전체를 빨강을 기조로 해 군데군데 금색을 배치한 디자인은 꽤나 호화로운 분위기를 자아냈다. 의자 등받이가 상당히 높아 앉기에는 편치 않았다. 둥근 테이블에는 하얀 테이블보가 씌워져 있었고 중앙에는 용 조각이며 분재 장식 등이 놓여 있었다. 텔레비전에서 흔히 보는, 요리를 집기 위해 빙글빙글 돌릴 수 있는 둥근 판은 마련되어 있지 않았다. 대신 각자의 앞에 삼각형 모양으로 접은 냅킨과 식기류가 놓여 있다.

힐끔힐끔 실내를 관찰하고 있는데 또 다시 스포츠맨 타입의 남자가 말을 걸어왔다.

"두 분의 성함을 여쭤 봐도 되겠습니까? 저는 이케다라고 합니다. 골프 강사입니다. 처음 뵙겠습니다."

먼저 자기소개를 한 후 나머지 세 사람도 순서대로 소개해 주었다. 먼저 온 사람끼리는 자기소개를 마친 모양이다.

보랏빛 재킷을 입은 남자의 이름은 다카하시, 트럭 운전사라고 한다.

키가 크고 검은 정장을 입은 남자는 덴도, 시나리오 작가란다.

중년 남자는 스스로 요코사와라고 자신을 소개하고 덧붙여 말했다.

"회사원입니다."

이걸로 일단 먼저 온 네 명의 소개가 끝났다. 다음은 내 차례다.

"저는 모리라고 합니다. 모리 게이스케입니다. 대학교 4학년이고요. 잘 부탁드립니다."

반사적으로 꾸벅 고개를 숙여 인사했다. 그리고 오른쪽 옆자리의 여성을 돌아보았다.

"저도—말해야 하나요?"

그녀는 자기 차례가 되자 머뭇거렸다. 그러자 어디선가 목소리가 들렸다.

"지금은 빼고 있지만 어차피 가자마인지 뭔지 하는 치에게는 알려 주지 않았나?"

덴도라는 남자가 쓰던 동작을 멈추지도 않고 말했다. 왠지 아니꼬운 태도였지만 하는 말 자체는 타당했다. 머뭇거리던 여성도 그렇게 생각했는지 이번에는 순순히 자기소개를 했다.

"저는 시노자키 아유미라고 합니다. 아유미는 은어 점鮎에 아름다울 미美 자를 씁니다. 회사원입니다."

시노자키는 아마 '篠崎'라고 쓰겠지. 시노자키 아유미篠崎鮎美인가. 나는 마음속으로 '잘 부탁해요'라고 혼잣말을 했다.

한차례 자기소개를 마치자 처음 만난 사람이 모였을 때 생기는 특유의 껄끄러운 분위기가 실내에 가득했다. 나는 그 분위기를 견디지 못하고 질문을 시작했다.

"저, 여러분께 묻고 싶은 게 있습니다. 여러분은 이야기를 듣고 어떻게 생각하셨습니까? 믿어지십니까? 그 이야기가."

"그 이야기라는 건 리피트 말이지요? 물론 믿지 않습니다."

이케다가 먼저 대답해 주었다.

역시 그것이 상식적인 견해라고 내심 안심하고 있을 때 트럭 운전사라는 다카하시가 끼어들었다.

"그러면 가자마라는 사람은 어떻게 지진을 예지한 거지?"

"다카하시 씨는 이야기를 믿는다는 말씀이군요."

이케다가 슬며시 미소를 지었다. 다카하시는 자신을 바보 취급한다고 해석한 모양이다.

"당신, 왜 웃는데. 만약 그 이야기가 거짓말이라면 도대체 어떻게 지진을 예측한 건지 지금 여기서 설명해 보시지."

"설명 못할 것도 없지요."

이케다가 대수롭지 않다는 듯 말해 나는 놀라고 말았다. 엉겁결에 다카하시를 대신해 "정말이세요?" 하고 물었다.

"아, 네."

이케다는 얄미울 정도로 침착하게 고개를 끄덕였다.

"가능은 하지만 일단 그 이야기는 잠시 뒤에 하기로 하죠. 아직 다들 오시지도 않았고. 그전에 가자마라는 사람의 설명도 들어 보고 싶고요."

그러고는 자못 거들먹거리는 태도를 보였다.

이케다의 생각이 옳다면 지진 예지에는 무언가 트릭이 사용되었다는 뜻이다. 그러나 정말 그런 트릭이 가능할까?

2

 분위기가 어색해졌을 때 갑자기 문이 열리고 종업원의 안내를 받아 한 남자가 모습을 드러냈다. 서른 살로도 마흔 살로도 보이는 남자로 입고 있는 양복이 마치 옷걸이에 걸려 있는 것처럼 보일 정도로 온몸이 비쩍 말랐다. 부스스한 머리카락에 검은 뿔테 안경을 썼다.
 우리의 시선을 온몸으로 받은 남자는 묘하게 허둥지둥 자기소개를 했다.
 "저, 잘 부탁드립니다. 오모리라고 합니다."
 체형에 어울리는 가냘픈 목소리로 말하고 꾸벅 고개를 숙여 인사한다.
 "저희를 초대한 사람은 아직 오지 않았습니다. 비어 있는 자리에 편하게 앉으세요."
 이케다가 그렇게 말하자 오모리라고 스스로를 소개한 남자는 내 왼쪽에 빈 의자를 골라 자리에 앉았다. 나는 옆에 앉은 오모리에게 조금 전에 이케다가 우리에게 했듯 자신을 포함해 먼저 온 여섯 명을 간단히 소개했다. 오모리는 그동안 가방을 의자 아래에 내려놓거나 머리를 벅벅 긁어 대며 부산을 떨었다. 한바탕 소개가 끝났을 때 내가 오모리의 직업을 묻자 식품 화학 관계의 연구를 한다는 대답이 돌아왔다.

오모리의 침착하지 못한 태도에 내심 질린 나는 그와의 대화를 서둘러 마무리 짓고 이번에는 오른쪽 옆자리에 앉은 시노자키에게 말을 걸었다.

"리피트인가 뭔가 하는 이야기에 대해 시노자키 씨 생각은 어떠세요?"

"저도 거짓말이라고 생각해요."

이케다를 흘끔 보며 그렇게 대답했다. 그와 마찬가지로 '저도'라는 뜻이려나.

"그게 그렇잖아요. 시간을 거슬러 올라간다는 게 가능하다면 현대 물리학이 밑바닥부터 뒤집어지게 되잖아요. 그렇지만 예언은 적중했고. 확률적으로는 상당히 낮을지도 모르지만 일단 물리학적으로 완전히 불가능한 일은 아니라는 말이에요. 그런데도 전화에서는 물리학적으로 가능한 현상을 설명하려고 물리학적으로 보다 불가능한 사례를 끌어내 근거로 삼았으니까요. 그래서는 설명이 안 되지요."

시노자키는 나뿐 아니라 테이블에 앉은 모두에게 들리도록 말했다. 그리고 이케다를 향해 덧붙여 말했다.

"조금 전에는 그런 말씀을 하려던 게 아니었나요? 예언은 어쩌다 맞은 것뿐이라고요."

시노자키의 설을 머릿속에서 곱씹어 보니, 무슨 이야기인지 알 것 같아서 나는 떠오른 바를 말했다.

"저, 그러니까 예언이 어쩌다 보니 맞았다는 건 맞지 않았을 수도 있었다는 말이네요. 오히려 빗나가는 게 당연했달까. 빗나갈 가능성이 더 많았다는 거죠? 한마디로 백발백중이라고 생각해서 불가사의하게 느껴졌을 뿐이지, 마구잡이식으로 던져서 어쩌다 들어맞은 게 우리라고 생각하면 예언도 설명이…… 가능한 셈이네요?"

"저는 그렇게 생각해요."

시노자키는 한차례 고개를 끄덕이고 내 이야기의 뒤를 이었다.

"가자마라는 사람이 어떤 사람인지 아직은 모르지만 아무래도 시간과 돈이 남아도는 사람 같아요. 그래서 매일같이 아니면 매 시간마다 몇 시 몇 분에 어디서 지진이 일어난다는 내용의 전화를 하루에 몇 통, 아니 몇십 통이나 거는 게 아닐까요. 예언이 적중했을 때의 계획도 미리 다 준비해 놓고 몇 년 전부터 비슷한 전화를 여기저기 마구 걸었던 거죠. 물론 예언은 그때마다 빗나갔겠지만요. 컴퓨터로 전화번호를 관리하면 같은 사람, 같은 번호에는 두 번 다시 걸지 않을 수 있고요. 그런 식으로 계속 전화를 걸다 보니 드디어 우리한테 했던 예언이 적중한 거지요. 그렇게 가정하면―조금 전에 말했듯이 확률적으로 지극히 낮은 일이기는 해도―분모가 커지는 만큼 맞을 확률도 한 자리나 두 자리는 올라가지 않을까 싶어요. 복권을 한 장만 사서 당첨되기는 어렵지만 몇천 장씩 사면, 물론 그래도 당첨될 확률은 낮지만 한 장만 샀을 때보다 천 배는 당첨 확률이 높아지니까요. 그처럼―."

"그렇긴 하죠. 아, 저도 처음에는 그렇게 생각했습니다."

갑자기 이케다가 끼어들었다. 말을 꺼내는 투가 아무래도 부정적인 견해를 말할 것 같다는 생각이 들었다.

"다만 만약에 내 자신이 그런 계획을 세웠다 치고 생각해 보면 말이죠. 불특정 다수에게 하루에 몇 통, 아니 몇십 통씩 전화를 걸어도 결국 계속 빗나갈 뿐인 예언을 몇 년 몇 달이나 매일같이 되풀이하는 겁니다. 그중에는 기껏 지진이 일어났지만 시간이 몇 분 단위로 틀렸다든가 또는 시간은 딱 맞았는데 진원지가 틀렸다든가 하는 경우도 생각해 볼 수 있겠지요. 그렇게 안타깝게 빗나간 경우도 포함해서 어쨌든 계속 예언이 빗나갔을 때 언제까지 전화를 계속할지―그 부분을 저라면 어떻게 할지 생각해 봤는데 아무래도 도중에 단념할 확률이 높지 않을까 싶더군요. 단순한 시간 때우기 수준이라면 이렇게까지 정교하게 공을 들일 필요도 없고 좀 더 절실한 이유가 있더라도 역시 예언이 맞을 때까지 반복한다는 건 너무 힘든 일이고요. 만약 제가 이런 일을 시작했다면 진원이나 진도까지 맞히는 건 도중에 그만두고 시간만 맞힌다는 식으로 예언 내용을 바꾸거나 아니면 같은 얘기를 여러 사람에게 하는 게 아니라 전화 거는 상대에 따라 이번 전화에서는 다섯시 오분, 다음 전화에서는 다섯시 십분 하는 식으로 걸겠죠. 그 경우 한 사람에게만 예언이 적중할 테지만요. 그렇게 해서라도 일단 적중 시기를 앞당기고 싶어 하지 않을까요. 그렇게 생각하면 이번처럼 다수에게 같은 내용의 전화를 걸어서 시간뿐 아니라 진원지에 진도까지 맞힌다는 건―물론 확률적으로는 시노자키 씨 말씀처럼 아주 불가능한 일은 아니지만—거는 쪽의 심리까지 생각해 보면 이번과 같은 적중 방식은 불가능하지 싶어요. 그 방법이라면 맞았다고 쳐도 기껏 한 사람, 또 예언 내용도 지진 발생 시간만 예언하지 않았을까 하는 느낌이 듭니다. 뭐, 제 생각은 그렇습니다."

이케다가 이야기를 마치고 입을 다물자 나는 무슨 말을 해야 할지 생각은 했지만 얼마간 한숨밖에 나오지 않았다.

지금 이야기에는 상당히 설득력이 있었다. 그 점은 나도 인정하지 않을 도리가 없다. 그러나 세상에는 일반인은 이해할 수 없는 행동 원리에 따라 움직이는 사람도 있다. 그러니 가자마가 상식에서 벗어난 사람이라고 가정하면 조금 전의 설도 완전히 부정할 수는 없다. 다만…….

"이케다 씨는 가자마가 불특정 다수에게 전화를 걸었다는, 복수 타격 방식에는 부정적인 입장이시네요. 그러면 그 가설과 달리 예언을 설명할 방법이 있다는 소리군요."

내가 거듭 물어도 이케다는 고개를 조용히 끄덕일 뿐 일체 자신의 설을 피력하려 들지 않았다.

그 순간—.

"이쪽입니다. 다들 기다리고 계십니다."

종업원과 함께 입구에 한 남자가 모습을 드러냈다. 다부진 체형에 키는 그다지 크지 않았다. 올백으로 빗어 넘긴 머리에 가는 테의 선글라스, 코 밑에는 풍성하게 콧수염을 기른 특징적인 생김새로 나이는 삼십 대 중반 정도이려나. 폴로셔츠 위에 얇은 재킷을 걸치고 아래에는 오래 입어 해진 청바지에 운동화라는 털털한 차림이었다.

모습을 보자마자 이 녀석이라고 직감했다. 전화로 들은 목소리와 남자의 모습이 묘하게 어울린다.

"아직 두 분이 오시지 않았군요."

이윽고 그렇게 말한 남자의 목소리는 가자마라고 자신을 소개한 바로 그 전화의 주인공이었다.

3

불가사의한 전화를 받은 지 거의 사 주가 지났다. 그리고 오늘 드디어 나는 가자마라고 자신을 소개한 수수께끼의 남자와 직접 대면하게 되었다.

그렇게 생각하니 가슴속이 후끈 달아올랐다.

입구 곁에 대기하던 종업원에게 몇 가지 지시를 내린 뒤 가자마는 느긋한 발걸음으로 우리 테이블을 향해 다가왔다. 그의 등 뒤로 조용히 문이 닫혔다. 다시 밀실이 된 실내는 돌연 긴장의 빛이 짙어졌다.

덴도와 요코사와 사이에 털썩 엉덩이를 붙인 가자마는 우리의 얼굴을 돌아보고 말을 시작했다.

"아직 안 오신 분이 계시군요. 다들 자기소개는 이미 마치셨습니까?"

그 말투와 태도에는 자신이야말로 이 자리에 군림해야 마땅하다는 절대적인 자신감과 여유가 느껴졌다.

그 옆에서 종이 뭉치를 테이블 위에 내려놓은 덴도가 펜을 그 위에 탁 올리더니 앉은 채로 허리를 곧추세운다. 가자마도 왔으니 앞으로가 드디어 본경기라는 느낌이었다.

나는 문득 생각이 나서 준비해 온 필기도구를 가방에서 꺼냈다.

누구도 아무 말도 하지 않자 가자마는 오른쪽 옆에 있는 요코사와를 보며 재촉했다.

"그럼 순서대로 자기소개를 부탁합니다."

그랬다. 가자마라도 우리 얼굴은 아직 모르는구나. 그렇게 생각하자 약간은 여유 비슷한 게 생겼다.

요코사와와 오모리가 순서대로 이름을 말했다. 둘 다 꾸벅 고개를 숙여 인사했다.

"모리입니다."

나도 이름을 대며 분위기에 맞춰 목례를 했다. 그다음으로 시노자키, 이케다, 다카하시에 이어 마지막으로 덴도의 차례가 되었지만 그는 순순히 이름을 대는 대신 가자마에게 물었다.

"……담배 피워도 되나?"

가자마는 눈썹을 씰룩했지만 그다지 동요한 기색은 보이지 않고 대답했다.

리피트 51

"네, 피우십시오. 다들 괜찮으시겠죠."

그리고 그의 이름을 읊조렸다.

"덴도 씨지요."

덴도는 담배에 불을 붙이고 시큰둥한 표정으로 가볍게 고개를 끄덕였다. 이케다조차 압도되어 기가 꺾인 모양이지만 그만은 평정을 유지하는 것처럼 보였다.

"그러면 고하라 씨와 쓰보이 군이 아직 오시지 않았군요."

남은 둘은 고하라와 쓰보이라는 이름인가. 고하라는 아마 '鄕原'라고 쓰겠지.

"앞으로 십 분 정도 더 기다리기로 하죠."

"저—."

그 순간 느닷없이 발언한 사람은 다카하시였다.

"할 거면 그냥 지금 시작하지요? 두 사람이 더 올 거라고는 했지만 시간을 지키지 않았으니 권리를 포기했다고 봐도 좋지 않겠습니까."

"……그렇긴 합니다. 하지만 조금만 더 기다려 보죠. 게다가 다카하시 씨, 나머지 분들도 마찬가지지만 이 자리에 모인 분들은—아직 오시지 않은 고하라 씨와 쓰보이 군도 포함해서 앞으로 함께 이런저런 일들을 겪게 될 동료니까 가능하면 서로 신뢰하고 스스럼없이 지내 주세요. 그게 저로서도 고맙고요."

가자마의 말과는 반대로 자리의 분위기는 한층 거북해졌다. 뿌리 깊은 불신감이 그와 우리, 아니 이 자리에 모인 모든 이의 사이를 뚜렷이 가로막고 있었다.

"이쪽입니다."

그 순간 종업원의 안내와 함께 문이 열리고 문간에 한 소년이 나타났다. 소년이라고 해도 외모에서 오는 이미지일 뿐 실제로는 스무 살 언저리일까. 긴 머리를 갈색, 아니 금발에 가까울 정도로 탈색했다. 작고 야윈 몸집, 폭이 좁은 청바지에 긴소매 남방을 밖으로 빼 입고 바랑처럼 생긴 배낭을 오른쪽 어깨에서 등으로 걸치고 있다. 전체적인 인상은 어딘가 불건전하고 연약해 보였지만 앞머리 사이로 얼핏 보이는 눈빛에는 반항적인 기색이 엿보였다.

"쓰보이 군이지요. 잘 오셨습니다. 우선 빈자리에 앉도록 하세요."

가자마의 말에 소년은 입을 다문 채 덴도와 다카하시 사이에 앉았다.

삼 분 정도 지나자 마지막 한 사람이 나타났다.

"실례하겠습니다. 마지막 분이 오셨습니다. ……이쪽입니다."

종업원의 말과 동시에 문이 열리고 모습을 드러낸 사람은 예상보다 나이가 지긋한—예순 살 정도로 보이는—남자였다.

"고하라 씨인가요? 어서 오십시오. 그쪽 자리로 앉으시죠."

가자마가 의자에 앉은 채 손짓으로 자리로 안내했다. 마지막으로 등장한 남자는 체구는 자그마했지만 이 자리의 연장자답게 태도에서 위엄이 느껴졌다.

그가 자리에 앉자 기다렸다는 듯 종업원이 몇 사람 들어와 식사

시중을 들기 시작했다. 그동안만은 마치 평범한 회식 자리처럼 화기애애했다. 이윽고 종업원이 물러가고 밀실에 우리만 남자 다시 예의 껄끄러운 분위기로 돌아갔다.

"우선 건배부터 하지요."

초대한 사람만 혼자 태연하다. 나는 모두의 동향을 살피며 결국 우롱차가 든 잔을 손에 들었다.

"우리의 만남과 앞으로의 새로운 여행을 위하여, 건배!"

나는 선창에 화답하지 않고 어중간한 기분인 채 형식적으로 잔을 눈앞에 들어 보였다.

그렇게 식사가 시작되었다.

"설명이나 질문을 하기 전에 먼저 식사부터 하시죠. 시간은 충분하니까요."

음식을 먹으며 드디어 리피트에 대한 설명을 하려나 했더니 가자마가 그런 식으로 말했다.

나는 흘낏 곁눈질로 이케다의 모습을 살폈다. 왠지 그가 우리 의사를 대표해서 가자마에게 의견을 전해 주지 않을까 생각했기 때문이다. 그러나 이케다는 태연한 얼굴로 음식에 젓가락을 대고 있었다.

4

 음식 시중을 들기 위해 종업원이 수시로 드나드니 식사를 하는 동안은 확실히 비밀스런 이야기를 하기에는 적당하지 않을지도 모른다. 식사를 하는 동안의 인상을 한마디로 말하면 음식은 맛있었지만 자리의 공기는 거북했다.

 코스의 끝을 알리는 디저트와 음료가 각자 앞에 날라져 오고 마지막에는 음료가 담긴 찻주전자를 두고서 종업원이 가볍게 절을 하고 방을 나갔다. 그러자 가자마가 한차례 헛기침을 해 모두를 주목하게 했다.

 "그럼, 이걸로 식사는 마치기로 하겠습니다. 여러분 식사는 충분히 즐기셨습니까? 양이 부족했던 분들은 추가 주문도 가능합니다. ……없으신 모양이군요. 이제 본론으로 들어가죠. 참고로 이 방은 오늘 하루 종일, 폐점 시간까지 빌렸습니다. 방해하지 말도록 따로 일러두었으니 시간은 충분합니다. ……그럼 슬슬 리피트에 관한 설명을 시작해 볼까요?"

 드디어 시작인가. 나는 일단 넣어 두었던 필기도구를 다시 준비하며 마른침을 삼키고 이어질 말을 기다렸다.

 가자마는 테이블 끝에서 끝을 한차례 돌아보고 나서 설명을 시작했다.

 "간단히 말하면 다음과 같습니다. 시월 말에—그러니까 앞으로 한 달 뒤에 모일 모시가 되면 어느 장소에 입구가 열립니다. 뭐라 말해야 좋을지—일단 시간의 틈이라고 부르겠습니다. 그래서 거기로 들어가면 올해 일월의 어느 시점으로 시간이 되돌아갑니다. 열 달 정도 시간을 거슬러 올라 그 당시 자신의 의식으로 돌아가는 거죠. 그 시공의 틈에 들어가기만 하면 누구라도 과거로 돌아갈 수 있습니다. ······쉽게 말하면 뭐 대충 그런 이야깁니다."

"한 가지 질문해도 괜찮겠습니까?"

끼어든 사람은 역시 이케다였다.

"모시의 어떤 장소라는 게 구체적으로 몇 시고 어디인지—그건 아직 가르쳐 주실 수 없는 건가요?"

"장소는 지금 여러분께 알려 드릴 수 없습니다. 시간은 대략 한 달 후라고 생각하시면 좋겠습니다. 상세한 사항은 그때쯤 돼서 다시 알려 드릴까 합니다."

가자마는 한차례 헛기침을 했다.

"모든 걸 한 번에 알려 드리지 못하는 이유는 제 자신의 안전을 위해서입니다. 지금 여러분께 시간과 장소를 알려 준다고 칩시다. 그런데 여러분이 외부인에게 그 사실을 누설하기라도 하면 쓸데없는 혼란을 초래할 우려가 있지요. 나중에 다시 자세히 설명 드리겠지만 리피트는 한정된 인원수로 충분히 통제된 상태에서 행해야 합니다. 그래서 아직 자세한 일시는 알려 드릴 수 없습니다. ······어디까지나 주의를 기하자는 뜻에서입니다."

가자마는 그렇게 말하고 오른손으로 입가의 수염을 쓰다듬었다.

"그렇다면…… 언제 과거로 돌아가는지는 알려 줄 수 없다고 쳐도 돌아가는 날짜가 구체적으로 일월 며칠이고 몇 시인지는 여기서 가르쳐 줘도 딱히 문제될 건 없겠군요."

"맞습니다. 말씀드리겠습니다. 돌아가는 일시는 일월 십삼일…… 일요일입니다. 그날 밤 열한시 십삼분으로 돌아갑니다. 정확히 말하면 열한시 십삼분 칠초입니다."

일월 십삼일. 일요일. 그날이 어떤 날이었는지 열심히 기억을 되짚었지만 반년 이상이나 지난날의 일을 아무런 자료 없이 떠올리는 건 불가능에 가까우리라는 결론으로 생각을 마무리 지을 수밖에 없었다.

날짜를 듣고 가장 주저하는 반응을 보인 사람은 쓰보이였다. 쓰보이는 변성기도 거치지 않은 것 같은 높은 목소리로 물었다.

"십삼일 밤보다 더 앞으로 돌아간다거나, 날짜를 변경하는 건 불가능한가요? 예를 들면 며칠 더 앞이라든가."

"아쉽지만 날짜 변경은 불가능합니다. 반드시 같은 날 같은 시각으로 돌아갑니다."

"쳇, 그래서는 전혀 의미가 없군."

쓰보이는 그렇게 말하고 입을 삐죽거렸다. 무슨 말을 하는지 나는 순간 감을 잡을 수 없었다.

"그렇지만 쓰보이 군. 2차 시험에는 맞출 수 있지요."

가자마의 한마디에 겨우 상황 판단이 되었다. 그는 센터 시험_{한국}_{의 수능 시험과 같은 일본의 대학 입시 시험}을 말하고 있었다. 즉 그는 일월이라는 시점에서는 아직 수험생이었다는 소리니까 지금은 대학교 1학년 또는 재수생이라는 건가.

만약 정말로 시험 전으로 돌아간다면 현 시점에서 출제되는 문제를 이미 알고 있으니 기억력만 확실하다면 시험에서 만점을 따는 일도 분명 가능하다. 수험생에게는 꿈 같은 이야기이리라. 설령 센터 시험은 놓치더라도 가자마의 말처럼 2차 시험에서 우수한 성적을 거두면 그만이다.

그렇다고는 해도 그건 어디까지나 리피트 나부랭이를 믿는다는 가정하의 이야기였다.

"이케다 씨, 그럼 다음 이야기를 계속해도 될까요?"

가자마의 말에 이케다는 말없이 고개를 끄덕였다.

"말씀드렸다시피 출발일과 당일 집합 장소에 대해서는 나중에 연락을 드리겠으니 모두 양해 부탁드립니다. 이번 여행에 대한 대강의 설명은 지금 말씀드린 대롭니다. 다른 질문은 없으십니까?"

"참가 인원은? 여기 있는 열 사람이 전부인가?"

덴도가 재빨리 질문했다. 나는 그저 눈앞의 테이블을 끝에서 끝까지 둘러보았다.

"그렇습니다. 다만 여러분 중에 빠지고 싶은 분이 계시다면 다른 분으로 대체하거나 아홉 명 또는 여덟 명으로 출발하게 될지도 모릅니다."

"열한 명이나 열두 명은 곤란한가? 예를 들어 내가 애인을 데려가고 싶다고 한다면—."

"정원은 열 명으로 정해져 있습니다. 아무리 여러분께 소중한 사람이라도 데려갈 수는 없습니다. 그러므로 여러분은 가족을 포함해 아무에게도 리피트에 대한 일은 얘기하지 마시기를 당부드립니다. ……그 사항은 다들 잘 지키셨겠지요? 덴도 씨, 설마 그 데려가고 싶다는 분께……."

"예를 들어서라고 말했을 텐데. 실제로 그런 상대도 없을뿐더러 아무한테도 말하지 않았으니까."

"그러셨습니까. ……다른 분들은 괜찮으신가요? 만약 누군가에게 비밀을 털어놓고 싶은 분이 있다면 솔직하게 말씀하세요. ……없겠죠."

가자마는 일동을 돌아보았다. 그 몸짓에 이끌려 나도 좌우를 힐끔힐끔 둘러보았다. 너 나 할 것 없이 입을 다물고 있었다.

"그럼 먼저 제가 사용하는 특별한 용어부터 설명하기로 하지요. 그 편이 가장 이해가 빠를 성싶으니까요. 제일 먼저 이미 여러분께 말씀드렸던 '리피트'라는 말부터 시작하기로 하죠. 올해 시월 모일부터 일월 십삼일 밤으로 돌아가는 시간 여행을—아니, 그렇게 해서 다시 살게 된 인생을 우리는 그렇게 부릅니다."

"우리?"

재빨리 되물은 사람은 덴도였다.

"이 자리에는 없지만—다음 시간 여행을 함께하는 참가자는 여기 계신 열 분이니까요. 그렇지만 저와 함께 R-8……. 아, 이 부분도 설명을 드려야겠군요. 역시 처음부터 설명하기로 하죠."

가자마는 거기서 크게 숨을 내쉬며 뜸을 들였다.

5

"처음에는 우연이었습니다. 저와 다른 세 사람, 당시에는 동료가 있었습니다. 그렇게 넷이 시월의 어느 날, 어느 장소에 갔습니다. 그곳은 평소에 그다지 사람이 오지 않는 장소인데 당시에는 우연히 저희 네 사람이 거기 있다가 함께 삼켜졌습니다. 조금 전에 설명한 시공의 틈이라고 할 만한 곳으로요. 그리고 정신이 든 순간 저는 제 집 침대 위에서 퍼뜩 눈을 떴습니다. 그 순간에는 무슨 일이 일어났는지 전혀 몰랐습니다. 처음에는 이듬해 일월인 줄 알았습니다. 넷이서 사고를 당해……. 그러니까 약 석 달가량 의식을 잃었던 모양이라고 해석했죠. 그러나 차근차근 확인해 보니 미래가 아닌 올해 일월이더군요. 저 역시 처음에는 말도 안 되는 일이라고 생각했습니다. 그야 당연히 이월도 삼월도 그리고 시월까지 이미 올해를 경험했으니까요. 그런데 텔레비전 뉴스에서는 이미 열 달 전에 본 기억이 있는 뉴스만 흘러나왔습니다.

도대체 무슨 일인가 싶었죠. 세상이 잘못된 건지 내 머리가 이상해진 건지 분간이 가지 않았습니다. 아니, 저뿐만이 아니었습니다. 함께 리피트한 세 사람도 같은 체험을 했던 겁니다. 마찬가지로 자신은 시월에 있었다고 인식하고 있었고 지금이 일월이라는 게 이상하다고 넷 모두 의아해 했습니다. 그렇지만 현실적으로 지금이 일월이라는 사실도 각자 인정하지 않을 수 없었습니다. 이상한 말을 했다가 주위에서 미쳤다고 생각할까 봐 겁이 났던 우리 넷은 그 사실을 누구에게도 말하지 않고 두 번째 체험하는 올해를 그대로 시월까지 살았습니다.

그리고 당시 저와 또 한 사람의 동료가 같은 생각에 도달한 거죠. 되감긴 인생에서 다시 그곳에 가 보면 어떨까, 또 그때처럼 시공의 틈이 입을 벌리고 있다면 그곳을 통해 다시 올 일월로 돌아갈까. 확인할 가치가 있다고 저와 또 한 사람의 동료는 생각했습니다. 순수한 호기심에 마음이 동하기도 했지만 그 이외에도—처음 되감긴 인생에서는 당연히 준비 따위는 하지 못했던 탓도 있었지요. 가령 경마로 돈을 벌고 싶어도 어떤 경주에서 어떤 말이 우승하는지 기억하지 못한다면 불가능한 일이에요. 그러면 인생을 다시 살아도 아무런 득이 없습니다. 그렇지만 또 한 번 인생을 살 수 있다면, 이번에는 필요한 정보를 가능한 열심히 머리에 집어넣어 만반의 준비를 해서 경마로 거금을 버는 일도 마음만 먹으면 가능해지게 만드는 거죠. 그래서 시월의 당일에 같은 곳으로 갔더니 예상대로 또 리피트를 할 수 있었습니다.

그런데 그 당시 함께 갔던 동료는 다시 사는 인생에서 생각대로 거금을 벌고 만족해 버렸습니다. 그래서 R—, 그 당시의 인생에서—아, 이쯤에서 설명해야겠군요. 최초의 인생—원래 인생을 저는 R-0라고 부릅니다. R은 리피트의 머리글자입니다. 오리지널이니까 리피트 0, R-0입니다. 네 명의 동료와 이유도 모른 채 어영부영 지낸, 맨 처음 다시 산 인생이 R-1입니다. 또 저와 한 명의 동료가 다시 산 인생을 R-2라는 식으로 부르게 되었습니다. 보통 1985년이나 1990년 등으로 부르거나 아니면 작년이나 재작년으로 부르지만 같은 해를 몇 번이나 다시 사는 우리에게는 두 번째와 세 번째 다시 사는 인생을 구별하는 일이 몇 년이라는 호칭으로는 불가능합니다. 작년이라는 말도 헷갈리고 해서 이런 식으로 R을 붙여서 부르게 되었습니다.

그럼 다시 본론으로 돌아가서……. 아, 무슨 이야기를 하다 이 이야기로 빠졌죠?"

가자마가 혼란스러운 듯 그렇게 물었다.

"우리. 그리고 R-8."

덴도가 바로 대답했다. 가자마와 마찬가지로 이야기의 흐름을 놓쳤던 나는 덴도의 한마디에 진심으로 탄복했다. 노트에 번호를 매겨 적던 부분을 확인했다.

"그랬죠."

가자마가 이야기를 계속했다.

"그런 연유로 R-2에는 동료가 있었습니다. 그렇지만 저는 R-3을 경험하고 R-4를 경험하며 역시 혼자서는 재미가 덜하다고 생각하게 되었습니다. 동료가 필요했죠. 그래서 R-5에서는 가까운 사람들을 끌어들여 데려갔는데……. 거기에서 사소한 문제가 생겨 결국 혼자서 R-6으로 갔습니다. 그러나 역시 혼자서는 쓸쓸했기에 R-7에서는 또 다른 동료를 데리고 가자고 마음먹고 지금과 같은 방법을 고안했습니다. 그래서 R-7에서 R-8로 아홉 사람의 동료를 데리고 갔습니다. 과거의 실패 경험을 살려 신중을 기했던 덕분인지 결과적으로는 대성공이었어요. 그들은 R-8의 인생에서 경마 등으로 거금을 벌어들인 결과 크게 만족했죠. 지금은 그대로 R-8에서 시월 이후의 인생을 경험하고 있을 겁니다. 저는 시월에 다시 이쪽으로 와 버려서 그들의 그 후의 삶은 알지 못합니다. 그리고 R-8부터 이번 R-9에 올 때도 같은 방식으로 아홉 명의 동료를 데려왔습니다. ……제게 지금은 사실 아홉 번째 다시 사는 삶입니다. 아홉 번째 다시 살기. 그래서 R-9입니다. 원래 인생을 포함하면 구월 이십구일이라는 날을 맞이하는 건 오늘이 열 번째인 셈입니다.

그래서 이 R-8이나 R-9와 같은 용어는 저 이외의 동료라고 해야 할지, 매번 아홉 명의 게스트를 데려가는 까닭이니까요—'게스트'라는 말은 따로 설명하지 않아도 아시겠지요. 참고로 하나 더 자주 사용하는 용어로는 '리피터'라는 말이 있습니다. 뭐, 이 말도 굳이 설명할 필요는 없겠지요. 그렇다면 게스트분들께는—예를 들어 여러분께는 이번 인생이 R-0, 리피트가 성공하면 그 인생이 R-1에 해당되겠지만 게스트분들께도 저와 같이 지난번이 R-8이고 이번이 R-9, 여러분이 리피트한 뒤에 다시 사는 인생을 R-10으로 불러 달라고 부탁드리겠습니다. 게스트 여러분과 제가 대화할 때

불필요한 혼란을 피하기 위해 매번 그런 요청을 드리고 있으니 양해 부탁드립니다."

"저, 그러면 이 세계에는 R-8에서 왔다는—그 게스트라는 분이 가자마 씨 이외에도 아홉 명이 있다는 겁니까?"

다카하시가 미간을 찌푸리며 질문하자 "그렇습니다" 하고 가자마는 온화한 표정으로 고개를 끄덕였다.

"이번에는 리피터가 실제로 어떤 이점을 가지는지—어떤 특장점을 가지는지에 대해 생각해 보도록 하죠. 리피터의 유일한 이점은 미래의 기억을 가지고 있다는 점입니다. 그 점이 유일하게 보통 사람들과 다른 부분이지요. 그렇지만 어디까지나 기억할 때만 가능한 이야기입니다. 가령 리피트하기 전에 무언가를 열심히 메모한들 메모는 과거로 가져갈 수 없습니다. 따라서 과거로 가져갈 수 있는 건 정말로 기억뿐입니다. ……그러므로 쓰보이 군도 목적하는 대학 합격을 위해서는 2차 시험에 나오는 문제를 지금—리피트하기 전에 확실히 암기해야 합니다. 경마에서 돈을 벌고 싶은 사람은 올 일월 이후의 경주 결과를 지금부터 열심히 외워 두면서 리피트에 대비해야 합니다. 그래서 여러분을 위해 출발일 직전이 아니라, 한 달 전인 지금 이 시기에 설명회를 마련했습니다. 어디까지나 여러분께 준비 기간을 드리자는 배려죠."

6

가자마가 자리에서 일어나더니 왜건에서 찻주전자를 가지고 돌아와 자신의 잔에 녹차를 따랐다. 찻주전자가 손에서 손으로 건네졌다. 나도 내 잔에 녹차를 따랐다. 덴도는 담배에 불을 붙였다.

찻주전자가 한 바퀴 돌았을 때 다시 가자마가 이야기를 시작했다.

"그럼 지금부터 리피터의 마음가짐에 대해 이야기하겠습니다. 이 부분이 중요합니다."

그는 잠시 뜸을 들인 뒤 이야기를 계속했다.

"주의 사항은 모두 리피트한 뒤의 생활에 대해서입니다. 첫 번째가 리피트의 비밀은 결코 누구에게도 누설하지 말아 달라는 것입니다. 리피트 이후에 만약 여러분이 그럴 마음만 먹는다면 제가 여러분께 보여 드렸던 것처럼 지진이나 무언가를 예언하는 일도 가능은 합니다. 다만 그런 퍼포먼스만은 절대로 하지 마시길 당부드립니다. 대중 매체를 상대로는 물론이거니와 그 밖에, 예를 들면 가까운 가족이나 친구를 상대로도 마찬가지입니다. 구월 일일 오후 다섯시 사십오분에 지진이 일어난다고 알더라도 결코 누구에게도 예언 비슷한 말을 해서는 안 됩니다.

아시겠습니까? 저희는 다른 보통 사람 입장에서 보자면 치사한 존재니까요. 리피터는 앞으로 일어날 일을 이미 알고 있어요. 그래서는 정정당당한 승부가 불가능하겠지요. 공정하지 않습니다. 그런 사람이 이 세상에 존재한다고 가정하면 경마와 같은 공영 도박은 성립하지 않겠지요. 그 밖에 학교 시험이나 주식 등의 금융 투자도 매한가지입니다. 도박이든 시험이든 주식이든 모두 참가자 전원이 공평한 조건하에서 각자가 운과 실력을 걸고 승부한다는 전제에서 성립하니까요. 그런데 리피터는 출발점에서 이미 한 발 앞서 있습니다. 리피터의 존재 자체가 사회의 근간을 뒤흔들게 되는 거지요. 따라서 만약 리피터가 이 세상에 있다고 알려진 경우에는 우리가 일반인들의 질투의 대상이 되기도 하고, 당연히 우리의 지식을 이용하려는 사람들이 나오기도 할 겁니다. 어쨌든 결코 사회에서 두 팔 벌려 환영할 만한 존재는 아닙니다. 그 점만은 확실합니다."

사회에서 두 팔 벌려 환영할 리가 없다.

나는 무심코 숨을 꿀꺽 삼켰다. 새삼 가자마의 표정을 살폈다. 선글라스 안에 숨겨진 눈빛은 간파할 수 없었고 그 얼굴은 가면처럼 무표정하게 보였다.

"다만 여러분은 평범한 일반인들과 달리 앞으로 리피터라는 특권을 가진 존재가 될 수 있는 초대장을 받은 분들입니다. 여러분이 저를 원망하거나 질투하는 일은 없으리라 믿고 오늘 이 자리에 임했습니다. 앞으로 리피트를 하게 되겠지만 리피트 이후에도 자신이 리피터라는 사실은 절대 다른 사람에게 들키지 않도록 주의해 주십시오. 만약 거기서 비밀이 새어 나간 경우에는 비밀을 누설시킨 당사자뿐 아니라 다른 동료의 존재까지 굴비 두름 엮듯 드러나서 다른 참가자들에게도 피해를 주게 될 테니까요. 아직 리피트를 경험하지 못한 분들은 그 부분을 의외로 가볍게 보는 경향이 있더군요. 덕분에 매번 게스트를 이렇게 초대할 때는 항상 그 점을 집요할 정도로 몇 번이고 주지시켜 드리고 있습니다."

이따금 텔레비전에 등장하는 초능력자를 자칭하는 사람 가운데 만약 한 명이라도 그 능력이 진짜라고 증명된다면 세상 사람들은 과연 어떤 반응을 보일까.

그가 경마를 한다면 그를 따라 사는 사람들 때문에 같은 마권만 팔리겠지. 아니, 그가 살 때까지는 아무도 마권을 사지 않게 되는 건 아닐까. 경마라는 시스템이 한 사람 탓에 무용지물이 되고 마는 것이다.

질투 수준에서 끝나지는 않으리라. 그는 분명 자유롭게 살 수 없을 것이다. 정부에 이용당할지도 모른다. 아니면 살해당할지 모른다. 아무튼 정상적인 인생을 살 수 없으리란 건 자명하다.

가자마의 설명에 따르면 리피터도 마찬가지라고 한다.

그렇다. 만약 리피터가 사실이라면 리피터는 초능력자와 같은 존재다. 리피터는 예언자다. 예지 능력자다.

십 개월 한정이기는 하지만.

가자마의 이야기는 계속되었다.

"또 한 가지. 가능하면 여러분께는 리피트 이후에도 원래 인생과 같은 생활을 기본적으로 권장합니다. 설령 경마나 주식으로 거금을 벌었더라도 말입니다. 경마나 주식으로 돈을 버는 건 자유롭게 하셔도 상관없습니다. 다만 그렇게 번 돈은 바로 쓰지 말고, 가능하면 십일월 이후에, 즉 리피트 기간이 종료될 때까지 그대로 묻어 두시길 바랍니다."

"영화에서 보면 은행 강도가 동료에게 곧잘 그런 소리를 하더군."

덴도가 끼어들었다.

"갑자기 씀씀이가 헤퍼져서 누군가의 눈에 찍히면 곤란하다는 건가."

"물론 그런 점도 있습니다. 또 한 가지 일상생활에서 여러분 자신의 안전을 위한 일이기도 합니다."

"일상생활의 안전이라는 건 무슨 뜻이지?"

"그러니까 원래 인생과 가능하면 비슷하게 살아야 한다는 뜻입니다. 여러분은 원래 인생과 같은 일을 해야 합니다. 결국 그게 가장 안전하니까요. 원래 인생과 똑같이 생활하면 마이너스는 발생하지 않습니다. 즉 최소한 원래 인생 수준은 보장된다는 얘기입니다. 그 이하로는 떨어지지 않지요. 예를 들어 회사를 그만둔다거나 해외여행을 간다거나, 그런 식으로 원래 인생에서는 하지 않았던 일을 하면 당연히 처음 겪는 상황에 처하게 될 테니 아무런 보장도 얻을 수 없고 다소의 위험 부담이 발생합니다. 경우에 따라서는 거기서 사고를 당하거나 강도를 당할 위험도 가능성으로서는 생각할 수 있습니다. 그러므로 기본적으로는 원래 인생과 똑같이 살면서 가령 업무상의 사소한 실수 같은 건 피해 가도 무방하겠지요. 비가 오기 전에 미리 우산을 챙기는 정도는 해도 좋습니다. 원래 인생에서는 우산이 없어서 비를 맞았지만 이번에는 우산을 가지고 간다는 정도로 자잘한 부분까지는 완벽하게 지키지 않아도 상관없다는 얘깁니다. 그런 경우에는 리피터의 특권을 부지런히 사용해 주십시오. 더불어 주식이나 경마로 큰돈을 벌어도 좋겠지요. 다만 벌어들인 돈을 쓰는 시점은 십일월 이후여야 합니다. 그런 식으로 리피터의 특권을 사용하는 게 가장 위험 부담이 적고 성공 보수는 큽니다. 하지만 그래서는 의미가 없다는 분도 계시겠지요. 뭐, 그 부분은 각자의 해석에 맡기겠습니다. 예를 들어 쓰보이 군은 이번과 똑같이 생활해 달라고 한들 재수 생활을 반복해서는 아무 의미가 없겠지요."

가자마의 이야기로 미루어 보면 역시 쓰보이는 재수생인 모양이었다. 화제에 오른 당사자의 모습을 관찰해 보았다. 금발로 물들인 앞머리의 그늘 사이로 변함없이 비뚤어진 듯한 표정이 엿보였다.

가자마의 이야기는 이어졌다.

"인생을 다시 살 수 있다면 쓰보이 군에게 가장 큰 목적은 대학 합격이겠지요. 따라서 올 일월로 돌아가 R-10에서 쓰보이 군이 우수한 성적으로 대학에 합격한다면 그 이후는 이번 인생과 전혀 다른 생활을 보내게 될 겁니다. 그러면 신변잡기 수준의 미래 기억은 더 이상 쓸모가 없어지죠. 만약 올해 사월 이후에 사귄 친구가 있더라도 R-10에서 대학에 합격한다면 그 친구와는 만날 수 없으니 그 친구와의 사이에 발생한 기억은 모두 소용이 없어집니다. 아니 쓸모가 없어지겠지요. 한편 대학에서는 이번 R-9에서는 만나지 못했던 새로운 친구가 생기거나 새로운 수업을 듣고 새로운 생활이 시작됩니다. 말하자면 미래의 기억을 활용할 곳이 없어집니다. 즉 쓰보이 군이 만약 리피터의 이점을 살려 R-10에서 대학에 합격한다면 그걸로 쓰보이 군은 리피터의 특권을 소진한 상태가 됩니다. 뭐, 그래도 경마 결과나 사회적 사건 등 거시적인 수준의 기억은 그대로 통용되겠지만요.

그 경우 쓰보이 군은 그에 상응하는 위험 부담을 짊어질 각오가 필요합니다. 그렇지 않으면 의미가 없겠지요. 그러나 다른 분들은 가령 경마로 돈을 버는 정도라면 일단 리피트 기간이 끝날 때까지는 회사도 그만두지 마시고 이사도 삼가며 적어도 표면적으로는 원래의 인생과 같은 생활을 보내는 게 가장 위험 부담이 적은 안전한 방법이 아닐까 합니다."

쓰보이는 가자마의 이야기 도중부터 몇 번이나 고개를 끄덕였다. 그는 이미 자신의 인생에 리피트를 활용할 계산을 세워 놓았으리라.

그렇다면 나는 어떨까? 과거로 돌아간다—만약 정말로 올 일월로 돌아간다면 나는 어떤 식으로 특권을 활용해야 할까?

7

"어쨌든 리피터의 가장 큰 이점은 미래의 기억을 가지고 있다는 사실입니다. 사실 유일한 이점이죠. 게다가 그 특권도 사용할 수 있는 범위가 한정되어 있고요. 예를 들어 일상 수준의 소소한 기억은 조금 전의 쓰보이 군의 예로 아시겠지만 자신의 생활 양식이 변하면 더 이상 쓸모가 없어집니다. 다른 예를 들자면 가령 가까운 사람이 이번 인생에서 불의의 사고로 목숨을 잃었다고 칩시다. 리피트 이후에 자신은 사고를 미리 아는 셈이지요. 그러니 미연에 방지하고자 하면 막을 수도 있습니다. 다만 그런 식으로 원래 죽었을 사람을 살린다면 그 이후는—특히 그 사람이 자신에게 매우 가까운 사람이었다면 사고가 일어나고 일어나지 않고가 자신의 인생을 크게 바꿀 사건이기 때문에 그야말로 쓰보이 군의 대학 입시에 필적하는 인생의 갈림길이 되겠지요.

이전 인생에서 그 사람은 그 시점에 죽었지만 새로운 인생에서는 자신이 그 사람을 살렸다. 따라서 그 사람은 이후에도 살아 있다. 그래서 그런 일을 하면—사람의 목숨을 구하는 건 기본적으로는 옳은 일이지만—일단 그런 일을 해 버리면 이후의 인생은 더 이상 이전 인생과는 같은 인생이 아닙니다. 요컨대 완전히 다른 인생이 됩니다. 덕분에 모처럼 기억했던 미래의 기억도 더 이상 쓸모가 없어지겠지요.

그러므로—극단론이지만, 자신의 안전이나 리피트의 특권을 최우선으로 생각한다면 설령 가까운 사람이 이번 인생에서 불의의 사고로 죽었더라도 다음 인생에서 그 사람을 구하지 않고 그냥 죽게 내버려두는 편이 리피터로서는 최선의 선택일지도 모릅니다."

이야기를 들으면서 나는 이건 게임이라고 생각하려 했다. 리피트라는 현상이 사실이라는 전제에 입각한 사고 실험류의 게임.

그런 전제를 두고 생각한다면 가자마의 이야기는 상당히 완성도가 높다. 특히 지금 말한 부분—리피터는 자신의 특권을 지키기 위해 타인을 죽게 내버려두는 비정함도 때로 필요하다는 대목은 듣고 있자니 등골이 서늘했다. 아무리 가정이라지만 그런 발상은 좀처럼 나오지 않는 법이다.

"이전 인생의 기억이 리피트 이후에도 도움이 되는 건 일월 이후의 역사가 매번 같은 식으로 반복되기 때문입니다. 그런데 거기에 불확정 요소가 끼어들면—말할 것도 없이 불확정 요소란 리피터 자신을 가리킵니다. 그들은 인생을 다시 살고자 하겠죠. 애초에 이전 인생과는 무언가 다른 일을 하기 위해 온 거니까요. 그래서 그들이 뭔가 다른 일을 한다면—그에 따라 역사도 크든 작든 영향을 받게 됩니다. 그 영향이 자신의 주변에서 일어나기 시작하면 이후 어떻게 될지 전혀 알 길이 없습니다. 기껏 기억해 온 이전 인생의 기억도 이미 거기서 쓸모가 없어집니다. ……참, 여러분은 '카오스 이론'이라는 말을 들어 보신 적이 있으신가요?"

카오스 이론—정확한 의미는 모르지만 들은 적이 있다. 나는 그 말을 노트에 적고 모두의 모습을 살폈다. 다카하시가 어리둥절한 얼굴로 좌우를 살피는 게 보였다. 그는 그 말을 들은 적이 없는 듯했다.

"—과연."

말투로 보아 이해한 모양인지 덴도는 혼자 고개를 주억거렸다.

"일단 선로를 벗어나면 이후로는 점점 이전 인생과의 차이가 벌어질 뿐이다. 그런 뜻이지?"

"그렇습니다."

가자마가 만족스러운 표정으로 고개를 끄덕였다.

"일단 사건이 변화하기 시작하면 이후로는 변화가 비약적으로 증가할 뿐이며 예상할 길이 없다—수학에서는 그걸 카오스 이론이라고 부르는 모양입니다."

나는 금세 고개를 끄덕이려던 자신에게 놀랐다.

아니—이것이 정말 그저 만들어진 이야기……인가?

가자마의 이야기가 가진 사실성과 정교함…….

내가 리피트 운운하는 이야기를 처음부터 부정하면서 이 자리에 임한 것은 애초에 시간 여행 따위가 가능할 리 없다는 상식에 의거해서였다. 그러나 그와 같은 당연한 상식도 이미 흔들리고 있었다. 가자마가 어떻게 지진을 예지했는지 여전히 설명이 불가능했기 때문이다.

"대충 설명하자면 이렇습니다. ……질문 있으신 분? —네, 다카하시 씨였죠?"

"조금 전에 물을까 했는데—."

기세 좋게 손을 든 건 보라색 셔츠를 입은 다카하시였다.

"가자마 씨는 예를 들면 오늘 경마 결과도 알고 계시다는 거죠. 그걸 우리한테 가르쳐 줄 수는 없나요?"

정중하게 말하는 게 익숙하지 않은 듯 어설픈 말투였다.

"죄송하지만, 불가능합니다."

가자마는 고개를 가로저었다. 다카하시는 그 말만으로는 만족하지 못한 모양이었다.

"어차피 이 세계에도 R-8인지 뭔지에서 온 게스트가 경마에서 돈을 벌고 있잖아요? 오늘이라면 연승식 마권도 있고 만마권_{백 엔으로 만 엔 이상의 배당을 받을 수 있는 마권} 같은 걸 맞히는 일도 식은 죽 먹기고 그렇게 생각하면 딱히 우리한테 못 가르쳐 줄 것도 없지 않……."

다카하시가 격한 말투로 쏟아냈지만 가자마는 끝까지 말하게 내버려두지 않았다.

"제가 오늘 여러분께 리피트의 비밀을 밝힌 이유는 그런 형태로 이번 R-9 세계에서 한몫 잡아 보자는 의도가 아니었습니다. 어디까지나 저와 함께 리피트를 경험해 보자고 초대하기 위해 비밀을 털어놓았던 겁니다. 그러니 다카하시 씨도 제 초대에 응하기만 하면 R-10의 인생에서는 남이 남긴 부스러기를 얻어먹는 형태가 아니라 자신의 기억을 살려서 좋을 대로 경마든 뭐든 하고 싶은 만큼 할 수 있습니다. ……지금 섣불리 정보를 줘서 여러분이 돈을 번다면—그래서 여러분이 인생을 다시 살 필요 없다, 나는 이걸로 족하다고 해 버리면 기껏 초대를 한 그간의 수고가 헛고생이 되는 셈입니다. 따라서 오늘 경마 결과도 물론 알고야 있지만 여러분께는 말할 수 없습니다. ……이해하시겠습니까? 그 밖에 다른 질문은 없으십니까?"

물어야 할 건 잔뜩 있다―그렇게 생각하면서도 구체적으로 무엇을 물어야 좋을지 딱히 떠오르지 않았다.

"그럼 해야 할 말도 마쳤으니 저는 슬슬 이 자리에서 물러날까 합니다."

"아……" 하는 말이 새어 나왔을 때는 가자마가 이미 자리에서 일어서 있었다.

"참, 그전에―."

가자마는 발치에서 손가방을 집어 테이블 위에 올리고 가방 안을 부스럭부스럭 뒤지기 시작했다.

그는 아홉 개의 봉투를 꺼내들었는데 하나하나가 상당히 두툼했다.

"그대로 앉아 계십시오. 이걸 나누어 드리겠습니다."

가자마가 테이블 주위를 한 바퀴 돌며 각자의 앞에 봉투를 하나씩 내려놓았다. 오모리가 잽싸게 봉투를 열었기에 나도 내 앞에 놓인 봉투를 바로 집어 들어 내용물을 확인하고―말문이 막혔다.

만 엔 지폐가 다발로 들어 있었다.

백만 엔.

봉투에서 꺼내 지폐 다발의 가장자리를 손가락으로 팔랑팔랑

넘기며 확인해 보았다. 모조리 만 엔짜리 지폐였다.

"이 돈은 오늘 교통비치고는 조금 많을지도 모르지만, 나머지는 리피트를 위한 준비금 정도로 생각해 두시면 좋겠군요."

가자마는 그런 말을 하며 봉투를 나눠 주고 나서 자신의 자리로 돌아갔다.

"저는 이만 물러나겠습니다. 여러분은 가능하면 이대로 남아서 서로 친목을 도모했으면 합니다. 함께 리피트를 하게 될 동료니까요. 오늘은 폐점 시간까지 이 방을 잡아 두었으니 기탄없이 서로의 의견이라도 나누어 주십시오. 저를 신용할지 말지도 본인이 없는 편이 이야기 진행이 빠를 테지요. ……그러면 저는 이만."

가자마는 어안이 벙벙해진 우리를 남겨 두고 특실에서 나가 버렸다.

문이 닫힌 순간 나는 반사적으로 일어났지만 그 이상 아무것도 할 수 없었다. 지금 바로 가자마의 뒤를 쫓아 방을 나가 그를 따라잡는다 해도 그러고 나서 무엇을 해야 할지 도무지 갈피를 잡을 수 없었다.

수중에는 백만 엔 다발이 남겨졌다.

나는 그 자리에 바보처럼 선 채 다른 여덟 명의 모습을 살폈다. 이케다도 덴도도—모두가 기가 막혀 넋이 나간 것처럼 보였다.

8

처음 입을 연 사람은 다카하시였다.

"거봐. 전부 다 합해서 구백만 엔. 가자마 씨는 진짜 리피터야. 경마로 얼마든지 돈을 벌 수 있으니 이 정도의 돈을 턱 하니 내놓는 거잖아. 안 그래?"

득의양양한 말투였다.

"어이, 모리. 일단 진정하고 앉지그래."

덴도의 말에 나는 순순히 자리에 앉았다. 손에 든 지폐 다발을 어찌해야 좋을지 몰라 우선 테이블 위에 두었다. 그러자 오른쪽 옆자리의 시노자키도 마찬가지로 봉투를 꺼림칙하다는 듯 테이블 위에 내려놓았다.

"이 돈, 어떻게 하실 건가요?"

그러고는 뭔가 기대하는 듯한 시선으로 나를 바라보며 말했다.

"필요 없다면 나한테 주든지."

시노자키의 말이 떨어지기 무섭게 다카하시가 뻔뻔한 소리를 했다.

아니, 지금은 개별적으로 이런 말이나 하고 있을 때가 아니다.

"저……."

일단 소리를 내서 모두의 시선을 모았다.

"감히 제가 해도 좋을지 모르겠지만 달리 다른 분이 안 계시다면 일단 제가 이야기를 진행하는 역을 맡을까 합니다. 괜찮으신가요?"

특별히 별다른 말을 하는 이가 없었기에 그걸 긍정의 의미로 받아들이고 이야기를 계속했다.

"그럼 우선 이 자리에서 무엇을 의논해야 할지에 대해서부터 시작하면 어떨까요. 의견이 있는 분은…… 아, 덴도 씨, 뭔가 하실 말씀이라도?"

덴도가 날이 선 눈빛으로 바라보았기에 이야기를 재촉했다.

"무슨 이야기를 하든 그전에 먼저 각자의 입장을 확실히 해 두기로 하지. 입장은 세 가지. 리피트를 백 퍼센트 믿거나, 반신반의하거나, 또는 백 퍼센트 믿지 않는다. 거기서부터 시작하지?"

그에 대해 특별한 반대 의견이 없어 보여 나는 손을 들어 의견을 조사하기로 했다. 결국 백 퍼센트 믿는다는 입장은 다카하시와 쓰보이 두 사람이었으며, 반신반의한다는 입장이 덴도, 요코사와, 고하라, 나 그리고 시노자키도 망설이며 손을 들었다.

"그러면 오모리 씨와 이케다 씨 두 분은 백 퍼센트 믿지 않는다는 입장이시네요. 그러고 보니 이케다 씨는 처음에 그 예언은 합리적으로 설명이 가능하다고 말씀하셨죠. ……아, 고하라 씨와 쓰보이 군은 아직 오기 전이었군요."

나는 먼저 시노자키의 복수 타격설을 설명했다. 그 가설이 이케다에 의해 부정된 경위를 늦게 온 두 사람에게 이야기했다.

"따라서 이케다 씨의 가설은 그보다 설득력이 있다는 거겠죠.

저희에게도 슬슬 설명을 해 주셨으면 합니다."

내가 그렇게 채근하자 이케다는 천천히 고개를 끄덕이며 낭랑한 목소리로 이야기를 시작했다.

"백만 엔을 받고서는 솔직히 저도 깜짝 놀랐습니다. 그러나 반대로 사태가 명확해졌습니다. 아마 제가 이렇게 간파했다는 건 예상 밖의 일이겠지만요. 알아차려 버렸으니 어쩔 수 없다고 생각하고 포기할 수밖에 없겠지요. 이거 몰래 카메라죠? 안 그런가요, 모리 씨?"

갑자기 말을 걸어 나는 "네?"라는 말밖에 하지 못하고 말문이 막혔다. 말투로 보아 내가 몰카를 꾸민 사람이라고 생각하는 모양이다.

테이블 반대편에서 덴도가 흥 하고 코웃음을 치는 소리가 들렸다.

"몰래 카메라라면 텔레비전에서 흔히 보는 거 말인가요?"

"그러니까 연기는 그만하면 됐다니까요. 이미 알아챘으니까. 뭐, 그래 봤자 다들 단순한 엑스트라일 테니 자신의 판단으로는 결정할 수 없겠군요. 그럼 이거 어떻게 해야 끝이 나는 건가요?"

"잠깐만요."

나는 허둥지둥 반론했다.

"그러고 보니 확실히 상황이 몰래 카메라와 비슷하긴 하네요. 솔직히 말씀드리자면 저도 그럴 가능성은 생각해 봤습니다. 리피트 이야기가 거짓말이라면 대신 이런 일을 할 이유로 떠올릴 만한 건 몰래 카메라 정도니까요. 하지만 도대체 무슨 목적으로 몰래 카메라를 찍는 거죠? 아무리 몰래 카메라라고 해도 생각만으로 지진을 일으키거나 하는 게 가능한 일인가요? 중요한 부분을 설명해 주셔야죠."

"물론 그에 대해서도 지금부터 설명하겠습니다."

이케다는 설명을 시작했지만 나를 몰카 공작원 정도로 생각한 시점에서 이미 그의 추리는 틀렸다는 사실이 밝혀졌다. 그래도 나는 진지하게 이케다의 가설을 들을 자세를 취했다.

"지진은 인위적으로 일으킨 겁니다. 아니, 정확히 말하자면 그건 지진이 아니었습니다. 제가 사는 맨션만 기계든 뭐든 사용해서 흔들었던 거지요. 진도 1 정도였으니까. 그 정도라면 지정한 시각에 집을 흔드는 일쯤이야 가능하지 않을까요?"

가만. 그 점은 미처 생각하지 못했다. 순간 그럴 수도 있겠다 싶었지만 바로 가설을 부정하는 자료가 떠올랐다.

"텔레비전에 속보가 나왔잖아요. 다음 날 신문에도 기사가 났던 기억이 나는데요."

"신문은 우리 집에 배달된 것만 뭔가 조작을 했겠지요. 텔레비전 속보도, 죄송하지만 저는 확인하지 못했습니다. 그러나 만약 확인했다고 해도 벽 속을 지나는 안테나선에 무언가 조작을 해서―예를 들어 전용 기계를 도중에 연결하거나 하면 평범한 텔레비전 방송에 속보 자막을 합성해 내보내는 일이야 가능할 테고. 뭐, 그 정도 트릭을 준비하지 않았나 싶군요. 제가 어제 지진이 있지 않았냐고 직접 확인할 경우를 상정해 제 지인들에게도 몰래 카메라에 협력해 달라고 부탁하면 보다 확실하겠죠. 그렇게까지 하지 않더라도 사실 진도 1 정도야 느끼지 못하는 사람도 있을 테니까, 그 부분이야 그 정도까지 사전 공작을 하지 않아도 충분할지도 모르고. 저 역시 아무에게도 확인 같은 건 하지 않았으니까 말입니다.

그런데 그런 수고를 들여서—텔레비전 자막 합성이라든가 가짜 신문까지 준비해서 저를 속인다고 무슨 이득이 있을지 생각했을 때 딱 하나 떠오르는 게 바로 몰래 카메라였단 말이죠. 그것밖에 없어요. 지금도 이 방 어딘가에 카메라를 숨겨 놓고 촬영하고 있겠죠?"

"잠깐만요."

시노자키가 손을 들고 말했다.

"저희 집은 단독 주택이고 안테나도 베란다에 전용 안테나가 세워져 있어요. 그러니까 저희 집에는 텔레비전 속보를 조작하는 건 불가능하지 않을까 싶은데요."

시노자키의 발언에 이케다는 눈을 감고 고개를 절레절레 흔들었다.

"이제 그만 하세요, 시노자키 씨. 그런데 시노자키라는 이름은 예명인가요, 본명인가요? 신인 탤런트인가 보죠? 아, 여기 계신 분들이 전부 저를 속이기 위한 연기자들이시죠? 정말 연기 하나는 일품이었습니다. 진짜 같았으니까요. 가자마 씨라는 연기자도 포함해서 말이죠. 정말 감쪽같았습니다. 이 정도면 상당한 비용이 들었겠는데요. 그런데도 결과가 이래서 정말 송구스럽지만……. 슬슬 끝내기로 하죠?"

"지금 이 상황은 일반인을 대상으로 한 몰카 따위가 아니야."

그때 갑자기 덴도가 입을 열었다.

"나는 그쪽 업계에서 일을 해서 알아. 요즘은 몰래 카메라도 기준이 상당히 까다로워졌단 말이지. 아무리 기획이 좋아도 멋대로 방영할 수가 없거든. 써도 좋다고 확실히 양해를 구할 수 있는 연예인들만 속이는 게 상식이지. 뭐, 이렇게 말해도 믿지 않겠지만. 참고로 나는 연기자도 아니고 예언 전화는 우리 집에도 확실히 걸려 왔어."

이케다의 입장에서 생각해 보면 자신은 몰래 카메라 공작원이 아니고 예언 전화는 우리 집에도 걸려 왔다고 다른 사람이 아무리 주장해도 그것만으로는 아무런 증거가 되지 않는다. 덴도가 아무리 사실을 말한들 또는 내가 무슨 말을 하건 그의 믿음을 깨부술 수는 없으리라.

그때 문득 다른 생각이 머리를 스쳤다. 내가 확실히 말할 수 있는 건 우리 집에도 예언 전화가 걸려 왔다는 사실뿐이다. 이케다가 다른 여덟 사람을 의심하는 것과 같은 이치로 나 역시 나머지 여덟 명을 의심해야 하지 않을까?

이 모든 일은 몰래 카메라로, 조작된 상황이며 사실 목표는 이케다가 아니라 나라면. 이 자리에 있는 나 이외의 여덟 사람이 모두(이케다도 포함해) 몰래 카메라의 공작원이라면. 이케다의 말이 예언 트릭의 정답이라면.

공작원 중 한 명인 이케다가 보란 듯이 어떻게 속였는지 알려 주는데도 진상을 눈치채지 못하는 나를 어딘가에 있는 몰래 카메라가 지금도 찍고 있다면…….

나는 엉겁결에 주위를 힐끔힐끔 두리번거렸지만 이어진 덴도의 말 한마디에 망상에서 깨어났다.

"지진은 정말 일어났다. 만약 믿지 못하겠다면 기상청이든 어디든 확인 전화를 해 보면 그만이지. 그러면 단박에 확실해지거든."

그렇다. 지진이 정말 일어났는지 아닌지는 그럴 마음만 먹으면 간단히 확인할 수 있는 일이다. 그런 취약한 트릭이 이번 리피트 예언에 사용되었다고는 생각하지 않는다. 만약을 위해 집에 돌아가면 바로 확인해 보자고 노트에 메모했다.

이케다의 태도를 살펴보니 그는 복잡한 표정을 짓고 생각에 잠겨 있었다. 그의 가설은 예언을 트릭으로 간주하지 않고 지진을 트릭으로 간주했다는 점이 참신했지만 결국 탁상공론에 지나지 않았다.

"그럼 이케다 씨는 지진이 진짜 있었는지 없었는지 확인해 보세요."

나는 그 이야기를 거기서 마무리했다.

"오모리 씨는…… 조금 전에 리피트를 백 퍼센트 믿지 않는다고 하셨는데 예언에 대해서 뭔가 생각이라도 있으신지요?"

"아니, 딱히—."

갑자기 질문을 받은 오모리는 맹렬히 머리를 쥐어뜯으며 말했다.

"딱히 생각한 건 없지만. 일단 저도 과학자 나부랭이인지라 시간 여행 같은 허황된 이야기는 절대로 믿을 수 없어요."

결국 근거는 상식뿐이라는 건가. 그렇다면 나와 거의 같은 입장이다.

"고하라 씨는 뭔가 의견 없으신가요?"

나는 가장 연장자인 그의 참여를 유도했다.

"아니, 그…… 예언에 대한 일이 아니라도 상관없습니다. 지금까지 그다지 말씀이 없으셔서 만약 뭔가 생각이 있다거나 알아낸 사실이 있다면 말씀해 주십사 하고."

고하라는 잠시 말을 고르는 듯싶더니 이윽고 더듬더듬 이야기를 시작했다.

"좀 전에—,"

그러고는 손으로 이케다를 가리켰다.

"저분의 말씀과 거의 같지만 솔직히 말하자면 사실 저 역시 이 중에서 저 혼자 속는 역이 아닐까 하고 생각했습니다. 인생을 다시 산다는 둥 그럴듯한 이야기로 사람을 꾀어내서는 돈을 뜯으려는 게 아닐까, 참가비로 몇천만 엔이나 몇억 엔이 든다고 사기 치는 게 아닐까 하고요.

속아 넘어갈 각오를 하고 오늘 이 자리에 왔더니 여러분이—실례되는 표현일지 모르지만, 그다지 돈이 있어 뵈지는 않더군요. 돈을 뜯어내기 위해 불러낸 사람도 아니고 그렇다고 바람잡이도 아닌 것 같고. 적어도 돈을 뜯어낼 목적은 아니라고 판단을 하고 이야기를 들어 봤더니 그 사람은 참가비 비슷한 이야기도 꺼내지 않더군요. 참가비는커녕 모두에게 백만 엔씩 전부 구백만 엔을 주고 갔지요. 더욱 의도를 알 수 없게 되어서 난감하던 참이었습니다."

"며칠 뒤에 사실은 참가비가…… 어쩌고 하면서 전화를 할지도 모르지."

덴도가 실실 웃으며 말했다.

"오히려 그 편이 사기라고 확실히 밝혀지는 셈이니 마음이 편해지겠지만……. 그 경우 확실히 돈을 뜯기는 건 지금 단계에서는 백 퍼센트 믿는다는 저 둘뿐이겠지. 사실 그다지 돈이 있을 것 같지는 않지만."

덴도가 말하는 둘 중 한 명인 다카하시는 울컥하는 표정으로 덴도를 노려보았지만 특별한 말은 하지 않았다.

"내가 한 가지 제안을 할까 하는데."

덴도가 말했다. 아무래도 덴도가 이케다를 대신해 이 자리의 실권을 잡은 모양이었다.

"우선 서로 연락처를 교환하지. 전화번호야 어차피 가자마한테는 알려졌고 적어도 나는 전화번호와 주소 정도 모두에게 알려 줘도 크게 상관없거든. ……전부 알려 주지 않아도 괜찮아. 나와 생각이 같은 사람만이라도 상관없으니 만약 괜찮다면 연락처를 교환하자고. 그러면 예를 들어, 오늘이 아니라도 나중에 뭔가 생각이 나면 서로에게 알려 줄 수 있겠지. ……찬성하는 사람?"

덴도가 손을 들었다. 나는 다른 사람이 어쩌는지 살피려고 고개를 좌우로 움직였다. 모두 같은 생각인 듯 역시 힐끔힐끔 주변의 태도를 살피고만 있었다. 연락처를 모두에게 공개했을 때의 난점을 생각해 봤지만 달리 떠오르는 게 없었기에 나는 바로 손을 들었다. 이어서 다카하시의 손이 올라갔다. 이케다도 잠시 생각한 다음 손을 들었다. 그걸 보던 오모리와 요코사와의 손도 올라갔다.

"……여섯인가. 좋았어. 뭐, 예상대로군."

덴도는 그걸로 납득한 모양인지 품에서 명함 지갑을 꺼냈다. 명함은 여덟 장을 준비했다. 손을 들지 않았던 고하라와 쓰보이, 시노자키 세 사람에게도 건넬 심산인 모양이다. 나는 명함을 갖고 있지 않았기에(밤비나의 명함은 있었지만 오늘은 가져오지 않았고 설령 가져왔다고 해도 그 명함을 돌릴 생각은 없었다) 노트를 한 장 찢어 그걸 여덟 장으로 나누고 각각에 내 주소와 전화번호를 적어 넣었다. 다카하시도 명함을 가지고 있지 않은 모양인지 종이와 필기도구를 빌려 달라기에 내 작업을 마친 다음 그에게 빌려 주었다.

"가자마 씨 연락처도 물어봤으면 좋았을걸."

다카하시가 글씨를 적으며 말했다.

"물어도 어차피 알려 주지 않았을지도 모르지만."

그 말을 듣고 나는 한 가지 생각을 떠올렸다.

"그럼 여기 가게 사람에게 물어보면 어떨까요—?"

"벌써 내가 물어봤지."

다름 아닌 덴도가 말했다.

"가자마라는 이름 이외에는 아무것도 모른다더군. 예약할 때도 연락처는 알려 주지 않았고. 역시 그 부분에는 빈틈이 없어."

빈틈이 없는 건 덴도도 마찬가지라고 생각했다. 내가 생각해 낸 정도의 일은 그도 이미 생각했고 벌써 실행까지 했다. 허투루 볼 수 없는 남자였다. 리피트가 앞으로 어떤 게임으로 발전해 갈지 모르지만 가능하면 덴도는 적으로 돌리고 싶지 않다.

다카하시가 쓰기를 마치자 테이블 위에 몇 장의 명함과 노트 조각이 차례로 돌았다. 그 단계에서 처음으로 밝혀진 정보가 몇 가지 있었다.

이케다의 정식 이름은 이케다 노부타카로 직함에는 그저 직업 골퍼라고만 되어 있었다. 주소는 스미다 구 아즈마바시 1가. 마지막이 맨션 이름이었는데 아마 자택인 모양이었다.

비쩍 마른 사내, 오모리의 이름은 마사시였다. 근무지는 히가시닛포리의 닛쇼화성 바이오 케미컬 연구소로, 직함은 '주임'으로 되어 있었다.

요코사와의 이름은 히로시, 직장은 구라다 파이낸스라는 회사명으로 보아 금융 관계일까. 오종종한 겉모습과는 달리 경리부 인사과장이라는 직함을 갖고 있었다.

덴도는 다로라는 평범한 이름이었지만 직함이 굉장했다. 시나

리오 작가라고 밝혔지만 명함에는 '주식회사 덴도 기획 · 대표이사 겸 사장'이라고 되어 있었다. 어떤 회사일까. 사무실로 보이는 주소는 신주쿠 구 가부키초 2가로 위치도 수상했다_{도쿄 신주쿠 구 가부키초는 술집과 유흥업소가 밀집한 환락가} 밤비나가 가부키초 1가니까 아마 상당히 가까울 터다. 아르바이트를 하기 전에 짬을 내서 한차례 탐색을 해 볼까 싶었다.

다카하시는 가즈요시라는 이름이었다. 메모에는 자택 주소와 전화번호가 적혀 있었는데 의외로 미나토 구민이었다_{도쿄 미나토 구는 도쿄만에 인접한 지형적 조건으로 주로 부유층의 주거지다}. 미나토 구 미나미 4가의 미나토미나미 아파트 17동 205호.

모두에게 명함과 임시 명함이 한차례 돌자 마지막으로 덴도가 덧붙였다.

"우리 쪽에서는 고하라 씨와 쓰보이, 시노자키 세 사람에게 연락할 수 없지만 반대로 그쪽에서는 우리 쪽으로 연락할 수 있으니 만약 무슨 일이 생기면 이 중의 아무에게라도—예를 들어 모리에게라도 상담을 하도록."

갑자기 내 이름이 나와 순간 당황했지만 임기응변으로 수습했다.

"그렇긴 하겠네요. 만약 무슨 일이 생기면 연락 부탁드립니다."

모두의 연결책이 되어 상담을 받는 역할은 내가 가장 자신 있는 분야이기도 했다.

서로의 연락처를 교환하고 나는 모임을 마무리 지으려 했다.

"오늘은 이쯤에서 끝내기로 할까요."

"저기—."

그때 시노자키가 말을 꺼냈다. 테이블 위에 그대로 둔 봉투를 가리키며 꺼림칙하다는 듯 말했다.

"저는 아무래도 이 돈은 받을 수가 없는데요. 어떻게 할까요?"

"그렇다면 이 몸이—."

다카하시가 다시 끼어들었다.

"모리, 네가 맡아 둬."

덴도가 나를 지명했다.

"여기 두고 갈 수도 없고 그렇다고 다카하시한테 넘기기도—."

"나한테 맡겨만 주면 바로 세 배로 불려 주지."

다카하시는 한층 거들먹거렸다. 아무래도 도박을 좋아하는 모양이다.

"괜찮으시겠어요……?"

나는 일단 시노자키에게도 확인하고 내 몫과 그녀의 몫인 두 개의 봉투를 가방에 넣었다.

만약 오늘 이 자리가 몰래 카메라 나부랭이라면 이백만 엔이라는 거금을 건넨 채 목표물을 놓아 줄 리가 없다. 몰래 카메라였다면 이대로 상황이 종료될 터. 그러나 마이크를 든 남자는 나타나지 않았고 나는 무사히 가게를 나섰다. 아직 이 게임에는 이어지는 이야기가 있는 모양이다.

진짜 클라이맥스는 아마도 한 달 후이리라. 가자마가 다시 우리를 모았을 때 진짜 목적이 밝혀질 터였다.

가게를 나서 헤어지기로 했지만 대부분이 JR역으로 향했기 때문에 자연히 그대로 나란히 걷게 되었다. 그러나 오늘 막 만난 사람들과의 동행도 왠지 머쓱해 서로 거리를 두고 걷던 중에 혼잡을 틈타 하나둘 떨어져 나가고 어느새 나는 혼자가 되었다.

역에 다다랐을 때 슬쩍 주위를 둘러보았지만 그들의 모습은 보이지 않았다.

03

1

회룡정 회식으로부터 이틀이 지나고 달이 바뀌어 시월 일일. 그날은 오후부터 토론 수업이 있는 날이라 어차피 학교에 가는 김에 도서관에나 들러 볼까 싶었다. 나는 그날 아침 일찍 일어나 아홉 시에는 이미 학교에 와 있었다.

올해 일월 십삼일 이후 어떤 일이 있었는지 신문 기사에서 확인하자는 게 목적이었다. 딱히 리피트 운운하는 이야기를 믿는 건 아니었지만 리피트를 기회 삼아 올해를 되돌아볼까 싶었다.

신문 코너로 가니 축쇄판 신문이 일월부터 칠월까지 갖추어져 있었다. 신문을 책상에 쌓아 두고 일월부터 팔랑팔랑 순서대로 훑어보았다.

도서관에는 독특한 냄새가 있다. 문서 냄새—종이 냄새라고 해야 할까. 오늘처럼 비가 내리는 날에는 특히 냄새가 강렬했다.

피곤해진 눈을 쉬기 위해 창밖을 바라보며 그런 생각을 하고 있자니 불현듯 뒤에서 누군가 말을 걸어왔다.

"어이, 게이스케."

미나미 노부아키였다. 같은 문예 동아리에 소속된 공학부생으로—그러고 보니 SF 소설을 좋아한다고 했었지.

"마침 잘됐다. 미나미, 너한테 좀 묻고 싶은 게 있는데."

복도의 자판기 코너까지 그를 데려가 물어보았다.

"SF 소설 중에 시간 여행을 다룬 소설도 있지?"

"그럼~."

SF가 화제에 오르자마자 미나미는 화색이 돌았다. 땅딸막한 체형에 은테 안경을 끼고 항상 주뼛주뼛하는 그였지만 SF 이야기가 나오면 무엇이든 물어보라는 기세로 자신감이 넘치는 태도로 돌변했다. 지금도 기분 탓인지 키가 훌쩍 커진 느낌이다.

"그런 소설 중에 말이야. 대개는 주인공이 타임머신을 타고 현재 자신의 모습 그대로 과거로 가거나 하잖아. 그런 거 말고 의식만 과거의 자신으로 돌아가는…… 돌아가서 거기서부터 인생을 다시 산다는 이야기도 있어?"

"암, 있지 있어. 지금 네가 말한 딱 그 줄거리의 소설이 있지. 『리플레이』라는 책인데. 켄 그림우드가 썼어."

묻기만 하면 놀라울 정도로 줄줄 답이 쏟아져 나온다. 좋았어, 나중에 읽어 보자. 나는 이어서 물어보았다.

"그런 소설은 결국에는 과학적인 근거 같은 건 없지?"

"어? 시간 여행 말이야? ……음, SF 장르야 대개 그렇지만 그렇다고 딱 잘라서 비과학적이라고 할 수도 없어. 그게 말이야."

그렇게 서론을 연 미나미는 시간 여행의 과학적 근거에 대한 한바탕 연설을 시작했다.

"예를 들면 게이스케 너, 쌍둥이 패러독스_{공간축 이동 속도 개념에 따라 시간 여행을 설명한 이론}라는 말 들어 봤어? 아인슈타인의 상대성 이론에 따르면 빠른 속도로 이동하는 물체의 내부에서는 그만큼 시간이 느리게 흐른다고 하거든. 가령 지구에서 쓩 하고 우주선이 날아서 또 쓩 하고 돌아오면 승무원 입장에서는 몇 년밖에 지나지 않았는데 지구에서는 몇십 년이 흐르는 일이 실제로 일어난다는 얘기야. 그런 일이 이론적으로 증명되어 있지."

도대체 뭔 말이야, 나는 탄식했다.

"그 말인즉 미래로 갈 수 있다는 뜻이지? 우주선 승무원이. ……아니다. 결국 과거로 간다는 건가?"

내가 낙담한 기분을 노골적으로 드러내자 미나미는 SF 팬으로서의 자신의 체면이 걸리기라도 한 양 서둘러 말을 이었다.

"음, 그런 타임머신을 만들 수 있다는 설도 있긴 해. 얼마 전에 SF 마니아 사이에서 잠시 화제가 됐거든—물리학 교수 중에 엄청 유명한 사람이 있는데, 그 사람이 진심인지 아닌지는 모르지만 그런 논문을 발표했어."

나는 무심코 휘파람을 불고 싶어졌다. ……그게 사실이라면 세간의 상식을 밑바닥부터 뒤집어엎을 엄청난 발견이 아닌가.

"다만 말이지, 실제로 만드는 건 불가능해. 그러니까 어디까지나 이론상의 이야기라고 생각하고 듣도록 해. 근데 게이스케, 너 웜홀은 알아? 블랙홀의 친척 비슷한 건데."

나는 모른다고 대답했다.

"웜홀은 공간이 다른 두 개의 점을 잇는 구멍이나 뒷길이라고 할 수 있어. 쉽게 말하면 도라에몽의 '차원의 문' 같은 거지. 그 '차원의 문'이 물리 계산상으로는 존재해도 이상하지 않다는 사실을 밝혀냈지.

그 '차원의 문'을 우주선에 싣는다고 치자. 우주선에 싣고 문을 열고—예를 들어 이 로비로 이어진 상태로 만든다고 가정하는 거야. 그러고는 쑝 하고 우주선을 띄워. 승무원 입장에서는 삼 년 뒤, 지구에서는 십 년 뒤에 우주선이 되돌아온다고 쳐—십 년 전에 날아간 우주선이 이미 있고 그 우주선이 오늘 돌아온다고 생각해 봐. 저기 운동장에 착륙하는 거지. 그리고 훌쩍 그 우주선에 올라타서 줄곧 열려 있었던 '차원의 문'을 통과하면 신기하게도 칠 년 전의 로비가 나오는 거야. 거기에는 칠 년 전의 학생들이 있고 말이지."

"잠깐, 잠깐……. 왜 그렇게 되는 건데?"

"그러니까 좀 전에도 말했잖아. 쌍둥이 패러독스로 우주선 안에서는 삼 년밖에 지나지 않았거든. 그래서 웜홀로 이어진 두 점이 같은 좌표축상에 있다고 가정하면 문 저편의 로비는 광속에 비금

비금한 속도로 운동하게 되잖아. 그래서 쌍둥이 패러독스가 발생한 결과 착륙한 우주선 문 너머는 삼 년밖에 지나지 않은 거지."

"그렇긴 한데…… 뭔가 좀 이상해."

어디가 이상할까—. 생각하는 동안 왠지 골치가 아파 왔다. 복잡하다. 그래도 뭔가 형태가 잡힐 듯해 나는 말을 하며 생각을 풀어나갔다.

"……창밖에 우주선이 선다. 안에 타면 '차원의 문'이 있고 문을 열고 거기로 들어가면 칠 년 전의 여기로 돌아온다. ……칠 년 전인 이유는 우주선이 출발하고 삼 년이 지났기 때문이고. 지구상의 시간 경과로 말하면. 당시에는 아직 우주선은 어딘가 먼 우주를 날고 있었겠지. 지구에서 십 년이 지나서 겨우 돌아왔으니까. 즉 그 단계에서는 어딘가 먼 우주를 날고 있다. 그런데 나는 지구에 귀환한 우주선을 통해 여기로 돌아왔다. 그렇다면 먼 우주에서 날고 있어야 하는 우주선이 저 운동장에도 있다는 소리잖아. 두 곳에 같은 우주선이 있다니 확실히 이상해. ……이상한 거 맞지?"

겨우겨우 모순점을 찾아냈다 싶었지만 미나미가 그 생각을 일축했다.

"미안. 웜홀을 '차원의 문'이랑 비슷한 거라고 말은 했지만 한 가지 깜빡한 게 있어. 웜홀은 일방통행이야. 조금 전의 이야기로 돌아가면 우주선에 있는 문은 입구만 있는 셈이지. 그리고 이 로비에 있는 문은 출구만 있는 거고. 그러니까 여기서부터 우주선으로는 돌아갈 수 없어. ……그러면 모순은 없지?"

"몰라, 모르겠어. 너무 어려워."

두뇌에 과부하가 걸린 것 같았다. 미나미가 말하는 원리가 성립되는지 어떤지는 아직 알 수 없지만 이제 더 이상 몰라도 상관없다고 생각했다. 다만 현상 자체로서는 일단 이해는 갈 것 같았다.

그러니까 이 얘기는 타임머신을 말하는 것이다. 웜홀인지 뭔지를 통과해서 과거로 가더라도 그건 지금 그대로의 내가 과거의 세계로 가는 것이며, 거기에는 나와 다른 개체로서 과거의 내가 있다. 그런 식의 과거 여행이다. 리피트와는 그 부분이 달랐다.

그러나 비슷한 부분도 있었다. 그저께 모임 자리에서 가자마는 리피트에 대해 다음과 같이 설명했다. '시공의 틈'이라고 표현할 만한 입구가 있고 거기로 들어가서 시간을 거슬러 올라간다. 그것이 리피트다. 더욱이 그 이전에 전화상으로 이런 말도 했었다―과거로의 여행은 '일방통행'이라고.

어쩌면 리피트도 지금 미나미가 말한 '무슨무슨 홀'과 같은 용어로 사실 과학적인 설명이 가능한 현상 아닐까.

나는 가자마의 이야기를 삼십 퍼센트 정도까지는 믿을 마음이 들었다. 그때는.

2

나는 다음 날 바로 미나미가 말했던 『리플레이』라는 소설을 사서 읽어 보았다.

그리고 깨달았다. 어쩌면 대박을 터뜨렸는지도 모른다―그저 비슷한 내용이 아니라 사실 가자마가 소재로 삼은 게 이 책이 아닐까.

가자마가 시간 역행 따위의 황당한 허풍을 떠올린 것도, 그 이야기가 세부에 이르기까지 상당히 잘 짜인 것도 모두 이 책 덕분이라고 생각하면 설명이 된다. 발상을 그대로 표절한 거다. 시간 역행을 표현하는 용어도 '리플레이'를 그대로 사용하면 이 책의 존재를 알아차릴까 봐 '리피트'로 고쳐서 쓴 거라면? 상당히 그럴듯한 이야기 아닌가.

가자마의 이야기를 믿을 마음은 내 안에서 0.3퍼센트 정도로 급락했다.

나는 그 발견을 바로 이케다에게 보고할 생각이었다. 사실 그와는 이미 한 번 전화로 이야기를 나누었다. 일요일 모임에서 돌아온 직후에 이케다에게 전화가 걸려 왔다. 그때 그는 내가 가장 믿음직스럽다고 말했다. 나로서도 그 멤버 중에서는 이케다를 가장 믿음직한 인물이라고 생각했기에 그러면 둘이서 협력하자고 약속하고 통화를 끝냈다.

내 쪽에서 거는 건 이번이 처음이었다. 명함을 보며 번호를 눌렀다. 그러나 발신음이 열 번을 넘어서도 전화는 연결되지 않았다. 부재중이었다. 시각은 수요일 오후 아홉시를 넘은 무렵. 골프 레슨 전문가라는 게 구체적으로 어떤 일을 하는지는 모르지만 볕에 그을린 용모로 보아 일하는 시간이 주로 낮이라는 사실은 쉽게 상상이 갔다. 그렇다면 밤에는 집에 있는 경우가 많으리라고 짐작했더니 현실은 그렇지 않았다. 일단 어쩔 도리가 없다.

수화기를 내려놓고 그대로 멍하니 이케다 이외의 명함을 바라보았다. 요코사와 히로시—인사과장이라는 땅딸막한 아저씨. 오모리 마사시—식품 화학 연구를 한다는 비쩍 마른 사내. 다카하시 가즈요시—불량스러운 트럭 운전사……. 모처럼 연락처를 가르쳐 주었지만 미안하게도 세 사람에게는 그다지 먼저 연락하고 싶지 않았다. 참고로 저쪽에서도 연락은 오지 않았다.

그리고 나머지 한 장—덴도 다로의 명함을 나는 잠시 손끝에서 만지작거렸다.

덴도라는 남자를 어떻게 평가해야 할지 사실 나는 줄곧 고민해 왔다. 두뇌는 상당히 명석한 사람이라고 생각한다. 그를 아군으로 삼을 수 있다면 확실히 내게 득이 되리라. 다만 다가가기 힘든 인상인 탓에 연락하기가 망설여졌다.

좋았어. 일단 전화를 해 보자. 갑자기 그런 마음이 들었다.

이 시간이면 사무실에는 없으리라는 생각에 비교적 가벼운 마음으로 번호를 눌렀는데 두 번째 호출음에 전화가 연결되었다.

"네. 덴도 기획입니다."

무뚝뚝한 말투는 들은 기억이 있었지만 일단 확인 차원에서 물었다.

"여보세요. 덴도 사장님 계십니까? 저는 모리라는 사람인데요."

"어이, 나다."

덴도는 예상보다 솔직담백하게 응했다.

"모리, 너였나. 내 쪽에서도 일단 한 번쯤 연락을 할까 했지. 근데 너 지금까지 누구와 연락했지?"

"이케다 씨랑 한 번, 그날 돌아와서 바로 전화가 와서—."

"다른 사람은? 쓰보이나 시노자키한테는 연락 없었나?"

"아뇨, 없었는데요."

쓰보이도 시노자키도 우리에게 연락처를 가르쳐 주지 않았던 인물이다. 역시 덴도도 전원의 연락처를 알고 싶은 모양이다.

"그랬군. 만약 연락이 오면 너겠지 싶었다. ……뭐, 앞으로 올지도 모르지. 연락이 오면 가능한 그쪽 연락처를 알아내도록 노력하라고."

"네, 그러죠. 연락이 온다면."

어느새 덴도에게 말려들고 말았다는 생각을 하면서도 순순히 대답했다.

"근데 고하라 씨는요?"

"고하라는 특별히 무리할 필요 없어. 사실 그 할아버지에 대해서는 이미 정체를 밝혀냈거든."

"정말입니까?"

나는 놀라고 말았다. 덴도는 여전히 퉁명스러운 말투로 말했다.

"식은 죽 먹기지. 그 할아버지, 사기로 몇억쯤 뜯길까 봐 걱정했잖아. 그렇다는 건 자신이 몇억을 갖고 있다는 뜻이지. 그 정도로 돈이 있다는 사실 자체가 그치가 어느 정도 유명인이란 걸 말하지. 그래서 그쪽 방면에서 고하라라는 이름으로 범위를 좁혀 갔어. 그리고 마지막에 증명사진으로 한 방에 밝혔지. 고하라 건설 기계라는 회사의 사장이더군. 고하라 건설 기계는 굴착기 같은 건설 기기를 제조하는 회사 중에서는 중견 기업이고 좀 더 조사했더니 2부 증시에도 상장된 상장 기업이더군. 상당히 유명인인 모양이야."

이렇게 들으면 간단해 보이지만 조사할 의지가 있느냐 없느냐의 차는 크다. 덴도에게는 거기까지 조사할 여력이 있었다는 소리다.

"마지막에 증명사진으로 확인하셨다고 하셨죠? 구체적으로 어떤 식으로 조사하신 건가요? 회사 안내 데스크 같은 데 들르기라도 했나요?"

"아니. 사실 구월 이십구일, 그날 가자마가 모습을 보일 예정이었기에 나로서도 천재일우의 기회라고 생각했지. 그래서 어떻게든 녀석의 정체를 밝히려고 사람을 써서 가게에 잠복시켰거든."

"네?"

나는 할 말을 잃었다.

"그렇다고 리피트가 이러니저러니 하는 이야기까지는 하지 않았다고. 그거야 규칙 위반이니까. 어디까지나 규칙을 지키는 범위 안에서 할 수 있는 일을 한 거지. 그래서 일반 손님으로 가장해서 잘 아는 탐정 한 사람을 먼저 가게에 들여보냈단 말이지. 거기서 특실로 가는 손님의 사진을 몰래 찍어 둔 게 있었거든—고하라뿐 아니라 모두를—모리 네 사진도 있어. 그날 나는 도중에 한 번 화장실에 가면서 선글라스에 콧수염을 기른 녀석이 목표물이라고 나중에 미행을 부탁했지. 그런데 그쪽은 실패로 끝났어. 결정적인 순간에 따돌렸다고 하더군. 가자마도 나름 경계는 했겠지. 나만해도 설마 나중에 백만 엔을 받을 줄은 몰랐거든. 덕분에 중요한 부분에서 짜게 굴었지. 사람도 한 사람밖에 쓰지 않았으니 할 수 없는 일이지만. 만약 조금만 더 돈을 쏟아 부었더라면 지금쯤 가자마의 정체도 밝히고 그걸로 리피트 이야기의 진위 여부도 가려졌을 거라고 생각하니 후회가 막심해."

"……그렇게까지."

엉겁결에 말해 버리고 말았다. 거기까지 대책을 강구했던 건가.

"왠지 기분 나쁘잖아. 그런 예언을 듣고 어떻게 했는지 알 수도 없고 또 뭐가 목적인지조차 모르니까. 그 자리에서 가자마를 다그쳐서 자백하게 하는 방법도 있지만, 그래서는 우아함과는 거리가 멀고 말이지. 참고로 나는 이번 이야기를 대규모 지적^{知的} 게임이라고 생각하기로 했다. 게임에는 규칙이 있지. ……그런 놀이에 맞춰 줄 여유는 없지만 그럴 만한 가치가 있는 이야기라고 생각하거든. 이번 게임은 말이지.

다시 본론으로 돌아가면 가자마의 정체는 아쉽게도 밝히지 못했지만, 그 탐정이—우리 사무실 옆에 사무소가 있어서 편하게 부탁했지—몰래 찍은 사진을 신문사에 근무하는 지인에게 보여 주고 고하라라는 이름으로 찾게 했더니 조금 전에 말한 고하라 건설 기계라는 회사 사장이더란 말씀. 덕분에 고하라의 연락처는 알고 있어. 그러니까 남은 쓰보이와 시노자키만 알아내면 일단 가자마를 제외한 전원의 신분이 판명나게 되지. 나는 너한테 기대를 걸고 있어. 참고로 아마 시노자키는 조만간 너한테 연락을 할 거라는 게 내 생각이다."

상당히 확신에 찬 말이라고 여기면서 나는 물었다.

"정말로 그렇게 생각하십니까?"

"아마. 그날 시노자키는 너한테 상당히 마음을 터놓은 것처럼 보였거든. 너랑 이케다, 가능성이 있는 사람은 두 사람이야. 그날 연락처를 가르쳐 주지 않은 다른 인간에게는—가령 나한테는 연락처를 알려 주고 싶지 않았으리라는 게 내 생각이다. 그러니 분명 조만간 너한테 연락이 가겠지."

덴도가 어째서 시노자키와 쓰보이의 신분을 알려 하는지는 나도 이해할 수 있었다. 그는 리피트를 일종의 게임이라고 말했다. 게임 테이블의 속이려 하는 쪽에 가자마가 있고 반대로 속지 않겠다는 쪽에 내가 있다. (덴도의 시점으로 말하면 속지 않겠다는 쪽에 덴도가 있다.) 거기까지는 현시점에서 명백해졌지만 문제는 남은 여덟 개의 말이다. 얼핏 여덟 개의 말은 나와 같은 쪽에 있는 것처럼 보이나 사실 그중에 상대방의 말이 섞여 있을지도 모른다. 극단적인 경우에 자신 이외의 말이 모두 상대방 측의 말일 가능성까지 있다. 지금 이렇게 전화로 이야기를 나누는 덴도조차 어쩌면 가자마의 말일지 모른다고 의심하려면 의심할 수 있다. 무엇을 목적으로 한 게임인지도 모르는 상태의 나는(또는 덴도는) 우선 나머지 여덟 개의 말에 관한 정보를 모아 그들이 진짜 아군인지 아니면 적의 말인지를 규명해야 하는 상황에 있다. 현 단계에서는 일단 그 부분에서부터 착수할 수밖에 없다.

그 순간 퍼뜩 깨달은 사실이 있었다.

"가자마라는 사람도 부유층 중에 조사하면 찾을 수 있지 않을까요? 아무렇지도 않게 구백만 엔을 턱 하고 두고 갔으니까요."

"아니. 이번 이야기 뒤에 개인인지 기업인지는 몰라도 엄청난 자금원이 버티고 있다는 건 틀림이 없겠지만 나는 가자마라는 녀석이 부자가 아니라는 데 걸겠어. 일단 조사는 시켰지만 그쪽 방면에서 녀석의 정체가 밝혀질 일은 없을 것 같다."

그렇구나. 가자마는 우두머리 행세를 한 하수인으로 최종 보스는 배후에 숨어 있을 가능성도 있다. 짐작조차 가지 않는 승리의 엔딩이 점점 멀어지는 기분이 들었다.

"그러면 덴도 씨는 다른 누군가에게 연락을 하셨습니까?"

"아니, 나는 그다지 다른 사람들한테 호감을 주는 타입이 아니라서. 얼굴 생김새도 흉악해 보이고 말투도 난폭하고."

"꼭 그렇지도 않은데요."

반사적으로 대답했지만 실제로는 그의 말대로라고 생각했다.

"됐어. 그건 그렇고 나는 너를 믿는다. 솔직히 말하면 너를 믿기로 했다는 말이 타당하겠지. 어쨌든 누군가를 아군으로 삼는 게 게임의 시작이니까. 지금 이대로 가면 이달 말에 집합일이 정해졌을 때 나는 맨손으로 집합 장소에 가야 한다. 물론 이렇게 된 이상 가지 않는다는 선택지는 있을 수 없고. 적어도 어떤 일이 있을지 내가 어떤 상황에 처할지에 대해 가능한 상상은 해 두어야겠지. 그래서 실제로 무슨 일인가 일어나고 그 일이 내 상상의 범위 안이라면 승리자는 내가 될 거야. 그렇지만 지금은 그런 상상조차 어려운 상황이고 정보량이 압도적으로 부족해. 정보를 모으기 위해서도 누군가와 협력해야 한다면 나는 모리 너를…… 네가 가장 믿음직스럽다고 생각했다. ……싫은가?"

"그렇지 않습니다. 저 역시 덴도 씨가 아군이 되어 주신다면 백 배는 든든할 거라고 생각합니다."

가자마에 대항하기 위해 쓸 수 있는 말 또는 그때가 되어 협력을 구하고 싶은 인물을 그 자리의 아홉 명 중에서 고른다면 나는 이케다, 덴도, 시노자키 그리고 나, 이렇게 네 사람을 고르리라. 그건 다른 사람이 고른다고 해도 아마 마찬가지 아닐까? 그중 이케다와는 이미 협력하기로 약속을 했고 덴도와도 공동 전선을 펼 수 있다면야 나 역시 바라던 바다.

"참. 그리고 보니 용건이 뭐였지? 무슨 용건이 생겨서 전화를 한 거야?"

그 말을 듣고서야 나는 가까스로 원래의 용건을 떠올렸다. 막 읽은 『리플레이』라는 소설에 대해 설명했다.

"그래? 알았어. 당장 읽어 보도록 하지."

덴도는 그 책의 존재를 몰랐던 모양이다.

덴도가 읽고 어떤 판단을 내릴지 기대되었다.

3

주말부터 내리기 시작한 비는 다음 주가 되어서도 여전히 추적추적 내렸다.

나는 그 빗속에서 거의 매일 대학으로 발걸음을 옮겼다. 강의가 있고 없고를 떠나 틈만 나면 도서관에 가서 올해 신문을 되풀이해 읽었다. 그렇게 하지 않으면 견딜 수 없이 불안한 기분에 휩싸였다. 그러는 한편으로 부질없는 짓을 한다는 나름의 자각도 있었다.

기분상 타협할 필요가 있다. 나는 그렇게 생각하기로 했다.

상식적으로 리피트 따위의 현상이 일어날 리가 없다. 그것을 일단 대전제로 삼는다. 한편으로 만약 리피트가 가능하다면, 이라는 가정을 해 보는 것이다.

어디까지나 여흥으로. 또는 사고 실험 게임으로서.

그럴 경우 이것저것 궁리하거나 신문을 훑으며 보낸 일들은 결국 시간 낭비가 되리라. 그러나 감사하게도 시간 낭비는 이미 금전적으로 보상받았다. 백만 엔이라는 보상은 한 달이라는 시간을 헛되이 하더라도 남는 장사다. 돈은 이미 받았다. 그러므로 나는 이 게임에—리피트가 정말 있다는 전제에 입각해 이리저리 생각하거나 행동하는 게임에 시간을 들여도 된다.

만일 정말 리피트가 성공한 경우에는 여기서 시간을 들인 일이 중요한 의미를 갖게 된다. 기껏 과거로 돌아가더라도 무슨 일이 일어날지(무슨 일이 일어났는지) 확실히 기억하지 못한다면 평범한 일반인과 다를 바 없다. 그래서는 의미가 없다. 나중에 땅을 치고 후회해도 늦다. 시간은 원래대로 되돌릴 수 없으니까—아니 되돌릴 수 있는 걸까?

어쨌든 게임으로 즐겨 보자고 마음을 고쳐먹었더니 상당히 기분이 가벼워진 건 사실이다.

그 경우 생각해야 할 일은 하나밖에 없었다.

리피트 이후에 무엇을 할까.

과거의 자신으로 돌아간다면 나는 무엇을 목적으로 인생을 다시 살아야 좋을까. 인생을 다시 살기 위해서는 무엇을 기억해 두어야 할까.

우선 경마로 돈을 번다는 건 처음 이야기를 들었을 때부터 이미 내 안에서 결정된 사항이었다. 그러나 그것은 누구나 떠올릴 만한 일이리라. 그 밖에도 무언가 미래의 기억을 살릴 곳은 없을까. 단순히 돈만 벌고 끝내서는 무언가 부족하다.

그런 점에서 사실 내가 가장 부럽게 느낀 이는 쓰보이라는 소년이었다. 그는 대학 입시에 합격한다는 커다란 목적을 이미 찾아냈다. 나도 뭔가 그럴듯한, 돈벌이뿐 아니라 객관적으로도 의미 있는 목적을 찾아내면 좋으련만······.

백만 엔이 든 봉투 두 개는 책장 깊숙이 숨겨 두었다. 정말 써도 좋을지 망설여져서 아직은 손을 대지 않았다. 그러나 만약의 경우에는 저 돈이 있다는 생각에 밤비나의 아르바이트도 시월에 들어서면서 근무 일수를 일주일에 한 번으로 줄였다. 완전히 그만두지 않았다는 데 내 망설임이 드러났다.

졸업 논문 초안도 거의 진척이 없었고 친구들과 어울리는 일도 잠시 자중했다. 깨어 있는 시간의 반 이상을 리피트와 관련된 일에 사용했다. 그것도 리피트 이후의 생활을 이리저리 시뮬레이션해 보는 완전히 비생산적인 일에 대부분을 충당했다. 현실 도피라고 비난받아도 변명의 여지가 없었다.

시월 구일 밤에 전화가 울렸을 때도 먼저 든 생각이 리피트와 관련해서 누군가에게 온 전화가 아닐까였다. 가자마, 이케다, 덴도와 전화를 걸 법한(전화를 걸어 주었으면 하고 바라는) 세 명의 얼굴이 바로 떠올랐다.

"네, 여보세요."

"······저, 모리 씨 댁인가요?"

수화기 너머에서 젊은 여성의 목소리가 들렸다.

"네. 제가 모리입니다. ······혹시 시노자키 씨?"

"······맞아요."

문득 떠올라 물었더니 그렇다는 대답이 돌아와 무심코 환호성을 지를 뻔했다. 덴도의 통찰력이 여기까지 적중하다니.

"지금 통화 괜찮으세요?"

여전히 머뭇거리는 말투로 물었다.

"네. 괜찮습니다."

짐짓 쾌활하게 대답한 효과도 없이 얼마간 대화가 끊어졌다. 아무래도 무슨 말을 해야 할지 그녀가 망설이는 듯했기에 내가 먼저 말을 꺼냈다.

"그 이후로 어떻게 지내셨나요? 저는 이케다 씨랑 덴도 씨와 연락해서 여러 사실을 알게 되었어요."

"정말이세요?"

그녀가 흥미롭다는 말투로 물었다.

그 후 이케다와도 연락이 되어 나는 『리플레이』에 관한 것과 덴도의 동향에 대해서 보고했다. 알아낸 정보는 동료끼리 공유해야 한다는 게 내 생각이었다. 그건 시노자키에 대해서도 마찬가지로, 나는 알고 있는 사실은 무엇이든 이야기할 생각이었다.

그렇지만 고하라의 정체가 판명된 건에 대해서는 시노자키에게 말하기가 꺼려졌다. 그녀 역시 고하라처럼 그 자리에서는 자신의 신분을 숨기고 싶어 했던 사람 중 하나였으니까. 그런 식으로 정체를 밝혀낸 사례를 들이대면 우리를 지금 이상으로 경계하게 될

게 분명했다.

그래서 우선 『리플레이』 이야기를 하기로 했다.

"……그런 책이 있었어요? 그럼 저도 읽어 볼게요."

줄거리를 대강 설명하자 바로 반응이 와서 소개한 내가 더 기뻐졌다.

"참, 저는 요즘에 학교 도서관에서 신문 축쇄판을 읽거든요. 딱히 리피트를 믿는 건 아니지만—."

거기서 내가 가진 밑천도 다 떨어졌다. 하지만 '이런저런 사실을 알게 되었다'고 말한 직후라 이야깃거리를 하나밖에 제공하지 못하고 끝내는 것도 어색해서 말을 이어 나는 리피트를 사고 실험으로 생각한다고 이야기했다.

"좀 전에 말한 『리플레이』라는 소설을 읽었을 때도 느꼈지만 만약 리플레이—아니 리피트가 진짜 성공한다면 나는 무엇을 할 수 있을지……. 그걸 생각해 두는 것도 결코 시간 낭비만은 아니라는 생각이 들어서요. 아무래도 문학부 학생이라 특히 그렇게 느끼는지도 모르지만 원래 소설이라는 게 그렇지 않을까요. 그런 가상 체험이랄지 사고 실험을 통해 올바른 인간상이나 이상적인 자신을 독자에게 생각해 보게 한다고나 할까요. 지금 제가 하는 것도 같은 일이겠죠. 그렇지만 저는 아직 소설 주인공처럼 대단한 생각은 엄두도 못내는 게 분하기도 해요."

그렇게 생각나는 대로 십 분 정도 주절거렸을까. 이야기 틈틈이 "어떻게 생각하세요?" 따위로 상대방의 의중을 묻는 것도 잊지 않았다. 그렇게 이야기를 계속 하던 중 시노자키의 경계심이 서서히 풀려가는 게 느껴졌다.

"……시노자키 씨는 생각해 보셨어요? 만약 자신이 올해 일월로 돌아간다면 무엇을 할지 같은 거요."

"음, 생각해 본 적이 없다고 하면 거짓말이겠죠. 그렇지만 지금은 그것보다 지난번 예언이 어떻게 이루어진 건지, 그 사람이 우리를 모아 두고 무엇을 꾸미는지가 더 걱정이 돼요. 요전에 그랬잖아요. 이달 말에 다시 연락을 할 거라고. 그러니까 그때 가지 않는다는 선택지가 있다는 생각도 들고요."

"네?"

나는 깜짝 놀라 소리를 질렀다.

"이만큼이나 애를 태웠는데 중요한 순간에 안 간다는 게 가능해요?"

"음."

시노자키는 잠시 망설였지만 이윽고 말을 계속했다.

"초대를 무시하고 가지 않는다고 정해 버리면 마음은 편하거든요. 그러면 지금 이상으로 나빠질 일도 없고요."

과연. 그것도 하나의 견해라고 나는 생각했다. 내게 그런 일은 절대로 불가능하겠지만.

"그래도 시노자키 씨가 오시지 않는다면 조금 섭섭할 것 같아요."

나는 농담처럼 본심을 드러냈다.

"만약 무슨 일이 생기면 제가 할 수 있는 한 지켜 드리겠습니다. 절대 안전은 보장하지 못하겠지만요."

"……고마워요."

대답이 돌아왔다. 약간은 수줍어하는 느낌이 전해졌다.

"아직 안 간다고 정한 건 아니니까요. 그냥 그런 선택지도 있다는 생각을 했다는 정도라."

"기회를 놓치게 될지도 모르잖아요. 정말 과거로 돌아가서 인생을 다시 살 수 있을지도 모르고. 그렇지 않더라도 다음번에는 천만 엔씩 받는다거나."

내가 그렇게 말하자마자 시노자키는 "아" 하는 탄성을 질렀다.

"참, 그리고 보니 그때 그 돈…… 어떻게 하셨어요?"

"그 돈이라면 시노자키 씨 몫의 백만 엔 말인가요? 안전하게 보관해 두었죠. 제 몫도 아직 꺼림칙해서 그대로 보관해 두었어요. ……혹시 그 돈이 필요해진 건가요?"

"설마요."

그녀는 단칼에 부정했다.

"그게 아니라 만약에 돈을 되돌려 달라고 할지도 모르잖아요. 그때 사실 다 써 버렸다고 하면 파고들 틈을 주는 꼴이 되니까. 그러면 곤란할 것 같아서요. 손대지 않았다면 그걸로 됐어요. 제 몫은 그대로 쓰지 말고 맡아 주세요. ……죄송해요. 왠지 귀찮은 일을 떠맡긴 꼴이라."

"아, 저는 괜찮습니다."

아무래도 그 백만 엔이 그녀가 이번에 전화를 건 목적인 듯 슬슬 이야기도 끝을 향해 다가간 느낌이 들었다.

"혹시 괜찮으시다면 연락처를 가르쳐 주실래요?"

나는 급한 마음에 말을 꺼냈다.

"만약 뭔가 변동이 생겼을 때 제가 전화번호를 알면 바로 알려 줄 수 있을 테니까요. 지금 덴도 씨가 어쩌면 가자마의 정체를 밝혀낼지도 모르는 상황이거든요. 만약 그렇게 되었을 때 바로 연락을 해 드리면 시노자키 씨도 안심할 수 있지 않을까 싶어서요."

내가 그렇게 말하자 시노자키는 잠시 생각하는 듯했다.

"알았어요."

이내 집 전화번호를 가르쳐 준다.

"근데, 제가 부모님과 같이 살거든요. 전화를 걸었을 때 부모님이 받을지도 몰라요. 가능하면 제 번호는 다른 사람에게는 가르쳐 주지 않았으면 좋겠어요."

"덴도 씨나 이케다 씨한테 말이지요. 알겠습니다. 그렇게 할게요."

나는 진심으로 약속했다. 통화를 끝내고 잠시 생각했다.

덴도와 이케다는 서로 정보를 주고받지 않는 모양이었다. 각자의 동향은 나를 통해 상대방에게 전한다는 게 현재 상황이었다. 그리고 시노자키도 나하고만 연락을 하겠다는 태도를 보였다. 그 관계를 그림으로 그리면 딱 Y자 모양이 된다. 세 개의 선이 모이는 곳에 내가 있다. 정보전이라면 최고로 유리한 입장에 있는 셈이다.

월말까지 앞으로 삼 주가량밖에 남지 않았다. 어떤 클라이맥스가 기다릴지 알 수 없지만 나는 가능한 일은 그동안 해 두자고 다짐했다.

4

시월 십삼일은 일요일이었지만 오후부터 대학에서 소림권법 동호회의 가을 정기 모임이 있었다. 날이 저물자 여느 때처럼 술판이 벌어져 결국 나는 열시가 넘어서 집에 돌아왔다. 집에 돌아와 보니 부재중 전화 램프가 깜빡였다. 서둘러 부재중 모드를 해제하자 전화기에서 '아홉 건의 메시지가 있습니다'라는 말이 흘러나왔다. 순간 나는 무언가 움직임이 있었구나 하고 직감했다. 바로 메시지를 재생했다.

첫 번째는 오후 여섯시 구분에 걸려 온 전화로 메시지는 남아 있지 않았다.

이어진 두 번째는 오후 여섯시 십사분으로 '덴도다. 메시지를 들으면 몇 시라도 좋으니 전화 줘. 오늘 밤에는 계속 사무실에 있겠다'라는 말만 들어 있었다.

그리고 세 번째는 '가자마입니다'라는 첫마디로 시작했다.

이거다. 나는 무심코 숨을 삼켰다. 도대체 무슨 말을 할까······.

그러나 '부재중인 것 같으니 다시 연락드리겠습니다'라는 말만이 메시지의 전부였다. 합성음이 '오후 여섯시 십팔분입니다'라고 전화가 걸려 온 시각을 알려 주었다. 무슨 용건이었을지 생각할 여유는 없다. 삐 하는 소리 뒤에는 이미 네 번째 메시지가 재생되고 있었다.

"이케다입니다."

가자마의 용건은 바로 이 네 번째 메시지로 밝혀졌다.

"가자마가 또 새로운 예언을 했습니다. ······부재중 전화로 되어 있다는 건 듣지 못하셨겠군요. 또 지진 예언입니다. 자세한 내용도 가르쳐 드리고 이번 건으로 상담도 할 겸 밤늦은 시간이라도 좋으니 이 메시지를 들으면 저희 집으로 전화 주십시오."

가자마가 또 지진을 예언했다······?

기가 막혀 넋 놓고 있을 틈은 없었다. 바로 다음 메시지가 시작되었다.

오후 여섯시 사십오분에 걸려 온 다섯 번째 전화와 오후 여섯시 사십오분에 걸려 온 여섯 번째 전화는 아무 메시지도 남기지 않았다.

일곱 번째 메시지는 다시 이케다였다.

"이케다입니다. 확인해 본 바로는 덴도 씨와 다카하시 씨에게도 저와 같은 내용의 전화가 걸려 왔습니다. 오모리 씨와 요코사와 씨는 회사 전화번호밖에 알려 주지 않아 아직 연락을 하지 못했습니다. 전화 부탁합니다. 기다리겠습니다."

오후 일곱시 반이 지나 녹음된 메시지였다. 이어서 여덟 번째. 뜻밖에 쓰보이로부터의 메시지였다.

"저―, 지난 달 요코하마에서 뵈었던 쓰보이라고 합니다."

처음에 분명히 이름을 밝혔지만 정중한 말투와 지난번의 반항적인 눈을 한 소년의 모습이 일치하지 않아 나는 순간 어리둥절했다.

"모리 씨께 부탁드립니다. 절대 비밀을 지켜 주세요. 비밀이라는 건 물론 예의 그 이야기입니다. 진심으로 부탁드립니다. 아, 그리고 모리 씨뿐 아니라 다른 사람들에게도 마찬가지로 부탁드린다고 전해 주세요."

소년으로부터 메시지가 남겨진 때는 오후 여덟시였다. 그리고 마지막 한 건.

"시노자키예요."

첫마디를 듣고 나는 다소 한숨을 돌렸다. 새로운 사건이 터지자 그녀가 먼저 나에게 연락해 주었다는 사실이 기뻤다.

"오늘 전화 건으로 상의드리고 싶은 게 있어요. 내일 아침 여덟시쯤에 제가 전화드릴게요. 모리 씨 쪽에서 걸지 않으셔도 괜찮아요. 그럼 다시 전화할게요."

녹음된 시각은 오후 아홉시 오십구분. 십 분만 빨리 집에 돌아왔더라면 받았을지도 모른다고 시계를 보며 생각했다.

모든 메시지의 재생이 끝났을 때 가까스로 무슨 일이 일어났는지 생각해 볼 여유가 생겼다.

가자마가 우리 집에 전화했을 때가 여섯시 십팔분. 덴도의 전화가 그보다 먼저였는데 그렇다면 가자마가 우리에게 전화한 순서가 나보다 덴도가 먼저라는 뜻이다. 전화를 받은 덴도는 서둘러 우리 집으로 전화를 했으리라. 메시지를 남기지 않은 세 건도 누가 걸었는지는 모르지만 아마 같은 용건의 전화였음이 틀림없다.

전원이 새로운 예언이라는 예기치 못한 사태에 동요해 서로에게 연락을 취했다. 그 와중에 나는 선술집에서 동호회 동료와 느긋하게 맥주 따위를 마셨다. 낮의 정기 모임은 어쩔 수 없었다 치더라도 저녁 술자리에는 출석하지 않아도 괜찮았는데. 술자리를 건너뛰고 곧바로 돌아왔더라면 여섯시 전에는 집에 돌아왔을 테고 이번 소동에 실시간으로 참가할 수 있었을 터였다.

그런데 오늘 저녁나절 이후에 지진이 있었던가.

전화가 걸려 왔던 건 여섯시가 지나서였고 지난번보다 한 시간 반 정도 늦은 시간이니 지진이 일어난다고 예언된 시각도 한 시간 반 정도 차이가 난다고 가정하면—오후 일곱시 반쯤일까? 그 무렵에 나는—이미 새 맥주를 청하고 있었다. 세 잔째였을지 모른다. 술을 마시고 있었기에 장담하지 못하지만 적어도 나는 흔들림을 느끼지 못했다.

아니면 이번에는 예언이 빗나갔을까?

새로운 예언이 있었다는 사실은 이해했지만 예언이 맞았는지 빗나갔는지—사태가 어떻게 움직였는지는 아직 알 수 없었다.

나는 바로 이케다에게 전화를 걸었다. 한차례 발신음에 이케다가 받았다. 인사도 건너뛰고 물었다.

"또 예언이 있었다면서요?"

"그랬죠. 전화가 왔던 게 대략 여섯시 반 정도였고 또 지진 예언이었지만 이번에는 지난번과 다르게 지진이 일어나는 게 이 주일 뒤라더군요. 그러니까 이번 달 이십칠일이네요. 일요일 오후 두시 육분. 지바에서는 진도 2, 도쿄라면 진도 1이라고 했어요. 그리고 지진이 일어난 후에 또 전화를 할 테니 당일은 외출하지 말고 집에서 전화를 기다려 달라는 것과 비밀을 누설하지 말라는 주의 사항도 반복했고. 이번에는 결과가 나올 때까지 두 주나 여유가 있으니 그동안 무심코 누군가에게 털어놓을 위험성이 있겠지만 만약 누군가 비밀을 누설한다면 그 사람뿐 아니라 우리 전부를 데려가지 않겠답니다."

과연 그렇군. 쓰보이가 내게 전화를 건 이유를 이걸로 겨우 알게 되었다.

"그래도 이 시점에서 또 예언을 할 줄은 몰랐는데요."

"그렇긴 하죠."

내 말에 대답하는 이케다의 목소리에는 고뇌의 빛이 배어났다.

"어떤 속임수를 썼는지는 아직 모르지만 어쨌든 모처럼 첫 번째 예언이 성공했는데 여기서 섣불리 두 번째 예언을 해서 그게 빗나간다면 모든 게 허사가 되겠죠. 그런데도 굳이 예언을 했다는 건 이번에도 예언대로 지진이 일어난다는 소린데, 그래도 설마 그런 일은―."

"있을 수 없겠지요. 상식적으로는."

내가 맞장구를 쳐도 이케다는 "음" 하고 신음할 뿐 대꾸하지 않았다. 아무래도 예상 밖의 사태에 당황한 모양이었다.

다음으로 전화한 덴도 역시 마찬가지로 당혹스러워하는 기색이었다.

"……처음에 지진을 맞힌 단계에서 그 녀석은 이미 완전히 우리에 대한 주도권을 잡았지. 따라서 가령 이대로 월말에 전화를 해서 지금부터 출발할 테니 어디어디로 모이라고 하면 우리는 의심하면서도 녀석의 말대로 할 수밖에 없어. 그 녀석 마음대로 적당한 날짜, 적당한 장소에 우리 아홉 명을 모을 수 있지. 이미 거기까지만 해도 녀석의 승리, 우리의 패배는 기정사실이야. 첫 번째 예언이 적중한 단계에서 말이지. 그런데도 어째서 또 한 번의 예언 같은 쓸데없는 짓을 했을까? 이번 예언이 빗나가면 첫 번째 예언을 맞혔다는 신통력도 효력을 상실하겠지? 뭐, 이번 예언도 맞히면 효과는 한층 배가되겠지만. 그래도 이미 승리가 거의 결정된 마당에 일부러 그런 위험 부담을 짊어지면서까지 배가시키지 않아도 충분할 텐데."

나는 거기서 문득 떠오른 바가 있어 덴도에게 말해 보았다.

"덴도 씨, 지금 적당한 날짜에 적당한 장소에 우리를 모은다고 말했죠? 적당한 날짜라는 게 이번에 예언한 이십칠일 오후 두시 육분 아닐까요? 이번 예언 때문에 우리는 그 날짜에 집에서 전화를 기다려야 하잖아요. 그거야말로 가자마의 최종 목적이라면 어떨까요?"

나 자신도 무슨 말을 하는지 모른 채 지껄였지만 덴도는 그에 대해 잠시 생각에 잠겼다.

"음—. 발상의 전환으로는 흥미롭군. 다만 그걸로 가자마가 무슨 이득을 보지? 예를 들면 어떤 경우를 예상할 수 있을까? 가령…… 고하라 건설 기계의 사장실에 금고가 있고 거기서 돈을 훔치는 게 목적이라 고하라를 집에 잡아 두어야 한다……거나? 아니, 돈이 목적이라면 그런 짓을 하지 않아도 리피트에는 참가비가 필요하다는 둥의 말로 일억이든 이억이든 간단히 뜯어낼 수 있는 상황은 첫 번째 예언이 적중한 단계에서 이미 가능해졌지. 애초에 지진을 맞힌다는 엄청난 일을 하고 그 목적이 특정일 특정 시각에 겨우 아홉 명의 인간을 집에 붙들어 두기 위한 거라고 해서는 아귀가 전혀 맞질 않아. 만약 그게 목적이라면 지진 예언처럼 어려운 일을 하지 않아도 훨씬 간단히 가능했을 테고."

"지당한 말씀입니다."

나는 그렇게 말할 수밖에 없었다.

"아니, 나 역시 하나의 가설에 트집을 잡았을 뿐이야. 그렇다고 나보고 의견을 내라고 하면 낼 수도 없으니 지당하다는 말을 듣기에는 황송하군."

그 말을 하고 잠시 뜸을 들이더니 목소리의 분위기가 바뀌었다.

"어쩌면 지진이 정말 일어날지도 모르겠어. 만약 정말 일어난다면—."

덴도는 뒷말을 잇지 않고 한숨을 내쉬었다.

5

다음 날 아침 일곱시 반이 지나 시노자키에게 전화가 걸려 왔다. 전날 밤 늦게까지 자지 않았던 나는 그 전화로 겨우 잠에서 깨어났다.

"시노자키예요. 안녕히 주무셨어요. 어제 부재중 메시지를 남겼는데 들으셨나요?"

"아, 네."

대답과 함께 목소리를 가다듬으며 이제 눈을 뜨자고 자신을 타일렀다.

"들었습니다. 바로 십 분 뒤에 돌아왔거든요. 그래서 제가 다시 걸까 하다가."

"죄송해요. 전에도 말씀드렸지만 저는 부모님과 함께 살아서요. 저녁 무렵에 가자마 씨한테 전화가 와서 그것만으로도 우리 딸한테 무슨 용건인가, 누구인가 하고 난리가 났었거든요."

방 밖에서는 빗소리가 들렸지만 수화기 너머에서는 다른 종류의 잡음이 들렸다. 웅성거림, 혼잡 그리고 발차벨 소리.

"지금…… 역에 계세요?"

"네, 역에 있어요. 출근하는 길이에요. 저희 회사는 플랙스타임이라 잠깐 이야기할 시간은 있거든요."

플랙스타임flextime이라는 말의 의미를 알지 못했지만 본론과는 관계없을 듯해 그대로 이야기에 계속 귀를 기울였다.

"그래서 말인데요. 문제는 어제 걸려 온 가자마 씨의 전화예요. 저, 혹시……?"

'전화 못 받으셨어요?'라는 부분은 생략되었지만 의미는 통했다.

"네. 어제 대학 동아리 모임이 있어서 밤 열시가 돼서야 집에 돌아왔거든요. 그래서 직접 듣지는 못했지만 구체적인 내용은 이케다 씨에게 들었습니다."

"어떻게 생각하세요? ……맞을까요?"

"모르겠습니다."

핵심을 찌른 질문에 솔직하게 대답했다.

"이번 예언이 빗나가면 마음은 엄청 편해지겠지요. 지난번은 우연의 일치였다. 역시 리피트 같은 게 현실에 있을 리가 없다고 생각하면 그만이니까요. 그렇지만 만약 맞힌 경우를 생각하면……. 어쨌든 지금은 이십칠일의 결과를 기다릴 수밖에 없겠죠."

"그렇겠죠."

시노자키는 동의했지만 아직 무언가 할 말이 남은 듯해 무얼까 생각했다.

"그전에 모리 씨와 둘만 만날 수 없을까요?"

"물론 저야 좋죠. 바라던 바예요."

바로 대답했다.

"데이트는 아니에요."

내가 너무 기세 좋게 대답했던지 시노자키는 못을 박았다.

"압니다."

"좀 갑작스럽지만 오늘 저녁은 어떨까요? 저는 여섯시에는 일이 끝날 것 같은데."

"저도 괜찮습니다. 그럼 저녁 식사라도 같이 하며 이야기할까요? 장소는 어디가 좋을까요? 도쿄 내―야마노테 선 구간이라면 어디든 좋습니다."

"그럼 이케부쿠로는 어떠세요?"

그래서 이케부쿠로 세이부 백화점의 서점 앞에서 오후 여섯시에 만나기로 했다.

전화를 마치고 나는 아직 졸음이 가시지 않아 바로 다시 잠이 들고 말았다. 푹 자고 일어났을 때는 한낮이었다. 오후는 간만에 졸업 논문 자료 읽기에 시간을 할애하고 다섯시 십오분이 되자 집을 나섰다.

낮에 내리던 비는 저녁이 되어서도 그치지 않았고 하늘에는 이미 어스름이 내렸다. 도자이 선에서 야마노테 선으로 갈아타고 약속 시간 십 분 전에는 이케부쿠로 역에 도착했다.

이케부쿠로 세이부 백화점 지하 일층의 벽이 뒤틀린 듯한 통로를 걸어가니 먼저 와서 기다리는 시노자키가 보였다. 경보를 하는 것 같은 사람들의 대열에서 코스를 이탈해 속도를 줄이며 그녀와의 거리를 좁혔다. 그때쯤 그녀도 내가 온 걸 알았는지 고개를 들었다.

"기다리게 해서 죄송합니다."

내가 그렇게 말하자 그녀는 아니라는 듯 고개를 살래살래 좌우로 흔들며 시선을 내 오른쪽 어깨 언저리에 고정했다. 그대로 시선을 들려 하지 않았기에 나는 그녀의 모습을 차근히 관찰했다.

오늘 시노자키는 하얀 블라우스 위에 감색 자켓을 덧입고 아래는 무릎 길이의 체크무늬 치마를 입은 차림으로 마치 어느 여학교의 교복을 입은 것처럼 보였다. 얼굴에 화장기가 없는 건 지난번과 마찬가지였다. 오목조목한 얼굴은 화장을 하지 않아도 충분히 예뻐 보였다. 전체적으로 사회인이면서 고등학생 같은 청순함이 느껴지는 차림이다. 그것이 그녀의 매력이리라.

"그럼 일단 밖으로 나갈까요."

"네. 그러죠."

대화를 나누는 우리 옆을 인파가 줄지어 흘러갔다.

시노자키는 일단 나에게 웃어 보였지만 태도에는 아직 어딘가 어색함이 느껴졌다. 그러나 범상치 않은 모임에서 만나, 그 후에도 전화로 두 번 남짓 이야기한 게 전부인 사이라는 점을 감안하면 어쩔 수 없는 일이다.

내가 앞에 서서 폭이 좁은 에스컬레이터에 타고 먼저 지상으로 나왔다.

"저, 제가 가고 싶은 가게가 있는데 그리로 가도 괜찮을까요?"

이제 어디로 가야 할까 망설이고 있자니 이 주변은 자신이 잘 안다는 듯 시노자키는 숄더백의 어깨끈을 고쳐 메고 앞서 걷기 시작했다. 나는 그녀의 등을 내려다보는 위치를 유지하며 뒤를 따랐다. 그런 상태로 얼마간 걸은 뒤 그녀는 벽돌색 외벽에 검은 담쟁이덩굴 모양이 얽힌 외양의 건물 앞에 멈춰 서서 '여기 어때요?'라고 눈으로 내게 물었다. 바깥 계단을 올라가면 이층이 레스토랑인 모양이었다. 고개를 끄덕이며 나는 남자로서 그 자리의 주도권을 잡자는 마음에 앞서 계단을 올랐다.

인테리어가 세련된 가게로 약간 조명이 어두웠지만 분위기는 나쁘지 않았다. 창가에 빈 테이블이 하나 있어 나는 가까운 자리에 앉았다. 창을 등진 자리에 그녀가 앉았다.

상당히 허기져 있던 나는 스테이크 세트에 밥을 곱빼기로 주문했다. 그녀는 스파게티와 음료 세트. 주문을 마치고 바로 이야기를 시작했다.

"솔직히 저는 왠지 예언이 맞을 거 같습니다."

시노자키는 눈을 휘둥그렇게 뜨며 나를 보았다. 나는 의미 없이 한차례 고개를 끄덕이고 말했다.

"사실 맞길 바란다는 게 정확한 표현일지 모르겠네요. 만약 이번에도 맞힌다면 리피트가 사실이라는 말이니까요. ······요전에 제가 올해 신문을 다시 읽는다는 이야기를 했던가요. 일종의 게임으로 생각한다고요. 준비한 게 헛수고로 끝나지 않았으면 좋겠달까······. 역시 마음 한구석에서 그렇게 바라는 거겠죠. 만약 정말로 리피트가 성공한다면 우리는 미래에 무슨 일이 일어날지 아는 거잖아요. 역시 그런 전지전능함을 맛보고 싶어요."

내가 그렇게 말하자 시노자키는 순간적이었지만 딱하다는 표정을 보였다.

"제 경우는 약간 달라요. 그래도 역시 빗나갔을 때 어떻게 될지 대충 상상이 가서 맞으면 좋겠다고는 생각해요. 그러니까 그 부분은 모리 씨와 같지만……."

"저와 다른 점은 어떤 부분이죠?"

"뭐랄까, 저는 그저 낙관적일 수만은 없거든요. 만약 리피트가 진짜고 올해 일월로 돌아가서 인생을 다시 산다면 저는 그저 즐거운 일만 생각할 수는 없어요. 모리 씨는 혼자 산다고 하셨죠?"

"네."

나는 고개를 끄덕였다. 시노자키는 속눈썹을 아래로 내리깔고 이야기를 계속했다.

"저는 전에도 말했지만 부모님과 같이 살아요. 또 회사에도 매일 가야 하고요. 만약 과거로 돌아간다고 해도 매일 부모님과 얼굴을 맞대고 살아야 해요. 게다가 앞으로 무슨 일이 생길지 알면서 모르는 척해야 하잖아요. 매일 연기를 해야겠지요. 회사 동료들에게도 마찬가지고요. 매일 얼굴을 마주하고 살면서 줄곧 연기를 계속해야 한다니. 상당히 힘든 일이라고 생각하지 않으세요?"

"그럼 제가 당나귀 귀 역할을 하겠습니다."

나는 바로 열정적으로 말했다.

"……당나귀 귀?"

"그러니까 임금님 귀는—아, 잘못 말했네요."

"당나귀 귀에 대고 말한 게 아니잖아요."

시노자키는 그제야 겨우 웃는 얼굴을 보여 주었다.

"말하자면 비밀을 끌어안고 살다 힘들어졌을 때 이야기를 들어 준다는 거죠?"

"그런 때를 위해서 동료가 있어야 하는 게 아닐까요."

내 말에 시노자키는 어떻게 반응해야 할지 주저하는 기색이었지만 잠시 뒤 "고마워요" 하고 미소 지었다.

"그런데 그렇게 고생해서 리피트한 뒤에 무엇을 할 수 있을까요—경마로 돈을 번다든가 일단은 그런 일부터 떠올리겠죠. 저는 솔직히 돈이 그렇게까지 필요하다고는 생각하지 않아요. 아마 제가 여자라서 그렇기도 하겠지만……. 언젠가 결혼해서 남편의 부양을 받는 입장이 된다, 그러니까 돈에 대해서는 생각하지 않아도 좋다는 사고 때문에 그런지도 모르겠어요. 그렇다면 돈 말고 뭐가 있을까 하고 고민해 봐도 딱히 떠오르는 건 없거든요."

"저도 마찬가집니다."

나는 솔직하게 말했다.

"같다고 해야 할지, 먼저 경마로 돈을 벌자고 생각했죠. 하지만 그 밖에도 뭔가 할 수 있는 일이 있지 않을까 싶어 고민해 봤는데 막상 좋은 생각이 떠오르지는 않았어요."

주문한 요리가 나와 우리는 대화를 잠시 중단했다. 식사중에는 무난한 잡담으로 일관했다. 이야기를 나누며 시노자키가 두 살 위라는 사실도 알게 되었다.

"좀 전의 이야기 말인데요……. 다른 사람을 구한다는 대안도 있긴 해요."

시노자키가 그렇게 말한 건 식사 접시가 정리되고 테이블 위에 음료만 남았을 때였다.

다른 사람을 구한다라. 나는 먼저 올해 유월에 수십 명의 사상자와 행방불명자를 낸 자연재해가 머리에 떠올라 얘기해 봤다.

"예를 들어 그때 죽은 사람들도 만약 우리가 살리려고 하면 살릴 수 있을까요?"

만약 가능하다면 그거야말로 리피트의 권익을 유효하게 활용했다고 떳떳이 말할 수 있는 일이 아닐까.

"그런 경우 우리가 구체적으로 무엇을―어떻게 해야 좋을까요?"

이건 사고 실험 문제로서도 의의가 있을지 모른다고 생각하며 나는 진심으로 그 문제에 임했다.

나와 그녀가―평범한 대학생이나 직장인이 몇 월 며칠 어디서 재해가 발생한다고 말한들 아무도 그 말에 귀를 기울여 주지 않겠지. 수십 명이 죽고 나서야 겨우 재해를 사전에 예언한 인간이 있다고 소문이 나는 정도이리라. 우리의 예언이 옳았다는 사실이 그제야 가까스로 인정을 받더라도 때는 이미 너무 늦다.

그렇다면 그전에 실적을 만들어 두어야 한다. 재해가 일어나기 전에 미리 예언자로서 실적을 만들어 두는 것이다. 무엇이든 좋다. 가자마가 한 것처럼 지진을 예언해도 좋으리라. 어쨌든 무언가 실적을 만들어 두고—처음에는 가까운 범위의 사람만 우리 말에 귀를 기울여 주겠지만 적중률이 백 퍼센트라면 소문이 소문을 불러 최종적으로는 언론에서도 다루게 될 것이다. 그렇게 전국민이 우리의 예언이 백발백중이란 사실을 인식하게 된 시점에서 때를 보아 재해를 예언하면 피해자들도 분명 그 재해 현장에서 피난하지 않을까.

내 이러한 설명에 시노자키는 진심으로 동의했다.

"저도 그 길밖에 없다고 생각해요. 하지만 일이 거기까지 진행되면 이미 그걸로 끝이죠. 분명히 왜 너희는 그렇게 뭐든지 예언할 수 있는 거냐, 도대체 정체가 뭐냐, 그런 식으로 추궁당할 텐데 우리는 뭐라고 답해야 할까요? 리피트에 관해 솔직하게 털어놓아야 할까요? ……그렇게 생각하면 가자마 씨가 말했던 사회 시스템이 근본부터 변한다는 이야기로 귀결되잖아요."

"죽었어야 할 사람들을 살리기 위해서는 일을 크게 벌일 필요가 있겠죠. 그렇다고 일을 너무 크게 벌이면 이번에는 우리 입장이 위험해진다는 거죠? 역시. 음……."

뭔가 방법이 없을까. 우리 신변의 안전은 확보하면서 다른 사람을 구할 수 있는 방법은…….

"아, 그런 방법이 있겠군요. 신문사 같은 데 익명으로 예언 편지를 보내는 거예요. 그러니까 우리 정체는 밝히지 않는 거죠. 처음에는 그런 편지 따위 아무도 주목해 주지 않겠지만 누군가 읽고 그 편지가 반드시 적중한다는 사실을 알게 되면 뉴스로 다루어 주지 않을까요. 그렇게 다음 예언도 신문 지면에 실리게 되고……. 그러면 일단—설령 반신반의하더라도 그런 식으로 재해를 당한다고 예언한 경우에는 다들 만약을 위해 가까이 가지 말자고 생각하지 않을까요? 피해자의 목숨을 구하면서도 우리 정체는 밝혀지지 않으니 우리에게 직접적인 위험도 미치지 않을 테고요."

아마 이걸로 모든 조건을 만족시켰겠지, 나는 자신이 낸 답에 상당히 자신이 있었다. 그러나 시노자키는 '과연 그럴까요?' 하는 표정을 지었다.

"……뭔가 문제라도 있나요?"

"음—. 예를 들어 수수께끼의 투서가 적중률 백 퍼센트라는 사실을 신문사 사람이 눈치챘다고 해도 투서 내용을 제대로 기사로 실을지가 좀 미심쩍어서요. 투서의 내용이 너무 엄청나면 담당자는 윗사람에게 상담하고 그 윗사람은 다시 더 윗사람에게 상담하겠죠. 그렇게 신문사 안에서 몇 명쯤은 그 투서에 대해 알게 되겠지만 그 사람들이 과연 정보를 어떻게 할까요. 간단히 외부에 내보내지는 않을 거예요. 저는 그 부분이 제일 걱정스러워요. 가령 편지에 쓰인 정보를 자기들끼리만 알고 담아 둔다면 어떤 사건이나 사고가 일어날지 자기들만 미리 알겠지요? 그러면 거기에 미리 취재진을 보내서 간단히 특종을 딸 수 있잖아요—그런 식으로 악용할지 모르니까……. 뭐, 그렇게까지 부정적으로 가정하지 않아도 애초에 반드시 맞는 예언 따위 너무나 비현실적이라 아무리 사내에서 알아준다고 해도 그걸 간단히 기사화할 수는 없지 않을까 싶어요. 신문사가 그런 초자연적인 일을 기사로 내서는 안 된다는…… 상식이 걸림돌이 되지 않을까요?"

그 말을 들으니 그럴 것도 같았다. 그렇다기보다 나는 사실 익명의 편지를 보낸다는 제안에 대해서는―제안한 건 자신이지만―썩 내키지 않았다. 그런 식으로 얼굴 없는 영웅이 되어 세상에 공헌해서는―그런 일을 한다는 것 자체에 의의는 있겠지만 어쨌든 그래서는―뭐라 말해야 좋을지―재미가 부족하다.

이야기하는 동안 내 안에서는 다른 사람을 돕는다는 애초의 목적은 어찌되든 좋은 일이 되어 버렸고 그보다 예언자로서 자신이 언론에 등장하는 일이(처음에 그것은 목적을 달성하는 수단이었지만) 진짜 목적처럼 여겨지게 되었다.

만약 리피트가 성공해 과거로 돌아간다면 나는 그 단계에서 특별한 존재가 된다. 세상에 널린 보통 사람들과는 명백히 다른 존재가 된다. 미래의 사건을 모두 아는 것이다. 그렇다면 그것을 자랑하고 싶다. 나는 너희와는 다르다는 사실을 보란 듯이 자랑하고 싶다. 과시하고 싶다. 가자마가 우리에게 보여 주었듯 예언 퍼포먼스를 벌이고 사람들이 나를 경외의 눈으로 봐 주길 바란다…….

사실 나는 그런 일이 하고 싶었던 것이다. 자신의 얕은 소견에 혀를 깨물고 싶어졌다.

6

집으로 돌아오자 원조 예언이 기다리고 있었다. 귀가 후 바로 가자마에게 전화가 걸려 왔다.

"어제는 부재중이시라……. 혹시 용건은 벌써 다른 분께 들으셨습니까?"

"아니요, 그게─."

듣지 않은 걸로 하자는 생각이 순간적으로 들었지만 거짓말은 좋지 않다 싶어 이실직고했다.

"네, 들었습니다. 또 지진을 예언하셨다면서요."

"맞습니다. 이십칠일 오후 열한시 육분. 지바 현의 조시와 이바라키 현의 미토에서 진도 2, 도쿄에서는 진도 1로 관측됩니다. 이번에는 미진이라 속보는 없습니다. 그렇지만 직접 지진을 느끼실 수는 있을 겁니다. 다음 날 신문에서도 확인 가능할 테고요. 지진이 일어난 뒤 또 연락을 드릴 테니 당일은 집에 계셔 주십시오. 그때 전화로 리피트를 하는 출발일과 집합 장소를 안내해 드리겠습니다. ……뭔가 질문 없으십니까?"

"주의 사항은 없나요?"

"아, 깜빡할 뻔했군요. 이번 예언은 실현될 때까지 두 주 정도 여유가 생겨 무심코 다른 사람에게 말하고 싶어질지도 모릅니다. 그러나 지금까지와 마찬가지로 비밀은 엄수해 주십시오. ……여기까지는 이미 들으셨겠지요? 뭐, 저야 상관없습니다. 리피트 뒤에는 여러분은 동료로서 협력해 나가게 될 테니까요. 그러니 지금부터 여러분이 그렇게 사이좋게 지내시는 건 저로서도 바라던 바입니다. 그럼, 지난번 모임 이후 서로 연락처를 주고받으셨겠군요?"

"네. ……가르쳐 주지 않은 사람도 있긴 합니다."

나는 아무렇지도 않은 듯 그렇게 말했다.

"게스트분들의 전화번호가 필요하다면 제가 가르쳐 드릴까요?"

가자마는 내가 생각지도 못했던 말을 꺼냈다. 그런가, 가자마라면 모두의 집 전화번호를 알 것이다.

"네, 가능하면……."

일이 너무 쉽게 풀려 함정이 아닐까 하는 의심도 들었지만 나는 상대방의 감언에 이미 넘어가고 말았다.

오모리와 요코사와의 집 전화번호를 듣고 쓰보이와 고하라의 연락처도 알게 되었다.

"물론 아직은 무리지만 리피트가 성공한 이후에는 제 전화번호도 여러분께 가르쳐 드릴 작정입니다. 그때는 저도 여러분의 동료라고 생각해 주십시오. 그럼, 이십칠일에 연락드리겠습니다."

가자마가 그렇게 말하고 전화를 끊은 다음 나는 자신이 끼적거린 메모를 물끄러미 바라보았다.

04

1

지난주까지는 그래도 게임의 형태로 보였다. 대전 상대는 가자마로 그가 어떻게 지진을 예언하는지, 또 그가 무엇을 꾸미는지를 우리가 규명한다는 게 기본 규칙이었다. 게임 테이블에는 가자마와 나 이외에도 여덟 명의 플레이어가 배치되어 있다. 그중 이케다 노부타카, 텐도 다로, 시노자키 아유미 이렇게 세 사람과는 연락을 주고받아 공동 전선을 구축했다. 그런데도 가자마가 쌓아 올린 수수께끼의 아성은 꿈쩍도 하지 않았다. 이대로 월말이 오면 제한 시간 종료로 그의 우승은 확정되리라.

그런데도 가자마는 제2의 예언이라는 새로운 승부수를 던졌다. 이 마당에 왜 그런 수를 두었는지를 도무지 모르겠다. 이번에 새로운 수수께끼가 추가되면서 게임의 판도가 일변했다.

혼란스러운 상황 속에서 내게 무슨 수가 있을까. 그렇게 생각하다가 아직 연락을 취하지 않은 다른 다섯 플레이어—요코사와 히로시, 오모리 마사시, 다카하시 가즈요시, 고하라, 쓰보이와 연락을 취하기로 했다.

회룡정에서는 이케다, 덴도, 시노자키 이렇게 세 명에 나를 포함한 네 명이 특히 두드러졌지만 그것만으로 다른 다섯 사람이 도움이 되지 않는다고 단정하는 건 너무 성급한 판단이다. 그들 각자가 어떤 능력을 가진 말인지 내가 아직 밝혀내지 못한 건 아닐까.

화요일 밤에 나는 우선 다섯 명 중 다카하시를 골라 전화를 걸어 보기로 했다. 장거리 트럭 운전사로 일한다고 하니 집에 없을 가능성도 생각했지만 상대는 바로 전화를 받았다.

"여보세요."

"저, 모리라고 합니다. 일전에 회룡정에서 만났죠."

"어이쿠, 이거 웬일이야?"

그의 반응이 예상보다 우호적인 느낌이라 나는 상대방의 기분을 거스르지 않도록 주의하며 말을 이었다.

"그저께 두 번째 예언이 있지 않았습니까. 그 예언 덕에 처음에는 반신반의했던 저도 지금은 상당히 리피트를 믿는 방향으로 마음이 기울었거든요."

분명 다카하시는 리피트를 백 퍼센트 믿는다고 말했었다. 그런 식으로 이야기를 꺼냈더니 그는 득의양양하게 '거봐'라는 듯 응해 왔다.

"그래서 지금에야 겨우 제대로 리피트가 성공했을 때 무엇을 할지 생각하게 됐어요. 그래서 다카하시 씨에게 의견을 구할까 하고 전화드렸습니다."

"뭐야, 나한테 물어서 뒤쳐진 만큼 만회할 셈인가."

"네, 말씀대롭니다. 다카하시 씨가 리피트 뒤에 어떤 일을 계획하고 있는지 가르쳐 주신다면 참고가 되겠습니다."

"염치도 좋군. 뭐, 그렇게 해도 상관없지만."

다카하시는 대범하게 나왔다.

"그렇지만 열 달 전으로밖에 못 돌아가잖아. 적어도 십 년 정도 전으로 되돌아간다면 나도 좀 더 착실하게 공부해서 우등생이 돼서 훨씬 나은 학교에 가서 좋은 회사에 들어가고……. 이것저것 생각이 많은데 말이지. 뭐, 반대로 겨우 열 달 전으로 돌아간다는 쩨쩨한 부분이 리피트가 거짓말이 아닌 진짜라는 증거라고 나는 생각해. ……근데 너 경마는 해 본 적 있어?"

"딱 한 번 후추의 경마장에 가서 놀아 본 게 답니다."

나는 솔직히 대답했다. 내 경우 무슨 일이든 한 번 시도하고 끝난 경우가 상당히 많다.

"다만 리피트가 성공하면 경마로 돈을 벌자는 생각은 했죠. 다카하시 씨는요?"

"당연히 나 역시 경마로 한몫 잡을 작정이야. 다만 경마를 하려면 미리 알아둬야 할 게 있거든. 마침 잘됐군. 좋은 기회니 내가 너한테도 한 수 가르쳐 주지. 내가 아무리 신중을 기하더라도 너

같은 초짜가 어설프게 마권을 사서 리피트의 비밀이 밝혀지면 본전도 못 찾을 테니. 그러니 잘 들어 둬."

서론을 끝내자 그는 마권 사는 법에 관한 강의를 시작했다.

"초보들은 결과를 모조리 미리 아니까 언제 어디서든 일단 마권만 사면 그만이라고 생각하기 쉽지. 사실 그게 그렇지가 않단 말이야. 우리는 매표소에서도 환전소에서도 가능한 눈에 띄지 않아야 하니까 몇 가지 신경 써야 할 점이 있어. 예를 들면 만마권이 나오는 레이스가 있다고 치자. 그 경주가 만약 토요일 제1레이스라고 해 봐. 그런데 복연식으로 십만 엔이다 이십만 엔이다 사는 인간이 있다면 그 시점에서 엄청나게 눈에 띄겠지. 그 이전에 그렇게 마구잡이식으로 마권을 사면 백배를 넘었을 때의 배당금이 갑자기 구십 배나 팔십 배로 떨어질 거야. 게다가 그게 복연식이라면 생초보라도 짜고 치는 고스톱 아닌가 의심하겠지. 그러면 여기저기서 큰 소동이 벌어져서 눈에 띄지 않을 도리가 없게 되고. 그렇다고 쩨쩨하게 푼돈을 걸어서는 아무리 맞혀도 실제로 수중에 들어오는 돈이 적을 거야. ……내 말, 이해하겠어?"

"아, 네. 지금까지는 대강 이해했습니다."

나는 황급히 대답했다. 회룡정에서 만났을 때도 그런 인상을 받았지만 역시 다카하시는 도박을—특히 경마를 좋아하는 모양이었다. 초보 운운하는 말은 자신이 전문가라고 생각하는 인간밖에 쓰지 않는다.

"그럼 끝까지 잘 들으라고."

다카하시는 이야기를 계속했다.

"즉, 크게 이기려면 판돈도 크게 걸 필요가 있다는 거지. 복연식으로 몇십 장은 사야 한다는 말이야. 그런데 그런 짓을 하고도 눈에 띄지 않거나 아니면 배당금이 크게 변하지 않는 레이스는 대개 정해져 있게 마련이거든. GⅠ이나 기껏해야 GⅡ클래스라는 결론이 나지."

"네. 이해했습니다."

나는 대답했다. G는 그레이드grade의 약자로 그레이드가 가장 높은 경주를 GⅠ이라 부르며 일 년에 열 번 정도의 레이스만 열린다. 최고 등급의 말을 모아 열기 때문에 많이들 보는데다 다른 레이스와는 자릿수가 다르게 마권이 팔려 나간다.

"그렇지만 아무리 GⅠ이라고 해도 가령 올해 옥스일본 중앙 경마회가 도쿄 경마장에서 개최하는 경주나 더비일본 중앙 경마회가 개최하는 경주로 일명 '경마 제전'으로 부르는 큰 상금이 걸려 언론이 가장 주목하는 경주 같은 융통성이 없는 레이스여서는 배당금도 다섯 배나 열 배로 배율이 꽤나 나쁘니까 사지 않아도 별 상관은 없어. 반대로 절대로 놓칠 수 없는 게 올해 오카쇼한신 경마장에서 열리는 중앙 경마의 경주지. 이게 무려 이백십삼 배라는 고배당이 붙거든. 백 엔을 사서 이만 엔이 되니까 오카쇼에서 한 번에 백만 엔을 사면 그것만 해도 이억 엔의 배당금이 들어오는 셈이지. 그 외에 사쓰키쇼나 야스다 기념도 꽤 짭짤하게 고배당이 들어오니까 산다면 그 세 가지를 노려야 해. 그 이외의 레이스는 사지 않거나 사더라도 재미 삼아 오만 엔이나 십만 엔 정도로 하는 게 좋겠지."

리피트 137

"네. 그렇군요. 정말 공부가 많이 됐습니다."

빈말이 아니라 정말 솔직한 감상이었다.

경마에 관해 초보인 나는 이전 레이스에서 번 돈을 몽땅 다음 레이스에 쏟아 붓는 일을 반복할 계획이었다. 그런 식으로 열두 레이스에서 전부 이기면 밑천이 백 엔뿐이라도 하루 만에 간단히 억 단위의 돈을 벌 수 있다고 생각했다. 내가 마권을 산다고 배당금이 떨어진다든가 승부 조작으로 의심받을 가능성은 눈곱만큼도 염두에 두지 않았다.

"어쨌든 눈에 띄지 않는 게 중요하다고. 나머지는 너무 많이 이기지 말 것. 만약 마권을 사다가 누군가의 눈에 찍혔다면 일부러 틀리는 거야. 그 정도 경계해서 손해 볼 일은 없으니까. 알아들었지? 네가 경마장에서 무서운 형님들에게 찍혀서 붙잡히더라도 그건 네 녀석의 자업자득이니까 기본적으로 나하고는 관계없는 이야기다. 그렇지만 그 때문에 리피트의 비밀을 들켜서 네가 동료들 이름까지 불게 된다면 나까지 붙잡힐 거야."

"알겠습니다. 리피트 뒤에 경마를 할 때는 반드시 다카하시 씨의 조언에 따르겠습니다."

내가 저자세로 나가자 다카하시는 "그래, 그래야지"라며 기분 좋은 듯 말했다.

가자마의 정체를 밝혀내는 데 특별한 소득은 없었지만 다카하시와 우호적인 관계를 구축했다는 점은 수확 중 하나였고, 리피트가 정말 성공할 경우 그에게 배운 경마로 돈을 버는 법은 상당한

참고가 될 것이었다. 예상 이상의 수확이라고 해도 좋으리라. 무엇이든 일단 시도하고 볼 일이다.

2

 다카하시의 경우는 그걸로 족했지만 다른 네 명은 사정이 달랐다. 나는 좀처럼 전화를 걸지 못했다. 요코사와와 오모리는 집 전화번호를, 또 고하라와 쓰보이는 애초에 우리에게 연락처 자체를 가르쳐 주지 않았기에 내가 전화를 하면 그것만으로도 신변을 멋대로 파헤쳤다고 상대가 몸을 사릴 게 예상되었기 때문이다.

 두 번째 예언을 한 지 일주일이 지난 일요일 오후. 마냥 고민한들 뾰족한 수가 없다는 결론을 내리고 나는 일단 오모리에게 전화를 걸어 보기로 했다. 회룡정에서 옆 자리에 앉았고 약간은 말도 나누었으니 다른 세 사람보다 걸기 편하다는 생각에서였다.

 오모리의 집 전화번호를 눌렀다. 발신음이 두 번째에서 끊어지며 바로 통화가 연결되었지만 상대방은 '여보세요'라는 말조차 하지 않았다.

 "여보세요, 오모리 씨 댁인가요? 저는 모리라고 합니다. 요코하마에서 만났던 사람입니다."

 "아…… 네. 모리 씨였군요. 기억납니다."

전화 받는 방식 하나만 봐도 각자의 개성이 드러난다.

"두 번째 예언도 있고 해서 이야기를 나눌까 하고 전화드렸습니다. 자택 전화번호를 가르쳐 주셔서 쉬는 날 실례를 무릅쓰고 전화를 드렸습니다."

전화번호를 누가 가르쳐 주었는지에 대해서는 확실하게 말하지 않았다. 명함에 있던 직장 전화번호를 거쳤다고 멋대로 생각해 주면 고맙겠지만.

"오모리 씨는 리피트 따위 절대로 믿지 않는다고 말씀하셨죠? 이번 예언에 대해서는 어떻게 생각하십니까?"

"저, 그거야…… 빗나가겠죠."

"그럴 거면 왜 예언을 했을까요?"

"어쩌면 본인은 맞을 거라고 생각하는 게 아닐까요?"

내 물음에 오모리는 약간 재미있는 가설을 내놓았다.

"리피트 이야기도 본인은 진지하게 믿는지 모르죠. 들은 적이 있거든요. 어떤 일을 기억할 때 이중으로 기억하는 사람이 있다고 하더군요. 지금 일어난 일로 평범하게 기억하는 동시에 시간을 거슬러 올라 전에 일어났던 일로도 기억하는 거죠. 그러면 모든 일에 기시감을 느끼겠죠. 그런 사람이 자신의 증상을 설명하기 위해 그런 류의 망상을 하는 것도 가능한 일 아닐까요."

기억에 관한 희귀한 증상을 끌어내다니 역시 박식하다. 과연 스스로를 과학자라고 말한 사람다웠다. 그러나 그 설을 내가 납득했느냐 하면 그렇지도 않다.

"하지만 실제로 지진을 맞혔잖아요."

"그, 그러니까 그건 우, 우연이죠. 소가 뒷걸음질 치다 쥐를 잡은 격이랄까요. 물론 한 번에 맞힌 게 아니라 몇 번이나 빗나갔겠죠. 그렇지만 빗나갔을 때의 기억은—자신에게 불리한 기억은 깡그리 사라지고 자신에게 유리한, 적중했던 기억만 남은 거죠. 그렇게 망상을 강화해 가는 겁니다. 그러므로 본인은 진심으로 자신이 리피트를 한 인간이라고 생각하고 동료를 데려가기 위해 여기저기에 전화를 걸어서 예언을 하는 것 같습니다. 그…… 그중에 우리한테 걸었던 전화가 우연히 들어맞았던 거죠. 물론 본인은 그게 당연하다고 생각하고요. 진심으로 미래에 무슨 일이 일어날지 안다고 믿으니까요. 사실은 아무것도 모르는 주제에. 그러니까 태연히 두 번째 예언을 할 수 있는 거죠."

오모리의 설을 따르면 왜 가자마가 일부러 두 번째 예언을 했는지 설명된다. 그런 의미에서는 건투했지만…….

"그래도…… 우리한테 백만 엔씩 다 합치면 구백만 엔을 줬잖습니까. 그 돈은 어떻게 번 돈일까요?"

나는 질문을 거듭했다.

"그, 그건…… 예를 들면 부모님이 엄청난 부자라서……."

바로 석연치 않은 대답이 나왔다.

"만약 다음 주에 예언대로 지진이 일어난다면 어떻게 하실 건가요?"

마지막으로 물어보았다.

"그런 일은 절대로 있을 리가 없어요."

오모리는 단언했다.

이어서 요코사와의 집으로 전화를 걸었다. 요코사와도 두 번째 신호음에 상대가 받았다. 전화를 받은 사람은 어린아이였다.

"여보세요, 요코사와네 집입니다."

"여보세요. 저는 모리라고 합니다. 아빠 계세요?"

"아빠, 모리이 씨라는 사람한테 전화―."

내 말에 수화기 너머에서 소리쳐 부르는 소리가 들리고 잠시 뒤 저벅저벅 하는 발소리가 다가왔다.

"네. 요코사와입니다."

약간 당황한 태도의 남자가 바꿔 받았다.

"저, 모리입니다. 요코하마에서 만났던 학생인데―."

내가 이름을 대자 요코사와는 야릇하게 납득한 것 같았다.

"아, 모리 씨였군요. 네, 네."

아무래도 아이가 이름을 잘못 전해서 모리이라는 사람과 착각했던 모양이다.

"쉬시는 중에 죄송합니다. 연락을 해 볼까 싶었거든요. 자택 전화번호를 가르쳐 주셔서 이쪽으로 연락드렸습니다."

오모리에게 걸었을 때와 같은 수법을 써서 변명을 했다.

"지난주 두 번째 예언이 있었잖아요. 그 예언에 대해 다들 어떻게 생각하는지 전화를 돌리던 참이었습니다. 요코사와 씨는 어떻게 생각하세요? 예언이 맞을까요?"

나는 단도직입적으로 물었다.

"글쎄요."

뚱한 대답이 돌아왔다.

"그걸 지금 생각해 봤자 어차피 다음 주가 되면 밝혀질 텐데요, 뭘."

"그럼, 왜 그런 예언을 했다고 생각하세요?"

나는 재차 물었다.

"그거야 이해하기 쉽게 하려고 그런 거 아닐까요? 우리한테야 고마운 일이잖아요? 사전에 판단 재료를 제공해 준 거니까. 맞으면 그게 진짜라는 게 증명되니 집합하라고 할 때 갈 테고 맞지 않으면 역시 거짓말이니 가지 않으면 그만이죠."

아무래도 이야기가 잘 맞물리지 않는 느낌이 들었다.

"만약 리피트가 사실이고 과거로 돌아간다면 요코사와 씨는 무엇을 하실 생각이신데요?"

이것도 모두에게 묻고 싶은 질문이었다. 특히 가정을 가졌다는 점에서 나와는 상황이 다른 요코사와가 어떤 생각을 하는지 흥미가 있었지만.

"글쎄요, 무엇을 할까요."

역시 애매한 대답만 돌아왔다.

"일단 일할 때 실수를 회피하거나 하는 일은 가능하겠죠. 그래도 겨우 열 달이니 대단한 일은 불가능하지 않을까요? ······아, 미안하지만 그 건에 관해서는 다음 주 이후에 시간이 있을 때 찬찬히 이야기하지요."

갑자기 목소리의 분위기가 변했다.

"근처에 누가 계시군요."

"네, 그래요."

아무래도 부인인지 누군지가 상황을 살피러 온 모양이다.

"알겠습니다. 갑자기 전화드려서 죄송했습니다. 그럼 또 연락드리겠습니다."

나는 그렇게 수화기를 내려놓았다. 설령 도중에 방해가 들어오지 않았어도 요코사와와 나눈 대화에서 얻을 것은 아무것도 없었으리라. 리피트가 정말 성공할지 어떨지는 누구에게나 중대한 관심사겠지만 요코사와는 아무래도 좋다고 여기는 모양이다.

리피트를 전혀 믿지 않는다면 이해가 간다. 그러나 그렇지도 않은 듯했다. 그의 태도를 나는 이해할 수 없었다.

고하라와 쓰보이에게 전화할 기력도 그걸로 사라졌다.

결국 그다지 수확은 없었다고 생각하며 나는 침대 위에 벌렁 드러누워 뒹굴거렸다.

3

졸업 논문 작업은 거의 진척이 없었다. 주제로는 전후 문학을 골랐지만 처음부터 내게는 어찌 되어도 좋은 문제였다. 다만 졸업하지 않으면(못하면) 난감한 처지가 된다, 그리고 졸업하기 위해서는 졸업 논문을 써야 한다―세상에 있는 그런 규칙 때문에 나는 공부를 했다.

그렇지만 리피트가 만약 정말로 가능하다면 졸업 논문 따위 아직 한참 뒤의 일. 좌우간 3학년으로 돌아가 버릴 테니까.

이번 인생에서 공부를 해 두면 다음 인생에서 작업이 편해진다는 사고방식도 있었지만 지금 내게는 그보다 훨씬 중요한 일이 있었다. 리피터의 가장 큰 특권은 '미래의 기억'에 있다. 기억의 많고 적음에 따라 다음 인생에서 얼마만큼의 일이 가능한지가 좌우된다. 그러므로 가능한 지금 머릿속에 집어 넣어 두자고 결심했다. 우선 그것이 최우선. 출발하는 날까지 남은 시간을 가능한 그 일에 쓰고 싶다―그것이 내 안에서는 공부하지 않는 데 대한 정당한 변명거리가 되고 말았다.

하지만 다른 사람 눈에는 내가 열심히 공부하는 학생으로밖에 보이지 않았으리라. 거의 매일 대학에 가서는 도서관이 폐관할 때까지 부지런히 자료를 읽었으니까. 다만 내가 열과 성을 다해 읽었던 것은 졸업 논문 자료가 아닌 그저 신문 기사에 불과했다. 신문 지면에는 다양한 정보가 담겨 있었다. 나는 그것을 최선을 다해 기억했다. 정치, 경제, 국제 정세. 국내의 이런저런 사건과 사고 또는 자연재해. 그리고 경기 결과…….

다만 문제는 설령 그 모든 정보를 기억한 채 리피트가 성공해도 그렇다면 그것을 무엇에 활용할지—활용할 수 있을지—하는 점에 있었다. 이만큼의 정보량이 있어도 그 속에서 정말 활용 가능한 정보는 결국 경마 결과를 전하는 사방 십 센티미터 칸 안에 든 작은 기사뿐이다—이건 정말 한심한 일이다.

그림우드의 소설에서는 미래 인생에서 누군가 다른 사람이 만들었을 노래나 영화나 또는 히트 상품 등을, 되감은 인생에서 모조리 자신이 만든 것으로 삼는 '미래의 기억' 활용법이 제시되어 있다. 경마에서 돈을 버는 것과는 달리 그것은 부와 함께 창작자로서의 명성도 작중 인물에게 가져다준다. 그러나 소설에서는 과거로의 역행 폭이 이십오 년이라서 그런 식으로 활용할 수 있었던 것이다. 반면 우리에게 주어진 역행의 폭은 불과 열 달. 그 짧은 시간으로 우리가 소설 속의 인물과 같은 일을 하려 해도 역시 버거운 일처럼 여겨졌다.

두 번째 예언으로부터 열흘이 흘러 앞으로 사흘만 있으면 결과가 판명되는 날. 나는 그날 저녁 간만에 신주쿠까지 나갔다. 밤비나에서 하는 아르바이트가 들어왔던 것이다.

석양이 베일처럼 희미하게 거리를 덮고 색색의 네온사인이 빛을 더하는 시각. 신주쿠 가부키초는 본연의 얼굴을 드러내기 시작했다. 나는 알고 지내던 호객꾼에게 인사를 건네고 밤비나가 있는 빌딩으로 들어가 여섯시가 약간 지난 시각에 타임카드를 찍었다.

탈의실에서 근무복으로 갈아입고 거울을 향해 머리를 정리하며 여전히 리피트에 대해 생각했다.

진짜 과거로 돌아가서 인생을 다시 살게 된다면 되감은 인생에서 나는 다시 오늘 이날, 이 시간을 경험하게 될 것이다. 그러나 그때는 분명 여기에 없겠지…….

낮 동안 신문 축쇄판을 들여다볼 때는 역시 경마 결과를 전하는 기사로 눈이 간다. 오카쇼 복연식 6-7이 213.6배. 그걸 백만 엔 어치 구입하면 단숨에 이억 엔 이상을 벌게 된다. 직장인의 평생 수입에 맞먹는 액수다. 그 정도의 돈을 예금해 두면 이자만 해도 연 천만 엔이 된다. 원금은 그대로 두고도 평생 놀고먹을 수 있는 돈이다.

그런 식으로 경마에서 간단히 억 단위의 돈을 벌 수 있는데 어떻게 시급 천 엔 정도의 아르바이트를 계속할 수 있을까. 카운터 안에서 지친 남자들의 푸념을 듣거나 타인의 토사물로 채워진 화장실을 청소하거나…….

가자마는 리피트 후의 주의 사항으로 가능한 지난번과 같은 생활을 하라고 말했지만 내가 아르바이트를 그만둔다고 해서 일어날 문제 따윈 없다. 그저 내게 미래의 기억을 살릴 곳이 하나 줄어들 뿐…….

"게이스케짱, 안녕."

"안녕하세요."

작은 마담이 출근해 나는 허둥지둥 자리에서 일어났다. 오늘은 비교적 기분이 좋아 보여 마음을 놓았다. 작은 마담이라고 해도 아직 스물네 살. 나와는 두 살밖에 차이가 나지 않는다.

"아르바이트 줄인 만큼 공부는 열심히 하고 있어? 졸업 논문 때문이라고 해 놓고 사실은 여자친구가 생긴 건 아니고?"

"절대 아니에요. 여자친구는요, 무슨……."

나는 작은 마담의 말에 대꾸하며 요즘 섹스를 하지 못했다는 데 생각이 미쳤다. 잊어 가던 감각이 몸 깊은 곳에서 희미하게 꿈틀거리는 게 느껴졌다. 졸업 논문이든 리피트든 모조리 잊고 가끔은 그런 방면으로 탐닉해 보는 것도 좋지 않을까…….

몽롱한 기분으로 그 순간 시노자키의 청순한 아이돌 같은 얼굴을 떠올렸다.

머릿속에서 이리저리 시뮬레이션을 되풀이한 결과 나는 리피트 후에 일반 여성과 대등하게 사귀는 건 무리라고 판단했다. 일반인을 여자친구로 삼은 경우 아무래도 상대에게 비밀을 털어놓고 싶어지겠지—그보다는 예언 능력을 과시하고 싶어지리라. 그러나 그것은 용납되지 않는다. 따라서 비밀을 끌어안은 채 사귈 수밖에 없다. 나는 내일 무슨 일이 일어날지 알지만 상대방은 모른다, 그런 부분에서 어딘가 상대방을 깔보는 느낌이 겉으로 드러나지 않을까.

대등한 관계는 같은 리피터가 아니면 불가능하다. 그건 나쁜 아니라 실제로 과거로 돌아갔을 때 리피터 전원이 똑같이 느낄 것이다. 그러나 이번 리피터 동료는(가자마를 포함해) 남자 아홉에 여자 하나라는 구성인지라 동료 중에서 커플이 성립하더라도 최대한 쌍뿐이다. 남자 쪽에서는 선택의 여지가 없지만 상대가 시노자키라면 불만은 없으리라. 시노자키가 남자 아홉 중에 누구를 고를지 하는 이야기에 이른다면 현 시점에서는 내가 선택받을 가능성이 가장 높지 않을까.

내 머릿속에서는 언젠가 시노자키와 그런 관계가 되리라는 줄거리가 이미 멋대로 자리를 잡았다. 그것이 리피트라는, 현실에는 있을 수 없는 현상을 전제로 했다는 점도 자칫하면 잊어버릴 정도로 그 미래 예상도는 나에게 매력적이었다.

아니, 리피트가 정말 있을 수 없는 현상인지 아닌지는 사흘 후에 판명된다. 가자마는 정말 미래를 아는 게 아닐까. 그렇지 않으면 두 번째 예언 따위 할 턱이 없다. 이십칠일 오후 두시 육분. 지진은 분명히 일어날 것이다.

"게이스케짱, 미안하지만 술 재고 좀 점검해 줄래?"

"아, 네."

작은 마담의 말에 나는 순순히 일어섰다. 표면상 상사와 종업원의 관계. 그러나 내가 지금 여기서 사흘 뒤의 지진을 예언하고 그것이 적중한다면 그녀는 틀림없이 나를 경외의 눈으로 보게 되리라. 물장사 아르바이트를 하는 지금은 꾸며 낸 모습으로 진짜 나는 누구나 놀랄 비장의 무기를 숨기고 있다.

가게가 문을 여는 일곱시에 여자는 작은 마담을 포함해 네 명밖에 없었다. 손님과 함께 출근하는 아가씨들과 늦게 출근하는 아가씨들은 아홉시가 지나야 가게에 나오고, 손님으로 한창 붐비는 건 그보다 한 시간 더 뒤다.

열시에 박스석이 모두 차고 이어서 카운터 자리도 모두 찼다. 나 혼자서는 손이 부족해 작은 마담에게 신호를 보내자 레이카가 손을 보태러 왔다.

열한시에 단체 손님 한 무리가 돌아가고 카운터 자리에 앉았던 삼인조가 박스석으로 이동하고 나서야 나는 겨우 한숨 돌릴 수 있었다. 설거지를 하던 레이카에게 말을 건넸다.

"그건 내가 할 테니까 레이카 너는 시바 씨랑 박스석으로 가."

내 말에 그녀는 갑자기 작은 목소리로 속삭였다.

"……있잖아, 게이스케짱. 오늘 아르바이트 끝나고 같이 어디 안 갈래?"

어이쿠, 무슨 바람이 불었지? 나는 새삼스럽다는 듯 레이카의 얼굴을 돌아보았다.

가게에서는 스무 살이라고 공표했지만 실제로는 아직 열여덟 살. 노출이 심한 화려한 옷을 좋아하고 허벅지와 팔뚝에 젊은 아가씨 특유의 성적 매력이 설핏 감돌았다. 사석에서도 가게와 비슷한 차림을 하는 걸로 보아 꽤나 노는 아이로 보이지만 성격은 의외로 내성적이라는 사실을 나는 안다.

그런 레이카가 이런 유혹을 해 오다니. 나는 만약을 대비해 놓담처럼 못을 박아 두었다.

"알고 있겠지만 직원끼리 연애는 금지야."

"……같이 밥이나 먹을까 했는데."

그녀는 시선을 피하더니 뾰로통하게 입을 내밀며 말했다. 나는 되도록 밝은 말투로 덧붙였다.

"그럼 됐고. 둘 다 다른 볼일이 없어야겠지만."

"앗싸."

레이카는 자그맣게 브이 자를 만들어 보였다.

그녀가 아르바이트를 하러 온 건 올해 칠월. 함께 일을 한 지 벌써 넉 달 가까이 지났지만 그동안 작은 마담이 등을 떠밀어 우르르 2차를 나간 적은 있어도 그녀가 누군가에게 개별적으로 사귀자는 말을 꺼낸 적은 없었다고 기억한다.

저녁 근무를 마치는 시각은 자정까지지만 나는 삼십 분가량 덤으로 일했다. 그리고 탈의실로 물러나자 생각했던 대로 레이카 이외의 저녁 근무조는 이미 다들 돌아간 후였다.

"2차 없었던 모양이네? 그런데 왜 새삼스럽게 따로 만나자고 했어?"

"음, 잘 설명은 못하겠지만—왠지 게이스케짱이 조만간 먼 곳으로 가 버릴 것 같은 기분이 들어서……."

내 물음에 레이카는 아주 짚이는 데가 없는 것도 아닌 말을 해 순간적으로 가슴이 철렁했다.

"어이, 불길한 소리 좀 하지 말라고."

나는 웃으며 얼버무렸다.

"그럼, 내가 볼까."

둘이서 가게를 나서 바에 들어갔고 그런 다음 자연스럽게 레이카를 호텔로 데리고 들어갔다.

그녀는 거부하지 않고 따라왔다. 그럴 각오는 나름대로 가지고 따로 만나자고 한 모양이었다.

그녀의 몸은 부드러웠다. 옷을 입었을 때는 조금만 더 날씬했으면 좋겠다고 생각했던 몸매가 알몸이 되자 딱 좋은 살집처럼 느껴졌고, 안았을 때 피부의 탄력도 더할 나위 없이 좋았다.

"나 게이스케를 좋아하게 될 것 같아……. 그래도 돼?"

일회전이 끝난 직후 침대 속에서 촉촉한 눈망울로 레이카가 말을 꺼냈다. 오늘 일을 내가 단순한 재미로 끝낼 생각인지 아니면 진심으로 받아들여도 좋을지 판단이 서지 않는 모양이다.

"물론이지. 레이카가 그렇게 말해 줘서 기쁜데."

나는 대답했다. 그녀는 그 말을 듣고 내 몸에 착 달라붙었다. 그 육감적인 느낌이 한층 자극적으로 다가왔다. 덕분에 우쭐해져 그만 쓸데없는 말을 하고 말았다.

"그럼 다음 달 삼, 사일이 연휴니까 그때 둘이서 어디 놀러라도 갈까? 하룻밤 자고 와도 좋고."

"정말? 갈래, 갈래."

그녀는 그렇게 말하며 몸을 들썩였고 침대 안에서 마구 날뛰었다. 역시 너무 기분을 냈다고 나는 속으로 몰래 반성했다.

그 연휴는 내게는 찾아오지 않을 것이다.

이제는 찾아와도 곤란하다.

4

현대 과학으로는 분 단위의 정확도로 지진을 예지하는 일은 불가능하다.

그것이 한 번도 아니고 두 번씩이나 실현되면 현대 과학에 대한 재검토가 필요해지는 동시에 현대 과학으로는 설명할 길이 없다는 이유만으로 리피트를 부정하는 일도 불가능해질 것이다.

운명의 날. 시월 이십칠일. 시각은 이미 오후 두시를 넘겼다.

117번한국의 116처럼 표준 시간을 안내하는 전화 서비스으로 확인해 초침까지 정확하게 맞춘 탁상시계와 눈싸움을 하며 최후의 심판이 내려지는 시각—오후 두시 육분이 오기를 줄곧 숨죽여 기다렸다.

앞으로 십 초. ……오 초.

초침이 정상을 넘었다. 이제 일 분 이내에 결과가 나온다. 초침은 경련이라도 하듯 움직이며 조금씩 시간을 새겨 갔다. 시계 옆에는 물을 가득 채운 잔이 놓여 있었다. 나는 온몸을 센서 삼아 그 시간을 기다렸다. ……십오초. ……이십초.

그리고 초침이 여덟 번째 눈금을 지나 두 번째 칸—사십이초가 되었을 때.

방이 흔들렸다. 생각보다 분명하게 느껴지는 진동이었다. 온몸을 센서처럼 곤두세우지 않아도 분명 진동을 느꼈으리라. 표면 장력으로 부풀어 오른 잔의 수면도 좌우로 흔들렸고 결국 넘친 물이 물방울이 되어 테이블 위로 흘렀다.

흔들린 시간은 시간으로 치면 겨우 삼 초 정도의 순간이었다. 진동이 가라앉은 걸 확인하고 나는 참았던 숨을 내뱉었다.

예언대로 지진은 일어났다. 이제는 분명해졌다.

가자마는 현대 과학을 초월한 곳에 있다.

그는 정말 리피트를 체험했던 것이다.

지진이 있은 지 삼십 분 뒤. 예고대로 가자마에게 전화가 걸려 왔다.

"확인하셨겠지요."

그 말에 나는 "네"라고 순순히 대답했다.

"그러면 출발 날짜를 알려 드리겠습니다. 사흘 뒤인 시월 삼십일. 수요일입니다. 그날 오전 열시에 신기바 역까지 와 주십시오. 게이요 선의 역입니다. 지하철 유라쿠초 선의 종점이기도 합니다. 열시에 신기바 역 앞 로터리에 집합합니다. 제가 마중 나가겠습니다. 그때 오시지 않은 경우에는 안타깝지만 권리를 포기하신 걸로 해석하겠습니다. 또 당연하지만 당일은 모리 군 혼자서 오셔야 합니다. 제가 직접 초대한 아홉 사람 이외에 누군가가 그 자리에 있다면 약속을 깬 걸로 간주해 여러분 전원을 두고 가겠습니다."

주의 사항을 듣고 바로 덴도를 떠올렸다. 지난번 회룡정 모임 때처럼 이번에도 탐정인지 누군지를 잠복시킬 생각은 아닐까. 그래서 가자마가 우리를 버리고 가게 된다면 후회하고 또 후회해도 부족하다. 덴도에게는 나중에 전화해서 당일은 혼자서 오도록 당부해 두어야겠다.

"또 한 가지. 이제는 잘 아시겠지만 출발하는 날까지 앞으로 사흘—오늘을 포함해서 남은 사흘 동안 이 세계에서 지내게 됩니다. 이 세계에서 결코 무리한 일은 하지 말아 주십시오. 남은 사흘 동안 평소처럼 지내시면 됩니다. 어차피 리피트할 테니까 이 세계에서 아무리 무모한 짓을 해도 최종적으로는 없었던 일이 된다는 사고방식도 잘못되지는 않았습니다. 다만 그 때문에—극단적인 이야기지만 예를 들어 누군가 원한이 있는 사람에게 이 기회에 복수하자는 생각을 실행해 옮겨 경찰에 체포되어 집합 장소에 오지 못하게 되면 곤란하겠지요. 또는 그렇지 않더라도 실컷 돈이나 써 보자는 생각에 무리하게 빚을 내서 당일 추심인이 신기바 역까지 쫓아오게 된다면 그 순간 저는 여러분을 못 본 척하고 그냥 가겠습니다. 어쨌든 튀는 행동은 하지 말아 주십시오. 당일도 평상시처럼 집을 나서고 누군가에게 미행당하거나 뒤를 밟히는 일이 없도록 해 주십시오. 그 점만은 아무쪼록 부탁드립니다. ……질문은 없으신가요?"

갑자기 그렇게 물어 서둘러 머리를 굴렸다. 묻고 싶은 건 얼마든지 있었지만 곧바로는 아무 말도 나오지 않았다.

"뭔가 가져가야 할 건 없나요……."

결국 바보 같은 질문을 하고 말았다.

"특별히 없습니다. 과거로는 아무것도 가져갈 수 없으니까요. 일단 기억과 신기바 역까지 가는 전철 요금이 있으면 충분합니다."

가자마는 진지하게 대답해 주었다. 나는 마지막으로 확인했다.

"정말로…… 정말로 과거로 돌아가는 겁니까?"

"네. 믿어지지 않으실지 모르지만 정말입니다."

그럼 사흘 뒤에, 라는 말을 남기고 가자마는 전화를 끊었다.

덴도에게 전화를 해야 했다. 이케다와도 이야기하고 싶었다. 시노자키와도.

그러나 나는 한 시간가량 여유를 두기로 했다. 가자마가 전원에게 전화를 돌리려면 그 정도 시간은 걸릴 것이라고 짐작했기 때문이다. 우선 가자마에게 전화를 받고 그리고 다 같이 이야기하는 편이 낫다.

네시를 지나면 내 쪽에서 전화를 하려고 했는데 세시가 지나 먼저 한 통의 전화가 걸려 왔다.

이케다였다.

"모리 씨죠? 가자마에게 전화…… 받았나요?"

"네, 조금 전에 받았습니다."

"지진이 진짜 일어나더군요."

"아, 네."

일단 그런 식으로 사실을 서로 확인하자 잠시 침묵이 이어졌다.

"삼십일 오후 열시에 신기바 역이죠."

"네."

"가실 거죠."

"네, 물론."

결국 그런 식으로 서로 정보만 확인하고 그 이상 딱히 할 말도 없었기에 우리는 통화를 끝냈다.

이어서 세시 반에는 시노자키에게 전화가 걸려 왔다. 처음에는 마찬가지로 사실을 서로 확인했다. 그러나 그녀의 경우에는 당일 집합 장소에 가지 않는다는 선택지에 대해 내게 상담을 하는 게 주목적이었다.

"아직 망설이는 중이에요. 모리 씨는 벌써 가기로 정하신 거죠?"

"네. 만약 시노자키 씨가 여기에 남게 된다면 이걸로 이별이겠군요. 모처럼 알게 되었는데—,"

거기서 말이 끊어지고 말았다.

가만, 특별히 이별을 하는 건…… 아닌가?

"모리 씨, 제가 지금 여기 남아도 과거로 돌아가면 거기에 역시 '시노자키 씨'가 있으니까—란 생각하셨죠?"

"어…… 눈치채셨어요?"

나는 계면쩍게 웃었다.

"그렇지만 거기의 시노자키 씨는 저하고는 모르는 사이일 테죠……."

"그러면 작업이라도 걸 생각이세요?"

장난스럽게 말하는 시노자키에게 나도 지지 않고 대꾸했다.

"제가 작업 걸면 시노자키 씨가 넘어올까요? 당시에 남자친구 있었어요?"

짐짓 태연하게 말했지만 만약 그렇다면 유쾌하지는 않으리라고 생각했다. 동시에 유코의 일도 뇌리를 스쳤다.

"아쉽게도."

그녀는 그렇게 대답했다. 그 말만으로는 남자친구가 있다는 건지 없다는 건지 알 길이 없었다.

"하지만 저는 누가 작업 거는 거 싫어하거든요. 아마 말 걸어도 무시하지 않을까 싶어요."

"저는 미래에서 왔습니다, 미래에서는 아는 사이였습니다—라고 하면요?"

"그건 좀…… 생각해 보면 이상하잖아요. 과거의 저는 모리 씨의 존재를 전혀 모르는데 모리 씨는 저에 대해 이것저것 아니까요. ……맞다. 만약 제가 과거로 돌아가면 회사에서 올해 신입 사원이 들어왔을 때 저쪽에서는 저를 처음 보는데, 저는 그 사람에 대해—어떤 성격인지 취미는 뭔지까지 알겠네요. 그것도 일방적으로. ……그렇게 생각하면 역시 만만치 않을 거 같아요."

"그래도 같이 가요. 만만치 않다는 건 알지만 그만큼 이런저런 일이 가능하잖아요. ……어쨌든 저는 시노자키 씨가 함께 가셨으면 좋겠어요. 그 점만은 알아주세요."

나로서는 상당히 대담한 말을 했건만 그녀는 그다지 진지하게 받아들이지 않은 모양이다.

"음, 모리 씨가 하고 싶은 말은 알겠지만……."

"만약 저 혼자 과거로 가서 시노자키 씨와 다시 만나더라도 그 시노자키 씨는 저와의 추억을 공유하지 않았잖아요? 함께 이케부쿠로에서 식사한 일도 리피트에 대해 진지하게 머리를 맞대고 의논한 일도 제게는 소중한 추억이지만 그걸 상대방이 기억하지 못해서는 슬프죠. 저는 과거로 돌아간다면 다른 사람이 아닌 바로 지금의 시노자키 씨와 다시 만나고 싶습니다."

나는 한층 말에 살을 붙여 그녀를 설득했다.

"하지만…… 만약 제가 남고 모리 씨가 과거로 돌아갔다고 쳐요. 그때 제가 보는 모리 씨는 어떤 사람일까요? 지금 잠깐 상상해 봤는데. ……어떻게 생각하세요? 모리 씨의—알맹이라고 해야 할지, 인격은 과거로 돌아가는 거죠? 그렇다는 건 이쪽에는 알맹이가 빠진 껍데기만 남는다는 건가……. 그 말은 혹시 죽는다는 걸까요?"

나는 아 하고 숨을 삼켰다. 그런 시각으로는 아직까지 생각해 본 적이 없었다.

어떻게 될까? ……그녀의 말대로 될까?

이것만은 설령 경험자에게 물어도 대답이 돌아오지 않을 문제였다.

"만약 그런 거라면, 저도—만약 돌아오더라도 이 세계에서는 죽은 사람이겠네요. 정말 그렇다면 부모님이……."

그녀는 말을 삼켰다.

"그렇지만."

나는 떠오르는 대로 말하기 시작했다.

"리피트한 곳에도 분명 부모님이 계시겠죠? 그리고 시노자키 씨에게는 그게 유일한 인생이고요. 아마 그러니까 시간을 거슬러 가더라도 거기에 부모님이, 시노자키 씨의 진짜 부모님이 계시지 않을까요. 제 말은……."

"네, 알아들었어요. 그 생각이 옳다면 좋겠지만—."

말은 그렇게 하면서도 역시 어딘가 석연치 않은 모양이다.

"어쨌든 삼십일에 저는 신기바 역에 갑니다. 거기서 시노자키 씨를 기다리겠습니다."

나는 거듭 그렇게 말했지만 그녀는 끝까지 간다고도 가지 않는다고도 단언하지 않았다.

5

 네시가 넘었는지를 확인하고서 덴도에게 전화를 걸었다. '덴도 기획' 사무실이 자택도 겸한다는 사실은 이미 들었기에 명함에 쓰인 번호로 걸면 연결된다는 건 알고 있었다.
 "네. ……어이, 모리인가. ……그렇군. 아니, 그렇다면 됐고. 나도 역시 이번 예언이 적중해서 생각을 바꾸지 않을 수 없었지. 이제 와서 그 녀석의 신변을 이리저리 파헤쳐 본들 얻을 것도 없고. ……그래, 그렇게 하지. 나 혼자 갈게. ……아니, 거기까지 생각한다는 건 좋은 일이다. 과연 내가 예측한 만큼은 하는군. 그럼, 이만."
 덴도가 흔쾌히 받아들였기에 실제로는 걱정할 정도의 일도 없었다.
 오히려 걱정스러운 건 지난주에 '이번 예언은 절대로 맞을 리가 없다'고 단언했던 오모리가 아닐까. 그렇게 생각하고 오모리에게 전화를 걸어 보았다.
 "예, 예언의 트릭은 알아냈습니다."
 뜬금없이 그런 말을 했다. 뭔가 했더니 황당한 이야기를 늘어놓았다.
 "아시겠습니까? 조금 전에 일어난 그건 지진이 아니에요. 지하 핵실험인지 뭔지를 비밀리에 시행한 거죠. 이 일본에서 말입니다.

구월에도 마찬가지죠. 그걸 녀석들이 지진이라고 속이고 보도하는 겁니다. 그러니까 미리 몇 시 몇 분에 지진이 일어난다고 예언할 수 있죠."

"그러니까 가자마는 정부 기밀을 아는 위치에 있는 사람인데 그걸 근거로 리피트 이야기를 꾸며내 우리를……. 그건 그렇고 도대체 무슨 속셈일까요?"

내가 물었다.

"생명을 노리는 겁니다. 우, 우리를 모조리 죽이려는 속셈이에요. 틀림없어요."

오모리는 소곤소곤 속삭였다.

아무래도 오모리 자신이 '망상'으로 도망친 듯했다.

"그러면 오모리 씨는 삼십일에 안 가시겠네요?"

내가 묻자 오모리는 순간 말문이 막혔다. 하지만 곧바로 대답했다.

"가, 갈 거예요. 가설만 세우고 만족한다면 과학자의 이름이 부끄럽습니다. 마지막까지 지켜볼 겁니다."

"올 거라면 혼자 오세요. 오모리 씨 한 사람 때문에 우리가 남겨지게 된다면 평생 원망할 겁니다."

일단 그런 식으로 쐐기를 박는 정도밖에 할 수 없었다.

이것이 마지막 기회라는 생각에 나는 이어서 고하라와 쓰보이에게도 연락을 취해 보기로 했다.

먼저 고하라부터. 가자마에게 들은 번호를 눌렀다.

"네. ……여보세요?"

전화를 받은 목소리는 본인 같았지만 일단 확인해 보았다.

"여보세요. 저는 모리라고 합니다. 고하라 씨 부탁드립니다."

"모리 씨라면 어디의 모리 씨죠?"

내 말에 신중하게 되물었다.

"한 달 정도 전에 요코하마에서 뵀습니다. 고하라 씨는 제 오른쪽 세 자리 옆에 앉아 계셨고요."

"아, 그때의 모리 씨요. 잘도 우리 집 전화번호를 알아냈군요."

"죄송합니다. 멋대로 조사했습니다."

솔직하게 사과하자 고하라는 용서해 준 것 같았다.

"그런데? 용건은 역시 조금 전의 지진인가요?"

"네. 고하라 씨는 확실히 반신반의하는 쪽이셨죠?"

"지금은 거의 믿습니다. 그 정도까지 적중할 줄이야. ……사실 저는 전쟁중에 공습을 만난 적이 있지요. 그때 딱 한번이지만 믿어지지 않는 경험을 했어요―."

서론으로 그는 갑자기 추억담을 끄집어내기 시작했다.

당시 중학생이었던 고하라는 그날 밤 갑작스런 공습경보에 잠이 깨 가족과 이웃 사람들과 함께 뒷산 방공호로 피난했다. 깜깜한 어둠 속에서 어린 남동생을 끌어안으며 공습 소리를 듣는 동안 불현듯 눈앞에 환영이 나타났다. 마치 영화를 보는 것 같았다. 불타는 지상의 집들이 보였다. 어두운 하늘에서 지상으로 쏟아지는 무수한 소이탄의 궤적이 보였다. 그중 하나가 고하라의 집 지붕에 떨어졌다. 이어서 뒤뜰에도 떨어졌다. 집이 불타기 시작했다. 정원수가 불타올랐다. 개집에 묶어 두었던 기르던 개가 필사적으로 도망치려는 모습이 보였다.

다음 날 방공호에서 기어 나온 고하라는 자신이 보았던 환영이 꿈이 아니었다는 사실을 알게 되었다. 그가 환시했던 모습대로 집은 불타 무너졌고 개도 그가 환영에서 봤던 위치에서 불타 죽었다…….

"꿈도 환상도 아니었습니다. 저는 방공호 안에 있으면서 바깥 상황을 똑똑히 봤던 거죠. 이 세상에는 과학으로는 설명할 수 없는 일이 드물게 일어나기도 합니다."

고하라는 진지하게 이야기하는 듯했지만 나는 적당히 흘려들었다. 리피트와는 전혀 관계가 없는 이야기였으니까.

다만 한 가지, 고하라의 나이에 그런 전쟁 경험을 했다는 사실에는 허를 찔린 느낌이었다. 우리 세대는 그런 극한 상황을 체험한 적이 없다. 그래서 가까이에 그런 체험을 한 사람이 있다는 사실을 무심코 잊어버리곤 한다.

이어서 내가 리피트의 활용법에 관해 물어보자 그는 난감하다는 듯 웃었다.

"저한테는 겨우 열 달 가지고는 너무 짧답니다. 이 나이가 되면 열 달 전이나 지금이나 거의 다름이 없거든요. 일단 손자들과 같이 디즈니랜드라도 갈까 합니다. 그 정도야 특별히 과거로 돌아가지 않아도 할 수 있는 일이지만 아무래도 보너스처럼 얻은 시간이기에 더욱 소중히 하고 싶거든요."

그 말투가 너무나도 온화한 느낌이라 나는 아무 말도 하지 못했다.

"감사했습니다."

끝으로 인사를 하고 나는 전화를 끊었다.

잠시 시간을 두고 나는 쓰보이에게도 전화를 걸었다. 두 주 전에 가자마에게 들은 번호를 눌렀다. 세 번째 발신음이 울린 뒤 전화를 받은 사람은 여성이었다.

"네, 쓰보이입니다."

나는 순간적으로 말문이 막혔다.

"저, 모리라는 사람인데요. 쓰보이, 없나요?"

"가나메는 지금 잠깐 뭐 좀 사러 나갔는데요."

'가나메'가 쓰보이의 이름인가 보다. 그런데 그러는 너는 누구냐? 나는 어떻게 할까 생각했다.

"실례지만 지금 전화 받으시는 분은 누구신지요?"

"친구예요. 오늘 잠깐 놀러 왔거든요. 지금 가나메가 뭐 좀 사러 나가서 제가 대신 받았어요. 조금만 있으면 올 텐데. 모리 씨라고 하셨죠? ……어떻게 하실래요?"

남의 집 전화를 함부로 받지 말란 말이다. 마땅히 나중에 다시 걸겠다고 해야 했지만 상대가 비교적 거침없는 성격임을 감안해 나는 이대로 전화 상대와의 대화를 이어가기로 했다. 쓰보이가 어떤 인간인지 이 기회에 그의 여자친구에게 캐내 보자고 생각했다.

"쓰보이의 친구라면—재수 학원 친구?"

"네, 맞아요. 가미야라고 해요."

"가미야는 쓰보이의 여자친구?"

"아니요—. 그런 관계 아닌데요."

"그렇지만 지금 쓰보이의 방에 들어와 있잖아요?"

"그래도 가나메는 그냥 친구예요. 남자친구는 따로 있어요."

여자친구가 아닌 이성 친구가 있고 그 사람이 방에 놀러 왔다—그렇다는 건 쓰보이도 상당히 사교적인 생활을 한다는 얘기다. 지난번의 인상으로 보면 좀 더 주위에서 붕 뜬 존재처럼 보였지만.

가미야는 혼자서 계속 재잘댔다.

"……오늘 학원에 안 왔더라고요. 그래서 무슨 일인가 싶어서 집에 보러 왔죠. 그랬더니 그 녀석 잠꼬대처럼 뜬금없는 소리를 하지 뭐에요. 더 이상 공부하지 않아도 괜찮다는 둥 자기는 도쿄대에 합격할 거라는 둥."

아, 미묘하게 위험한데……? 비밀이 밖으로 새어 나간 건 아닐까 걱정되었다.

"내 생각에 뒷구멍 입학 사기 같은 데 걸리지 않았나 싶어요. 그래도 사립대라면 모를까 국공립 대학에 그런 게 가능할 리가 없고. ……아, 혹시 모리 씨가 그 관계자?"

가슴을 졸이며 듣고 있자니 돌연 내게 그렇게 물었다. 설마 거기서 화살이 돌아오리라고는 예상하지 못했던 나는 당황하고 말았다.

"아닙니다. ……그런 게 아니라…… 본인이 돌아오면 모리에게 전화가 왔다고 전해 주세요. 특별한 용건은 없지만. 그럼 이만."

"빠이빠이."

수화기를 내려놓자 왈칵 식은땀이 흘렀다.

6

출발 전날―이십구일 밤.

앞으로 하루 남았다, 그리고 반나절 남았다―그런 식으로 남겨진 시간과 반비례하듯 흥분의 강도는 시시각각 늘어 갔다.

밤 열시를 지났을 때 나는 더 이상 참지 못하고 이케다에게 전화를 걸었다.

이케다는 차분한 목소리로 전화를 받았다.

"이제 와서 허둥지둥해 봤자 별 수 없잖아요. 이렇게 된 이상 내일 지시대로 신기바 역에 가면 됩니다. 침착하세요, 모리 씨."

냉정한 대응이었지만 흥분의 열을 식혀 주지는 못했다.

"드디어 내일이네요."

마치 소풍 전날 밤의 초등학생이 된 느낌이다. 그리고 그 흥분을 함께 나눌 수 있는 건 동료인 그밖에 없었다.

전화를 끊은 시각은 열한시였다. 늦잠을 자서는 안 된다는 생각에 나는 일찌감치 잠자리에 들었지만 뒤척이기만 하다가 결국 한숨도 자지 못한 채 당일 아침을 맞이하게 되었다.

일곱시가 되자 자리에서 일어나 커튼을 젖히고 바깥 날씨를 확인했다. 날씨는 흐렸다.

앞으로 세 시간인가.

딱히 할 일도 없었기에 나는 일단 배달된 오늘 아침 신문을 구석구석까지 훑었다. 식욕은 거의 없었지만 토스트 두 장을 인스턴트 커피로 위장에 흘려 넣었다. 그런데도 시간이 남아돌아 결국 제법 일찍 방을 나섰다.

오치아이 역에서 도자이 선을 타고 이다바시 역에서 유라쿠초 선으로 갈아타고 신기바 역에 도착했을 때가 오전 아홉시 십오분.

내려선 신기바는 개발중인 동네였다. 역 앞에 서 있는 몇 채의 빌딩은 지나치게 충분할 정도로 토지에 여유가 있었고 그 사이로는 멀리까지 시야가 트여 있었다. 도쿄 도내에서는 드물게 머리 위로 하늘이 크게 열려 보였지만 오늘은 공교롭게도 날씨가 나빠 짙은 회색 구름이 무겁게 드리워져 있었다. 가까이에 헬리포트가 있는 듯 부다다다 하는 헬리콥터 특유의 비행 소리가 때로는 두세 개씩 겹쳐 뚜껑처럼 하늘을 뒤덮은 구름에 반향되어 들려왔다.

역 앞 광장으로 나가자 먼저 온 손님이 이미 둘이나 있었다. 다카하시와 쓰보이였다. 전직 건달인 트럭 운전기사와 도쿄대 입시를 목표로 하는 재수생인 두 사람이 미묘한 거리를 두고 서 있었다. 내가 모습을 드러내자 다카하시가 한숨 돌렸다는 표정을 지었다.

"어이, 드디어 오늘이군."

다카하시가 말을 걸어왔다.

한편 쓰보이도 내게 뭔가 할 말이 있다는 표정을 지었지만 다카하시의 코앞에서 말하기 어려워하는 것 같아 나는 쓰보이를 약간 떨어진 곳으로 데려갔다. 어차피 일요일 전화 이야기겠지 했더니 예상대로였다.

"……비밀은 새어 나가지 않았으니까."

소년은 토라진 말투로 말했다.

"가미야가 멋대로 이것저것 있는 말 없는 말 떠든 것 같은데."

"알았어. 가자마한테 고자질 같은 건 안 할게."

나는 의젓하게 대답했다.

게이요 선과 유라쿠초 선을 합하면 전철은 몇 분 간격으로 오가는 모양이었지만 내리는 사람은 그다지 많지 않았다. 로터리 옆에 버스가 있고 거기에 회사원 같아 보이는 남자들이 몇 사람 버스를 기다렸지만 그 이외에는 거의 사람의 모습이 보이지 않았다.

"……강착경마에서 진로를 방해한 말의 순번을 방해받은 말의 다음 순위로 바꾸는 제도은 나도 심하다고 생각하긴 해. 다만 R-8에서 온 리피터들이 춘계 경마에서 마권을 살 때 허튼 짓을 하는 바람에 중앙의 녀석들이 눈치를 채서 그런 식으로 일부러 빗나가게 한 게 아닐까 생각하면 그럴싸하거든. 그렇다면 다케 유타카일본의 경마 기수도 한 패란 소리야. 뭐, 있

리피트 169

을 수 없는 일도 아니잖아?"

다카하시가 추계 덴노쇼에 대해 열띤 강변을 하는 걸 듣는 동안 또 새로운 전철이 도착했는지 역에서 나오는 이케다가 보였다. 이어서 덴도, 요코사와, 오모리가 연거푸 모습을 보였다. 시각은 아직 아홉시 반도 되지 않았다.

덴도와 요코사와는 정장 차림으로 왔다. 덴도는 지난번과 마찬가지로 아래위로 검은색 양복에 넥타이까지 검정으로 장신과 날카로운 눈매와 어우러져 마치 암살자 같았다. 한편 요코사와는 가방 이외에도 도시락으로 보이는 천 주머니를 늘어뜨리고 있었는데 그 모습에서 가족에게 배웅을 받으며 출근하는 모습이 상상되었다. 나는 전화를 받았던 아이의 목소리를 떠올렸다. 너희 아빠는 회사에 가지 않고 이런 데서 시간 여행을 떠나려 한다고 마음속으로 아이에게 말을 걸어 보기도 했다.

오모리는 이케다를 상대로 열변을 토하고 있었다. 이야기의 내용은 지난번 내가 전화했을 때 들었던 것과 같은 듯했다.

다시 십오 분 정도가 지나고 여덟 번째로 모습을 나타낸 사람은 시노자키였다. 나는 그 모습을 보자마자 와 주었다는 생각에 가슴속이 뜨거워졌다.

그녀는 내 곁에 와서 귓전에 대고 속삭였다.

"모리 씨, 만약의 경우에는 지켜 줘야 해요."

나는 한 차례 고개를 끄덕이고 귀엣말로 대답했다.

"맡겨만 주십시오. 연인 역할이든 당나귀 역할이든 뭐든지 해

드리겠습니다."

마지막으로 고하라도 오늘은 시간 내에 모습을 보였다. 연령도 성별도 직업도 제각각인 아홉 사람이 모여 선 채 이야기하는 모습은 옆에서 보자면 뭘 하는 집단으로 비쳤을까. 퀴즈처럼 길을 가는 사람에게 출제해 보고 싶었다. 정답은—시간 여행에 참가하는 사람들입니다. ……그런 퀴즈라면 아무도 정답을 맞힐 수 없겠지.

"모리 씨는 들뜬 것 같네요."

시노자키의 말을 듣고서야 비로소 나는 자신이 콧노래를 부르고 있었다는 사실을 깨달았다. 그것도 하라다 신지의 〈타임 트래블〉의 후렴을 되풀이해 흥얼대고 있었다.

들떠 보인다는 건 의외였지만 어쨌든 흥분한 것만은 사실이었다. 나뿐만이 아니다. 다카하시는 뻔질나게 길바닥에 침을 갈겼고 오모리는 끊임없이 머리칼을 긁적거리며 쥐어뜯고 있었다.

제일 침착한 사람은 어쩌면 요코사와였는지 모른다. 이케다를 상대로 무언가 이야기를 하기에 귀를 쫑긋 세웠더니 맙소사 골프 스윙에 관한 상담이었다.

이케다가 갑자기 요코사와의 이야기를 가로막고 큰 소리로 말했다.

"저건가?"

마이크로버스 한 대가 우리를 향해 다가왔다. 차체 앞부분에 '세이요 항공'이라는 회사명과 회사의 기업 마크로 보이는 모양이 그려져 있었다.

운전을 하는 사람은—가자마였다.

자동차는 우리 앞에서 측면으로 주차했다. 운전석 쪽 문이 열리고 가자마가 차 앞부분을 돌아 우리 앞에 모습을 드러냈다. 가자마는 먼저 모두를 죽 둘러보았다.

"안녕하십니까. 다들 모이셨군요."

이어서 주위를 두리번두리번 둘러보며 확인했다.

"다른 사람을 데려오지는 않으셨겠지요."

우리는 옴짝달싹도 할 수 없었다.

"그러면 지금부터 문제의 장소로 이동하겠습니다. 아직 시간에 여유는 있습니다. 미리 이야기해 두어야 하는 것도 몇 가지 있고 하니 우선 차에 타시죠. 길바닥에서 마구 떠벌릴 이야기도 아니니까요."

가자마는 차 옆구리의 슬라이드 도어를 열고 우리에게 타라는 듯 손짓으로 재촉했다. 그의 점퍼 등에 차체에 그려진 모양과 같은 항공 회사의 로고와 기업 마크가 인쇄되어 있었기에 나는 순간적으로 깨달았다.

차 안은 운전석 뒤로 삼인석, 이인석, 삼인석으로 자리가 세 줄로 나뉘어 있었다. 우리 여덟 명이 전부 타자 가자마는 슬라이드 도어를 밖에서 닫았다. 혼자 남은 쓰보이는 조수석에 앉았고 마지막으로 가자마가 운전석에 올라타 바야흐로 열 명의 인간이 차내에 집결했다.

"그럼 이동하겠습니다."

엔진을 켜고 출발한 마이크로버스는 역 로터리를 돌아 차량이 거의 다니지 않는 큰길을 남하하더니 바로 동쪽으로 방향을 바꾸어 달리기 시작했다. 도로 좌우는 저목장貯木場으로 울타리 너머 통나무가 나란히 수면에 떠 있는 모습이 보였다. 우리가 가는 쪽 하늘에 헬리콥터가 날고 있었다.

"하늘인가……."

옆에 앉은 덴도의 중얼거림이 들렸다.

7

도착한 곳은 콘크리트로 평탄 작업을 하여 휑하게 넓기만 한 공간. 그곳에 수십 대의 헬리콥터가 각자의 자리에서 날개를 쉬고 있었다. 가자마의 설명에 따르며 '도쿄 헬리포트'라는 시설이라고 한다. 도쿄 도내에 이런 시설이 있다는 사실을 나는 지금껏 몰랐다.

주차장에 마이크로버스를 세운 가자마는 뒷좌석을 돌아본 채 우리에게 출발 직전의 마지막 강의를 시작했다.

"오늘 여러분 모두가 무사히 모이게 돼서 진심으로 기쁩니다. 우선 처음으로 말씀드릴 사항은 목적지가 하늘이라는 겁니다. '시공의 틈'은 공중에 열립니다. 우리는 그 틈을 '검은 오로라'라고 부릅니다."

"검은 오로라……."

무심결에 입안에서 되뇌고 말았다.

"실제로 오로라처럼 보입니다. 다만 색깔이 까만 오로라죠. 너울너울 공중에 떠도는 것처럼 보여요. 그 오로라가 나타나는 시각은 열한시 삼십칠분입니다."

열한시 삼십칠분. 앞으로 한 시간…….

나는 심호흡했다.

"그전에 다시 여기서 마지막으로 주의 사항과 연락 사항을 전달하겠습니다. 첫째. ……과거로 돌아가면 제일 먼저 제게 연락을 주십시오. 전화번호를 알려 드릴 테니 확실히 외워 두세요. …… 메모를 해도 가져갈 수 없으니까요."

그는 싱긋 미소 짓고 나서 자신의 전화번호를 불렀다. 이어서 숫자를 비슷한 말로 바꾸어 외우는 말장난 같은 암기법을 곁들여 알려 주었다. 그 말장난이 다소 억지스러워서 나는 무심코 웃고 말았다. 그러나 그게 오히려 기억에 남기 쉽다. 나는 마음속으로 말장난 같은 번호를 복창했다.

"둘째. ……지금은 낮이지만 돌아간 곳은 밤중입니다. 그리고 돌아갔을 때 자신의 자세도 제각각 다릅니다. 자고 있다거나 앉아 있다거나 걷는다거나 또는 운전중일지도 모릅니다. 갑자기 그런 일을 하는 자신의 몸속으로 돌아가는 겁니다. ……그 당시의 상태를 자세히 설명하자면 순간적으로 눈앞이 깜깜해지는 것과 비슷한 느낌입니다. 쿵 하고 떨어지는 감각과 함께 돌아간 곳에 있던 자신의 몸속에서 의식을 되찾게 됩니다. 그러니 그 순간 아무쪼록 부상을 입지 않도록 주의하길 바랍니다. 돌아갈 곳은—일월 십삼일, 이십삼시 십삼분 칠초로 자신이 어떤 자세였으며 어떤 상황에 있었는지 기억하시는 분은 미리 그 이미지를 충분히 인지하고 계시면 좋습니다."

일월 십삼일. 일요일 오후 열한시가 약간 넘은 시각. 과연 나는 어디서 무엇을 했지……. 아마 방에서 자지 않았을까.

"그리고 셋째. ……리피트가 성공한 직후에는 여러분 모두 자신이 앞으로 어떻게 해야 할지 또는 무엇을 해야 좋을지 반드시 고민하게 되리라고 생각합니다. 경마나 주식으로 돈을 벌려는 분께는 마권이나 주식 매매 방법을 강의해 드릴 필요가 있겠지요. 그러므로 저쪽에 도착하면 우선 한차례 여러분을 모아서 제가 이것저것 이야기해 드릴까 합니다. ……저쪽 상황에 달려 있겠지만 가능한 모든 분이 참석해 주셨으면 합니다. 일시는, 돌아간 다음다음 날이 마침 성년의 날이라 공휴일이니 그날 오후 정도라고 생각해 주십시오. 아직 예약을 못했거든요."

그 말을 하고 가자마는 슬며시 웃었다.

"R-8에서 R-9로—즉 이번에 왔을 때도 게스트분들과 함께 모였던 곳이 있어서 R-10에서도 거기에 모일까 합니다. 자세한 날짜와 장소에 대해서는 리피트 후에 여러분이 전화를 주셨을 때 설명하겠습니다."

그 후 주의 사항은 그때까지 들었던 이야기의 반복이었다. 말하자면—가능한 전과 같은 생활을 하도록 주의할 것. 또 리피트의 비밀을 다른 사람에게 말하지 말 것.

"—이게 다입니다. 질문 있으십니까?"

그 말을 들었을 때는 아직 질문거리가 많은 듯했지만 특별히 딱 이거다 싶은 질문이 떠오르지 않아 시계를 봤더니 벌써 시간이 얼마 남아 있지 않았다.

앞으로 한 시간—어찌된 영문인지 이런 상황이 되어서야 내게는 이 현실이, 그리고 리피트가 묘하게 현실감이 없는 일처럼 느껴졌다.

질문이 없는 걸 확인하고 가자마는 말했다.

"그러면 약간 이르지만 슬슬 출발하기로 할까요."

가자마의 채근으로 차에서 내린 우리는 관제탑 같은 건물 안에 있는 대기실 비슷한 공간으로 들어갔다. 가자마는 혼자 밖으로 나갔다. 밖에 몇 동이 늘어선 창고 중 하나—'세이요 항공'이라고 크게 쓰인 건물에서 헬리콥터 한 대가 견인차에 끌려 나오는 모습을 가자마는 담당자와 함께 지켜보았다.

대기실에는 우리 말고도 직원처럼 보이는 몇 명의 사람이 있어 작은 소리로도 리피트에 관한 이야기는 하기 힘든 상황이었다. 우리는 그저 벽에 만들어진 큼직한 창을 통해 헬리콥터의 이륙 준비가 착착 진행되는 모습을 잠자코 지켜볼 수밖에 없었다.

시곗바늘이 슬슬 열한시를 가리키려 하자 문제의 헬리콥터가 겨우 날개를 회전시키기 시작했다. 기체의 방풍 유리 너머로 헤드폰을 머리에 쓴 가자마가 조종석에 앉는 모습이 보였다.

이윽고 헬리콥터 앞에 있던 직원이 우리에게 달음질쳐 왔다. 그가 문을 열자마자 헬리콥터가 내는 소음이 거세졌다.

"어서 타시죠."

직원에게 이끌려 우리는 잰걸음으로 이십 미터 정도 앞에 세워진 헬리콥터로 향했다.

그건 그렇고 설마 오늘 이런 식으로 헬리콥터를 타게 될 줄이야.

기체에 다가감에 따라 소음은 점점 거세졌다. 빨강과 하양으로 칠한 날렵한 유선형 기체는 지금은 왼쪽 측면을 우리 쪽으로 향하고 있다. 머리 위를 도는 회전 날개. 자세히 보니 일반적인 헬리콥터는 기체 아래가 썰매처럼 되어 있지만 이 헬리콥터는 썰매 모양 대신 바퀴가 달려 있었다. 문이 세 짝 나란히 열리고 가장 연장자인 고하라가 맨 먼저 문으로 안내되었다. 가자마 왼쪽 옆 자리로 그 자리도 조종석인 듯했다. 다음 문으로는 각각 네 사람씩 타게 되어 있었다. 안내해 준 직원이 우리를 적당히 앞뒤로 나누었다.

나는 앞 열에 올라탔다. 제일 오른쪽 자리였다. 뒤로는 덴도, 이케다, 쓰보이 순으로 탔다. 다시 직원이 상반신만 탄 채 잽싸게 우리의 좌석 안전벨트를 매 주었다. 그렇게 자리를 잡자 밖에서 쾅 하고 문이 닫혔다. 뒷줄 역시 다들 타고 전원이 안전벨트를 매자 문이 닫혔다.

열 명 모두 탔을 때 나는 가까스로 이해했다. 헬리콥터의 정원이 열 사람이다. 그러므로 게스트는 최대 아홉 명까지라고 정해져 있다.

다양한 일을 겪어 왔던 나도 헬리콥터에 타는 건 처음이다. 왠지 숨이 막히는 느낌이 들었다. 견딜 수 없었던 나는 크게 숨을 들이쉬고 내쉬었다. 문을 닫아도 머리 위의 소음은 여전했고 귀를 기울이니 끼 하는 고주파음과 회전 날개가 공기를 가르는 파닥파닥 하는 두 종류의 소리가 섞여 있었다. 전자는 아무래도 엔진이 내는 소리 같았다.

시야는 의외로 트여 있었다. 내 앞에는 조정석이 있고 가자마가 앉았다. 가자마를 향해 직원이 손으로 뭔가 신호를 하는 게 보였다.

"이제 출발하겠습니다."

스피커를 통해 가자마의 목소리가 출발을 알렸다. 헤드폰은 천장과 코드로 이어져 있었다. 헤드폰에는 마이크가 달려 있었고 그걸로 기내의 승객에게 말을 전할 수 있는 모양이었다.

회전 날개가 공기를 가르는 소리의 음조가 약간 바뀌었다 싶더니 기체가 둥실 흔들렸다. 그대로 불안정한 진동을 느끼는 동안 순식간에 지면이 멀어져 갔다. 이미 헬리콥터는 하늘에 떠 있었다.

이윽고 기체는 훌쩍 왼쪽으로 기수를 돌려 그대로 공중에 뜬 채 항로를 변경했다. 방향은 앞을 향한 채 고도를 올려 갔다. 눈 아래를 지나던 지면이 어느새 수면으로 변했다. 바다 위로 나왔다. 저 멀리 아래쪽에 해수면이 보였다.

물길을 뒤로 남긴 배가 수면에 몇 척이나 떠 있었다. 파도 하나

하나가 마치 비단에 새겨진 무늬처럼 작게 보였다. 기체가 앞을 향해 수평선이 내 눈높이보다 위를 향하자 어쩐지 속이 좋지 않았다.

전후좌우로 그리고 상하로도 흔들리는 기체의 이루 말할 수 없는 불안정함이란.

"현재 고도는 칠백 피트. 약 이백삼십 미터 정도입니다. ······왼쪽 아래로 해안선이 보이시죠. 저기가 보소 반도입니다."

가자마가 그런 식으로 관광 비행 같은 안내 멘트를 넣었다. 그러나 각오를 다질 시간도 충분히 주어지지 않은 채 어느새 이렇게 하늘을 날게 된 나는 느긋하게 안내 방송을 들을 기분이 아니었다.

헬리콥터는 그대로 십 분 정도 비행을 계속했다.

"현재 시각은 열한시 이십분. 이미 문제의 포인트에 도착했습니다. 앞으로 십칠 분간 공중 정지 비행을 하며 대기하겠습니다."

그리고 기체가 이번에는 일단 뒤로 기울더니 가까스로 수평이 되었다. 속이 메슥거린다. 앞으로 십 분이나 이 상태가 계속된다니······.

"이봐, 모리. 내 말 들려?"

왼쪽 옆의 덴도가 내 귓전에 속삭였다. 아니, 실제로는 평상시의 목소리로 말했으리라. 그러나 회전 날개가 내는 소음 탓에 겨우 귀에 닿는 정도로밖에 들리지 않았다.

말을 하면 토할 것 같아 나는 그저 고개만 끄덕여 대답했다.

"그냥 듣기만 해. 주위의 풍경을 잘 기억해 두라고. 이 풍경—보소 반도의 해안선에 뭐가 보이는지 저기 미우라 반도가……. 저거 미우라 반도 맞지? 저기가 얼마만 한 크기로 보이는지 자신이 지금 어느 정도의 높이에 있는지—모조리 확실하게 눈에 새겨 두도록 해."

덴도가 어떤 의도로 그런 지시를 하는지 이해하지 못한 채 나는 시키는 대로 주변 풍경으로 눈을 돌렸다. 처음부터 눈 아래로는 해수면만 펼쳐졌고 별달리 눈에 들어오는 게 없었다.

기체는 미동을 되풀이하며 공중에서 같은 지점에 멈췄다. 마치 크레인 같은 데 매달린 느낌이다. 아니, 그렇다면 오히려 안전하겠지만 실제로는 와이어로 매달려 있지도 않고 그저 머리 위를 도는 프로펠러에 의해 아무것도 없는 공중에 떠 있을 따름이었다.

그 후의 시간은 매우 천천히 흘러갔다. 헬리콥터를 공중 정지 비행시킨 상태로 영원과 같은 십칠 분이 지났다. 그리고 겨우 안내 방송이 흘러나왔다.

"슬슬 시간이 됐습니다. 앞으로 삼십 초만 지나면 보이기 시작할 겁니다."

그리고 그것은 공중에 홀연히 나타났다.

정말 가자마의 말 그대로였다.

—검은 오로라.

빠끔히 입을 벌린 이공간의 검은 띠. 그것은 너울너울 파도치며 형태를 바꾸어 점점 커져 갔다.

이것이……. 나도 모르게 눈이 휘둥그레졌다.

확실히 그것은 내가 알던 어떤 자연 현상과도 달랐다. 주위는 어디까지고 계속되는 잿빛 구름층이었지만 검은 띠 부분과는 조금도 이어지지 않았다. 완전히 다른 공간 두 곳이 거기에 나란히 있었다.

"그럼 각오해 주십시오. 지금부터 들어갑니다. ……오……사……삼……이……일……."

기체가 가볍게 흔들렸고 어느새 검은 띠는 우리 시야를 완전히 뒤덮었다.

그리고—.

Ø5

1

눈앞이 깜깜해진 동시에 떨어진다고—직감했다. 무중력 상태였다.

그러나 그것도 찰나.

다리부터 지면으로 떨어졌다. 체중을 떠받칠 수 없었다. 그대로 지면이 다가왔다. 중력의 방향이 변했다. 뭔가 소리친 듯했다. 영문도 모른 채 나는 무릎을 찧었고 이어서 얼굴을 세게 부딪쳤다. 팔을 찧었다. 배도 부딪쳤다.

노면의 차가운 감촉이 내 뺨에 닿았다.

고도 이백 미터의 높이에서 떨어졌으니 나는 그대로 죽게 되리라고 순간적으로 생각했다. 그러나 아래는 바다가 펼쳐져 있을 터. 노면에 떨어질 리가 없다. 몸이 받은 충격도 그다지 크지 않았다.

"게이스케, 괜찮아?"

귀에 익은 여자의 목소리가 웃음을 머금은 동시에 걱정스러운 듯한 말투로 그렇게 말했다. 유코의 목소리였다. 나는 고개를 들고 눈앞을 보았다.

점차 상황이 파악되었다. 나는 노면에 엎드린 채 쓰러져 있었다. 눈에 들어온 거리는 낯익은 것으로 아파트의 붉은 벽돌에 편의점 생스의 간판, 헐벗은 은행 가로수와 버려진 자전거―오치아이 역으로 향하는 익숙한 길이었다. 노면에 엎드려 있어 차도를 지나는 자동차가 내는 쉬익 하는 소리가 귓가에 터무니없이 크게 들렸다. 길을 따라 가로등이 늘어섰고 지나가던 차량의 불빛이 밤의 어둠으로 스미는 게 눈에 들어왔다―그렇다, 밤이었다.

"―아야."

내뱉은 숨이 하얗게 엉기는 모습이 밤인데도 또렷하게 보였다. 거리에는 한겨울 밤의 냉기가 가득했다―나는 돌아온 것이다. 겨울밤으로. 일월로.

정말로.

양손을 지면에 댄 채 상체를 일으키고 그대로 일어났다. 손도 발도 괜찮다, 제대로 움직였다.

그리고 뒤돌아보니 유코가 걱정스러운 듯 내 모습을 살피고 있었다. 캐시미어가 섞인 검정 코트, 옷깃 언저리로 엿보이는 검정 머플러, 다리에는 갈색 롱부츠, 양 귀까지 덮는 녹색 양모 모자―본 적이 있는 복장이다.

그랬나······. 나는 가까스로 전후 사정까지 포함해 현재의 상황을 대충 파악했다.

오늘 오후 유코는 이 차림으로 내 방을 찾아왔다. 그녀가 지금 코트 아래에 입은 옷도 어렴풋이 기억났다. 몸매가 드러나는 착 달라붙는 하얀 양모 스웨터에 짙은 밤색의 타이트 니트. 몇 시간 전—비록 나한테는 열 달 전의 일이지만—나는 그 옷을 벗겼고 그녀가 다시 옷을 입는 모습을 지켜보았다. 함께 텔레비전으로 영화를 보고 슬슬 돌아가야겠다는 그녀를 역까지 배웅하러 같이 나왔다. 지금은 그 도중이다.

한꺼번에 기억이 되살아났다. 잊어버렸던 세부까지 줄줄이 떠올랐다. ······조금 전까지 함께 보던 영화는 분명 〈워킹 걸〉이었으리라. 그 영화를 보며 우리는 편의점에서 산 어묵을 먹고 맥주 두 캔을 마셨다—아, 그래서 지금 내 얼굴이 달아올랐구나. 알코올이 아직 가시지 않았다.

되살아난 기억을 뒷받침하듯 입안에서 어묵 국물 맛이 희미하게 느껴졌다. 기억을 바탕으로 한 내 감각으로는 몇 시간 전에 토스트만 먹었을 터, 그러나 실제로 배가 불렀고 어묵의 맛이 입안에 남아 있었다. 기억과 체감이 일치하지 않았다. 실로 기묘한 감각이었다.

거꾸로 조금 전까지 느껴지던 멀미 기운 같은 더부룩함은 지금은 흔적도 없이 사라졌다.

"게이스케, 왠지 멍하던데······ 진짜 괜찮아? 지금 제대로 얼굴부터 땅바닥으로 곤두박질쳤잖아……."

걱정스러워하는 말을 듣고서야 비로소 나는 자신의 얼굴 곳곳이 욱신욱신하는 아픔을 호소한다는 걸 깨달았다. 이마와 콧잔등에 손을 대고 코 아래를 쓸어 보았다. 겨우 코피는 면한 모양이다.

"응, 괜찮아."

이어서 자신의 차림새를 내려다보았다. 방을 나설 때 걸친 항공 점퍼 스타일의 MA-1 재킷과 리바이스 청바지. 넘어졌을 때 땅바닥과 부딪혔던 곳은 보기 좋게 하얀 먼지로 더러워졌다. 나는 황급히 먼지를 두드려 털었다. 그와 동시에 갑자기 다른 사람의 눈이 신경 쓰이기 시작했다. 밤 열한시가 넘었지만 거리에는 드문드문 사람의 모습이 보였다. 그중에는 분명 내가 걷다가 갑자기 넘어지는 모습을 본 사람도 있겠지…….

유코가 한층 걱정스러운 듯 말했다.

"넘어졌을 때 부딪힌 데야 괜찮다 쳐도―애초에 그런 식으로 넘어진다는 게 이상하잖아? 멀쩡하게 걷다가 갑자기 픽 하고 의식을 잃은 것처럼 보였거든."

그 말을 듣고 나는 그만 얼굴이 풀어졌다. ……그랬구나. 옆에서 보면 그렇게 보였구나.

"그냥 발이 꼬여서 그랬어. ……이제 됐잖아, 그 이야기는 그만하고 가자."

나는 앞서 걷기 시작했다. 빨리 방으로 돌아가 혼자가 되고 싶었다. 유코는 아직 안심하지 못한 표정을 지은 채 내게 뒤쳐지지 않도록 종종걸음으로 나란히 걸으며 정말 괜찮냐는 말을 중얼거렸다.

역에 도착하자 평소처럼—아니, 예전에 그랬던 것처럼—개찰구 바로 앞에서 인사를 하고 헤어졌다.

"그럼, 조심해서 들어가."

"응. 오늘 즐거웠어. ……근데 게이스케, 정말 괜찮아?"

"보면 알잖아."

"아무리 그대로 너무 어설프게 넘어졌잖아. 우스운 것보다 걱정된단 말이야."

나는 말로 대답하는 대신 양팔을 벌리고 미소 지어 보였다. 유코도 미소로 답해 주었다.

"……뭐야, 쌩쌩하잖아. 그럴 거면 실컷 웃어 줄 걸 그랬네."

"누가 웃게 둘까 봐. 그럼, 잘 가. 다음에 봐."

"그래, 잘 가."

서로에게 손을 흔들었다. 유코의 모습은 개찰구 너머로 사라져 갔다.

다음인가……. 혼자가 되자마자 나는 답답한 마음에 사로잡혔다. 지금은 괜찮다. 유코는 제멋대로 굴며 본심을 드러내지 않았다. 아직 조신한 척할 때였다, 이 무렵은.

그녀의 본성을 알아 버린 현재의 나는 새삼 그녀와 사귈 마음이 없었다. 꼴사나웠던 이별은 생각만 해도 불쾌한 기억으로 지금까지 내 가슴에 남아 있다. 이번 인생에서는 내가 먼저 차 주겠다.

복수다.

그러나 오늘은 그럴 형편이 아니었다. 조금 전까지 다정하게 지냈을 테니까. 갑자기 차가운 태도를 취해도 이상하겠지…….

그 당시 유코와 사귀던 때를 나는 결코 잊지 않았다. 기억에 선연하게 남아 있었다. 다만 그것은 어디까지나 기억일 뿐 필경 어떻게든 되겠지 하고 나는 그때 사태를 만만하게 보았던 것 같다.

아니, 그런 건 아무래도 좋다.

리피트는 현실이다! 나는 일월로 돌아왔다!

이러쿵저러쿵 부질없는 생각을 하기 전에 먼저 감회에 잠겨야 했다.

그랬다. 나는 리피트에 성공했다. 앞으로 무슨 일이 일어날지 현 시점에서는 아무도 모르는 일을 나는 안다. 저기를 걷는 사람도 저쪽 편의점에 들어가는 사람도 다들 아무도 모르는 일을 나만이 안다.

새삼 자신이 어떤 입장인지를 확인했다. 자연히 몸이 후끈 달아올랐다. ……그렇다, 나는 이 세계에서는 엄청난 놈이다.

한차례 심호흡을 해 보았다. 가슴속에 차가운 공기가 들어가자 단숨에 몸이 정화된 것 같은 기분이 들었다. 날숨이 밖으로 부옇게 번져갔다.

―맞다. 전화를 해야지.

가자마가 알려 준 번호―어거지로 만들어 낸 말장난. 머릿속에서 되뇌어 보았다. ……다행이다, 제대로 기억하고 있었다.

그렇다. 내게는 동료가 있다. 리피터로서의 자각이 온몸을 달구었다. 크게 소리치고 싶은 걸 꾹 참고 일부러 천천히 걸음을 내딛었다.

낮이었던 게 밤으로 바뀌고 가을이었던 게 겨울이 되었다. 그러나 거리의 모습은 내가 오늘 아침에 나왔을 때와 그다지 바뀌지 않은 것처럼 보였다.

……아니, 달랐다. 이번 모퉁이의 '오무라 화방'은—이 낡은 점포는 개축을 한다고 벌써 몇 달 전에 헐리지 않았던가.

열 달이라는 어중간한 역행의 폭. 확실히 과거로 돌아왔다는 증거를 길모퉁이에서 또 하나 찾아낸 나는 상당히 만족스러웠다.

2

방으로 돌아오자 자신이 시간을 거슬러 올라왔다는 실감을 또 곳곳에서 느낄 수 있었다.

슬리퍼 대신 신던 운동화를 현관에서 벗자 그 옆에는 반년 정도 전에 신던, 시월에는 너덜너덜해진 상태로 신발장에 팽개쳐 놓은 뒤축에 가죽을 덧댄 구두가 아직 갓 신기 시작한 상태로 놓여 있었다.

주방 개수대에는 설거지를 하다 차례로 깨뜨려 시월에는 하나밖에 남지 않았던 유리잔 네 개가 반듯하게 늘어서 있었다. 대신 유코와 함께 샀던 와인잔은 식기장에서 사라졌다.

그랬다. 그 잔은 이월에 여행 갔을 때 샀지…….

왠지 냉장고 안을 살피고 싶어져 문을 열어 보았다. 그러자 냉장고 안은 역시 오늘 아침(시월 삼십일 아침)의 상태와는 분명히 달랐다.

그대로 안쪽 방으로 향했다. 그러자 차이는 더욱 명확하게 보였다. 거기에는 있어야 할 물건이 없고 없어야 할 물건이 있었다.

침대에는 담요가 나와 있었다. 벽에 걸린 달력은 맨 위가 일월이었다. 책장에는 아직 공간이 있었다. 쓰레기통 안이 넘칠 듯했다. 벽지 색도 기분 탓인지 선명해 보였다.

고타쓰_{난로가 붙어 있는 상 모양의 난방 기구} 위에는 유코와 둘이 조금 전까지 어질러 놓고 먹던 어묵 용기와 빈 캔 따위의 잔해가 나뒹굴었다.

그랬다. 여기는 틀림없이 내 방이다. 대충 봐서는 거의 똑같다. 그러나 자세히 보면 자잘한 부분이 미묘하게 달랐다. 곳곳에 보이는 그런 자잘한 차이가 왠지 묘하다고밖에 할 길이 없는 감흥을 내게 불러일으켰다.

맞다, 전화—.

내가 그렇게 떠올린 순간 때맞춰 전화벨이 울려 퍼졌다. 부재중 녹음 기능이 달린 전화로 바꾸기 전에 쓰던 낡은 기종의 그리운 벨 소리였다.

"여보세요."

"모리 씨죠?"

이케다였다.

"와, 정말로 돌아와 버렸네요."

"그러게요. 이거 꿈은 아니겠죠."

우리는 먼저 그런 식으로 감회를 나누었다.

"모레, 모리 씨도 올 거죠?"

"네. ……그런데 저는 아직 가자마 씨에게 전화를 못 했습니다. 외출중이었거든요. 한창 걷는 중이더라고요. 그래서 보기 좋게 넘어졌죠. 덕분에 지금 막 돌아온 참입니다."

나는 힐끗 선반의 탁상시계를 보았다. 열한시 반을 가리키고 있었다. 도착 시각은 열한시 십삼분이라고 했으니 이 세계에 돌아온 지 이미 이십 분가량 지났다는 계산이 나온다.

"그랬군요. 그럼 먼저 전화부터 해야겠네요."

"네. 죄송합니다."

그 말을 하고 전화를 끊으려는데 이케다가 "아, 잠깐만요" 하고 나를 막았다.

"제 전화번호를 가르쳐 드릴게요. 시월과는 다른 번호거든요. 사월에 이사를 해서 말이죠. 아직 이사 전이라 지바에 삽니다."

과연. 그런 경우도 있겠군. 나는 불러 주는 대로 번호를 적고 끝으로 "안녕히 주무세요"라고 말한 뒤에 전화를 끊었다. 조금 전까지 낮이었던지라 잘 자라는 인사가 어색한 기분도 들었다. 하지만 실제로 지금은 한밤중이었기에 달리 할 말이 없었다.

수화기를 든 채 후크 스위치를 눌러 통화를 재개하고 이어서 가자마에게 들은 억지스러운 말장난으로 조합한 번호를 눌렀다. 통화중이었다. 분명 동료 가운데 누군가가 귀환 보고를 하는 중이리라.

잠시 기다렸다 다시 걸었더니 이번에는 바로 연결되었다.

"죄송합니다. 외출중이라서 조금 늦었습니다."

보고가 늦어진 이유를 댔다.

"……외출중이셨다고요? 별일 없으셨습니까?"

가자마의 목소리가 약간 어두워졌다.

"네. 마침 걷던 참이라 정신이 들었더니 넘어졌더군요. 그래도 다행히 다치지는 않았습니다."

"그러셨군요. 그런데 어떠십니까? 실제로 과거로 돌아온 지금 모리 군의 솔직한 감상은?"

"음, 뭐라 해야 좋을지……. 솔직히 아직 실감이 나지 않아요."

과거로 돌아왔다는 사실은 이해했다. 그러나 나 자신은 어디를 봐도 변함없이 원래대로의 나이며 지금 있는 장소도 전과 같이 초라한 원룸 아파트다. 리피트를 했다는 실감이 조금도 솟아나지 않는 이유도 어떤 의미에서 당연하지 않을까.

리피터의 유일한 무기라고 하면 기억이다. 그 기억이 흐려져서는 아무것도 할 수 없다.

나는 서둘러 기억을 확인해 보았다. ……오늘은 일월 십삼일. 2차 센터 시험이 끝났을 때다. 정초 스모 대회 첫날. 이 시기에 가장 큰 뉴스는 이라크 정세로 UN군이 정한 최후 통첩 기한은 보름.

다행이다. 제대로 기억하고 있다.

"그건 그렇고, 조금 전에 주차장에서 말했던 건 말입니다만. 모리 군은 모레 시간이……?"

"아, 괜찮습니다."

나는 가자마에게 모레 예정을 들었다. 집합은 시부야 역 하치공 동상 앞에서 오후 한시. 노래방으로 이동해서(물론 노래 따위는 부를 일이 없겠지만) 리피트 후의 방침에 관해 다 같이 이야기하기로 했다.

"그럼 앞으로도 잘 부탁드립니다."

"저야말로 잘 부탁드립니다."

가자마에게 보고를 끝내고 나는 한차례 크게 한숨을 내쉬었다.

3

초능력이―예컨대 염동력이 생겼다면, 나는 지금 시험 삼아 주변 물건을 공중에 띄워 본다거나 하겠지.

그러나 내가 리피터로 얻은 유일한 특권은 미래의 기억뿐, 그것은 이른바 예지 능력과 같다. 시험 삼아 써 볼 수가 없다.

능력을 발휘할 수 없다. 그 응어리를 가슴에 묻어 두고 나는 우선 침대에 엉덩이를 붙였다. 리모컨으로 텔레비전을 켜 보니 스포츠 뉴스를 하고 있었다.

> 정초 스모 대회 첫날 결과입니다. 요코즈나 넷이 모두 시작
> 을 승리로 장식했습니다…….

네, 네. 기억했던 대로였다.

확실히 오늘은 일월 십삼일이다. 나는 지금 뉴스를 통해 확실히 그 사실을 확인했다.

정말로 나는 과거로 돌아왔다.

그런데―뭘까, 이 허탈한 느낌은.

텔레비전을 켠 채 잠시 넋을 놓고 있었다. 그때 전화가 울렸다.

"여보세요."

"나다."

덴도였다.

"조금 전에 걸었더니 안 받더군. 자동 응답으로도 안 넘어가고."

"조금 전까지 외출했었거든요. 그리고 자동 응답 전화기는 아직 없어요. 일월이라는 현 시점에는요."

생각 난 김에 되도록 빨리 부재중 기능이 딸린 전화를 사서 바꿔 달아야겠다고 결심했다.

"아무튼…… 진짜로 돌아왔군."

"네."

그 말을 끝으로 대화가 끊어졌다. 이케다의 경우와 같았지만 나는 거기서 그에게 물어보아야 할 것이 있음을 상기했다.

"아, 참. 덴도 씨, 헬리콥터 탔을 때 말인데요—."

시간상 단절이 생겨 어떻게 표현해야 좋을지 약간 망설였다. 감각상으로는 헬리콥터를 탔던 게 불과 한 시간 전 일이다.

"공중에서 정지 비행을 할 때 덴도 씨가 위치를 기억해 두라고 했잖아요. 그건 왜—?"

헬리콥터 안에서는 소음이 심했고 또 나도 속이 좋지 않았기에 그 발언의 진의를 물을 길이 없었다. 그리고 실제로 리피트가 이루어지고 나니 그런 사소한 일은 금세 잊어버리고 있었다.

"아, 그거. 그런데 너 제대로 기억은 하고 있어? 육지와의 위치 관계나 높이 같은 거."

"뭐, 대충은요."

"그렇군. 그게 도움이 될지 어떨지는 앞으로의 전개에 따라 달라지겠지."

또다. 그의 생각을 읽을 수가 없다.

"도움이 된다니…… 그게 무슨 뜻이죠?"

내 물음에 덴도가 답했다.

"나는 다른 사람이랑 달라서―욕심이 많다고도 하더군. 어쨌든 인생을 다시 산다고 해도 딱 한 번뿐이라면 만족할 수 없단 말이지. 만약 리피트가 진짜라면 한 번뿐이 아니라―요컨대 가자마처럼 계속 리피트를 하고 싶거든. ……그래서 모레 가자마한테 부탁해 볼 작정이야. 그런데 설령 가자마가 내 부탁을 들어준다손 쳐도, 예를 들어 가자마가 불의의 사고로 죽는다거나 하면 어떻게 될까?"

만약 가자마가 죽는다면―그건 또 무슨 뜬금없는 이야기인가.

"리피터는 불사신이 아니야. 불의의 사고로 죽을 수도 있지. 그런데 조종사가 그렇게 죽어 버리면 다음―그러니까 R-11로 가고 싶을 때는 누가 그 지점까지 우리를 태워다 주지? 뭐, 헬리콥터야 누구든 조종사를 고용한다고 쳐도 일단 우리가 그 지점을 알아야겠지."

"……그 와중에 그런 생각까지 하셨습니까?"

"뭐, 딴에는 그렇지. 그 시점에서도 솔직히 나는 리피트에 관해서는 반신반의했거든. 그래도 일단 가능한 수단은 강구해 두자는 생각에 그런 부탁을 했지. 나 혼자서는―어쨌든 공중이었으니까. 장소를 기억하려 해도 요령부득이야. 그래서 자신이 없기도 했고.

일단 헬리콥터 위치를 기억했다면 앞으로도 잊지 않도록 노력하라고. 앞으로 어떻게 될지 모르니까."

수화기를 내려놓자 자연히 한숨이 나왔다. 덴도는 앞날의 앞날까지 생각하고 있었다.

리피트를 반복한다. 영원히 리피트를 계속한다.

그 의미는 나도 이해했다. 가자마가 왜 열 번이나 리피트를 되풀이했는지도.

그것은 불로불사의 체험이다.

올해를 되풀이하는 한 육체는 늙지 않고 사고라도 만나지 않는 이상 죽을 일도 없다. 계속 삶을 이어간다. 고래부터 허다한 권력자들이 추구해 왔던 꿈—불로불사가 리피트를 되풀이함으로써 실현 가능한 것이었다.

가자마뿐 아니라 현재 상황으로는 덴도 역시 그것을 바라는 듯했다. 과연, 죽음은 어느 시대에나 공포의 근원이며 그것을 피할 수 있다는 의미로는 누구나 바라마지 않는 것일지도 모른다.

그러나 나는 그것을 그다지 바라지 않는다. 리피트를 되풀이하는 한 나는 영원히 대학생으로 살아야 한다. 영원히 사회인은 될 수 없다. 애니메이션 〈사자에 상〉의 다라짱이 영원히 초등학생인 것처럼. 그것은 역시 옳지 못한 일처럼 느껴졌다.

아니면 나 역시 좀 더 나이를 먹으면 불로불사를 진심으로 바라게 될까.

리피트를 한다고 가정하면, 만약 리피트를 한 번이 아니라 몇 번이나 되풀이할 수 있다면……. 그런 상상은 해 본 적이 있다. 다시 사는 인생을 몇 차례 시험해 보고 그래 이번이 마지막이다, 이 이상 반복해도 이번을 뛰어넘을 결과는 나오지 않겠지 하는 시점에서 반복을 멈추고 그 후의 인생을 향유할 수 있다면 좋겠다고 생각했다. 기회가 있다면 밑져야 본전이니 가자마에게 타진해 볼까 싶은 정도였지만…….

시계를 보니 자정을 지나고 있었다. 이 세계―R-10에 온 지 적어도 한 시간이 경과했다. 나는 전화기를 바라보며 앞으로 어떻게 해야 할지를 생각했다.

가능하면 다른 여섯 사람과도 연락을 취해 리피트의 감회를 그들과 함께 나누고 싶었지만 모레는(이미 날짜가 바뀌었으니 정확히 말하면 내일은) 시부야에서 다 같이 재회할 터, 그러니 그때 해도 족하리라는 생각이 들었다. 이케다 및 세 사람을 상대로 이미 감회를 나누었고 그걸로 거지반 만족했기 때문이기도 했다.

그렇지만 시노자키와는 리피트 직후인 현 시점에서 우선 연락을 취하고 싶었다. 하지만 부모님과 함께 사는 여자에게 전화하기에는 너무 늦은 시간이었다. 저쪽에서 걸어오기를 기다리는 수밖에 없다.

결국 스스로 전화를 거는 건 단념하고 나는 메모지를 들고 고타쓰 앞에 앉았다. 이케다에게 들은 번호를 그의 명함에 베껴 둘까 했지만 그 명함이 이 세계에서는 아직 방에 없다는 데 바로 생각이 미쳤다.

그랬다. 모두의 연락처.

이케다의 새 전화번호는 여기에 있다. 가자마의 전화번호도 억지스러운 말장난으로 외우고 있다. 덴도의 전화번호는……. 괜찮다, 외우고 있다. 그렇다면 시노자키의 전화번호는……?

나는 켜 두었던 텔레비전을 끄고 고타쓰 위를 정리하고 책장에서 새 노트를 찾아내 메모가 가능한 환경을 만들었다. 모두의 전화번호와 리피트 전에 열심히 기억해 둔 '미래의 기억'을 기억이 선명한 동안에 가능한 노트에 적어 두자고 마음먹었다.

그 후로 삼십 분가량 나는 열심히 메모했다. 리피터 동료의 전화번호는 모두 완벽하게 떠올릴 수 있었다. 그런데 신문 기사는 노트 한 페이지를 하루치로 나누어 본격적으로 써 보려고 했지만 많은 날은 몇 줄, 적은 날은 아무것도 쓰지 못했다. 나 자신이 한심해졌다.

그만큼이나 시간을 들여 신문을 열심히 읽었건만 가지고 온 기억이 고작 이 정도뿐일 줄이야.

그렇게 기억을 적어 가는 동안에 이번에는 점점 졸음이 왔다. 현재 시각은 새벽 한시를 약간 넘은 참이었다. 다만 내 실감으로는 지금은 아직 시월 삼십일 오후다. 전날 밤(시월 이십구일 밤)에 한숨도 못 잔 내 의식이 잠을 원했던지 아니면 일월 십삼일을 종일 산 육체가 잠을 원하는지……. 어느 쪽인지 판가름하지 못한 채 의식은 시시각각 멀어졌고 눈꺼풀이 무거워져 갔다…….

결국 시노자키에게 연락은 없구나…….

나는 크게 하품을 한 것을 계기로 노트 위에 샤프펜슬을 내던지고 침대에 누웠다.

그대로 순식간에 잠에 빠졌다.

4

퍼뜩 잠에서 깨어났을 때는 이미 날이 밝아 있었다. 커튼 틈새가 어슴푸레 밝았다. 선반 위의 시계로 일단 시각을 확인했다. 일곱시 오분이 지났다.

방은 썰렁했지만 나는 잠에서 깨자 바로 이불을 걷어차고 침대에서 몸을 일으켰다. 피가 들끓어 좀이 쑤셨다.

창가로 가서 커튼을 젖히고 활짝 창문을 연 뒤 베란다로 나가 보았다.

새 아침이다, 라고 나는 생각했다. 오늘부터 나는 지금까지의 나와는 다르다.

심호흡을 해 보았다. 아침 공기가 가슴을 서늘하게 했다. 내뿜은 숨은 희부옇게 되었다 금세 사라져 갔다. 그때쯤 온몸이 부르르 떨렸다. 역시나 추웠다. 나는 바로 실내로 돌아와 창을 닫았다. 고타쓰의 스위치를 켜고 다리를 고타쓰 안으로 밀어 넣은 채 생각에 잠겼다.

오늘은 일월 십사일이지. ……앞으로 무엇을 할까.

평일이니 당연히 학교 수업이 있을 터. 그러나 징검다리 연휴 중이라 지난번 인생에서도 나는 학교를 쉬었을지도 모른다. 3학년 2학기 시간표는…… 나는 어떤 강의를 들었더라…….

뭐, 될 대로 되라지. 오늘은 축복해야 마땅한 리피트 첫날이기도 하니 자체 휴강하기로 하자.

고타쓰 테이블 위에는 몇 권의 노트가 펼쳐진 채 놓여 있었다. 아직 메모를 전혀 완성하지 못했다.

그런 연유로 나는 아침 일찍부터 어젯밤 작업의 연장으로 지난번 인생에서 기억해 둔 신문 기사 내용을 노트에 적는 일에 몰두하기 시작했다.

작업을 시작한 지 얼마 지나지 않아 전화가 울렸다.

"네, 여보세요."

아직 아침 여덟 시밖에 안 됐기에 누굴까 했다.

"여보세요? 모리 씨 댁인가요?"

시노자키의 목소리였다. 목소리에 불안한 기색이 배어 있는 건 전화번호의 기억에 자신이 없기 때문일까.

"모리입니다. 시노자키 씨죠?"

내 말에 그녀는 눈에 보이게 안심한 듯했다.

"다행이다—. 만약에 모리 씨가 '시노자키? 누구세요?'라고 하면 어쩌나 걱정했거든요."

반대로 만약 내가 그런 말을 들었다고 상상하면 상당히 충격을 받았을지 모르겠다는 생각이 들었다.

"돌아와 버렸네요. ……함께."

그녀는 감개무량한 듯했다.

전화 너머로 잡음이 들렸다. 또 역에서 거는 모양이다.

"오늘도 회사에 가세요?"

그래서 물어보았다.

"이쪽으로 돌아와도 결국 회사원이니까요. 맘대로 쉴 수도 없고요. 모리 씨도 대학생 아니었어요?"

"오늘은 자체 휴강하기로 했습니다."

"저도 사실 쉬고 싶어요. 그래도 오늘 가 보면 대강의 느낌을 파악할 수 있지 않을까 싶어서요. 오늘 회사에 가서 무슨 일을 해야 할지도 아직 모르거든요."

그렇게 말하고 그녀는 소리 죽여 웃었다.

"회사에 가면 분명히 뚱딴지 같은 소리를 하겠죠. 그래도 오늘이 징검다리 연휴에 낀 날이니까 쉬는 사람도 있고, 사람이 적을 때 회사 복귀를 마쳐 둬야겠다 싶어서요."

"그렇군요."

대답을 하고 잠시 짬이 생겼기에 나는 바로 다음 화제를 꺼냈다.

"이쪽으로 돌아왔을 때 뭘 하고 있었어요?"

"방 침대에 누워서 음악을 듣고 있었어요. 그런데—모리 씨는 높은 곳에서 떨어지는 꿈 같은 거 꾼 적 있어요? 으악—, 떨어진다—하는 다음 순간 침대에서 자는 자신의 몸으로 등부터 쑥 하고 빨려 들어가는 느낌이 들어서 벌떡 일어났더니 땀으로 범벅이 되곤 하는 꿈 말이에요. ……딱 그런 느낌인데다 마침 워크맨으로 음악을 듣던 중이라 양쪽 귀에 이어폰을 끼고 있었거든요. 음악이 쾅쾅 울리는 바람에 깜짝 놀라서 무심결에 이어폰을 빼고 헉 이거 뭐야 하고 일어났어요. 심장은 벌렁벌렁하죠, 게다가 숨이 곧 넘어갈 것처럼 헐떡거려서 혼났어요."

"알죠, 알아요."

순간 그녀의 혼란스러워하는 모습이 상상되어 나는 미소 지었다.

"모리 씨는 괜찮았어요?"

반대로 그녀가 물었다.

"저는 그때 밖을 걷고 있었어요. 하지만 돌아온 순간에는 그런 건 알 턱이 없잖아요. 체중이 숙 하고 기울면서 손 쓸 새도 없이 쿵 하고 얼굴부터 길바닥에 보기 좋게 넘어졌을 때야 비로소 정신이 들었죠. 근데 같이 걷던 사람이—."

그렇게 말하던 도중에 나는 속으로 '아차' 싶었다. 그렇게 밤늦게 도대체 누구와 걸었는지—그 부분을 물으면 이 이야기는 위험하다. 그렇다고 중간에 멈추면 오히려 수상하게 여길까 봐 나는 그대로 이야기를 계속했다.

"—그 사람 말로는 그전까지 멀쩡하게 잘 걷다가 갑자기 의식을 잃은 것처럼 보이더니 얼굴부터 털썩 쓰러졌다고 하더라고요. 다른 사람 눈에는 그런 식으로 보였던 모양이에요. 넘어지는 데

손도 안 짚고 그야말로 털썩 하고요."

단숨에 지껄이자 시노자키는 "정말요? 괜찮았어요?"라고 염려해 주었다.

"아, 네. 다치지는 않았어요. ······근데 시간 괜찮으세요?"

"저희 회사는 플랙스타임 출근제라—어머, 그러고 보니 아직은 아니네요. 미안해요. 빨리 안 가면 아슬아슬할지도 모르겠어요."

그녀가 전화를 끊을 듯한 분위기라 나는 서둘러 "내일 가실 거죠?"라고 마지막으로 물었다.

"네, 가야죠. 이만 시간이 없어서 끊을게요. 죄송해요. 그럼 내일 만나요."

"잘 다녀오세요."

통화를 마치고 나는 한차례 한숨을 내쉬었다. 시노자키도 무사히 리피트에 성공했다는 사실이 이걸로 확인되었다.

마음이 안정되자 다시 노트에 기록하는 작업으로 돌아갔다. 그러나 그 작업은 사전에 생각했던 것보다 훨씬 난감한 작업이었다.

어젯밤에도 작업중에 같은 생각을 했지만 인간의 기억력이라는 게 실로 미덥지 못한 것이다. 그만큼이나 시간을 들여 신문을 읽었건만 그것도 확실하게 날짜와 함께—활용 가능한 형태로 떠올려 낸 기사는 지극히 미미한 분량이었다.

기억하는 방식에 문제가 있었는지 모른다고 이제 와서 새삼 후회했다. 예를 들면 읽은 책의 줄거리를 말할 수 있는 것과 마찬가지로 전체적인 흐름은 나 역시 확실히 파악하고 있다. 즉 나는 리피트 전에 소설을 읽듯 십 개월 분의 신문 기사를 읽고 말았던 것이다. 덕분에 대강의 줄거리는 말할 수 있다. 인상에 남은 세부 사항도 말할 수 있다. 그렇지만 가령 칠월 이십육일 신문의 머리기사가 뭐였는지 하는 형태로는 기억을 쉬이 끄집어낼 수 없었다. 소설에 비유해서 말하자면 삼십사 쪽에 뭐가 씌어 있는지 따위의 질문을 받으면 대답할 수 없는 것과 매한가지다.

태정태세문단세……. 연호를 외울 때처럼 숫자나 날짜가 얽히면 이런 말장난 같은 방식이 의외로 유효할지 모른다. 이제 와서 그렇게 생각해 봤자 이미 늦었지만.

시각적인 기억의 단편이라면 상당한 수가 머리에 남아 있었다. 그래서 일면에 게재된 사진 따위는 제법 떠올릴 수 있었다. 어떤 날은 수뇌회담 양상을 전하는 사진이, 또 어떤 날은 스포츠 제전의 개회식 모습을 찍은 사진이 일면을 장식했다. 그런 사진들과 함께 큰 글씨로 인쇄된 표제어도 연동하는 형태로 떠올릴 수 있었다. 그러나 그것이 며칠 자 신문이었는지, 중요한 그 부분이 아리송했다. 위치가 확정되지 않은 지그소 퍼즐 조각처럼 기억의 단편이 내 머릿속에 흩어져 있었다.

퍼즐 조각은 때로 완전히 조각조각 흩어진 상태가 아닐 때도 있다. 이웃한 퍼즐 조각끼리―며칠에 걸친 기사를 일련의 줄거리로 기억하는 경우도 있었다. 다만 그것이 퍼즐로 치면 맞추다 만 집합체로, 틀에 끼울 수 없어 옆에 따로 빼 둔 조각 같은 상태라 아직 노트에 적을 수는 없었다. 그런 일련의 기사 중 어느 하나라도 날짜가 밝혀지면 단숨에 며칠 분의 공란을 메울 수 있으련만.

지그소 퍼즐에 빗대자면 틀이란 날짜가 확실한 기사였다. 큰 사건이나 사고, 또는 매월 일일의 조간 지면 등이 그에 해당한다. 전자는 물론 날짜를 포함한 형태로 확실하게 기억하고 있고 후자도 이전 세계에서 축쇄판 신문을 읽으면서 각 권의 표지를 펼쳤을 때 처음으로 눈에 들어온 페이지—즉 시각 정보로써 꽤 정확한 형태로 기억하고 있다.

나머지는 개인적인 기사와 맞물려 날짜를 기억하는 경우도 있었다. 특히 비일상적인 장면의 기억은 그런 형태로 머리에 남아 있는 경우가 많았다. 예를 들어 여름 방학에 고향에 돌아갔던 기간이 그랬고 고향집에서 본 텔레비전 화면과 툴툴거리던 어머니의 목소리. 개인적인 기억은 그런 형태로 되살아났다.

물론 리피트에 초대받았던 날의 기억도 확실하게 날짜와 함께 머리에 남아 있었다. 예를 들어 가자마에게 전화가 걸려 온 날은 구월 일일이었다. 오후 다섯시 사십오분에는 지진이 있었다. 미야케지마 섬에서 진도 4, 도쿄에서는 진도 1. 회룡정 회식은 구월 이십구일로 그 전전 날인 이십칠일에는 태풍이 통과했고, 이십팔일은 푄 현상인지 뭔지로 몹시 더웠을 터…….

그런 사소한 기억의 단편을 실마리로 삼아 나는 노트의 공백 부분을 조금씩 메워갔다.

유코에게 이별 통보를 받은 날은 삼월…… 그게 언제였지? 대판 싸웠던 날은? 마지막으로 그 전화를 걸었을 때는……?

―너, 바보 아냐?

혐오감을 드러낸 목소리. 그건 봄 방학―아르바이트에 나가기 전이었으니까, 맞다, 분명히 목요일이었다. 이십팔일이다. 삼월 이십팔일 목요일.

노트를 펴 그다음 날 이십구일 조간에 무슨 기사가 있었는지를 확인해 보았다. 세 줄의 메모가 있었다. 제법 기억해 낸 편이었다. 모스크바에서 개혁파의 집회, 원자력 발전소 사고의 원인 조사 결과, 춘계 선발 고교 야구에서 노히트 노런 달성…….

그런 글자의 나열을 봐도, 유코에게 걸었던 그 전화도 기억상으로는 아무런 연결점을 찾지 못했다. ……맞다, 그러고 보니 나는 그 전후 유코에게 차인 충격으로 텔레비전도 보지 못할 정도로 우울해했지…….

문제는 이별을 꺼낼 시기라고 생각했다. 어젯밤처럼 한창 후끈후끈한 분위기에 갑자기 이별을 통보해도 이상하겠지만 그렇다고 이별을 자연스러운 것으로 보이자고 한 달이고 두 달이고 지금과 같은 관계를 이어 갈 마음이 있는가 하면 그럴 마음은 손톱만큼도 없었다. 나는 지금 유코의 본성에 혐오감까지 품고 있고 시노자키와의 관계도 있다.

과거에 내가 먼저 여성을 찬 적이 있기는 하지만 여태까지 두 사람의 애정에 온도차가 있었던 경우는 이번이 처음이었다.

여자와 깔끔하게 헤어질 방법은 없을까.

5

 일월 십오일 오후. 시부야 하치공 동상 앞 광장은 사람들로 북적였다. 성년의 날인 만큼 성장盛裝한 젊은 남녀의 모습이 많이 보이는 게 평소와는 달랐다.

 나는 역을 나와 바로 덴도의 모습을 발견했다. 그의 큰 키는 군중 속에 있어도 머리 하나만큼 솟아 있었다. 덴도의 큰 키를 표지 삼아 전화박스가 늘어선 코너 쪽으로 다가가니 그 자리에는 덴도를 포함해 네 명의 동료가 이미 모여 있었다. 이케다, 요코사와, 덴도, 그리고 시노자키였다. 다른 이들은 아직 안 온 모양이다, 뭐 나중에 오겠지. 시각을 확인하니 약속한 오후 한시까지 십오 분의 여유가 있었다.

 그들과 직접 이렇게 얼굴을 마주하니 무사히 재회를 달성했다는 감회가 솟아나 나는 자연히 웃는 얼굴이 되었다. 그것은 나뿐만이 아닌 듯 험상궂은 인상의 덴도조차 지금은 뺨이 풀어져 있다.

 "어이, 왔나."

 "오랜만…… 아니, 오랜만이 아닌가요."

 적절한 인사말을 찾지 못해 그런 말투가 되고 말았다. 신기바역 앞에서 우리가 지금처럼 모였던 건 (감각상으로는) 겨우 그저께 일이다. 그러나 실제로는 그때와 지금과는 열 달이라는 간격이 있다. 그것도 통상과는 반대 방향으로.

덴도는 변함없이 검정색 정장 차림에 한겨울인 지금은 위에 롱코트를 걸쳤다. (그 코트도 검정색이라는 철저함이 역시 그다웠다.) 이케다와 요코사와는 의외로 편안한 차림으로 왔다. 옷깃에 솜털이 달린 베이지색 코트를 차려 입은 시노자키는 어딘가 인상이 달라 보여 자세히 봤더니 리피트 전에는 어깨 길이였던 머리카락이 지금은 가슴팍까지 길어 있었다.

"아, 머리 모양이……."

"겨울에는 머리가 길었거든요. 어때요, 어울려요?"

"잘 어울리네요."

내가 작은 소리로 대답하자 시노자키는 기쁘다는 듯 미소 지었다. 뺨이 붉게 물든 건 추위 탓일까. 발그레한 뺨 때문에 한층 귀여웠다. 그대로 그녀와 소곤소곤 대화를 계속하고 싶었건만 이케다가 옆에서 끼어들었다.

"모리 씨, 어떠셨습니까? 이쪽으로 와서 뭔가 그럴듯한 경험은 하셨나요?"

"아니요, 아직까지는 딱히. 어제는 쭉 집에 있었거든요. 이케다 씨는요?"

"저는 일단 어제는 직장에 나갔는데 레슨 스케줄을 몰라서 엄청 헤맸죠. 열 달이나 전의 예정 따위를 기억할 리 만무하잖습니까."

이케다는 그렇게 말하며 어깨를 으쓱했다.

"아, 저도 마찬가집니다. 열 달이나 전의 강의 내용 같은 건 기억하지 못하니까요. 얼마 안 있으면 기말 시험인데 학점을 딸 수 있을지 불안하네요. 어차피 돌아올 거라면 사월 일일일본은 사월에 시업식을 한다처럼 딱 떨어지는 날로 돌아오면 좋았을 텐데. ……그건 그렇고, 쓰보이?"

곁에 누군가 서 있는 기척이 들어 시선을 돌리자 어느새 거기에 쓰보이가 서 있었다. 오리털 점퍼 아래에는 나름 고등학생이라고 교복을 입고 있다. 의외의 복장인데다 특징적이었던 금발이 지금은 평범한 까만 머리였기에 쓰보이라는 사실을 바로 알지 못했다. 내가 말을 걸어도 소년은 아무 말도 하지 않고 주머니에 양손을 찔러 넣은 채 목만 까딱하는 정도로(그것도 추위에 목을 움츠렸다고도 생각할 수 있을 만한 동작으로) 인사했다. 머리 모양 같은 겉모습은 바뀌었지만 붙임성 없는 태도는 R-9 때와 똑같다.

그런데도 이케다는 "무사히 돌아왔군요"라며 만면에 미소를 띠고 그를 맞이했다.

"쓰보이도 왔으니 아직 안 온 사람이, 어디 보자……."

"다카하시 씨, 고하라 씨, 오모리 씨와 가자마 씨네요."

내가 대답했다.

다카하시는 회룡정에서도 신기바에서도 일찍감치 왔었기에 오늘 아직 오지 않았다는 건 이대로 오지 않을 가능성도 있겠다고 생각했다. 운송 일이 들어왔거나 나카야마 경마장에 용돈 벌이를 하러 갔거나…….

내가 걱정하는 사람은 오히려 오모리였다. 그 공부벌레 같은 남자는 헬리콥터를 타기 직전까지 리피트보다 현대 과학을 믿는다고 했다. 그랬던 그가 지금 이렇게 리피트가 성공하고 나서 어떤 생각을 하고 있을까. 순순히 리피트가 성공했다고 기뻐해 주면 좋겠지만 오히려 신앙과도 같던 과학 원칙을 파괴당했다는 정신적 충격 쪽이 큰 건 아닐까.

나는 그런 염려를 이케다에게 말했다.

"오모리 씨는 아직도 리피트를 믿지 않는 게 아닐까요."

내 우려를 이케다는 농담을 섞어 받아쳤다.

"헬리콥터 안에서 잠을 재우거나 뭔가 수작을 부려서 그대로 두 달 반을 재워서―그러니까 지금은 이듬해 일월이라고 생각하는 건 아닐까요."

"설마요."

그렇게 말하고 나도 웃었다.

"텔레비전이라도 보면 바로 알 수 있잖아요."

"그 사람 집에만 텔레비전은 모조리 일 년 전에 녹화한 걸 방영하는 거죠."

"왜 굳이 그런 일을 꾸밀까요?"

내가 물었다.

"그게 음모라는 거죠."

그렇게 말하고 이케다는 껄껄 웃었다.

잠시 후 가자마가 모습을 드러냈다. 리피트 전과 외모는 그다지 바뀌지 않았다. 변함없는 선글라스와 콧수염이 그의 트레이드 마크다.

우리는 자연히 옆으로 한 줄로 늘어서 그와 상대하는 형국이 되었다.

"여러분, 안녕하십니까. 이 세계에서는 처음 뵙겠습니다."

가자마는 우리에게 허리를 숙여 인사했다. 다른 사람들이 나타났을 때와는 다르게 우리도 얌전히 허리를 숙여 인사했다. 어쨌든 그는 우리를 선택해 여기로 데려와 준 은인이니까.

"오모리 씨도 오늘 오시기로 했으니 조금만 더 기다려 봅시다. 참고로 다카하시 씨와 고하라 씨는 아쉽게도 결석입니다."

그 시점에서 이미 약속한 오후 한시가 넘었다.

"전화라도 해 볼까요."

한시 십분이 되어 내가 나섰다.

"앞으로 오 분만 더 기다리죠."

내 말에 가자마가 대답했다.

"저기 오는군."

덴도가 가자마의 말이 떨어지기가 무섭게 말했다.

오모리는 모습을 보이자마자 가자마에게 달음질쳐 다가오더니 악수를 청했다.

"어이쿠, 제가 졌습니다. 가자마 씨, 당신은 제 은인입니다. 전세前世에서는 의심해서 죄송했습니다."

오모리는 빠른 어조로 주워섬기며 부산스럽게 몇 번이나 고개를 숙였다. 그가 말한 '전세에서는'이란 말은 참으로 절묘한 표현으로 여겨졌다. 하지만 제삼자가 들었다면 매우 기이한 말이라고 느끼지 않았을까.

"오모리 씨, 너무 큰 소리로 말씀하지 말아 주십시오."

가자마도 같은 부분을 염려했는지 주위를 신경 쓰는 태도였다.

"죄, 죄송합니다."

오모리는 사죄를 하며 또 몇 번이고 고개를 숙였다.

나와 이케다는 시선을 교환하며 소리 없이 웃었다.

"그럼 이동할까요."

가자마가 선두에 서서 스크램블 교차로를 건넜다.

그가 예약해 둔 노래방은 중심가를 따라간 곳에 있었다. 우리는 열 명은 족히 앉을 수 있는 별실로 안내되었다. 실내에는 BGM이 흘렀지만 대화에 방해가 될 정도는 아니었다.

입구에서 보아 오른쪽 옆에 있는 긴 방으로 안쪽 소파에 가자마, 쓰보이, 덴도, 이케다가 앉고 그 앞으로 요코사와, 오모리, 시노자키, 내가 순서대로 앉았다.

일단 코트를 벗고 자리를 잡은 나는 눈앞에 있는 메뉴에서 음료 페이지를 찾아 모두에게 보이도록 옆으로 펼쳐서 테이블 위에 놓았다.

"우선 마실 것부터 시킬까요? 그리고 다 같이 건배합시다."

나는 그렇게 말하고 모두의 얼굴을 둘러보았지만 그 시선이 훌쩍 가자마에게 쏠리는 느낌이 들었다. 모두의 웃는 얼굴이 늘어선 가운데 그만이 딱딱한 표정을 짓고 있었다.

어느새 나뿐 아니라 모두 그쪽을 바라보았다.

가자마가 입을 열었다.

"오늘은 여러분께 먼저 안타까운 소식을 전해야겠습니다."

순간 그의 목소리에 평소보다 한층 묵직한 무게가 실렸다.

"저희 동료가 될 예정이었던 다카하시 씨가 안타깝게도…… 돌아가셨습니다."

기습 공격이다.

아무 말도 나오지 않았다. 갑자기 찬물을 뒤집어쓴 느낌이었다.

"다카하시 씨께 도착 후에 전화가 오지 않아 어제 제 쪽에서 몇 번이나 전화를 드렸습니다. 그래서 어젯밤 늦게 연결이 됐는데—전화를 받은 사람은 다카하시 씨 본인이 아닌 회사분이었습니다. 그분께 다카하시 씨의 부음을 전해 들었습니다. ……교통사고였다더군요. 사고가 일어난 건 십삼일 오후 열한시 십삼분. 리피트를 한 직후입니다."

나는 무심코 헉 하는 신음 소리를 내고 말았다. 다카하시의 몸에 무슨 일이 일어났는지 순간적으로 이해했기 때문이다. 나를 따라 몇 사람이 비슷한 반응을 보였다.

팔에 오슬오슬 소름이 돋는 게 스스로에게도 느껴졌다.

"리피트를 해서 이쪽으로 돌아왔을 때 다카하시 씨는 한창 일하는 중이셨던 모양입니다. 트럭 운전중이었고 속도도 상당히 높았다고 합니다. 게다가 마침 왼쪽으로 꺾어진 길이라 다카하시 씨의 트럭은 중앙분리대를 넘어서 반대편 차선을 달리던 트럭과 정면충돌했습니다. ……즉사였답니다."

자신의 리피트 체험을 떠올렸다—순간적인 블랙아웃, 의식의 소실, 그리고 급작스럽게 되살아나는 중력······. 그 당시 만약 내가 차를 운전했다면 어떻게 되었을까. 중력에 저항하듯 무심코 땅을 밟으려 뻗은 다리는 지면이 아닌 액셀을 밟는다. 몇십 킬로미터의 속도로 질주하는 차를 운전하는 사람에게 순간의 조작 실수가 목숨을 앗아 가는 경우도 있을 것이다.

상상만으로도 두려웠다. 다카하시는 죽기 직전에 그 공포를 맛보았을까. 무엇이 일어났는지조차 확인하지 못한 채 맞이했을 가능성도 있다. 공포도 고통도 느끼지 않은 채 리피트 당시의 블랙아웃이 그대로 영속되는 듯한······.

그를 위해서는 오히려 그랬길 바랐다.

그 순간 나는 문득 의문을 느껴 가자마에게 물어보았다.

"······이런 일이 예전에도 있었습니까?"

"R-9까지라는 의미입니까?"

"네. 게스트를 데려 오는 건 이번이 세 번째라고 하셨죠?"

"그렇습니다. ······솔직히 말해 과거에도 자칫 그렇게 될 뻔한 경우라면 있었습니다. 그래서 일단 걱정은 했습니다만······."

사전에 막을 수는 없었던 걸까······? 그러나 어떻게 생각해도 그것은 막을 도리가 없는 사고였다. 무작위 전화로 고른 멤버 중에 문제의 시각에 운전중이었던 사람이 있는지 어떤지 사전에 어떻게 조사한단 말인가?

"고하라 씨는요!?"

그 순간 시노자키가 신경질적인 목소리로 외쳤다.

나는 그 말을 들었을 때 핏기가 싹 가시는 걸 느꼈다.

그러나 가자마는 바로 답했다.

"괜찮습니다."

그리고 양손으로 안심하라는 몸짓을 취해 보였다.

"고하라 씨에게는 도착했다는 연락이 있었습니다. 그것도 국제 전화로 말입니다―업무차 두바이에 머물던 중이라고 하더군요. 오늘은 귀국 일정을 맞출 수 없었던 것뿐입니다. 고하라 씨는 무사하니 안심하십시오."

최악의 결과를 상상했던 직후였던 만큼 그 보고는 나를 새삼 안도하게 했다. 자연스럽게 커다란 한숨이 새어 나왔다.

"다카하시의 명복을 빌기로 하지."

발언한 사람은 덴도였다. 돌아봤더니 그는 이미 양손을 모은 채 눈을 감고 있었다.

나도 바로 그에 따랐다. 시야가 막히자 눈꺼풀 안쪽으로 다카하시의 모습이 떠올랐다. 동시에 전화로 나누었던 대화도 귓전에 되살아났다.

―뭐야, 나한테 물어서 뒤처진 만큼 만회할 셈인가. 뭐, 그렇게 해도 상관없지만.

―적어도 십 년 정도 전으로 되돌아간다면 나도 좀 더 착실하게 공부해서 우등생이 돼서 훨씬 나은 학교에 가서 좋은 회사에 들어가고…….

건달 같은 외모와 말투에서 오는 표면적인 인상과 달리 그 민얼굴은 내게 의외로 친근하게 느껴졌다. 나이도 비슷하니 이 세계에서 재회했다면 지금까지 이상으로 친한 사이가 되었을지도 모른다.

그러나 죽어 버렸으니 끝이다. 리피터의 특권도 아무것도 없다.

운이 나빴다고 생각할 수밖에 없다.

일요일 밤에 차를 운전하는 사람이 그리 많을 리가 없다. 운전 중이었다고 해도 반드시 사고를 일으킨다고 할 수 없고 설령 사고를 일으켰더라도 반드시 죽는다고 할 수는 없다.

리피트라는 본디 은혜로운 일이 반대로 불행의 씨앗이 되어 사고사하는 일은, 따라서 거의 없으리라. 몇만 명에 한 사람 정도로 드문 사건일 터이다.

그는 운이 나빴던 걸까.

반대로 리피트가 가진 유일한 난점을 그다지 의식하지 않은 채 어느새 통과한 나는 운이 좋았다고밖에 말할 수 없을 것이다.

다카하시의 불행을 슬퍼하며 동시에 그렇게 자신의 행운을 다시금 의식하게 되었다.

그리고 위험을 무릅쓰고 돌아온 이상 그 보답은 어떤 형태로든 이 세계에서 확실하게 받아야겠다고 다짐했다.

6

다카하시의 부고는 우리에게 이루 헤아릴 수 없을 정도의 충격을 주었다―주었을 테지만 얼마 지나지 않아 나는 의외로 빠르게 충격에서 벗어났음을 깨달았다.

동료라는 의식은 있었지만 아직은 그다지 교류가 없었던 까닭인지도 모른다. 비유하자면 학급 편성이 바뀐 직후에 같은 반 친구가 죽은 느낌과 비슷했다. 일단 가슴은 아프지만 그 죽음을 진심으로 애도할 마음까지는 솔직히 들지 않았다.

"역시 음료수부터 시키죠."

제안한 이케다도 그에 동의한 다른 사람들도 어쩌면 나와 같은 기분이었을지 모른다.

내가 주문을 모아 받아 적고 인터폰으로 주문했다. 오 분쯤 지나 음료를 날라 온 점원은 노래도 부르지 않고 잡담조차 나누지 않으며 그저 조용히 테이블을 둘러싼 우리의 모습을 보고 수상스럽다는 표정을 지었다.

음료가 고루 돌아간 후 따로 건배는 하지 않고 각자 좋을 대로 음료수에 입을 댔다. 아마 그것이 우리가 보인 유일한, 죽은 다카하시에 대한 조의의 표현이었는지도 모른다.

"갑작스럽게 사고가 일어나 먼저 그 보고부터 시작해야 했습니다. 그러면 지금부터 오늘 여러분을 모이게 한 본론으로 들어가겠습니다."

문에서 가장 먼 안쪽 구석에 앉은 가자마가 그런 식으로 이야기를 꺼냈다.

"어쨌든 다시 한 번 강조하지만 리피터의 비밀을 절대로 외부에 누설하지 말아 주시길 당부드립니다. 이 점은 지금까지 여러분께 누차 반복해서 설명드렸습니다. 그러나 솔직히 리피트를 하기 전 단계에서는 여러분이 그 정도로 진지하게 받아들이지 않으시는 것 같더군요. 애초에 리피트 따위 믿지 못하겠다는 분이 반이었으니까요. 그렇지만 지금은 상황이 다릅니다. 진지하게 들어 주십시오.

리피터가 가진 '미래의 기억'에는 금전으로 환산할 수 없는 가치가 있습니다. 경마로 몇백만 엔이든 몇천만 엔이든 벌 수 있는…… 그 정도 수준이 아닙니다. 주가 변동 및 상품 개발 또는 정치가의 스캔들 등의 예를 고려해 보면 그것이 특정한 사람들에게 얼마만큼의 가치를 지니는지 여러분도 상상할 수 있으리라고 생각합니다. 따라서 여러분이 그러한 정보를 가졌다는 사실이 만약 누군가에게 알려진다면 그것을 둘러싸고 이 세계에 존재하는 다양한 세력이 암약을 시작하겠지요. 정부 측 사람과 그에 적대하는 세력 또는 경제계의 거물 등도 그럴 수 있을 테고요. 진짜 무서운 건 그와 연결 고리가 있는 우익이나 폭력단 등의 무리일지 모릅니다. 아니면 종교 단체 등이 얽혀 날뛰기 시작할 겁니다. 개중에는 적의 손에 넘기느니 차라리 죽여 버리겠다고 생각하는 사람이 나올 수도 있습니다.

 또는 그런 세력과는 무관한 정말 이름 없는 일반 시민이 여러분의 생명을 노리는 일이 있을지도 모릅니다. 불공평하다고 생각해—요컨대 질투지요, 그것이 상대방의 배제라는 형태로 표면화하는 일도 가능성으로는 충분히 예상할 수 있습니다.

 여러분께 주의 사항을 지키게 하기 위해서는 공포심을 심어 주는 것이 최선이라는 생각에 이런 이야기를 하게 됐습니다. 그러나 만약 비밀이 새어 나간 경우에는 지금 말한 것 같은 사태가 될 가능성도 결코 낮지 않다는 사실만은 명심해 두시기 바랍니다."

 가자마는 거기서 잠시 뜸을 들이며 우리의 얼굴을 둘러보았다. 자신의 말이 청중 하나하나의 마음에 충분히 스며들기를 기다리는 듯하다.

 "또 그와는 별도로 생각해 두어야 할 부분이 여러분 마음을 다스리는 문제입니다. 저는 지금까지 두 번, 게스트들을 초빙해 리피트를 한 적이 있습니다. 그중에는 리피트라는 현상 자체에 충격을 받아—리피트로 인한 충격이라기보다 리피트가 성공했다는 사실 자체에 충격을 받았다는 게 옳겠지요. 그중에는 리피트 후의 인생이 크게 바뀌어 버린 분도 계셨습니다. 그분은 고등학교에서 물리를 가르치던 선생님이셨는데 리피트 전에는 제 이야기를 전혀 믿지 않는 입장이셨죠. 그러던 분이 결국 리피트가 성공하자 그때까지 자신이 믿어 왔던 학문에 대해 급격하게 자신감을 상실하게 되었던 겁니다. 그분의 말씀을 빌리면 세계가 밑바닥부터 흔들린 느낌이라고 합니다. 그분은 결국 다시 교단에 서지 못하고 학교도 그만두셨지요. 다만 리피트를 체험한 것은 후회하지 않는다며 오히려 굉장한 경험이었다고 말씀하셨습니다. ……그런 분도 계시다는 말입니다.

그런데 세계가 밑바닥부터 흔들렸다는 그런 상실감—또는 붕괴에 가까울까요, 그런 감각은 많든 적든 리피트를 경험한 사람에게 공통되는 감정인 듯합니다. 혹시 여러분도 그런 감각에 사로잡혀 계시지는 않습니까? 다만 그것이 어느 쪽이 앞서는가에 달려 있습니다—다시 사는 인생에서 이런저런 득을 봐야지 하는 적극적인 자세와 일종의 공황상태에 빠지는 것 중 어느 쪽이 먼저인지에 따라 달라집니다. 적극적인 사고방식이 먼저라면 아무것도 문제 될 게 없습니다. 반면 공황상태에 빠진 채 리피트 기간이 끝나 버리는 사람에게는 뒤에서 누군가 등을 떠밀어 줄 필요가 있습니다. 오늘도 그 때문에—그런 사람이 있는 경우에 긍정적인 첫 걸음을 내딛게 하기 위해 이러한 모임의 자리를 마련했습니다만. 여러분 중에 그런 분은 안 계십니까? 오모리 씨……?"

지명된 오모리는 머리칼을 벅벅 긁어대며 "저, 저 말입니까"라고 눈을 끔뻑거렸다.

"화, 확실히 저는 이쪽에 와서 잠시 동안 일종의 공황상태에 빠졌습니다. 그렇지만 지금은 제가 해야 할 일도 확실하게 파악했고 이제 정신적으로도 완벽하게 회복했습니다. 괜찮습니다."

가자마는 그 대답에 납득한 모양인지 몇 번이나 고개를 주억거렸다.

"그러면 지금까지 여러분께 말씀드린 두 가지 주의 사항에 관해서는 모두 특별한 문제가 없는 걸로 봐도 되겠습니까? 이어서 리피터로서 우리에게 어떤 일이 가능한지 또 어떻게 하면 이번 인생을 성공적으로 이끌지 하는 이야기를 해 볼까 합니다. 쓰보이 군은 이미 이번 인생에서 자신이 무엇을 해야 할지 목표를 정했겠지요?"

가자마가 오른쪽 옆에 앉은 쓰보이에게 묻자 소년은 "네"라고 의외로 솔직한 대답을 했다.

"쓰보이 군은 리피터의 특권을 수험에 살리기로 이미 정했습니다. 준비 작업도 R-9에서 확실히 했지요?"

"아, 네. 준비 만반입니다."

대답하는 말투는 고분고분했지만 왜인지 얼굴을 아래로 숙이고 부끄럽다는 듯 말했다. 어쩌면 대인공포증 같은 병이 있는지도 모른다.

"다른 분들은 어떠십니까?"

"저는…… 역시 우선 돈입니다."

그 물음에 답해 발언을 시작한 사람은 이케다였다.

"경마로 돈을 벌까 합니다."

"얼마 정도 벌고 싶으신데요?"

"음—. 얼마라고 해도 뭐 많으면 많을수록 좋겠지요. 그렇지만 십억이나 이십억이 있어 봤자 분에 넘치는 무거운 짐이 될 테니 현실적으로는 일억이나 이억, 우선 그 정도겠죠."

"다른 분 중에도 경마로 돈을 벌 계획이신 분, 계십니까?"

가자마가 그런 식으로 질문을 해 왔기에 나는 황급히 오른손을 들었다. 그러나 좌우를 둘러보아도 달리 손을 드는 사람은 없었다.

가자마도 의외로 허를 찔린 듯했다.

"여러분은 생각했던 것보다 욕심이 없는 분들인 듯하군요. 조금 놀랐습니다. 그렇다면 이케다 씨와 모리 군에게만 해당하는 이야기가 되겠습니다만—."

그렇게 말하며 우리 둘을 향해 리피터가 경마로 돈을 벌 때의 주의 사항에 대해 설명을 시작했다. 내가 리피트 전에 다카하시에게 들은 이야기와 겹치는 부분이 많았지만 경험자인 가자마의 설명이 더 잡다한 것처럼 느껴졌다. 실제로는 다카하시만큼 심각하게 대처하지 않아도 괜찮은 걸까.

"만약에 몇 월 며칠 몇 레이스의 결과를 알고 싶다면 제게 전화 주십시오. 알려 드리겠습니다."

그 말을 마지막으로 가자마는 설명을 매듭지었다.

"그 밖에 질문은 없으십니까?"

"저, 이 세계에 리피터는 몇 명 있습니까?"

쭈뼛쭈뼛하는 말투로 질문을 한 사람은 오모리였다.

"어떤 의미이신지요? 이 세계에서 리피터라고 하면 우리 열 사람뿐입니다."

가자마가 이해가 안 간다는 표정으로 대답했다. 나도 오모리가 던진 질문의 의도를 이해할 수 없었다.

"아니, 저는 이런 뜻이었습니다. 이 세계는 R-10이라고 하셨는데 그건 말하자면 R-9의 고쳐 쓰기 인생인 셈입니다. R-9라는 세계가 있기에 R-10이 있는 거지요. 그렇게 가정했을 때—R-9의 스타트 시점에서는 R-8에서 온 리피터들이 있지 않았습니까. 또 그 R-8의 개시 시점에는 R-7에서 온 리피터들이 있었다는 이야기니까 우리 열 사람 이외에도 과거에 리피트를 경험한 사람들이 이 세계에 있어도 이상하지 않다고 생각했습니다만……."

오모리가 그런 식으로 설명을 해도 나는 이해가 가지 않았다.

"병행 세계의 해석으로는 그렇게 생각할 수 있겠군."

발언한 덴도는 오모리의 설명을 이해한 모양이다.

"R-10을 R-9의 분기라고 가정하면 R-9의 스타트 시점에 우리가 가담한 게 되겠지. 그렇지만 그런 일은…… 없겠지?"

마지막 질문은 가자마를 향한 것이었다. 가자마는 고개를 한 번 끄덕였다.

"이 세계에 리피터는 저희밖에 없습니다. R-8에서 9로 데려왔던 게스트들이 도착 직후에 걸어 왔던 전화는 이번에는 걸려 오지 않았습니다. 이걸로 설명이 되었나요?"

"고맙군. 나는 이걸로 이해가 가. 오모리도 생각해 보라고. 만약 그런 녀석들이 있다면 그자들은 R-8에서 9로 온 셈이면서 지금은 R-10이라는 말을 가자마에게 듣겠지? 그렇다면 우리 역시 그저께 전화했을 때 가자마에게 사실 지금은 R-48입니다, 라는 말을 들었을 가능성도 있다고 생각하지 않나?"

 내게는 논점이 아직 하나도 이해되지 않았지만 마지막에 의문을 피력한 오모리가 "알겠습니다"라고 납득한 태도를 보였기에 이걸로 됐다고 생각하고 넘기기로 했다.

 의문이 한 가지 정리된 모양이었기에 나는 손을 들어 물었다. 예전에도 했던 질문이다.

 "궁금한 게 하나 있는데요. 우리가 R-11로 갈 수 있습니까?"

 가자마는 순간 당황스러운 태도를 보였지만 바로 딱 부러지는 말투로 대답했다.

 "그 부분만은 양해 부탁드립니다."

 오모리가 그 순간 갑자기 긁적긁적 머리를 긁어 대기 시작했다. 오른쪽 옆의 시노자키가 그것을 피하듯 내게 몸을 기울여 왔다.

 가자마가 이유를 설명하기 시작했다.

 "알고 계시겠지만 저는 리피트를 반복해 왔습니다. 그건 최초에 리피트라는 현상을 발견한 저의 특권이라고 생각해 주셨으면 합니다. 제가 매번 이렇게 아홉 분의 게스트를 데려오는 것도 어디까지나 제 호의이며 행운의 재분배라고 생각하시면 좋을 듯합니다. 저는 그 재분배를 가능한 많은 분들에게 돌아가게 하고 싶습니다. 다만 한편으로는 많은 사람을 데려가면 비밀이 새어 나갈 위험성도 그만큼 커지게 됩니다. 애초에 헬리콥터의 정원 문제도 있습니다. 따라서 게스트는 한 번에 아홉 명이라고 정해져 있습니다. 그런데 한 분이 두 번 세 번씩 리피트를 하게 되면 게스트를 위한 자리도 그만큼 줄게 되고 결과적으로 리피트를 한 사람의 수도 줄어들게 됩니다."

그 설명에 나는 아무 말도 할 수 없었지만 대신 오모리가 입을 열었다.

"그, 그래도…… 가능하면 저만이라도 리피트를 반복하고 싶은데요."

그는 말을 하며 심하게 머리를 긁어 댔다.

"그렇다고 억지를 부리는 건 절대 아닙니다. 저, 저 혼자만을 위해서가 아닙니다. 제가 연구하는 바이오 기술이 만약 완성된다면 수많은 사람을 구할 수 있어요. 식량 위기 문제가 해결되고 수많은 아프리카 어린이들이 굶어죽지 않게 되거든요. 다만 지금 이대로라면 연구를 완성할 때까지 십 년이 걸릴지 이십 년이 걸릴지 알 길이 없는 상황이에요. 그동안 얼마만큼의 아이들이 굶어죽게 될지 생각해 보세요. 하지만 제가 리피트를 계속해 올해가 반복되는 동안 연구를 완성시킨다면 연구의 실용화가 훨씬 앞당겨져서 내년 이후에는 원래 죽었어야 할 아이들을 몇억 명 단위로 구하게 됩니다."

나는 마음속으로 '우와' 하고 외쳤다. 나는 오모리의 이야기에 감동했다. 그의 리피트 활용법은 줄곧 고민해 왔던 내게 최선의 대안처럼 여겨졌다.

그러나 가자마는 무정하게도 고개를 가로저었다.

"죄송하지만 예외는 인정되지 않습니다."

"그, 그렇지만……."

오모리는 말을 채 끝맺지 못하고 얼어붙었다. 얼굴에 절망의 빛이 스쳤다.

"이렇게 생각해 주십시오."

가자마는 냉철하게 이야기를 시작했다.

"오모리 씨가 리피트를 반복해서 설령 R-30에서 그 연구를 완성시켰다고 칩시다. 거기서 오모리 씨는 리피트의 고리에서 벗어납니다. 그 세계에서는 이후 식량 문제가 해결되고 수많은 어린이들을 살리게 됩니다. 그러나 그때까지의 세계는 어떨까요? R-29에서는요? 또는 R-31에서는요? 어린이들을 살리는 건 R-30의 세계에 국한될 뿐입니다. 이상 세계를 만끽하는 건 R-30에 정착한 오모리 씨뿐입니다. 물론 그 세계에도 덴도 씨나 이케다 씨가 계시고 그분들은 그런 이상 세계를 체험하시겠지요. 그렇지만 그것은 여기 계신 덴도 씨나 이케다 씨, 여러분이 아닙니다. 여러분은 이 R-10에 남게 됩니다. 그리고 여기서는 아이들을 구할 수 없습니다. R-30 세계만을 개선하고 오모리 씨는 그 세계에 남는다. 그건 오모리 씨의 자기만족에 불과하지 않을까요. 인류를 위해서가 아닌. 그런 개인적인 일을 위해 다음 게스트의 인원수를 줄일 수는 없습니다."

"저, 저는 그런 게 아닙니다."

오모리는 거세게 머리를 긁적거렸지만 이어지는 말은 나오지 않았다.

가자마의 설명을 듣는 동안에 나는 무엇이 옳은 일인지 알 수 없게 되어 버렸다.

오모리의 생각은 얼핏 이타적이며 훌륭해 보였다. 그러나 이 세계에 남을 수밖에 없는 우리에게 R-30은 별세계다. 공상 세계와 다름없다. 설령 공상 세계 속에서 아이들을 구한다고 해도 내게 현실인 이 R-10에서 아이들이 구원받지 못해서는 아무 의미도 없다.

"그래도 오모리 씨가 이번에 리피트를 한 덕분에 연구가 이 세계에서 원래보다 십 개월 빨리 완성된다면 그것만으로도 여기 계신 여러분에게는—즉 R-10에 남는 사람들에게는 상당히 의미 있는 일이라고 저는 생각합니다."

가자마는 마지막으로 그런 말로 오모리를 격려했다.

나는 불현듯 한 가지 사실을 깨달았다.

가자마에게 초대받아 이 세계에 온 우리 게스트 아홉 사람은(아니 다카하시가 빠져서 이제 여덟 사람이 되었지만) 누구나 평등하게 이 세계에 남는다는 전제가 있어야 동료 의식을 가질 수 있다. 만약 이 중 누구 한 사람만 R-11로 가는 일이 용납된다면 그자는 이미 우리 동료가 아니다. 혼자만 우대 조치를 받아 우리를 버리고 열 달 뒤에는 어딘가로 가 버릴 인간을 어떻게 동료로 대한단 말인가.

아직 납득이 가지 않아 보이는 오모리를 뒤로 하고 논의는 그 이후로도 계속되었다. 시노자키와 요코사와 둘은 리피트 후의 인생 목적을 아직 찾지 못했노라고 보고했다.

7

"그건 그렇고 도대체 어떻게 이런 현상이 일어났을까."

덴도가 말했다. 이미 가자마를 중심으로 한 토론 분위기는 사라지고 잡담 모드에 들어갔다.

"조금 전에 가자마도 지난번인지 지지난번인지 리피트 후에 세계가 밑바닥부터 뒤흔들렸다는 물리 선생 이야기를 했었지? 사실 나도 대학에서는 물리를 전공해서 그 선생인지 하는 자의 마음도 잘 알겠단 말이지. 그래서 모두에게 다시 묻겠는데……. 당신들은 어떻게 이런 일이 일어났는지 불가사의하다고 생각하지 않아?"

순간 곤혹스러운 공기가 그 자리에 흘렀다.

누구도 아무 말도 하지 않아 내가 모두를 대표해 발언했다.

"물론 신기하다고는 생각하지요. 하지만 이렇게 리피트가 성공한 이상은 일단 현실을 받아들일 수밖에 없지 않을까요. 리피트의 원리를 이해할 수 없긴 하지만 그런 건 텔레비전 화면이 어떻게 보이는 건지 묻는 거랑 같은 수준이죠. 저는 전공자도 아니니까 이론을 설명할 수도 없고 말입니다."

"그래?"

덴도가 낙담한 표정을 지었다.

"저, 저는 다른데요."

느닷없이 말을 꺼낸 사람은 조금 전 리피트를 반복하겠다고 청했다가 각하된 이후 줄곧 침울한 기색이었던 오모리였다.

"저는 리피트 전부터 줄곧 그 점을 생각했어요. 무언가 과학적으로 설명 가능한 이론 같은 것은 없는지. 그래서 이쪽에 오고난 후에 제 나름대로 '어떤 가설'에 도달했지요─그 가설을 여기서 설명해도 아무도 이해하지 못할 것 같아 지금까지 자제했습니다. 덴도 씨라면 이해하실 수 있을 듯한데……. 들어 주시겠습니까?"

"그런 설명이 있다면 꼭 듣고 싶군."

그러자 오모리는 발치에 두었던 공구 상자 모양의 가방을 열어 안에서 끄집어낸 기계를 테이블 위에 올렸다. 노트북이었다.

"괜찮으시겠습니까?"

오모리는 누구에게랄 것도 없이 물으며 노래방 기계의 전원 코드를 멋대로 뽑고 대신 노트북 코드를 콘센트에 꽂았다.

컴퓨터가 켜질 때의 독특한 소리가 났다. 요코사와와 자리를 바꾼 오모리는 소파에 반쯤 걸터앉아 기계를 테이블 위에 옆으로 향하게 두고 액정 화면을 우리 쪽에서 볼 수 있도록 했다. 최신식 컬러 액정인 모양인데 조금이라도 각도가 바뀌면 바로 보이지 않는 것이 난점이었다.

"보이십니까?"

오모리가 물었지만 분명히 말하자면 내 위치에서는 화면이 거

리피트 229

의 보이지 않았다. 그 자리에서 일어나 머리의 위치를 바꾸어 보고 어떻게든 보일 것 같은 위치를 확보했다.

화면상에 크게 열린 윈도 안에는 시커먼 배경 속에 삼각형과 원 사각형 등의 총 다섯 가지 기호 문자가 뿔뿔이 흩어진 위치에 표시되었다. 각 기호마다 색깔이 달랐다.

"이, 이건 인공 생명이라는 건데 AL이라고 부릅니다. 그런데 여러분은 AI라는 말을 아십니까?"

"인공지능이지."

덴도가 모두를 대표해서 대답했다.

"맞습니다. 인공지능은 인, 인간의 사고를 어떻게든 프로그램화하기 위한 연구예요. 한편 이 인공생명은 지능이 아닌 생물로서의 동물적 본능이나 동물적 형태와 같은 것을 프로그램화한 것이죠. 지금 화면에 보이는 기호는 저희 연구소에서 시험 제작한 인공생명입니다. 이 기호 하나하나가 한 개의 생명체를 나타냅니다. 지금 이 기호들은 멈춰 있지요. 여기에 시간이 표시되고요."

윈도 창 아래쪽 구석을 손가락으로 가리킨다. '00000'이라고 표시된 듯했다.

"그러면 조금 움직여 보겠습니다."

오모리는 그렇게 말하며 키보드를 타다다닥 두드렸다. 노트북이 옆으로 놓여 있어 약간 치기 어려운 모양이었다. 별도의 윈도 창에 그가 친 영어와 숫자가 또박또박 표시되는 게 보였다. 오모리는 마지막으로 키보드를 탁 하고 한차례 두드리더니 말했다.

"보십시오, 움직이기 시작했습니다."

그의 말대로 서로 색이 다른 다섯 가지 기호는 시간 표시 숫자가 하나씩 늘 때마다 필름이 넘어가듯 한발 한발 조금씩 움직임을 보이기 시작했다. 또 하나 열어 두었던 작은 윈도 창 안에서도 동시다발적으로 영어와 숫자의 나열이 눈에 보이지 않는 속도로 쏜살같이 표시되더니 바로 스크롤되어 위로 흘러갔다.

"여기서 일단 멈춰 보겠습니다."

오모리는 그렇게 말하고 한차례 키를 두드렸다. 그러자 각 기호들은 움직임을 멈추고 시간 표시 숫자도 '00017'에서 카운트를 정지했다.

"이 인공생명들은 본능에 따라 움직입니다. 그러나 그 본능은 프로그래밍된 매우 단순한 알고리즘으로 구성되어 있습니다. 이 노트북의 색은 RGB라는—즉 빨강, 초록, 파랑의 삼원색으로 성립되어 있습니다. 예를 들어 이 빨간 원은 RGB로 말하면 '1·0·0'이라는 매트릭스로 나타낼 수 있습니다. 이 사각형은 파란색이니까 RGB 순으로 말하면 '0·0·1'입니다. 그런데 이 기호들은 자신이 0인 부분에 1을 가진 상대방을 찾으면 그 기호에 다가가서 접근하려고 합니다. 가령 이 원과 사각형은 서로 상대방이 가진 색의 1이라는 숫자를 노리고 다가갑니다. 그러나 이 경우 최종적으로 어떤 움직임으로 양자兩者가 접근했는지가 문제입니다. 만약 마지막에 빨간 원의 움직임으로 양자가 접했다면 빨강이 접촉한 것이 되고 파랑은 접촉당한 것이 됩니다. 그래서 접촉한 빨강은 상대방의 파랑 1을 빼앗아 '1·0·1'—즉 마젠타가 되고 반대로 파랑은 상대방이 가진 0에게 제압당해 '0·0·0'이 됩니다. 전부 0이 되면 이 세계에서는 죽음을 의미하며 화면에서 사라집니다. 반대로 이 파란 사각형이 마지막으로 움직여 양자가 접촉한 경우에는 파랑 쪽이 마젠타가 되고 빨강이 죽게 되지요. 이 삼각형은 흰색이니까 '1·1·1'로 현재는 누군가를 쫓을 필요가 없이 그저 다른 상대방이 다가오지 않도록 도망치기만 합니다."

그게 어쨌단 말인가. 나는 이 비쩍 마른 남자가 의도하는 바를 전혀 이해하지 못하고 그저 설명이 이어지기를 기다릴 수밖에 없었다.

오모리는 또 타다다닥 하고 키보드를 쳤다. 그러자 새로운 윈도 창이 열렸다.

"지금 보시는 것은 이 빨간 원의 로그파일입니다. 시간별로 빨간 원이 무엇을 목표로 해 어떻게 움직였는지 모든 것이 파일로 남겨집니다. 말하자면 이것이 이 빨간 원의 여태까지의 인생 기록인 셈이죠. ……그러면 일단 여기서 모든 것을 초기 상태로 돌려보겠습니다."

오모리는 그 말과 함께 또 키보드를 쳤다. 윈도 창 안의 기호들은 마지막에 있던 위치에 다시 표시되고 시간 표시 카운터도 '00000'으로 되돌아갔다.

"다시 시작하겠습니다."

오모리가 키보드를 쳤다. 그러자 다섯 마리의 기호 생물들은 다시 꿈틀꿈틀 움직이기 시작했고 이윽고 카운터의 숫자가 '00017'이 되자 또 오모리가 키보드를 두드려 프로그램을 정지시켰다.

"보세요. 지난번과 완전히 똑같은 결과가 되었습니다. 물론 그렇게 되도록 제가 손을 썼지만요. 원래의 프로그램에는 현상을 무작위로 일으키는 함수가 들어 있어 프로그램을 가동시킬 때마다 다른 결과가 나옵니다. 보다가 질리지 않도록 그렇게 해 놓았죠. 하지만 저는 랜덤 처리를 배제했습니다. 그 결과 다섯 마리의 생명체는 결정론적인 세계관에 지배받는 상태가 되었습니다.

그거야 어떻게 돼도 상관없습니다만, 본론으로 돌아가서 예를 들어 여기서 제가 일시 정지 상태를 해제하면 이 인공 생물들은 각자의 본능에 따라 그다음을 살아 나가게 됩니다. 그때 만약 이 생물들이 자아와 같은 것이 있다고 가정해 보십시오. ……그렇다고 해도 이 생물들 자체는 이 세계에 일시 정지 상태가 있었다는 사실을 절대로 알 수 없습니다. 그것은 프로그램 밖에서—이 생물들의 세계 밖에서 일어난 일이니까요. 이 생물들에게 시간이란 일시 정지 전과 후가 어디까지나 하나로 이어진 등속으로 흐르는 것처럼 느껴지겠지요. 그렇지만 우리 입장에서 보면 보시는 바와 같이 일시 정지 상태로, 덧붙여 말하면 저는 앞으로 이 생물들이 어떻게 될지도 이미 몇 번이나 봤기에 모두 압니다. ……말하자면 그게 결정론이라는 겁니다.

즉 이 생물들에게는 지금은 세계의 탄생부터 십칠 초 후이며—물론 지금은 지금뿐이며 시간은 일방통행으로 흐릅니다. 또 미래는 미지의 것이지만 우리 입장에서는 이 생물들의 현재는 현재가 아닙니다. 저는 몇 번이나 지금과 같은 상황을 봤기에 이 생물들에게는 미지일 미래도 잘 압니다."

오모리는 또 키보드를 쳤고 프로그램에 무언가를 지시했다. 이번에는 다소 오래 걸렸다. 지시가 끝나자 윈도 창 안의 배치는 초기 상태로 돌아갔다. 시간은 '00000'으로 되돌아갔다. 그리고 기호 생명들은 다시 움직이기 시작했다.

시각 표시 카운터가 '00017'을 표시하자 오모리는 또 일시 정지를 걸었다.

나는 순간 어라 하고 생각했다. 지난번과 마찬가지로 '00017'에 정지했건만 이번에는 빨간 원과 파란 사각형 두 개가 지난번과 다른 장소에 멈추었다.

"이번에는 약간 내용을 바꿔 보았습니다."

오모리는 그렇게 말하고 윈도 창 하나를 우리에게 가리켜 보였다. 로그파일이라는 것이 표시된 윈도 창이었다. 숫자와 영어의 나열로 이루어진 문자열의 의미는 내게는 아직 이해 불가한 것이었지만 각 행 머리의 숫자의 의미만은 조금 전의 설명으로 이해했다. 그 숫자가 이번에는 '00034'가 되어 있었다.

"─지금 보시는 건 이 빨간 원의 로그파일입니다. 이 세계에서는 보시는 것처럼 시작한 지 아직 십칠 초밖에 지나지 않았지만 이 빨간 원만은 이처럼 시작에서 삼십사 초가 흘렀다고 인식했습니다. ……조금 전 프로그램을 재가동시킬 때 각각의 로그파일이

초기화했어요. 그중 빨간 원만은 일시 정지시켰을 때 로그파일의 내용물을 빼 두었다가 재가동시킬 때 다시 집어넣었습니다. 이 프로그램은 로그파일을 보며 움직이게 되어 있기 때문에 빨간 원은 지금이 시작해서 십칠 초가 지난 상태라고 인식하죠. 그런데 각각의 배치가 갑자기 시작 당시의 것으로 돌아가 있는 겁니다. 자연히 빨간 원의 움직임이 변하고, 그에 따라 빨강뿐 아니라 파랑도 연동해 움직임이 바뀌었습니다. 그 결과 이런 식으로 다른 모양이 된 것입니다.

이 프로그램 세계에서 시간 경과는 여기의 카운터대로 지금은 아직 십칠 초밖에 지나지 않았습니다. 하지만 이 빨간 원만은 파일을 보면 아시겠지만 시작으로부터 이미 삼십사 초가 경과했다고 믿어 버렸습니다. 이 현상은 우리 몸에 일어난 일과 거의 흡사합니다. 즉 이 빨간 원은 이 프로그램의 세계에서 지금 리피트를 체험했다는 게 되지 않겠습니까?"

"그러니까 우리가 이…… 인공 생명과 같다?"

덴도가 묻자 오모리는 고개를 주억거리며 동의를 표시했다.

"그렇지요. 이 프로그램의 세계에서도 그 나름의 법칙이 있고 이 생물들은 일 초에 한 눈금만 움직인다는 법칙에 따르며 움직입니다. 프로그램이 그렇게 되어 있어요. 우리가 순간 이동을 하지 못하는 것과 마찬가지로 이 생물들도 일 초에 몇 눈금이나 움직이지 못한다는 법칙이 있습니다. 그리고 조금 전에도 설명했듯이 이 프로그램 안에서는—이 생물들에게는 시간이 한 방향으로 흘러갑니다. 마찬가지로 우리도 시간이 한 방향으로 흘러간다고 느낍니다. ……모든 것이 같지 않습니까?

그러나 이 생물들은 보신 대로 그저 프로그램입니다. 그렇다는 건 우리 역시 훨씬 상위 존재가 보면 단순한 프로그램에 불과할 가능성이 있어요. ……가능성이 있다는 것은 그렇게 생각해도 전혀 문제가 없다는 뜻입니다."

"아무리 그렇게 말씀하셔도. 애초에 이 원이나 사각형을 생물이라고 하는 것은……."

적당한 말을 찾지 못한 채 나는 그런 식으로 반박해 보았다.

새삼 액정 화면상에 표현된 원색의 기호들을 바라보았다. 우리가 이와 같다는 소리는 아무래도 감이 잘 잡히지 않는다.

"결국 이건 프로그램이고, 0과 1의 나열에 불과하잖아요?"

내가 물어보았다.

"어차피 우리도 소립자의 나열로 이루어져 있어."

대답한 사람은 덴도였다.

"인간은 세포의 결집체고 세포는 분자의 결집체이며 분자는 원자의 결집체지. 또 그 원자도 결국 양자와 전자와 중성자라는 세 종류의 소립자로 이루어졌고. 말하자면 인간 역시 0이나 1로 이루어진 것과 같은 셈이지."

"그렇지만……. 그래도 그거랑은 다르죠. 0이나 1 같은 건 실체가 아닌 숫자잖아요. 개념에 불과해요. 그렇지만 원자나 전자는 제대로 실체가 있는 사물이니까—?"

나는 반박에 나섰다.

"정말로 실체가 있을까?"

그러나 덴도는 한층 느긋한 말투로 말했다.

"네가 실체라고 생각하는 전부가 정보 아닌가? 눈으로 보는 사물—그건 단순히 눈이 이런 사물을 본다고 전달하는 정보에 불과하지. 손에 들고 여기에 사물이 있다고, 확실히 있다고 말한들 그것도 손의 신경이 전해 주는 정보에 지나지 않아. 조금 전에 오모리가 원의 로그파일을 열어서 보여 줬지? 그 안에는 다른 도형이 지금 어디에 있는지에 대한 정보도 기록되어 있어. 그 원은 다른 도형을 확실히 '본' 거야. 원에게 사각형이나 삼각형은 똑똑히 보이고 다가가고 접근할 수 있는 존재지. 원이 그렇게 '보았다'거나 '접촉했다'고 인식하는 정보와 네가 지금 이 세계에서 오감을 통해 받아들이는 정보가 도대체 어디가 다르다는 거지? 다르지 않아. 똑같아."

"마, 맞습니다."

오모리는 의기양양한 표정으로 몇 번이나 고개를 주억거렸다.

나는 두 사람이 하는 말을 전혀 이해할 수 없었다. 우리가 컴퓨터상의 환영 같은 존재에 불과하다니, 대체 어쩌란 말인가. 적어도 우리 몸에는 확실한 실체가 있고 그것을 부정할 수는 없다.

우리가 이해하지 못한 것 같은 태도를 보이자 오모리가 또 말을 이어갔다.

"우리가 사는 이 세계는 물리 법칙에 지배됩니다. 그건 다들 잘 아시겠지요? 그런데 그 물리 법칙은 프로그램이라고 바꿔 말할 수도 있어요. 이 세계가 단순한 프로그램으로 움직인다는 사실은 이과 전공자에게는 지극히 당연한 일입니다. 예를 들어 지금부터 이백 년쯤 전에—그러니까 컴퓨터 같은 개념도 없었던 시대에 이미 라플라스라는 사람이 그와 비슷한 가설을 주창하기도 했습니다."

"다만 우리가 사실 그 화면 속의 기호와 같다고 치고 스스로 그 점을 간파한다고 해도 무엇이 변하는가 하면 사실 아무것도 변하지 않아. 그러니까 보통은 그런 의견도 있다는 정도로 끝날 이야기지만 이번에는 이 생각을 적극적으로 반영하는 편이 리피트라는 현상을 받아들이기 쉬워지지. 그러니 지금 이야기는 그런 식으로 이해해도 별 손해가 없다는 얘기야. 그렇다고 득이 있냐고 물으면 딱히 그런 것도 아니지만. 다만 그 정도 이야기는 들어 주었으면 해서 하는 말이야."

"그저 그런 생각을 하지 않고는 견디지 못하는 인간이 이 세상에 있고, 그런 사람들에게는 어쨌든 이런 수순을 밟는 게 중요합니다."

두 사람의 설명은 여전히 내게는 이해가 가지 않았지만 우리가 그것을 이해하지 않더라도 특별히 아무런 문제가 없다는 점만은 충분히 이해했다.

"참고로 나는 그쪽과는 다른 생각을 했었지."

덴도는 오모리에게 그런 말로 또 다른 이야기를 했다.

"이전 세계에서 시노자키가 그런 말을 했지? '예언을 요행이라고 생각하면 그다지 물리 법칙에 위배되지도 않거니와 시간을 거슬러 올라가는 것은 물리 법칙에 위배되니까 믿을 수 없다'고. 그런데 이쪽에 와서 곰곰이 생각해 보니 우리는 크게 물리 법칙에 위배되지 않았어. 일월 십삼일 오후 열한시 십삼분…… 몇 초였지?"

"칠초."

가자마가 대답했다. 덴도는 고개를 한 번 끄덕였다.

"열한시 십삼분 칠초. ……그 전후로 우리가 순간 이동을 한 건 아니지? 십삼분 육초에 있었던 장소와 십삼분 팔초에 있었던 장소는 같고 손에 들고 있던 물건도 갑자기 사라지거나 나타나거나 하지 않았어. 설령 라플라스의 악마가 세계를 감시했더라도 그 순간에 물리적으로 부자연스러운 움직임 따위는 어디에서도 찾아볼 수 없었을걸. 이변은 우리 뇌 속에서만 일어났지. 아니, 나는 당신들이 나와 정말로 같은 경험을 했는지 아닌지조차 알 수 없어. 정확히 말하자면 내게 일어난 이변은 내 뇌 안에서만 벌어진 일이라는 뜻이 되겠지.

만약 그렇다고 해도 순간적으로 열 달 분의 기억이 늘어났으니 그 순간의 뇌 안을 분자 수준에서 관찰하면 물리 법칙에 위배된 분자의 증가가 거기서 관찰될 터. 그런 견해도 있을지 모르겠군. 하지만 그 기억은 사실 회로로써 미리 뇌 안에 장치되어 있었고 그저 단순히 열한시 십삼분 칠초에 그쪽으로 접속되었을 뿐이라고 가정하면 그것이 순간적이라도 큰 문제가 없겠지.

무슨 말인가 하면 그 순간에 열 달치 꿈을 꾸었다고 가정하면 특별히 물리 법칙에 위배되는 일은 없다는 거야. 잠자는 동안에는 열 달의 시간이 흘렀다고 느꼈는데, 깨어나 보니 정말 한순간에 꾼 꿈이었다는 이야기도 옛날이야기에 자주 나오잖아?"

"한단의 꿈인가."

나는 무심코 말했다. 중국의 고사에 그와 아주 유사한 이야기가 있다는 사실을 떠올렸다.

"간단하지_{일본어로는 '한단'과 '간단'의 발음이 같다는 점에서 착안한 언어유희}."

그렇게 말한 덴도가 순간적으로 빙긋 웃더니 바로 진지한 얼굴로 되돌아갔다.

"물론 나는 R-9의 인생을 단순한 꿈이라고는 생각하지 않아. 그러니 그 부분은 착각하지 말라고. 내가 실제로 경험했다는 점만은 틀림없는 사실이다. 그렇지만 물리적으로 모순이 없다고 하면 내가 순간에 꾼 예지몽이라는 해석도 성립하지. 그건 그대로 나는 부정하지 않는다는 입장일 뿐이야."

"그, 그렇지만 결국 저도 같은 입장입니다. 그런 일은 생각해도 그만 생각하지 않아도 그만이니까요. 기본적으로는 아무것도 바뀌지 않습니다."

오모리가 끼어들었다.

"나 역시."

덴도는 그렇게 말하고 싱긋 웃었다.

"그러니까 다들 딱히 지금 우리가 한 말을 크게 신경 쓸 필요 없어. 그냥 어디서 지나가던 개가 짖는구나 정도로만 흘려들어 주면 충분해. 다만 우리에게는 그 개가 짖는다는 순서가 어떻게든 필요했거든."

결국 그 이야기가 무슨 도움이 되었는지 나는 이해하지 못하고 말았다. 다른 다섯 사람도 아마 비슷했으리라. 다만 한 사람, 오모리만은 무척 기쁘다는 듯 몇 번이나 고개를 끄덕였다.

오늘 이 자리에 모인 동료 중에서 이야기가 통하는 상대인 덴도라는 인물을 찾았다는 것은 분명 큰 의의가 있는 일이리라.

나도 일단 다른 리피터들의 건강한 모습을 보게 되어 그것만으로도 오늘의 모임은 의미가 있었다고 생각했다.

한 가지 아쉬운 점은 다카하시의 부고였다. 그것만 없었더라면 완벽했을 텐데.

06

1

리피터의 특권은 '미래의 기억'을 가졌다는 점에 있다.

내가 특별히 의식적으로 암기한 것은 주로 신문 지면을 장식할 만한 사회적 사건이었지만 그와는 별개로 일상 수준의 사건도 의외로 기억에 남아 있다는 사실을 리피트 직후의 며칠 동안에 실감하게 되었다.

예를 들면 R-10에서 처음 학교에 갔던 때의 일이다.

리피트 후 처음 듣는 수업인 '현대 사상'의 강의 내용은 틀림없이 한 번 들은 기억이 있었지만 같은 강의를 두 번 듣는 일은 학점을 이수하지 못한 학생이라면 일반적으로 경험하는 일이었기에 그때까지는 리피트 특유의 감개에 잠기는 일은 없었다.

문제는 강의가 끝난 다음이었다. 학부동 로비를 걷노라니 나를 불러 세우는 사람이 있었다.

"어이, 모리. 잠깐만."

같은 학부생인 사쿠라이 료이치였다. 흡연 구역에서 담배를 피우던 그의 옆에는 겐조 와키도 있었는데 둘이서 헤실헤실 웃으며 나를 쳐다보고 있었다. 그것을 인식한 순간 분명히 전에도 이런 일이 있었다……고 강렬한 기시감을 느끼기 시작했다.

"어, 뭔데?"

나는 그렇게 말하며 그들에게 다가갔다.

"이번 주 일요일에, 너 시간 있어?"

사쿠라이가 물었다. 역시 기억대로였다. 그랬다. 그는 다음에 이렇게 말하겠지―디즈니랜드 안 갈래?

"디즈니랜드에 가자는 이야기가 나왔는데 말이지."

"남자들끼리?"

일단 기억에 있던 대로 되물었다. 물론 대답은 알고 있었다.

"바보, 아냐. 그럴 리가 있냐. 다마치가 다른 학교 친구를 둘 데려온대. 그러니까 인원수를 맞춰야지."

여자애들이 온다는데 어째서 나는 이 이야기를 거절했지? 유코를 배려해서 한 일은 아니었을 터. 뭔가 다른 일이 있어서…… 아, 그랬지. 생각났다.

"아쉽지만 나는 패스. 이번 일요일에 콘서트 보러 가기로 했거든. 벌써 표도 샀고."

그 표는 유코가 가지고 있을 것이다. 두 장에 만 엔인가 했던 표값을 버리기가 아까워서 나는 반사적으로 사쿠라이의 초대를 거절해 버렸다.

그러나 냉정하게 생각해 보니 이미 한 번 본 콘서트이기도 하고 게다가 유코와 단둘이 있어야 한다면 더욱 갈 필요가 없다는 생각이 들었다. 그렇지만 바로 한 말을 철회하는 것도 이상할 듯해 잠시 그대로 있었다.

"그럼 어쩔 수 없지."

사쿠라이는 담배를 재떨이에 눌러 껐다.

"모리가 있어야 여자애들이 군말 없이 따라올 텐데."

"내가 낚시 떡밥이냐."

쓴웃음을 섞어 되받아치며 아마 R-9에서도 같은 말을 했던 것 같다고 생각했다. 그런 기억도 어렴풋하지만 있었다.

기시감은 여전히 계속되었다. 머릿속이 근질거리는 특유의 감각은 평소라면 바로 가라앉았겠지만 이번에는 줄곧 지속되었다. 처음에는 신경이 마비될 것 같던 느낌이 차츰 독특한 황홀감으로 변화해 가는 게 느껴졌다.

그 감각은 성적인 쾌감에 가까웠다.

내가 R-9 시절을 경험하지 않았더라면 맛볼 수 없는 느낌이었다. 적어도 내가 지난번과 같은 장소에 있지 않다면 같은 경험을 하고 싶어도 할 수 없다.

그러므로 나는 언젠가 경마로 큰돈을 벌어 돈 걱정을 하지 않게 되리라는 사실을 알면서도 우선 당분간은 R-9 시절과 똑같이 일주일에 세 번 밤비나에서 아르바이트를 계속하기로 했던 것이다.

일월 십칠일 목요일. 리피트가 성공한 지 나흘 후에 나는 R-10에서 처음으로 밤비나에 출근했다. 그리고 그날 밤 나는 리피터의 특권을 살려 가게에서는 비교적 재치 있게 대처할 수 있었다.

기억이라는 것은 어떤 구조로 되어 있는지 참으로 불가사의하다. 실제로 맞닥뜨려 보니 거짓말처럼 선명히 이전 인생의 같은 장면에 대한 기억이 문득 머릿속에 되살아나기도 했다.

예를 들면 다음과 같은 장면에서—.

그날 첫 손님은 사토였다. 일주일에 두 번은 밤비나에 마시러 오는 단골이었다. 그만큼 관련된 기억도 많다. 올해만 해도 나는 그와 최소한 서른 번 이상 얼굴을 맞대었으리라. 그중에 어느 것이 오늘 기억인지 알지 못해도 당연하건만 내게는 오늘의 기억이 (단편적이지만) 떠올랐던 것이다.

"어서 오십시오. 오늘은 일찍 오셨네요."

"아, 평소 가던 가게가 쉬는 날이라서."

그렇게 말하며 카운터석 한가운데에 엉덩이를 붙였다.

사토가 가게에 오는 시각은 적어도 아홉시가 넘어서였다. 개점하자마자 오는 일은 드물었다. 그것이 기억을 불러일으키는 계기가 된 모양이다.

"요즘도 파친코하세요?"

물수건을 건네며 슬쩍 물어보았다.

"오늘도 갔지. 가부키초 2가에 새 가게가 문을 열어서 아침부터 줄을 섰지."

역시 예상대로였다. R-9에서는 사토가 먼저 그 이야기를 꺼냈다.

"그래서, 좀 따셨습니까?"

구슬이 열세 바구니가 나왔다고 했던 것을 떠올리며 물어보니 역시나 그랬다.

"땄고말고. 열세 바구니나 나왔어. 그래서 내가 한 수 봐줬지."

과연 그렇다는 대답이 돌아왔다.

"―그럼 저한테 뭐 없어요?"

사토 옆에 앉으려던 유키가 아직 자리에 채 앉기도 전에 영악하게 졸라댔다.

"좋았어. 유키짱은 맥주, 맞지?"

"응, 유키는 에비스가 좋아."

"이봐, 모리, 유키한테 에비스 한 병."

유키가 카운터에 온 순간 나는 에비스가 나갈 것이라는 사실을 알고 있었다. 그러나 먼저 사토가 주문한 세트를 만들어야 했기에 유키가 말하기 전에 맥주를 준비해 두는 기술은 아쉽게도 펼칠 수 없었다.

또 이런 장면에서도―.

열시가 넘어 가게에 온 마쓰나가라는 단골손님이 카운터석에 앉아 치즈 크래커를 주문했다. 그 시점에서 기억은 아직 되살아나지 않았지만 그의 앞에 접시를 낸 순간 뇌리에 있는 영상이 떠올랐다.

마쓰나가가 술잔을 쓰러뜨렸다. 치즈 크래커 접시가 물을 뒤집어써서 못쓰게 되었다. 자신의 잘못이면서 "아직 하나도 못 먹었는데"라고 투덜거렸던 마쓰나가…….

맞다. 그게 오늘 일이었다.

내간 치즈 크래커를 한 개 먹은 마쓰나가는 옆에 앉았던, 역시 단골인 오타와 축구에 대해 열띤 논쟁을 펼쳤다.

"이런 나라에 지코_{브라질 출신의 일본 축구 대표팀 감독}가 와 주다니—."

마쓰나가는 말을 할 때 무턱대고 손을 크게 휘두르는 버릇이 있었다. 그 손이 술잔을 쳤다.

'앞을 내다보았던' 나는 잽싸게 그의 술잔을 집어 들었다. 마쓰나가의 손이 조금 전에 술잔이 놓였던 곳을 통과한 것은 불과 몇 초 후의 일이었다. 나는 술잔에 맺힌 물방울을 닦고 만약을 위해 본인에게서 약간 떨어진 위치에 잔 받침을 이동시켜 그 위에 술잔을 두었다. 결국 마쓰나가는 그날 술잔을 쓰러뜨리지 않았고 치즈 크래커를 전부 먹고 나서 돌아갔다.

그 사건을 나는 파인 플레이라고 생각했다. 그러나 아무도 알아주지는 않았다.

2

 문을 닫을 무렵 사장이 가게에 들렀다. 밤비나의 경영자이면서도 그가 가게에 오는 일은 그다지 많지 않았다. 덕분에 내 기억은 바로 되살아났다.
 그랬다. 오늘 가게 문을 닫은 후 사장과 마작을 하며 아침까지 어울려야 했다.
 실제로 그대로였다. 가게가 파한 후 사장과 작은 마담, 유키 그리고 나는 가까운 마작 게임장으로 향했다. 물론 내 기억에 있던 대로 창가 자리로 안내되었다.
 바로 앉을 순서를 정했다. 그 위치도 아마 R-9 당시와 같았으리라. 그리고 동1국^{마작에서 앉는 자리에 따라 동, 서, 남, 북으로 나뉘고 동(東)이 제일 먼저 게임을 시작한다. 동1국이란 '동에 앉은 사람이 처음 두는 판'이라는 의미} 승부를 시작했다. 희미한 기억에 의하면 나는 이날 일등을 두 번 하고 다른 게임도 그럭저럭 나와 총 만 엔가량을 땄다. 이전 세계와 완전히 같은 수를 두면 그것만으로도 나는 오늘 여기서 만 엔을 딸 수 있거니와, 리피터의 특권을 살려 불필요한 패를 내는 걸 회피할 수 있다면 좀 더 딸 수 있다는 소리다.
 리피트의 특권을 살리는 데 절호의 상황이라고 생각했다. 그런데도 내 기억은 단숨에 살아나지 않았다. 승부는 이미 시작되었다. 패를 쌓을 때 이전 세계에서 내가 무슨 패를 버렸는지를 떠올리려 했지만 단박에 생각나지 않았다. 그래서 대개 평소의 내가 두었을 법한 전략에 따라 패를 내고 받았을 뿐이다.

"퐁."

사장이 버린 하쿠를 작은 마담이 받았다. 가미차^{자기 왼쪽에 앉은 사람}의 바닥을 보면 통수패가 즐비한 게 빤히 보였다. 거기서 가까스로 기억이 되살아났다. 맞다. 혼일소삼원으로 그녀가 났다. 그리고 패를 낸 사람은 나. 분명 작은 마담은 하쓰 세 장을 손안에 쥐고 준 한 장을 기다리는 상태였다. 그때 내가 준을 버리고 다른 패는 가져오지 않았다.

기억이 되살아난 순간 나는 준을 거두었다. 그랬다. 이전 세계에서는 준을 내는 바람에서 첫머리부터 돈을 크게 잃었다.

머리^{끝에 놓인 두 장의 묶음}의 팔만을 한 장 버린 나는 마담의 승부패인 준을 거머쥔 채 나지도 못하고 방어만 했다.

결국 그 판은 사장이 쓰모로 났다.

"어이쿠, 쓰모네. 핑즈모 도라 하나니까 13700이군."

점수 계산이 진행되고 판에 나갔던 패가 마작 전용 탁자 중앙에 뚫린 구멍으로 떨어져 들어갔다. 거기서 나는 문득 깨닫고 말았다.

잠깐. 패가 이렇게 들어가면 다음 판의 패 분배 방식이 바뀌지 않을까?

생각할 것도 없이 결론은 나왔다. 완벽히 같을 수는 없다. 작은 마담이 나지 않고 더 늦은 차례에서 사장이 나면서 판에 나갔던 패의 상황이 이미 달라져 버렸으니까. 지난번에는 중앙에 쌓여 있던 패 중 일부가 이번에는 이미 넘겨져 바닥에 버려진 상태였다. 날 때를 놓친 작은 마담은 손에 쥔 패를 엎고 대신 사장이 자기 패를 열었다. 그 단계에서도 이미 지난번과 달라져 버렸다. 그것을 어떻게 떨어내든 이미 R-9 때와는 완전히 같은 모양으로는 패를 쌓지 못하리라.

반쯤 포기한 나는 다음 패가 게임 테이블 위로 차츰 올라올 때 겨우 자신의 착각을 깨달았다.

아차. 그랬다. 전자동 마작 게임 테이블은 두 묶음의 패를 교대로 사용하는 방식이다. 지금 올라온 패는 내가 테이블에 앉았을 때 아무 생각 없이 기계에 밀어 넣었던 것이었다. 그 시점에서는 지난 세계와 뭔가 달라진 점은 없었으리라 생각한다. 나도 어설프게 신경 쓰지 않았으니 자연스럽게 손을 움직였을 터. 그렇다면 이번에 쌓아 올릴 패는 지난번 세계와 같은 모양으로 쌓아지지 않았을까. 적어도 이번 판까지는 R-9 당시의 기억을 활용할 수 있지 않을까.

내가 그렇게 생각을 다시 한 직후였다.

"게이스케짱이 선이네. 주사위 굴려야지."

작은 마담의 말에 나는 서둘러 주사위 버튼에 손가락을 뻗다가—거기서 얼어붙은 듯 손을 멈추고 말았다.

다르다. R-9에서는 작은 마담이 연달아 이겼다. 내가 주사위 버튼을 누르면 어떤 숫자가 나와도 지난번 세계와 같아질 수 없다. 이 게임 테이블은 이미 R-9 당시와는 다른 길을 걷기 시작했다.

"뭘 그리 멍하게 있어? 얼른 하지 않고."

작은 마담의 닦달에 나는 도리 없이 주사위를 굴렸다.

결국 아침 여섯시까지 반장마작의 게임 단위을 네 번 했다. 나는 삼등, 꼴찌, 이등, 꼴찌라는 성적이었다. 만 엔을 딸 셈이었던 게 팔천 엔을 잃었다.

마작 게임장을 나와 식사를 하러 간다는 세 사람과 헤어져 역으로 향하는 길에 나는 줄곧 생각을 거듭했다.

가자마가 R-9에서 설명했던 카오스 이론이라는 것을.

그 이론과 같다.

R-9와 완전히 똑같은 행동을 하려 했지만 할 수가 없었다. 수백 장이나 있는 패를 R-9 때와 완전히 똑같이 움직이는 게 가능할 리 없다. 다른 세 사람에게는 그것이 가능해도 리피터인 나만은 불가능했다. 역설적인 이야기지만 리피터이기에 불가능한 것이다.

그리고 한번 결과가 달라지기 시작하면 그 왜곡을 시정하는 일은 더 이상 불가능해져 리피터는 그 시점에서 이미 일반인과 같은 수준의 존재로 격하되고 만다.

이 능력은 도박에는 쓸 수 없는 걸까? 그러나 경마는 매회 지난 세계와 같은 결과가 반복된다. 그 차이는 무엇일까. 아마 경마는 리피터인 우리가 방관자 입장이라는 부분이 큰 차이일 것이다. 그러나 오늘 마작에서는 내가 직접 승부에 관여하고 말았다. 그래서 같은 마작에서도 가령 나를 포함하지 않은 넷이서 게임 테이블을 둘러싸고 있었다면—그랬다, 따라서 그 마작에서도 우리와는 다른 게임 테이블에서 놀던 손님들은 다들 지난번 세계와 같은 수로 두었을 것이다.

아니…… 그렇지 않을……지도 모른다. 이차적인 영향이라는 것을 나는 염두에 두어야 할지 모른다.

우리가 앉았던 게임 테이블에서는 첫 판부터 R-9 때와 완전히 다른 전개가 되고 말았다. 사장이 큰 수를 두고 바보처럼 웃음을 터트렸는데 웃음을 터트린 시기도 지난번과는 전혀 달랐던 것이다. 작은 마담의 '이제—그만' 하는 탄식도. 그런 소음이 다른 테이블에 영향을 미치지 않았으리라고 단정할 수도 없으니까. 그런 목소리가 다른 손님들의 귀에까지 들어가 무의식적으로 그들의 동작에 영향을 주었다—예를 들어 막 주사위 버튼을 누르려 할 때 사장의 그 바보 같은 웃음이 가게 안에 울려 퍼져서 무의식적으로 버튼을 누르는 시간이 영점 몇 초, R-9 때보다 길어졌다면. 또는 패를 기계에 밀어 넣을 때 작은 마담의 탄식이 들려 그 영향으로 패를 떨어뜨리는 손놀림이 R-9 때보다 다소 거칠어졌다면…….

한번 왜곡이 발생한 게임 테이블의 승부는 R-9 때와는 전혀 다른 전개가 된다. 또 누군가 바보처럼 웃음을 터트릴지 알 수 없다. 그게 다시 다른 테이블에도 영향을 미쳐서…….

나는 생각했다. 이차적인 영향이 있다면 삼차적 사차적 영향이라는 것도 있지 않을까.

가령 마작 게임장에 있던 손님 중 하나가 R-9에서는—원래 역사에서는—마작에 졌지만 이번에는 크게 이겼다고 치자. 그 돈을 그는 무엇에 쓸까. R-9에서는 사지 않았을 물건을 이번에 그는 사 버릴지 모른다…….

그게 작은 마담이라도 이야기가 된다. 그녀는 분명 지난번 세계에서는 오늘 마작에서 몇천 엔인가를 잃었다. 이번에는 만 엔 가까이 땄다. 그녀가 그걸로 R-9에서는 사지 않았던 물건을—예를 들면 오늘 오후에 어딘가 부티크에서 한정 판매하는 한 벌뿐인 옷을 샀다고 치면. 이번에는 R-9 때 그 옷을 샀던 사람이 그 옷을 사지 않고(사지 못하고) 뭔가 다른 물건을 사게 된다. 예를 들어 하이힐을 산다고 가정하자. R-9에서는 신지 않았던 구두였다. 그 구두를 신고 그녀(내 상상 속에서는 직장 여성의 이미지)는 역 계단을 내려간다. 도중에 굽이 또각 하고 부러진다. 그녀는 계단에서 굴러 떨어져 다리가 부러지고 만다. 치료를 위해 일주일가량 회사를 쉰다. 그녀가 쉬는 동안 동료들이 그녀의 일을 대신해 주어야 한다. 네 명의 사원이 야근을 하는 지경에 이른다. 그중 한 사람은 당일에 데이트를 취소하고 야근을 한다. 그러자 연인이 바람을 피워서…….

마치 '무심코 던진 돌에 개구리가 맞아 죽는' 것 같은 이야기지만 그런 가능성이 전혀 없지는 않으리라.

그렇게 생각하니 대체 오늘 내가 한 마작 탓에 몇 사람의 운명이 어긋나고 말았는지 상상만 해도 두려워졌다.

물론 그들의 운명을 걱정해서가 아니다. 영향이 돌고 돌아 언젠가 나한테 닥치지 않으리라고 누가 장담할 수 있겠는가. 당일 연인과의 데이트에 바람맞은 여자가 바람 피울 상대를 찾아 밤거리를 떠돌던 끝에 문득 밤비나에 모습을 드러낼 수도 있는 일이다. 아니면 작은 마담이 부티크 직원과 싸움을 해 그 직원이 그날 밤 까칠한 기분으로 귀가하던 중 어딘가의 집에 불을 지르지 말라는 법도 없다. 그러나 그런 뉴스는 R-9 시절에는 보도되지 않았다. 내가 아는 미래에는 일어나지 않았던 일―그러나 그것이 앞으로 일어나지 않는다고 장담할 수 없다. 리피터인 내게 그런 사태는 중대한 위기를 의미한다.

만약 미래가 내 기억대로 되지 않는다면…….

R-9 시절 들었던 충고를 떠올렸다.

가능한 전과 똑같은 생활을 해라. 극단적인 이야기지만 가까운 사람이 사고를 당한다는 사실을 미리 알더라도―아니, 그것이 가까운 사람일수록―일부러 그 사람을 구하지 말아야 한다. 죽게 내버려둔다. 그런 선택지도 있다는 사실을 알아 두었으면 한다. 또는 그 사람을 어디까지나 도와줄 생각이라면 그 시점에서 자신은 리피터로서의 특권을 대부분 잃는다는 점을 각오해 둘 필요가 있으리라.

가자마가 말했던 냉혹하다고도 할 수 있는 그 원칙을―그 진의를 나는 겨우 이해할 수 있을 것 같은 기분이었다.

3

 가까운 상대와의 관계를 큰 폭으로 바꿔 버리면 그것만으로도 리피터로서의 특권을 대부분 상실할 우려가 있다—아무리 그렇다고 해도 나는 R-9 시절처럼 유코와 계속 사귈 마음은 털끝만큼도 없었다.

 쓰보이가 리피터로서의 능력을 활용해 대학생이 되는 대신 사월 이후의 기억을 사용할 수 없게 되는 것과 마찬가지로 나는 유코와 속전속결로 헤어지는 대신 이후 리피터 인생을 날려 버릴지도 모른다.

 그래도 큰 상관은 없다는 생각이 들었다. 내가 먼저 유코와의 관계를 깨끗이 정리하는(그리고 혹시라도 시노자키와 사귀는) 일이 가능하다면 일상 수준의 특권은 그걸로 끝이라고 해도 도리가 없다. 일상의 특권은 없더라도 경마로 거금을 벌 수 있다면 다시 사는 인생에 그럭저럭 만족할 수 있지 않을까.

 수요일 밤 유코에게 전화가 걸려 왔을 때 나는 먼저 일요일에 가기로 했던 콘서트는 사정이 생겨 못 가게 되었다고 전했다.

 "미안. 주말에 급하게 고향에 내려가야 해서. 아버지가 수술을 받아야 한다고 갑자기 입원하셨거든."

 나는 거짓말을 했다.

 "그럼 어쩔 수 없지, 뭐. 알았어. 콘서트에는 내가 같이 갈 다른 사람을 찾아 볼게."

"그래. 또 전화할게."

전화한다고 말은 했지만 내 쪽에서 유코에게 전화를 걸 생각은 없었다.

그녀와의 약속은 앞으로도 계속 거절할 계획이었다. 그러면 그녀 역시 둘 사이가 식었다는 사실을 인정하지 않을 수 없으리라. 그런 수순을 밟다가 마지막에 내 쪽에서 이별을 통보한다. 가능하면 이달 안으로.

그런 까닭에 시간이 빈 일요일 오전. 나는 신주쿠에 있는 경마장외 발매소를 찾기로 했다.

신주쿠 역 동쪽 출구를 나와 평소와는 반대 방향으로 걸어가자 가자마가 설명한 건물이 신주쿠 4가 네거리 바로 앞에 서 있었다. 모노톤으로 통일된 외관은 세련된 느낌으로 얼핏 보기만 해서는 무슨 시설인지 알 수 없었지만 벽에 'WINS'라고 적혀 있어 그곳이라고 알아차렸다. 내가 입장했을 때는 이미 나카야마의 첫 레이스는 끝나고 모니터에는 두 번째 레이스의 배율표가 나오고 있었다.

오늘은 일단 수중의 현금을 불릴 생각이었다. 네 번째 레이스에서 이백 배 고배율이 나온다는 사실은 R-9에서 기억해 두었고 그 이외의 경기 결과도 어제 가자마에게 전화로 들었다. 그러한 절차를 밟아 내가 사전에 세운 계획은 '(1) 제2레이스에서 작게 따서 운영 자금을 만들고, (2) 제3레이스에서는 일부러 잃고, (3) 만마권이 나오는 제4레이스에서 크게 따서, (4) 거금을 가로챈 뒤에는 잽싸게 장외 발매소에서 떠난다'는 것으로 오전 중에 승부를 낼 심산이었다.

발매소 안은 상상 이상으로 넓었지만 반대로 사람의 모습은 예상보다 많지 않았다. 나는 맨 위층인 사층까지 올라갔는데 플로어 전체를 통틀어 백 명도 없는 듯했다. 주 고객층은 역시 중년 이상의 남자들로 나처럼 젊은 세대의 모습은 그다지 많지 않았다. 개중에는 꼬질꼬질한 점퍼를 입고 목에 수건을 두른, 마치 콩트에 나오는 '도박광'을 현실에서 연기하는 것 같은 차림을 한 사람도 있었다. 나는 다음에도 만약 오게 된다면 이런 사람들 속에서 눈에 띄지 않도록 가능한 수수한 차림을 하고 오기로 마음먹었다.

모니터 화면에서 배율을 확인하고 발매소 창구에 섰다. 약간 떨어진 장소에는 제복 차림의 경비원이 서 있어 나는 묘하게 두근두근거렸다.

"제2레이스 복연식, 2-5, 3-5, 6-8로 각각 천 엔씩 주세요."

복연식을 한 장씩 사서 적중시키면 주목받게 되리라는 생각에 나는 각 레이스를 석 장씩 사기로 했다. 다카하시의 조언을 내 나름대로 규칙화한 구입 방식이었다. 마지막 6-8은 만마권을 노린 것으로 항상 세 장 중에 한 장, 큰돈을 딸 만한 것을 넣는 이유는 승부처(오늘로 말하자면 제4레이스)에서 한몫 단단히 잡기 위한 복선이었다.

삼천 엔을 지불하고 명함 크기의 종이 쪼가리를 한 장 받았다. 이 종이가 앞으로 삼십 분도 지나지 않아 이만 엔 상당의 가치를 갖게 되리라.

창구 부근에서 재빨리 떨어져 가능한 사람이 적은 곳에 자리 잡은 나는 레이스 결과를 확인했다. 이긴다는 건 알았지만 실제로 말이 달리는 모습을 모니터상으로 보는 동안은 역시 가슴이 두근거렸다.

레이스 종료 직후에 환전소로 향한 사람은 나를 포함해 열 몇 명밖에 없었다. 원래의 위치로 돌아오자 이미 모니터 화면상에는 다음 레이스의 배율이 나오고 있었다. 이십 배, 오십 배, 백 배 이상의 배율만을 사기로 마음먹고 창구로 향했다. 이번에는 처음부터 빗나가리라는 사실을 알았기에 묘한 두근거림도 없었다.

"제3레이스 복연식, 4-5, 5-8, 7-8로 각각 삼천 엔씩ㅡ."

창구의 여성에게 살 마권을 불러 줄 때 갑자기 인기척을 느껴 뒤를 돌아본 나는 오십 대 아저씨가 바로 뒤에 붙어 있는 바람에 어지간히 놀라고 말았다. 좌우의 창구가 비어 있었기 때문에 내가 사는 마권을 훔쳐 듣기 위해서라는 사실은 분명했다. 나와 시선이 마주치자 남자는 허둥지둥 그 자리를 떠나갔다.

조금 전에 내가 환전소로 가는 걸 보고 운이 좋은 녀석이다, 한번 저 녀석이 사는 대로 사서 승부를 노려보자고 생각했는지 모른다. 이번에 일부러 빗나가도록 사기를 잘했다는 생각이 들었다. 만약 내가 경계를 게을리했다면, 예를 들어 조금 전 레이스나 이번 레이스를 복연식으로 한 장씩 사서 결과를 적중시켰다면 나는 바로 이 장외 발매소에서 주목의 표적이 되어 중요한 제4레이스

마권을 살 수 없게 됐을지도 모른다. 역시 이런 자리에서는 아무리 경계해도 지나치지 않다.

제3레이스는 가자마에게 들었던 대로 2-4가 적중했다. 나는 한순간에 종이 쪼가리로 변한 원래 구천 엔의 가치를 가졌던 마권을 미련 없이 휴지통에 버렸다. 모처럼 연기를 하고 있었기에 누군가가 봐 주었으면 했는데 아무도 내 거동에는 주목하지 않는 듯했다. 물론 그 편이 안전한 게 당연했지만 어쩐지 서운한 기분이 들었다.

드디어 오늘의 메인 이벤트, 제4레이스의 배율이 모니터 화면상에 흘러나왔다. 그 순간 나는 속으로 '어라?' 하고 놀랐다. 내가 R-9에서 기억해 두었던 결과에서는 복연식 1-8은 이만 사백이십 엔의 배당이 붙었지만 모니터에 비친 배율표에서는 1-8 배율이 218.4배(배당금으로 말하면 이만 천팔백사십 엔)가 되어 있었다. 이 차이는 도대체 어디에서 비롯되었을까. 순간 불안을 느꼈지만 바로 무엇이 원인인지 짐작할 수 있었다.

그랬다. R-9 세계에서도 R-8에서 온 리피터가 있었고 그들 중에는 지금의 나처럼 오늘 제4레이스에서 약간 벌어 두자고 생각했던 인간이 분명히 있었을 것이다. 그 녀석이 약간 크게 산 탓에 배율이 원래보다 떨어지고 말았으리라. 즉 내가 R-9에서 기억해 둔 204.2배라는 배율은 원래의 배율이 아니었다. 지금 모니터 화면상에 표시된 218.4배라는 숫자야말로 원래 역사에서(리피터가 없는 세계, R-0에서) 1-8의 배율이리라.

나는 창구에서 1-2, 1-4, 1-8의 세 구좌를 신청했다. 그때 "앗, 1-8만 사천 엔으로 해 주세요"라고 입을 놀리고 만 것은 내 나름대로 반성해야 할 점이라고 생각했지만 이미 늦었다. 다행히 이번에는 내가 사는 마권을 훔쳐 들으려는 녀석은 없었고 나는 무사히 복연식 1-8을 사천 엔어치 구입할 수 있었다.

과연 세 번째쯤 되자 모니터 화면상으로 레이스를 관전할 때도 그다지 흥분되지 않았다. 잠시 '확인중' 표시가 점멸하다가 이윽고 결과가 확정되었다. 1-8 배율은 최종적으로 212.0배가 되어 내가 봤을 때보다 다소 떨어졌다. 처음에는 내가 사천 엔어치를 샀기 때문에 배율이 떨어졌다고 생각했지만 아마 나 이외의 리피터가—가령 이케다나 가자마 등이 어디선가 나와 같은 레이스에서 1-8에 어느 정도의 금액을 걸었으리라고 생각을 고쳤다.

하여간 사천 엔이 212배가 되었으니 돈으로 바꾸면 모두 합해서 팔십사만 팔천 엔이 내 수중에 들어온다. 평소라면 만세라도 부르는 게 당연하겠지만 나는 기쁨을 애써 겉으로 드러내지 않도록 참았다. 고개를 숙인 채 "아—아" 하고 소리 내어 한숨을 쉬고 이번 레이스에서 빗나갔다는 연기까지 해 보였다. 조금 전까지는 이번 레이스에서 크게 따면 바로 환전해서 이 자리를 떠날 계획이었지만 지금은 만약을 대비해 행동해야 한다고 생각을 고쳤다.

다시 삼십 분가량을 그 자리에서 허비하고 점심시간을 맞아 발매소 안의 사람 수가 줄 때를 가늠해 그제야 제4레이스에서 딴 마권을 환전하러 갔다. 만 엔 지폐 여든네 장과 천 엔 지폐 여덟 장,

합계 아흔두 장이나 되는 지폐 다발이 눈앞에 들이밀어졌을 때는 자못 흥분했다. 주위를 살피며 웃옷의 안주머니에 돈을 잽싸게 찔러 넣었다. 여기서 찍히는 게 가장 곤란하다.

건물을 나섰을 때는 이미 정오가 한참 지나 있었다. 일요일이었지만 수많은 사람이 거리에 넘쳤다. 인파에 묻혀 잠시 걷던 나는 맥도날드를 발견하고 들어가 치즈버거 세트를 주문해 이층 자리로 올라갔다. 창가에 빈자리를 찾아 엉덩이를 내려놓자 가까스로 기분이 가라앉았다.

품속에는 팔십사만 엔이 넘는 지폐 다발의 감촉이 있었다. 직장인은 몇 개월이 걸려야 겨우 손에 넣을 수 있는 금액을 나는 겨우 두 시간 만에 벌고 말았다.

이것이 리피터의 능력이다.

가게 안을 한 바퀴 둘러보았다. 직장인 같은 남자 손님 한 명이 있다. 젊은 여성 무리도 있다. 고등학생 정도의 커플이 있다. 가족과 함께 온 손님도 있다. 다들 각자 햄버거를 우물거리고 음료수를 마시며 수다를 떨고 있다. 모두 내일 무슨 일이 일어날지 모른다. 다음 달에 무슨 일이 생길지도 알지 못한다. 그런데도 저렇게나 즐거운 듯 웃는다. 태평하게 웃는 얼굴을 하고 있다. 소시민이라는 말은 그들을 위한 말일 것이다. 나도 R-9에서는 그들 중 하나였다.

그렇지만 지금은 다르다.

창밖의 수많은 사람이 걷는 모습을 위에서 아래로 내려다보았다. 마치 일개미 집단처럼 보였다.

평소와 맛이 다르게 느껴지는 햄버거와 감자 튀김을 억지로 위로 흘려보내고 바로 가게를 나섰다. 조금 전까지 내려다보던 군중 속으로 자신이 섞여 든다고 생각하니 쓸데없이 그들과의 차이를 가슴속에서 의식하게 되어 나의 우월감은 한층 커져만 갔다.

길모퉁이에서 전화박스를 발견하고 나는 멈춰 섰다. 신주쿠까지 나온 김에 시험 삼아 덴도에게 연락이나 해 보자는 생각이 문득 들었다. 가능하면 지금 이 기분을 같은 리피터인 그와 나누고 싶다.

발신음은 네 번째에 끊어졌지만 부재중 메시지가 흘러나왔다. 그대로 끊어 버릴까 하다가 메시지를 남기기로 했다.

"모리예요. 신주쿠까지 나온 김에 덴도 씨 얼굴이나 볼까 하고 전화드렸습니다."

사무실 전화와 공용이라고 들었기에 덴도 이외의 인간이 들을 지도 모른다고 생각해 말을 골라 가며 메시지를 녹음했다.

"딱히 용건이 있어서 전화한 건 아니라……. 그럼, 이만."

지껄이고 있자니 딸깍 하고 수화기를 드는 소리가 났다.

"어이, 나다."

본인이 받았다.

"어? 계셨어요?"

"그래. ……지금 신주쿠라고? 신주쿠 어디쯤인데?"

"마이시티 남쪽 모퉁이 근처인데요."

"그래. 이쪽으로 와도 좋겠지만……. 그보다 오늘은 약간 재미있는 걸 볼 수 있을 것 같아서, 한가하면 보러 갈까 하는데 너도 같이 갈래?"

무엇을 보여 줄지 덴도는 말하지 않았지만 나는 금세 이해했다.

만나기로 한 장소가 약간 별났다. 야스쿠니도리 길에서 메이지도리 길로 들어가면 바로 있는 육교 위에서, 라는 게 덴도가 지정한 장소였다.

"노무라 증권 모퉁이를 돌면 바로 앞에 보이니까. 와 보면 금세 알 거야. 그 위에서 오후 두시에 만나지."

시간 여유가 충분했기에 나는 약속 시간 삼십 분 전에 만나기로 한 육교에 도착했다. 육교 위를 두 번 왕복한 끝에 통로가 갈고리 모양으로 꺾인 한가운데 부근을 기다릴 장소로 정했다. 그리고 난간에 양쪽 팔꿈치를 대고 바로 아래 도로가 합류하는 지점을 멀거니 바라보며 시간을 보냈다. 덴도의 사무실은 가부키초 2가에 있으니 그가 온다면 메이지도리 길 방향이리라고 짐작했다.

하늘은 맑고 푸르게 개어 있었고 햇살도 충분히 내리 쬐었지만 기온은 상당히 낮아 육교 위에 있으니 때때로 부는 찬바람에 무심코 몸을 떨기도 했다. 아래에는 신호등이 있는 횡단보도도 있었으나 이 또는 삼분의 일 정도의 비율로 육교를 건너는 사람이 있었다. 사람이 올 때마다 그쪽을 보고는 아니라는 생각에 눈길을 돌리기를 열 번쯤 되풀이했을까.

슬슬 두시가 되려던 찰나, 겨우 덴도가 육교 왼쪽에서 모습을 드러냈다. 역시 오늘도 검정 코트와 양복을 빼입고 있다. 그에게 다가가려 하자 그는 한 손을 앞으로 내밀어 나를 저지했다.

"어이, 꽤나 추워 보이는 얼굴이군. 계속 여기서 기다렸나?"

"네, 뭐. 삼십 분 정도 일찍 와 버렸거든요."

그대로 육교를 반대 방향으로 건너나 했더니 내가 있는 곳까지 온 덴도가 그 자리에서 걸음을 멈췄다.

"여기서 이야기하지. 어설픈 가게에 들어가는 것보다 안심하고 비밀 이야기를 할 수 있거든."

듣고 보니 그렇다. 아래쪽 차도에서는 줄곧 소음이 울리고 있어 어지간히 다가오지 않으면 우리 이야기를 엿들을 수 없을 것이다. 육교 위는 숨어 있을 곳도 없다. 확실히 여기라면 다른 사람이 엿들을 걱정은 하지 않아도 괜찮을 듯했다.

나는 오늘 오전에 경마로 돈을 번 일을 덴도에게 보고했다. 각 레이스마다 세 장씩 산 것과 일부러 한 레이스를 빗나갔다는 것 등 일단 내 나름대로 머리를 쓴 점도 물론 설명했다.

"팔십만 엔이라……. 그래, 그렇겠지."

덴도는 공중을 노려보았다.

"다만 자릿수를 한 자리 늘려 한 레이스에서 팔백만 엔을 벌려고 한다면—마권을 살 때까지는 지금처럼 하면 되겠지만 돈으로 바꿀 때는 아무도 수상하게 여기지 않도록 상당히 신경을 써야겠군."

"그렇죠."

나도 그 점은 동의하지 않을 수 없었다. 몇백만 엔이 되는 시점에서는 상당히 어려워질 것이다. 또 자릿수가 올라가서 수천만 엔이 되면 훨씬 어려워질 테고 내가 오카쇼에서 노리는 억 단위가 되면 환전할 때의 번거로움은 그야말로 엄청나리라.

"그렇지만 만 엔씩 몇십 장은 사 두고 그걸 한 장씩 환전하면 한 번에 드는 위험 부담은 꽤나 줄어들겠지요. 몇십 번이나 환전해야 하니까 그만큼 번거롭겠지만—."

"어이, 잠깐."

내 이야기를 중단시킨 덴도가 손목시계를 들여다보았다.

"슬슬 시작이군."

"뭐가요?"

"이 아래 사거리에서 곧 사고가 일어나."

"사고……요?"

"틀림없이 두시 십분인가 그쯤이었는데. 아래로 내려가 더 가까이에서 볼 수도 있겠지만 너무 다가가서 우리까지 말려들면 그야말로 재미없어질 테고. 목격자라는 둥 경찰에 잡히는 것도 귀찮으니 여기서 구경할까 하는데. ……이거야말로 남의 집 불구경이군."

그래서 이리로 부른 거였나.

그가 나를 여기로 부른 목적을 겨우 이해할 수 있었다.

사실 나도 사건이나 사고 발생 현장과 어쩌다 맞닥뜨리는 우연을 남몰래 바라는 마음은 원래부터 가지고 있었다. 그래서 리피트 이야기를 들었을 때는 불건전한 생각이라고 여기면서도 그런 현장을 실시간으로 지켜본다는 아이디어를 떠올린 적이 있었다.

예를 들어 어젯밤에는 긴자의 백화점에서 청소용 곤돌라가 낙하하는, 쉽게 보기 힘든 사고가 일어났다. 나는 그것을 기억하고 있었고 아르바이트가 없었다면 사고를 구경하러 긴자까지 갔을지도 모른다.

그런 일을 생각하고 있노라니 덴도가 갑자기 말했다.

"오, 저 오토바이인가."

그의 시선을 좇아 내가 오토바이를 눈으로 인식했을 때는 이미 모든 운명이 정해졌다.

우리가 있던 육교 바로 아래는 'ㅏ'자 모양을 한 교차로인데 와이퍼박스가 달린 경주용 오토바이는 그 'ㅏ'자의 위에서 아래를 향해 상당한 속도로 달리고 있었다. 그대로 교차점을 직진할 생각이었던 모양이다. 교차점 안에서 좌회전을 하려던 반대쪽 차선의 차량이 있다는 사실을 뒤늦게 깨달았는지 차체를 크게 왼쪽으로 쓰러뜨려 충돌을 피하려 했다. 그러나 때는 이미 늦었고ㅡ.

쿵 하는 큰 소리가 나고 다음 순간에는 오토바이 운전사가 공중을 날았다.

몸을 옆으로 누인 상태에서 팽이처럼 회전했기에 나는 배면높이뛰기를 하는 모습을 순간적으로 연상했다. 충돌한 승용차 지붕 언저리에 한 번 부딪혀 튀어 올랐는지 위를 향하는 가속도가 예상보다 더 크게 작용해 그대로 우리가 있는 육교 위까지 남자가 날아오지 않을까 하는 생각까지 들었다.

이어서 털썩 하고 남자가 지면에 부딪히는 소리가 들렸지만 각도상 우리는 그 장면을 볼 수 없었다.

사고는 정말 우리 바로 아래에서 일어났다.

"어이, 계속 여기 있으면 위험해. 경찰에 잡히기 전에 어서 튀자고."

그렇게 말하고 성큼성큼 걷는 덴도를 보고 나는 가까스로 정신을 차렸다. 황망히 그의 뒤를 쫓았다. 빠른 걸음으로 걸으며 덴도에게 말을 걸었다.

"덴도 씨. 덴도 씨는 방금 일어난 사고 보도를 전에 본 거죠? 지금 오토바이에 탔던 사람…… 살았나요?"

"아니."

덴도는 발길을 멈추지 않고 대답했다.

"죽었어. 적어도 R-9에서는."

육교를 내려갈 때는 다리에서 힘이 빠져 무릎을 부들부들 떨면서도 어떻게든 덴도의 뒤를 쫓아 계단을 끝까지 내려갔다. 그대로 잰걸음으로 현장을 뒤로 했다.

착각인지 모르지만 나는 남자가 공중을 날던 순간 풀페이스 헬멧 속의 얼굴을 본 듯한 기분이 들었다.

남자와 눈이 마주친 것만 같았다.

아무리 리피터의 특권으로 미래를 안다고 해도 반쯤 재미로 사고를 구경해서는 안 되겠다고 마음속 깊이 되뇌었다.

4

 과거에서 하는 생활도 이 주 차에 접어들자 상당히 익숙해져 차츰 지금을 '과거'가 아닌 '현재'로 느낄 수 있게 되었다. 듣고 있던 강의 상황도 이미 파악했고 머릿속의 인간관계 정리도 대강 끝마쳤다. 밤비나에서 미나와 이즈미가 아직 일한다는 사실에도 위화감을 느끼지 않게 되었고 반대로 미도리나 레이카가 아직 없다는 사실 또한 당연한 일로 받아들일 수 있게 되었다.

 다만 모든 것이 R-9 때와 똑같이 진행되느냐 하면 그렇지는 않았다. 나는 이쪽으로 온 뒤에 자주 '사람이 변했다'는 말을 듣게 되었다. 원인은 두 가지라고 생각한다.

 하나는 대화 때의 반응이 둔해졌기 때문일 것이다. 친구들과 이야기를 나눌 때 상대방이 말하는 농담이든 뉴스든 어느 것이나 나로서는 이미 한 번 들은 이야기라 R-9 당시처럼 진심으로 웃거나 놀라기는 솔직히 불가능했다. 그것이 무심코 얼굴에 드러나 버린다.

 반응도 무덤덤해졌거니와 말수 자체도 상당히 줄어들었다. 리피터라는 정체가 들통 나서는 안 된다고 경계한 나머지 말하기 전에 항상 지금 내가 이 사실을 말해도 괜찮은지 등의 내용을 점검하게 되어 대화할 때 순간순간 재치 있는 말이 나오지 않았다.

 '변했다'는 말을 듣는 또 하나의 원인은 내 내면에서 남몰래 증식하는 '특권 의식'의 표출에 있지 않을까. 나는 리피터다, 그러니 일반인인 너희와는 다르다. 그렇게 상대를 깔보는 의식이 마음속 어딘가에 상주하고 있어 인간관계에 냉담해졌음을 스스로도 확실히 느꼈다.

술자리를 의식적으로 피하게 된 것도 사교성이 떨어졌다는 말을 듣게 된 원인 중 하나일지 모른다. 나는 기본적으로 자신을 제법 신용하지만 취했을 때는 예외다. 인사불성으로 술이 오르면 어떻게 될지 모른다. '미래의 기억'을 예언처럼 마구 떠벌리는 자신의 모습도 있을 수 있는 일로 여겨졌다. 그래서 나는 이 세계에서는 가능한 술자리를 피하기로 했고 또 설령 참가하게 되어도 결코 이성을 잃을 정도로는 취하지 않도록 신경을 썼다.

물론 유코에 관해서도 R-9 당시와 지금과는 크게 달라진 점이 있었다. 나는 그녀와 어떻게든 빨리 헤어져야 한다고 생각했다.

새로운 일주일이 시작된 월요일 저녁나절, 모처럼 그녀에게 전화가 왔다.

"어라? 전화 바꿨어?"

수화기 너머로 들리는 신호음이 지금까지와 달랐기 때문에 나온 그녀의 첫마디였다. 나는 일요일에 외출했을 때 자동 응답 전화기를 사와 그날 바로 바꿔 달았다.

"응. 지난번에 말했잖아. 언제 고향집에서 전화가 걸려 올지 모르는 상황이라."

전에 했던 거짓말과 맞아 떨어지도록 주의하며 나는 또 새로운 거짓말을 했다.

"그 정도로 안 좋으셔? 아버님이었지?"

"어, 어. 아주 위중하신 건 아니지만."

그러고 나서 대화가 끊어지고 말았다. 전화를 통한 침묵에 서투른 나는 무심코 나오려는 말을 꾹 참았다. 이런 종류의 침묵이 쌓여 헤어지자는 말을 꺼낼 빌미를 만들어 줄 것이기 때문이다.

그 후 몇 가지 화제를 묵살당하고 나서야 그녀도 뭔가 이상하다고 느낀 모양이다.

"게이스케…… 혹시 피곤해?"

유코는 주저 없이 물었다.

"아니, 별로 안 피곤한데."

"그래. 그럼 또 전화할게."

월요일의 전화는 그렇게 떨떠름하게 끝이 났다. 예정대로였다.

화요일에 내가 아르바이트를 나가기 전에 또 유코에게 전화가 와 나는 비슷하게 대꾸했다.

그리고 수요일 밤. 유코는 질리지도 않고 오늘도 전화를 걸어왔다.

"게이스케, 오늘은 어때? 기분 괜찮아?"

짐짓 들뜬 목소리로 묻는 그녀에게 나는 줄곧 차갑게 응대했다.

"뭐가?"

잠시 뜸을 두고 이어진 유코의 목소리는 이미 풀이 죽었다.

"게이스케 말이야—. 잡은 고기한테는 먹이를 안 주는 남자야?"

"그렇지는 않은데."

"그럼 왜 열흘씩이나 나를 내버려두는 건데. 지금 가도 돼?"

"음, 지금부터라······."

"대체 언제면 되는데?"

유코의 목소리에는 짜증스러운 감정이 배어났다.

"주말도 안 되고 평일 저녁도 안 되고. 우리 사귀는 거 맞아? 그게 아니면 혹시 나 혼자 착각하는 건가?"

일을 원만하게 끝낼 생각이 있다면 여기서는 당연히 "그런 건 아니야"라고 말해야 할 계제였다. 그러나 나는 말을 삼갔다. 그 사이에 유코가 다시 물었다.

"확실히 해. 게이스케는 나랑 사귈 생각이 없는 거야?"

그 말투에는 아직 '그럴 리 없겠지?'라는 뉘앙스가 포함되어 있었다. 그녀는 여전히 우리 둘의 관계를 믿고 있었다. 그렇게 생각하자 그녀가 조금은 가엾게 여겨졌다. 오늘은 아직 이르지 않을까, 조금 더 단계를 밟는 편이 좋지 않을까 하는 마음도 들었다.

그렇지만 말하려면 지금밖에 없다. 나는 마음을 굳히고 말을 꺼냈다.

"솔직히 말할게, 우리 헤어지자."

"뭐라고? 왜?"

그렇겠지. 불합리하다고 느끼는 게 당연하다. 지난번 지하철 개찰구 앞에서 헤어질 때까지만 해도 우리는 열렬한 연인 관계였으니까.

어떻게 말하면 그녀가 이해해 줄까—생각한 끝에 결국은 지금의 기분을 솔직히 말하는 게 최선이라고 판단했다.

"실은 유코 말고 따로 사귀고 싶은 사람이 생겨서……."

"뭔 소리야. ……진짜야?"

"그래. 절대—농담이 아니야."

내 말에 유코는 잠시 말문이 막혔지만 이윽고 물었다.

"누군데? 그 여자?"

"말해도 모르는 사람이야. 너는 모르는 사람."

"그렇게나 좋아? 나랑은 격이 다른 사람이야? 나 같은 건 문제도 안 될 정도로?"

나는 잠시 생각한 뒤 "응"이라고 대답했다. 그렇게라도 하지 않으면 그녀가 이해해 주지 않으리라는 생각에서였다. 그러나 그녀는 한층 격해졌다.

"그러면…… 가르쳐 줘. 적어도 이것만은. 내 어디가 안 되는 건데? 그 사람이랑 비교해서 어디가 모자라는지. 그 정도는 가르쳐 줘도 되잖아? 이유도 제대로 가르쳐 주지 않고 안녕 잘 가라고만 하면 내가 모자란 부분을 고치려고 해도 고칠 수가 없잖아. 게이스케가 내 어떤 부분이 나쁘다고 확실하게 말해 주면 나도 앞으로는 고칠 테니까. 안 그래? 최소한 그 정도는 해 줘야지. 아무리 버린다고 해도 나도 사람이니까. 물건이 아니잖아."

유코의 말투는 어느새 공격적으로 변했다. R-9에서 그녀와 헤어지기 전에도 이 말투로 마구 책망을 당한 적이 있었던 나는 당시의 상황을 떠올리자 진절머리가 나는 기분에 휩싸였다.

"그러니까…… 그래, 뭐라 말해야 할지, 첫째로 제멋대로잖아."

"뭐? 잠깐만. 내가 지금까지 그렇게 제멋대로였어? 게이스케한테?"

그렇게 물은들 나 역시 대답하기 곤란하다. 유코가 이런저런 억지를 부린 기억은 분명 있지만 구체적으로 어떤 것인지—아니, 그보다 그런 억지를 부린 건 일월보다 전이었는지 후였는지조차 지금의 내게는 확실히 떠오르지 않았다.

"아니, 그러니까 내 말은……. 실제로 제멋대로 억지를 부렸다기보다 말이지. 지금은 너도 본성을 숨기고 얌전하게 행동하지만 본성이라는 건 언젠가 겉으로 나오게 되어 있잖아. 결국 앞으로 사귀는 동안 제멋대로 행동하게 될 거야. 예를 들면 밤중에 나는 벌써 자는데 뜬금없이 전화를 걸어서 지금 당장 와 달라는 억지를 쓸 수도 있고."

"그런 말 안 해."

"한다니까."

"잠깐만. 그런, 하지도 않은 일을 이유로 헤어지자고 하면 전혀 납득할 수가 없잖아."

"그러니까 말했잖아. 아직 하지 않았어도 결국 그런 여자라고, 너는. 나는 똑똑히 안다니까."

"그러면 게이스케가 사귀고 싶다는 사람은 그런 억지는 부리지 않는 사람이겠네?"

"그럼."

"누군데?"

"말해도 모른다고 했잖아."

"이제 됐어. 알았어."

노기를 품은 한마디를 마지막으로 갑자기 통화가 끊어졌다. 나도 짜증스러운 기분으로 수화기를 내던지듯 내려놓았다.

기분을 가라앉히기 위해 심호흡을 하며 마음속으로 중얼거렸다. ……바보 같은 여자. 사실 네가 나를 찼었거든.

시계를 보자 오후 열시가 조금 지났다.

나는 내려놓은 수화기를 다시 집어 들었다. 번호는 확실히 암기하고 있었지만 실제로 누르기는 처음이었다. 역시나 긴장이 되었다.

세 번째 호출음에 상대방이 나왔다.

"—네. 시노자키입니다."

"아유미 씨?"

오늘은 큰맘 먹고 이름으로 불러 보았다.

"저 모리인데요—."

"아, 아유미요? ……잠시만 기다리세요."

전화를 받은 여성은 그렇게 말하고 대기 버튼을 눌렀다. 내가 어라? 하고 생각하는 동안 대기 멜로디는 바로 끊어졌다.

"여보세요."

전화를 받은 목소리는 조금 전하고 똑같이 들렸다.

"시노자키 씨? 저 모리예요."

"아, 안녕하세요."

"저, 지금 전화 받은 분은……?"

"어머니예요. ……혹시 저랑 헷갈리셨나요?"

저지른 건가. 불쾌한 땀이 이마에 흠뻑 배어 나오는 게 스스로에게도 느껴졌다.

그녀는 전화 너머에서 후훗 하고 웃었다.

"목소리가 닮았다는 말은 자주 듣지만, 정말 비슷해요?"

"앗, 앞으로 주의하겠습니다."

"……뭔가 위험한 말을 하지는 않으셨죠?"

시노자키도 그 부분만은 진지한 말투로 물었다. 만약 내가 착각한 채 그대로 그녀의 어머니에게 '리피트가 어쩌고저쩌고' 하는 말을 지껄였다면 더 이상 손쓸 수 없는 사태에 빠졌을지 모른다.

"별일 없을 거 같아요. 그냥 '여보세요, 아유미 씨? 저 모리인데요'라는 말만 했으니까."

"그래도 나중에 어머니가 물으실걸요. 모리가 누구냐고."

"뭐라고 대답할 건데요?"

"지금 사귀는 사람이라고 말해 버릴까요."

그렇게 말하고 그녀는 까르르 웃었다.

"그럼 그전에 우리가 확실히 사귀어야죠."

나도 따라 웃으며 분위기에 묻어 갔다.

"이번 일요일에 시간 있어요?"

내친김에 물어보았다.

"혹시 데이트 신청이에요?"

그 말투에는 주저하는 기색이 느껴졌다.

"그전에 묻고 싶은 게 있는데……. 모리 씨 지금 사귀는 사람 있는 거 아니에요?"

역시 알아차렸을 줄 알았다.

"솔직히 말하면 있었죠. 있었지만 속전속결로 헤어졌어요."

"정말이죠?"

"네. R-9에서는 엄청 심하게 차였거든요. 그 이상 없을 정도로 볼썽사나운 아수라장이었어요. 그런데 일월로 돌아갔더니 또 그녀와 사귀고 있는 거예요. 이제 와서 계속 관계를 이어 나갈 마음도 들지 않아서."

내가 솔직히 그렇게 말하자 시노자키는 잠시 생각하는 듯했다.

"그럼 이번 주 일요일에 어떻게 하실래요? 저는 시간이 비는데."

하지만 얼마 후에 나온 목소리는 기분 좋은 듯한 느낌이라 나는 한시름 덜었다.

"지난번이랑 똑같은 코스라도 괜찮으시겠어요? 이케부쿠로에서 만나기로 하죠. 언제 나올 수 있어요?"

결국 그녀와는 낮 열두시에 지난번과 같은 이케부쿠로 세이부 백화점의 서점 앞에서 만나기로 했다.

그리고 일요일. 우리는 데이트를 했다. 선샤인 시티의 레스토랑에서 함께 점심을 먹고 쇼핑 센터를 구경삼아 돌아다니고 수족관에서는 손을 잡고 걸었다. 그동안 둘이서 이런저런 이야기를 했지만 주위에 사람이 있는 장소에서는 리피트나 미래의 기억에 관한 이야기는 하지 않도록 주의를 기울였다.

수족관을 나섰을 때 나는 그녀의 귓가에 속삭였다.

"둘만 이야기할 수 있는 장소에서 쉬다 가지 않을래요?"

그녀는 진지한 표정으로 내 눈을 바라보고서 이윽고 천천히 고개를 끄덕였다.

프린스 호텔에서 바로 체크인이 가능한 방을 확보할 수 있었다.

"정말 이런 곳에서 괜찮겠어요?"

엘리베이터 홀에서 기다리던 시노자키는 걱정스러워했다.

"경마로 돈을 따서 괜찮아요."

내가 설명하자 이해한 모양이었다.

방에 들어갔을 때는 아직 오후 세시였다. 창밖으로 이케부쿠로의 거리가 한눈에 들어왔다.

나와 시노자키는 거기서 처음으로 맺어졌다. 킹사이즈 침대에 누운 그녀의 나체는 예술품 같았다. 아직 해가 있는 동안 하는 행위는 너무나 음란하게 여겨졌다.

격정을 나눈 후에도 우리는 알몸으로 침대 위에서 껴안고 그때까지의 일, 그리고 앞으로의 일을 내내 이야기했다.

리피트에 성공한 이 주일 동안 유코와 헤어지고 시노자키와도 이렇게 맺어졌다. 경마로 거금을 벌 전망도 생겼고 모든 것이 순조로웠다. 그런데도 나는 아직 무언가 부족한 기분이 들었다.

리피트 277

리피터에게는 무언가 더 큰 일이 가능하리라는 생각이 들었던 것이다.

5

나는 리피트 이후 매일 거르지 않고 신문을 정독했다.

R-9에서도 신문은 구독했지만 일면과 사회면 표제 기사만 쓱 훑어본 후 흥미를 끄는 기사만 읽고 나머지는 텔레비전 편성표를 필요에 따라 보는 정도였다. 그러던 게 지금은 지면을 구석구석까지 정독한다. 리피트 전에 읽어 두었던 축쇄판 기사의 기억과 조합하기 위해서였다.

처음으로 수상쩍은 기운을 느낀 건 일월 이십구일 석간 지면을 볼 때였다. 사회면에 본 적 없는 기사가 실려 있었다.

니시우라타에서 수상한 화재 잇달아, 방화로 의심

1월 29일 오전 4시경, 오타 구 니시우라타 3가의 주택가에서 3건의 화재가 발생했다. 각 현장은 반경 200미터 범위 안에 있고, 모두 비교적 작은 화재 정도의 피해로 진화되었지만 경찰에서는 연속 방화 사건으로 의심, 조사를 개시했다.

다른 큰 사건이 있었기 때문인지 신문에서는 작게 다루었지만 세 개의 X 표시에 둘러싸인 현장 주변의 약도가 첨부되어 있었기에 R-9에서 봤다면 다소나마 기억에 남아 있을 터였다.

리피트 전에는 본 적이 없는 기사가 실렸다.

리피트 전에 일어나지 않았을 사건이 일어났다……?

그러나 그 시점에서 나는 사태를 그다지 중요시하지 않았다. 신문 지면은 판수에 따라 기사를 바꿔 싣는다는 사실을 알았기에 내가 R-9에서 읽었던 축쇄판과 지금 읽는 지면의 판수가 다를 뿐이라는 가능성을 먼저 생각했던 탓이다.

그 정도로 흘려버렸던 일을 나는 일주일 정도 뒤에 후회하게 되었다.

일주일 후—이월 오일 석간에는 다음 기사가 실려 있었다.

니시우라타에서 주택 전소 일가 3명 사상

2월 5일 오전 4시경, 오타 구 니시우라타의 주택가에서 화재가 발생, 30분 만에 진화되었지만 니시우라타 5가에 살던 회사원 요코사와 히로시 씨의 주택 한 동이 전소되었다. 불탄 현장에서는 요코사와 히로시(45) 씨와 장녀 마나(8) 2명의 시체가 발견되었다. 또 요코사와 씨의 아내 유카리 씨도 현장에서 도망칠 때 팔다리에 가벼운 부상을 입었다. 발화 원인은 조사중이지만 심야에 가족이 한창 자던 중에 일어난 화재였기에 경찰에서는 방화의 소지가 있다고 보고 수색을 벌이고 있다.

니시우라타에서는 일주일 전인 1월 29일 새벽에도 연속해서 3건의 방화 사건이 일어났다. 이번 현장과도 거리가 가까워 경찰에서는 양쪽 사건의 관련성에 대한 조사와 더불어 니시우라타 지구의 순찰을 지금보다 강화할 방침을 밝혔다.

처음에는 '어라, 또?' 정도로만 생각했다. 또 본 기억이 없는 기사가 실려 있다.

서서히 감이 왔다. 십 초가량 걸려 나는 느리게 이해했다.

이건…… 내가 알고 지내던 요코사와였다.

이번에는 현장 주변의 약도와 함께 사진이 두 장, 표제 아래에 늘어서 있다. 죽은 부녀의 사진이었다. 화질이 좋지 않은 사진이었지만 그래도 죽은 '요코사와 히로시'가 내가 알던 요코사와라는 사실은 확인할 수 있었다.

그러나…… 이게 무슨 일인가?

나는 엄청나게 혼란스러웠다.

원래 역사에서는 일어나지 않았을 방화 사건이 R-10에서는 일어났다. 누가 불을 질렀는지 아직 밝혀지지 않았지만 그 인물이 R-9에서 방화를 하지 않았다는 것만은 분명했다. 그런데 R-10에서는 했다.

그리고 요코사와가 죽었다…….

갈피를 잡을 수 없는 공포에 몸이 떨렸다.

가자마에게 전화를 걸어 보았지만 역시 연결되지 않았다. 사실 그저께 낮, 내가 외출중에 부재중 메시지가 남아 있었다. 그에 따르면 가자마는 일주일 정도 괌 여행을 떠난다고 했다. 그 말대로라면 지금은 외국에 있을 것이다. 다음으로 이케다에게 전화를 걸어 보았지만 공교롭게도 부재중인 듯 전화를 받지 않았다. 시계를 보니 오후 다섯시를 지난 시각이었다. 시노자키도 아마 지금은 회사에서 일하는 신세이리라.

결국 나는 덴도에게 전화를 걸어 보기로 했다. 이번에는 바로 통화가 되었다.

"네, 덴도 기획입니다."

전화를 받는 목소리는 여성이었다. 그러고 보니 사무실과 공용 전화였다는 사실이 그제야 비로소 떠올랐다.

"저, 모리라는 사람인데요. 덴도 씨 부탁드립니다."

"잠시만 기다리세요."

이내 수화기를 넘기는지 잡음이 들리더니 그대로 덴도가 받았다.

"나다. 무슨 일 있나?"

"요코사와 씨가 화재로 죽었다고 신문에 나왔어요. 방화였대요."

내가 이어서 기사 내용을 대강 설명하자 덴도도 충격을 받은 모양이었다.

"알았다. 나중에 내가 다시 전화하지."

가까이 다른 사람이 있어 비밀 이야기를 할 수 없는 상황이라는 건 알았다.

"그렇지만 저는 지금부터—."

아르바이트를 하러 가야 한다고 말하려다 말을 멈췄다. 태평하게 아르바이트나 하러 갈 상황인지 의문이 들었기 때문이다. 그러나 작은 마담과 다른 직원들에게 폐를 끼칠 수 없었기에 어지간한 일이 아닌 한 당일에 아르바이트를 취소해서는 안 된다는 생각도 있었다.

아니, 지금 이 상황은 '어지간한 일'이 아닐까?

우선 두 시간가량 출근 시간을 늦추는 건 가능하리라고 생각했다.

"여덟시쯤 외출해야 하거든요."

"그럼 가능한 빨리 걸도록 하지."

그렇게 말하고 덴도는 전화를 끊었다.

이어서 밤비나의 번호를 눌렀다.

"오늘 조금 늦을 것 같아. 부탁한다."

전화를 받은 이즈미에게 메시지를 부탁했다.

덴도에게 다시 전화가 온 건 오후 여섯시가 지나서였다.

"미안하군. 생각보다 늦어졌다. 일단 사건에 대해 어느 정도의 정보는 모아야겠다 싶어서 이리저리 손을 쓰다 보니 좀 늦어졌어. ……그래서 네 생각은?"

전화를 기다리는 동안 나는 어느 정도까지 생각을 진전시켰다. 왜 R-9에서는 일어나지 않았던 사건이 이번에 일어났을까? 지난번과 이번에 달라진 유일한 요소는 리피터의 존재다. 리피터 열 사람 중 누군가의 행위가 영향을 미쳐 이번 사건이 일어났음에 틀림없다. 그렇다면 누구의 행위가 영향을 미쳤는가. 화재로 죽은 당사자, 요코사와가 가장 수상하다. 물론 가능성으로는 가령 내가 지난번 마작에서 진 일이 돌고 돌아 이번 방화범에게 사건을 일으키게 했다는 추론도 고려하지 않은 건 아니었지만 그 화재에 의해 같은 리피터인 요코사와가 사망했다고 보기에는 너무 우연이 지나치다.

마찬가지로 요코사와의 행위가 돌고 돌아(간접적으로) 범인을 자극해서 무차별적인 연속 방화 사건이 일어났고 그 결과 우연히 요코사와의 집이 방화를 당했다는 가능성도 고려해 보았다. 하지만 역시 지나친 우연처럼 여겨졌다.

방화범은 요코사와를 노렸다. 그렇게 생각하는 게 타당하리라. 범인의 목표는 처음부터 요코사와의 집이었다. 지난주 작은 화재로 끝났다는 세 건의 방화는 위장 전술에 지나지 않다. 그런 자질구레한 조작을 가미했다는 점으로 보아 사건은 계획적이라고 할 수 있으리라. 격정에 휩쓸려 저지른 사건이 아니었다. 지난주에 이미 범인은 요코사와의 집에 불을 지르는 계획을 세워 두었다.

그렇다면 요코사와는 무엇을 했을까. 어쩌다가 집에 불이 나는 지경에 이르렀을까.

가능성은 다양하게 생각할 수 있다. 그가 금기를 깨고 예언 퍼포먼스를 누군가에게 보여 준 경우. 미래의 트러블을 회피하기 위해 미리 어떠한 수단을 강구한 경우. 시월에 사이가 나빴던 누군가와 갑자기 사이가 틀어진 경우.

어쨌든 범인은 요코사와 가까이에 있던 누군가가 분명하다. 회사 동료나 이웃의 누군가 또는 가족. 그중 가장 가까이에서 그의 이변을 눈치챘을 가능성이 높은 사람이 그의 아내다. 그녀는 이번 화재로 한평생 혼자서 살아야 한다.

나는 그런 추리를 덴도에게 말했다.

"음. 확실히 부인이 수상쩍다면 수상쩍지만, 아이도 죽었잖아. 남편은 그렇다치고 과연 자식까지 같이 죽일까?"

덴도는 의문을 재기했다.

나는 그때 리피터 중에 이미 다카하시가 사고사로 죽었다는 사실을 상기했다.

"그래도…… 벌써 두 명째네요."

내가 말하자 덴도는 흥 하고 콧방귀를 뀌며 말했다.

"왔을 때는 딱 열 명이었는데 말이지."

'딱 열 명'이라는 말이 어떤 의미인지 잠시 생각한 뒤에 알아차렸다. 읽은 적은 없지만 유명한 추리 소설 중에 그런 이야기가 있었던 것 같다. 제목은 분명 『그리고 아무도 없었다』— 불길한 예감이 들었다.

"지금 우리가 할 수 있는 일이 있는 것도 아니고, 화재가 일어난 게 어제 아침 네시였으니 벌써 열네 시간이나 지나 버렸다고. 아침 뉴스에도 나왔을 텐데 왜 아무도 눈치채지 못하는 건지. 나원 참."

덴도는 그렇게 자신은 제쳐 두고 중얼거린 뒤에 한마디 덧붙였다.

"살아남았다는 요코사와의 아내에게 이것저것 물어보고 싶은 마음은 있지만, 어설프게 움직여서 긁어 부스럼을 만들면 본전도 못 찾을 테니 지금은 가만히 있는 게 제일이겠군."

다음 날 이케다와 시노자키에게 전화로 말했을 때도 역시 같은 결론에 도달했다.

우리는 일단 아무것도 하지 않고 사태를 조용히 관망하기로 했다.

6

"어제 게이스케짱을 찾는 전화가 왔었어."

그 주 목요일, 아르바이트하러 나갔던 내가 작은 마담에게 들은 첫마디였다.

"구보라는 여자였어. 전화해 달라던데."

그렇게 말하며 번호를 메모한 종이를 건넸다.

"여자였습니까?"

나는 고개를 갸웃거렸다. 구보라는 성에 짚이는 데는 없었지만 일단 연락해 보기로 했다. 가게 전화를 빌려 번호를 눌렀다.

"여보세요, 구보입니다."

전화를 받은 목소리는 젊은 여성이었다. 역시 들은 기억이 나지 않았다.

"모리라고 합니다. 어제 전화를 주셨다고 하셔서—."

"모리 씨군요. 나, 유코 친구예요."

"아, 네……."

생각이 났다. 유코와 처음 만났을 때 그녀와 함께 있던 여자 친구 중 한 사람이 분명 구보라는 성이었다. 즉 작년 시월에 처음 가게에 왔던—왔을 터이지만 일 년 이상이나 전의 일이라 그 기억은 상당히 애매모호했다.

구보는 험악한 말투로 지껄였다.

"이봐, 당신. 너무하지 않아? 유코가 무지 우울해하기에 내가 캐물었어. 사정을 듣자하니 기가 막혀서 말이 안 나오더군. 당신 말이야, 아무리 그래도…… 헤어질 때 전화 한 통으로 끝내는 건 너무 심하지 않아? 유코를 무시하는 거야, 뭐야?"

듣기만 해도 고막이 아픈 새된 목소리였다. 골이 울렸다. 나는 수화기를 귀에서 십 센티미터가량 떼고 들었다. 작은 마담의 얼굴을 흘깃 보자 그녀는 빙글빙글 웃고 있었다. 또 이상한 여자에게 붙잡혔지, 라고 말하고 싶은 표정이었다. 나는 쓴웃음을 지어 보였다.

구보의 말에도 일리가 있었다. 나는 전화 한 통으로 끝낼 생각이었지만 유코는 그것만으로는 마음이 정리되지 않았겠지. 그렇게 생각했기에 나는 상대방의 찢어질 듯한 목소리가 끊어진 순간을 틈타 재빨리 끼어들었다.

"알겠습니다. 분명히 그 점은 제가 잘못했습니다. 그러니 만나서 확실하게 이야기를 매듭짓도록 하겠습니다."

"헤어진다는 마음에는 변함이 없는 거네?"

"그렇죠."

거기까지 남이 끼어들 일도 아니잖아. 나는 속으로 중얼거렸다.

어쨌든 구보라는 오지랖 넓은 여자가 끼어들어 나와 유코는 다시 얼굴을 마주하게 되었다.

이월 구일. 토요일 정오. 밤보다는 이성적으로 이야기할 수 있으리라는 기대에 낮 시간에 만나자고 희망한 사람은 나였다.

지정된 네기시 공원에 가니 두 사람은 먼저 와 있었다. 가족 단위의 행락객이 많은 공원에서 화려한 옷을 휘감은 젊은 여성 이인조는 주위에서 도드라져 금세 찾을 수 있었다.

"늦어서 미안."

나는 쾌활함을 가장하고 둘에게 다가갔다.

구보라는 여성은 얼굴을 보면 알 것 같았지만 막상 얼굴을 봐도 아무것도 떠오르지 않았다.

유코는—생각 이상으로 초췌했다. 내 탓이라고 생각하니 역시 가슴이 아팠다.

나는 쉽사리 말이 나오지 않아 잠시 유코의 모습을 물끄러미 바라보았다. 그러자 그녀는 의외로 미소를 띠고 옆자리의 구보에게 말했다.

"미유키짱, 고마워. ……이제 됐으니까."

"됐다니?"

"둘이서만 이야기하고 싶어. 부탁이야."

구보라는 여성은 마뜩찮은 느낌으로 고개를 끄덕였다. 나와 유코는 누가 먼저랄 것도 없이 걷기 시작했다. 답답한 공기가 우리 주위에만 떠돌았다. 하늘은 짓궂을 정도로 맑게 개었고 상록수 가지 사이로 비치는 햇살이 유코의 코트에 그물 무늬 그림자를 드리웠다.

"차 가지고 왔는데…… 드라이브 안 할래?"

유코가 불쑥 그렇게 말했다. 나는 고개를 가로저었다.

"정말 이제…… 끝이야?"

"미안하지만."

하늘 위를 새의 무리가 날아갔다. 나는 말을 이었다.

"마음이 떠나 버렸으니 도리가 없어. 자기를 싫어하는 사람이랑 억지로 같이 있어도 즐겁지 않잖아?"

"싫어하는구나. ……왜일까."

나에게 답을 구하는 것 같지도 않게 혼잣말처럼 그렇게 말했다. 이별의 원인은 지금과는 다른 세계에서 내가 경험한 일에 있었다. 유코가 알 턱이 없다.

우리는 그 뒤로 아무 말도 하지 않은 채 공원 안을 한 바퀴 빙

돌았다. 그렇게 원래 장소로 돌아오니 구보가 따분한 표정으로 서 있다가 돌아온 우리를 발견하고 달음질쳐 왔다. 묵묵히 눈으로 우리 이야기의 결론을 물었지만 나는 아무 할 말이 없었다. 유코도 구보를 무시하고 나를 향해 말했다.

"게이스케, 잘 가……."

"……그래."

나는 구보라는 여성의 존재를 무시한 채 유코만을 향해 가볍게 손을 흔들고 공원을 뒤로 했다. R-9 시절과는 대조적으로 원만한 이별 방식에 마음은 오늘 날씨처럼 상쾌했다.

일찌감치 끝나면 후추 경마장에나 가 볼까 했지만 전철 안에서 마음이 변해 게이힌 도호쿠 선의 우라타 역에서 내렸다. 요코사와 집의 화재 현장을 내 눈으로 보고 싶었다.

주소가 가물가물했지만 눈에 띈 편의점에서 '나흘 전에 불이 났던 곳'이라고 물었더니 대충 방향과 거리를 가르쳐 주었다. 삼십 분 남짓 걷고 다시 한 번 길을 물어 상가가 늘어선 번화가에서 비스듬하게 이어진 골목으로 들어섰다. 좌우로 이어진 주택가의 담장이 끊어진 네모진 부지가 주차장으로 되어 있었고 그 안쪽이 현장이었다.

부지 주위에는 호랑이의 얼룩무늬와 같은 색의 줄이 쳐 있었고 푸른 비닐 시트가 덮인 부분도 있었지만 현장 상황은 대강 파악할 수 있었다.

이웃집과의 경계 벽은 타다 말았다. 지붕도 형체만은 남았지만

리피트

다른 부분은 무참히 타 버렸다. 부지 정리는 어느 정도까지 마무리되었지만 탄화한 굵은 기둥과 가구 잔해 따위가 안쪽에 쌓여 있었다. 발치에는 콘크리트 기초 부분이 보였고 타다 남은 기둥 사이로 수도관 같은 것이 뻗어 있는 모습도 보였다. 그 모든 것이 시커멓게 그을려 있었다.

요코사와와 딸의 유체가 이 안에서 나뒹굴고 있었다고 생각하니 애처로운 기분이 들었다. R-9에서 요코사와의 집에 전화를 걸었을 때 전화를 받았던 아이의 목소리가 뇌리에 되살아났다. 내가 "모리입니다"라고 말하자 "모리이 씨라는 사람한테 전화—"라고 바꿔 주었던 소녀의 목소리. 신문 기사에 의하면 요코사와의 딸은 아직 여덟 살이라고 한다. 요코사와는 리피터라는 이유만으로 증오의 대상이 되었을지 모르지만 여덟 살 소녀에게는 아무런 죄도 없었으리라.

현장에 서 보고 비로소 범인을 증오하는 마음이 생겼다. 그와 동시에 요코사와의 아내를 향했던 혐의가 내 안에서 옅어지는 것을 느꼈다.

어머니가 친딸을 태워 죽이는 일이 가능할까.

그러나 그렇다면 누가 요코사와를 불태워 죽였단 말인가…….

생각을 가다듬던 중에 문득 인기척을 느껴 뒤돌아보니 골목 안쪽에서 한 노파가 쇼핑 카트를 밀며 걷는 모습이 눈에 들어왔다. 낯선 젊은이의 모습을 수상쩍게 여기는 듯해 일부러 내가 먼저 다가가서 말을 걸어 보았다.

"저, 근처에 사시는 분이십니까? 저는 니시우라타 3가의 초등학교 옆에 사는 대학생인데……."

순간적으로 그럴듯한 거짓말을 지어내 얼버무렸다. 니시우라타 3가나 초등학교 같은 말은 지난주 신문에 실린 방화 사건 약도에서 주워들은 것이었다.

"지난주는 저희 집 근처가 목표였고 이번 주는 이쪽에서 불이 났다고 해서 현장을 보러 왔어요. 어르신은 뭐라도 수상한 걸 보지는 못하셨나요?"

"나야 암것도 모른다우. 세상이 워낙 험해져서."

"아무것도 못 보셨단 말이죠?"

덤으로 요코사와 집안에 대한 이웃의 평판을 들을 수 있을까 싶어 몇 가지 질문을 해 보았지만 노파가 조금 떨어진 곳에 사는 탓에 유익한 정보는 얻지 못했다.

얼치기 기자로서는 이 정도가 최선이다. 어설프게 수상한 사람으로 여겨지지 않은 것만 해도 운이 좋다고 해야 하리라.

나는 노파에게 인사를 하고 현장을 뒤로 했다.

그날 밤도 밤비나에서 아르바이트가 있었다. 주방 청소를 해 두자 싶어 평소보다 한 시간이나 일찍 출근했다. 그런데 이미 누군가 와 있는지 셔터가 반쯤 열려 있었다.

"안녕하세요."

인사를 하며 가게로 들어서자 박스석에 두 여성이 앉아 있었다.

"어머, 게이스케짱. 오늘은 무지하게 빨리 왔네."

말을 건 사람은 작은 마담이었지만 또 한 사람은 본 적이 없는 젊은 아가씨였다.

"마침 잘됐다. 소개할게. 이 아이 오늘부터 일하기로 한 아유미 짱이야."

그 말을 듣고 나는 순간 흠칫했다.

바로 표정을 가다듬고 자기소개를 했다.

"모리입니다. 모리 게이스케. 대학교 4학년······. 아니 3학년이에요. 가게에서는 항상 카운터 담당을 맡고 화, 목, 토요일 근무입니다. 잘 부탁드립니다."

"아유미예요. 잘 부탁드립니다."

처음 만난 여성은 쾌활한 말투로 인사했다.

"귀엽지?"

작은 마담이 괜히 뽐내듯 말했다.

"아직 열아홉이고 대학교 1학년이야. 물장사는 이번이 처음이고."

확실히 귀여운 아가씨였다. 특히 웃는 얼굴이 마음에 들었다. 성격도 밝아 보이는 게 딱 내 타입이었다. 갑자기 그런 여자가 눈앞에 나타나서도 그렇지만 아유미라는 이름이 시노자키와 같아 당황스러운 기분도 들었다.

그러나 내가 순간 어안이 벙벙했던 이유는 따로 있었다.

있을 리가 없는 일이 현실에 일어나고 있다.

R-9 시절과 지금과는 무언가 다르다. 그 결과 그녀가 이 시기에

고용된 것이리라.

원인은 물론 내게 있다.

그러고 보니 나는 요 한 달 남짓 R-9 시절과 달리 이런저런 상황에서 작은 마담에게 오지랖 넓은 말을 한 듯했다. 매입에 관해서도 그랬고 아가씨를 부리는 법에 관해서도 마찬가지였다.

예를 들면 지난주 야마구치 전기의 사사키 일행이 왔을 때도 그랬다. R-9에서는 그들이 시중들던 유키를 더듬었다. 샐쭉해진 유키의 태도가 한층 사사키 일행의 심기를 거슬러 가게 전체 분위기가 매우 험악해졌다—그 사실을 떠올린 나는 그렇게 되기 전에 작은 마담에게 부탁해 유키를 도우러 갔다. 그 결과 2번 박스는 사사키 일행이 돌아갈 때까지 시종 화기애애한 분위기였다.

또 지난주 토요일 폐점 후에 나는 미나와 이즈미를 부추겨 노래방에 갔는데 그건 R-9에서는 없었던 일이다. 두 사람이 지금의 작은 마담의 태도에 불만을 품고 있다는 사실을 알고 있는 나는 그녀들의 불평을 들어주고자 했던 것이다.

그러한 각각의 사례가 어떻게 작용했는지는 알 수 없지만 어쨌든 결과적으로 가게가 R-9에서는 하지 않았던 구인을 이 시기에 해 아유미라는 아가씨가 채용되었다.

어쩌면 요코사와도 나와 매한가지가 아니었을까. 의식하지 않은 채 주변의 역사를 R-9와는 조금씩 다른 것으로 바꾸어 버렸을지도 모른다. 그의 경우는 그것이 방화에 의한 죽음이라는 결과를 초래하게 되었다.

리피트 293

"저, 요즘 제가 왠지 주제넘지 않았나요?"

불안해진 내가 그렇게 묻자 작은 마담은 웃는 얼굴로 손사래를 쳤다.

"반대야. 반대. 게이스케짱 완전 믿음직스러워졌어. 요즘에는 특히 더 그런걸. 가능하면 매일 와 주었으면 싶을 정도야. 아유미짱도 가게에서 뭐 곤란한 일이 생기면 게이스케짱에게 부탁해."

"네. 잘 부탁드릴게요."

그렇게 말하고 웃음 지었을 때의 표정이—특히 눈매가 정말 내 이상형 자체라고 해도 좋을 정도였다. 그녀와 함께 일을 할 수 있다면 그 탓에 앞으로의 전개가 R-9와는 크게 달라지더라도 도리가 없다고까지 생각했다.

실제로 이야기를 나누어 보니 나와 그녀 사이에는 공통되는 부분이 많았다. 대학은 달랐지만 전공은 같은 문학부였고 무엇이든 경험해 보고 싶어 하는 적극적인 성격이나 여행을 좋아한다는 점도 같았다. 그리고 부모님이 보내 주시는 용돈에 기대지 않고 스스로 생활비를 벌기 위해 물장사를 시작했다는 점도 나와 같았다.

물론 내게는 시노자키라는 어엿한 여자친구가 있는데다 나와 그녀는 단순한 연인 사이가 아니었다. 시노자키 아유미와 나는 리피터 동료라는 견고한 관계로 맺어져 있다. 아무리 눈앞의 아유미가 안팎 모두 내 타입이라고 해도 여태까지처럼 간단히 여자를 갈아탈 수도 없는 노릇이었다.

나는 아유미와의 대화중에 자연스럽게 여자친구가 있다는 사실을 알렸다. 취향인 여성 앞에서 일부러 그런 말을 하다니 지금까지의 나였다면 생각도 할 수 없는 일이다.

그런 희생을 치른 만큼 시노자키를 여태까지 이상으로 소중히 해야겠다고 다시금 각오를 다졌다.

7

연휴가 끝나가는 화요일에는 가자마가 귀국해 우리에게 각각 전화를 걸었다. 그도 요코사와의 사건을 알고 당황한 모양이었다.

"이번 리피트는 재난이 잇따르네요."

그는 그렇게 말하고 한숨을 내쉬었다.

"다들 동요한 모양이니 한차례 모이는 게 좋을지도 모르겠군요. 사실 저는 이사를 하게 됐습니다. 이번 달 이십일입니다. 원래 R-4 시절에 돈푼이 모여서 좀 좋은 데 살아 보자는 생각에 이사를 한 게 처음이었죠. 이후 R-5, R-6으로 리피트를 반복할 때마다 항상 이월 이십일이 되면 같은 곳으로 이사를 합니다. 이사 후의 전화번호도 이미 알고 있으니 가르쳐 드리지요."

가자마는 내게 새 전화번호를 알려 주었다. 이십일 이후는 그쪽으로 연락해 달라고 했다. 예전의 억지스러운 번호 암기법과도 이걸로 안녕인 듯했다.

"그럼 이십사일 일요일에 뵙지요. 혹시 시간이 맞으면 제 새집에서 두 번째 회합을 열까 합니다. 어떠신지요? 시나가와 역에서 걸어서 오 분 거리에 있는 맨션입니다. 교통도 편하고 방도 널찍하고 전망도 좋아요."

자랑스럽게 말하고 번지와 맨션 이름과 집 호수를 불러 주며 이십사일 정오에 직접 집까지 와 달라고 했다. 대학에서는 기말 시험 준비를 하거나 리포트를 작성하느라 꽤나 바빴다. 밤비나에서도 새로 온 아유미와 함께 무난하게 일을 해내고 있었다. 매주 일요일에는 시노자키와 데이트를 했다. 우리는 속궁합도 매우 좋았다.

다만 한 가지 마음에 걸리는 일이 있었다. 때때로 걸려 오는 무언의 전화였다. 아르바이트에서 돌아오면 대개 한 통에서 두 통 부재중 전화에 무언의 메시지가 들어와 있었다. 일요일에 데이트에서 돌아왔을 때는 무언의 메시지가 다섯 통이나 있었다. 저녁나절부터 밤에 걸쳐 대략 한 시간 간격으로 걸려 왔다.

R-9에서는 이 시기 아직 자동 응답 전화기를 달지 않았기에 같은 전화가 걸려 왔는지 어땠는지 알 수 없었지만 나는 이번 인생에서 새롭게 일어난 사건이라고 짐작했다.

월요일에는 그 생각이 맞았음을 알게 되었다. 내가 있는 시간에 전화가 걸려 왔다.

"네, 여보세요."

상대방으로부터의 응답은 없었다. 화이트 노이즈에 섞여 희미하게 텔레비전 비슷한 소리가 들린 점으로 볼 때 기계 오작동은 아니었다.

"여보세요, 누구십니까?"

R-9에서는 이런 전화가 걸려 오지 않았다. 이번 인생에만 특별히 일어난 일이라면 유코일 가능성이 가장 높았지만 어설프게 '유코?'라고 다그쳐 물었다가 틀리면 긁어 부스럼인지라 꾹 참았다.

"아무 말도 안 하시면 끊겠습니다."

이어서 몇 통이나 더 걸려 왔으면 짜증이 났겠지만 그날 밤은 그 이후로 뚝 그쳤다. 그러나 속은 편치 않았다.

수요일 밤에 전화가 울렸을 때도 나는 먼저 무언의 전화를 떠올렸다. 그러나 전화를 건 사람은 가자마였다.

"이사가 무사히 끝나서 새 전화도 쓸 수 있게 됐습니다. 일단 그걸 전하려고요. 그리고 일요일은 괜찮으시겠죠. 오시는 걸로 알고 기다리겠습니다."

그런 내용으로 바로 통화를 끝냈지만 십 분 후에 또 걸려 왔다.

"네, 여보세요."

"가자마입니다."

내가 전화를 받자 가자마라고 밝힌 목소리의 분위기는 조금 전하고는 딴판이었다.

"지금 쓰보이 군한테 전화를 했는데 가족이 받아서 그가 죽었다고 하더군요."

죽었다? ……쓰보이가!?

이걸로 세 명째다, 라는 생각이 먼저 들었다. 스멀스멀 공포가

덮쳐 왔다.

도대체 어떻게 된 거야?

"죽은 건 일요일이고 벌써 장례식도 마쳤답니다. 사인은 알려 주지 않았습니다."

"물론 일반적인 사인은 아니겠지요? ……잠깐만 기다리세요. 신문에 실렸는지—."

바로 조사해 보고 싶었지만 지금은 가자마와의 통화가 우선이라고 생각을 고쳐먹었다.

"나중에 찾아보겠습니다."

"어쨌든 그런 까닭에 자세한 사항을 알지 못하면 아무 말도 할 수 없습니다만, 일단 모리 군도 신변에 주의를 기울여 주시기 바랍니다."

가자마의 말을 듣고 나는 황망히 "앗" 하는 외마디 소리를 내고 말았다.

"무슨 일이 있었습니까?"

"저, 실은 지난주부터 저희 집에 받으면 아무 말도 하지 않는 전화가 자꾸 걸려와서요……."

"어쩌면 그 전화와 관계가 있을지도 모르겠군요. ……어쨌든 지금은 가능한 정보를 모아야겠습니다. 그래서 일요일에는 여러분과 직접 얼굴을 마주하고 앞으로의 대응에 대해 생각해 보죠. 취지가 처음과는 상당히 달라져 버렸지만 모처럼 다 같이 일정을 맞춰서 모일 준비를 했으니 그대로 일요일에 모였으면 합니다. 모리 군도 오실 수 있지요?"

"아, 네. 물론 갈 겁니다. 저도 조사할 수 있는 일이 있으면 조사해 보겠습니다."

"부탁합니다. ······다만 쓰보이 군 집에는 가능한 전화하지 말아주세요. 제가 걸었을 때도 이미 수상하게 생각했거든요. 그 이외에 무언가 조사할 수 있다면 부탁드리겠습니다."

"알겠습니다."

"그럼 다른 분들께도 연락을 드려야 해서, 이만."

전화를 끊으려는 순간 가자마는 문득 떠오른 생각이 있었던지 한마디 덧붙였다.

"시노자키 씨께는 모리 군이 전화하시겠습니까?"

"네. 그렇게 하겠습니다."

시노자키는 가족 앞에서 여러 남자에게 연락이 오는 건 문제라고 전에도 투덜거렸다. 그걸 지난번에 전화할 때 가자마에게 직접 전했으리라. 그건 그렇고 나와 그녀가 사귄다는 사실을 가자마에게 전부 들켜 버렸다는 사실에 나는 얼마간 멋쩍음을 느껴야 했다.

물론 지금은 그런 생각을 할 상황이 아니었다.

쓰보이가 죽었다. 열 명의 리피터 중 죽은 사람은 이걸로 세 명째. 아무리 그래도 너무 많다.

전화를 마친 나는 십팔일 조간을 기점으로 요 며칠 동안의 신문을 훑었다. 하지만 고등학생의 죽음을 보도한 기사는 어디에도 찾을 수 없었다. 살인과 화재 같은 눈에 띄는(명백히 뉴스로 다룰 만

리피트 299

한) 사인이 아니라는 건 분명했다.

신문 기사가 되지 않을 법한 유형의 급사. 어떤 것이 있을까. 교통 사고라도 평범한 사고는 다른 기사에 밀려 지면에 실리지 않을 때가 있다. 다카하시의 경우가 꼭 그랬다. 그 밖에 생각할 수 있는 건…… 병사일까? 또 뭐가 있을까?

정보가 너무 적다. 보도에 기대지 않는다면 직접 조사할 수밖에 없겠지만 우리가 아는 건 쓰보이의 전화번호뿐이다. 게다가 거기로는 더 이상 전화하지 말라고 가자마가 쐐기를 박았다. 주소라도 안다면 근처에 탐문 조사를 하든 뭘 하든 우리끼리 조사해 볼 수 있겠지만…….

탐정에게 조사라도 의뢰할 수 있다면—그렇게 생각한 순간 나는 덴도를 떠올렸다. R-9에서 말하지 않았던가. 그의 사무실 옆에 탐정 사무소가 있고 탐정 개인과 안면이 있는 사이라고. 나는 바로 전화해 보았다.

"어이, 모리인가. 나도 가자마에게 막 들은 참이다. 그 건이지?"

"지금 통화 괜찮으십니까?"

나는 그렇게 물으며 시계를 보았다. 오후 여덟시를 지난 시각이었다.

"괜찮아. 지금은 혼자다. ……그래서 너는 어떻게 생각하는데?"

나는 지금 상황에서는 정보가 너무 적어 아무 말도 할 수 없다고 대답하고 쓰보이의 주소를 조사할 수 없는지 탐정에게 부탁해 달라고 덴도에게 전했다. 지금까지 경마로 번 돈이 이백만 엔 이상 있기에 요금은 내가 지불할 수 있다는 말도 덧붙였다.

"도쿄 도내에 사는 고등학생에 성이 쓰보이라는 것만 알아서는 조사할 방법이 없지. 일단 가자마에게 전화번호를 물어보자고."

"쓰보이의 전화번호라면 제가 압니다."

내가 전화번호를 알려 주자 덴도는 바로 "우메지마군" 하고 말했다.

"나라고 도쿄 국번을 죄다 외우고 있는 건 아니라고. 다만 우연히 내 지인 중에 우메지마에 사는 녀석이 있는데 그 녀석과 번호가 같거든."

우메지마는 지하철 히비야 선으로 기타센주를 지나 아라카와 강을 건넌 부근의 지명이라고 했다. 구로 말하면 아다치 구인 듯했다.

"오케이. 근데 쓰보이의 성 말고 이름은 안 물어봤어?"

아차. 중요한 부분의 정보가 빠졌다. 가자마는 알까……? 아니, 잠시만. 어디선가 들은 듯한 기분이 들었다.

"맞다. 분명히…… 가나메라고 했던 거 같은데."

R-9에서 전화를 했을 때 본인이 아닌 재수 학원 친구라는 여자애가 받아서 분명 쓰보이를 가나메라고 불렀다.

"다만 그게 진짜 이름인지 아닌지 자신은 없어요. 가자마 씨에게 물어서 확인하는 편이 낫지 않을까 싶은데요."

"알았다. 일단 주소는 내가 조사하지."

리피트 301

이어서 시노자키에게 전화를 걸었다. 처음에 받은 사람은 목소리가 닮은 어머니였다. 나도 가까스로 구별을 할 수 있게 되었다. 인사를 하고 시노자키를 바꿔 달라고 부탁했다.

"아, 게이스케."

평소와 같이 들뜬 목소리가 돌아왔다.

"정말이야?"

그러나 내가 쓰보이 얘기를 하자 놀라더니 완전히 가라앉은 목소리가 되고 말았다.

"일요일에 가자마 씨 댁에 갈 거지?"

"그러려고 했는데……. 게이스케만 가고 나중에 나한테 이야기해 주면 안 될까?"

"안 되는 건 아니지만……."

나는 가능하면 함께 가고 싶었지만 오히려 그녀가 가지 않는 편이 나을지도 모른다고 생각을 고쳤다. 그녀에게 리피터 동료는 나 하나로 충분하다.

"그럼 일요일에 모임 끝나고 전화할게. 모임 끝나고 만나자."

"알았어. 그럼 부탁해."

마지막 한마디는 평소의 말투로 돌아왔기에 나는 안심하고 전화를 끊었다.

그리고 겨우 두 시간 후. 또 새로운 전개가 있었다.

덴도가 전화를 걸어 와 내게 의외의 사실을 알려 주었다.

"어이, 모리. 쓰보이는 자살한 것 같더군."

자살!? 왜?

아니, 그럴 리가 없다. 왜냐하면―.

"조금 전에 우메지마에 아는 사람이 있다고 했잖아?"

정신을 차리니 덴도가 이야기를 계속하고 있었다.

"그 녀석한테 연락을 해 봤거든. 사실 전화 같은 건 하고 싶지도 않았지만 그 집에 고등학교 3학년짜리 애가 있다는 게 떠올라서 말이지. 그랬더니 아니나 다를까 그 녀석이 쓰보랑 초등학교 동창이라 일요일에 죽었다는 사실을 알더라고. 친구들끼리 고별식에도 갔다더군. 거기서 들은 이야기에 따르면 아무래도 자살 같다고 했어."

"도대체…… 자살할 이유가 없잖아요."

나는 말했다.

"시험 문제를 모조리 외웠으니 대학 합격도 떼어 놓은 당상이고."

"그렇지. 하지만 그건 우리만 아는 이야기고 다른 녀석들 입장에서 보면 센터 시험 결과가 좋지 않아서 사실 2차 시험을 향해 맹렬히 공부해야 할 텐데, 오락실 같은 데서 노는 모습이 목격되기도 하고 그러다 결국 목 매달아 자살한 모습으로 발견되었으니 유서가 없어도 자살이라고 생각할 수밖에. 그게 일반론이지."

"……목을 맸어요?"

"어, 그래. 그…… 동창이라는 애 말에 따르면 장소는 집 뜰에 있는 '공부방'이라는 별채로 발견된 건 일요일 밤이야. 어머니가 발견한 모양이야. 사건 직후에 경찰도 왔지만 처음부터 자살이라고 단정한 것 같아. 뭐, 어디까지나 몇 다리 건너서 들은 정보라 틀릴지도 모르지만."

나는 이야기를 들으며 눈앞에 쓰보이의 모습을 떠올렸다. 긴 금발에 비뚤어진 눈빛이 특징적인—아니, 머리색은 아직 까맣겠지만. 백육십 센티미터 정도의 키에 호리호리한 체형. 체중은 오십 킬로그램 남짓이 아니었을까.

그런 소년이 천장에 늘어뜨려져 있었다.

상상만 해도 오싹했다. 발견한 가족은 그 모습을 보고 어떻게 생각했을까.

자살했을 리가 없다. 일반인에게는 자살처럼 보였을지 모르지만 아무리 그가 센터 시험의 남은 공부도 하지 않고 놀러 다녔다고 쳐도 리피터인 우리는 진짜 이유를 안다. 그리고 유서도 없었다는 것은……

"사람을 죽여서 목 매달아 자살한 것처럼 꾸미는 게 간단한 일일까요?"

나는 물어보았다. 그러자 덴도가 말해 주었다.

"음, 그다지 간단하지 않겠지만 확실히 실례가 있기는 하지. 위장을 잘하면 들키지 않을 확률이 상당히 높아. 특히 경찰이 처음부터 선입관을 갖고 날림 조사를 한 경우에는 그렇지."

"그럼, 역시 쓰보이는—."

"살해당했겠지."

덴도가 말했다.

그러나—누가? 무엇을 위해?

8

토요일 오후 나는 조사를 위해 우메지마로 발걸음을 옮겼다. 덴도가 우송해 준 주택 지구 복사본이 어제 도착해 쓰보이의 집 주변의 지리는 대강 확인을 마쳤다. 그러나 자신의 발로 직접 걸어 보니 평면도를 보기만 해서는 알지 못했던 동네의 표정이 보였다.

역 주변의 번화가에서 골목을 꺾어 주택가로 한 걸음 들어서자 생활감이 넘치는 동네 풍경이 눈에 들어왔다. 예를 들면 세탁소 안에서 일하는 사람의 모습이 유리창 너머로 보이거나 어딘가에서 카레 냄새가 풍겨 오는 등 도로를 걷기만 해도 사람들의 생활상이 전해져 오는 모습은 예스러운 서민 동네 분위기 그대로였다.

쓰보이네 집은 개인 주택치고는 훌륭했다. 차고와 하나가 된 담이 한동안 이어지고 담장이 끊어진 곳에 철책 문이 있었다. 거기서부터 건물의 현관까지 콘크리트의 기름한 통로로 되어 있었다. 통로 한쪽 옆으로도 높은 담이 둘러쳐져 별채가 있다는 뜰의 모습은 길가에서 볼 수 없었다.

쓰보이가 살해당했다고 가정할 경우 살인자는 집 안으로 침입해야 했을 터. 우선 도로 쪽에서 침입은 어려워 보였다. 나는 이웃의 눈을 끌지 않도록 쓰보이네 집 앞은 그냥 지나치고 골목을 빙 돌아 한 골목 뒤로 갔다. 마침 집 뒤의 적당한 위치에 신사가 있었다. 새전을 바치고 참배하는 시늉만 내고는 경내의 모습을 슬며시 관찰했다. 쓰보이네 집과의 경계에는 역시 이쪽에서도 담장이 둘러쳐져 있었지만 앞쪽 도로보다 지대가 높아 상대적으로 담장의 높이가 낮게 느껴졌다. 경내의 나무가 그늘을 드리워 그다지 이목을 끌지 않고 너끈히 담장을 넘을 수 있을 듯했다.

담장 위에 매달려 문제의 '공부방'을 관찰해 보고 싶었지만 이웃 주민이 수상하게 여길 만한 행동은 삼가야겠다고 판단해 바로 그 자리를 떠났다.

약속 시간 십 분 전에 도착한 초등학교 정문 앞에는 만나기로 한 상대가 이미 와서 나를 기다리고 있었다. 덴도와 아는 사이인 아카에 신지라는 고등학생이다. 열여덟 살치고는 어른스러운 얼굴로 체격도 다부졌다. 교복 위에 코트를 입은 차림으로 추웠는지 등을 움츠리고 있었다.

인사를 마치고 일단 찻집으로 가자고 이야기가 되었다.

"미안, 입시 준비로 바쁠 텐데."

가는 길에 내가 말했다.

"괜찮습니다. 사실 중요한 시험은 벌써 마쳤고 나머지는 결과를 기다리는 일뿐이니까요."

아카에는 웃는 얼굴로 대답해 주었다. 역시 추웠는지 자꾸만

코를 훌쩍였다.

　찻집에 자리를 잡고 주문한 음료가 나왔을 때 어제 막 도착한 명함을 상대에게 내밀었다. 그 작은 종이 쪼가리상에서 나는 '덴도 기획'의 사원으로 되어 있었다. 이번에 잡지사의 청탁을 받아 고교생의 자살에 관한 특집 기사를 다루게 되었다고, 덴도가 지시한 대로 설명했다.

　"쓰보이와는 초등학교 때 같은 반이었다지?"

　"네, 그렇지만 중학교에 들어가고 나서는 학교가 달라져서요. 같이 노는 친구도 다르고 그래서 저는 최근의 일은 잘 몰라요. 이번 일이 있고 처음으로 알게 된 일도 많아요."

　"'공부방' 말이지?"

　내가 물어보았다.

　"아, 그건 알고 있었어요. 우리가 초등학교 때부터 있었고 쓰보이가 거기를 사용하게 된 이후에 사실 저도 한 번 가 본 적이 있거든요. 작년…… 아니, 재작년인가? 근데…… 그게 뭐랄까…… 분위기가 좋지 않았거든요. 같이 있던 녀석들이 그다지 제가 친하게 지내고 싶은 타입이 아니라서 한 번만 가고 말았어요."

　"그때는 현관으로 들어갔어? 아니면 다른 데로?"

　"저…… 다른 데로 들어갔어요. 집 뒤에 신사가 있는데요. 그쪽 담을 넘어 가는 게 하나의 루트거든요……."

　나는 계속 질문해 가며 그 대답을 바탕으로 현장 주변과 '공부방' 내부의 겨냥도를 수첩에 그렸다. 완성된 그림을 상대방에게 보여 주고 다른 점을 지적하게 해서 고쳐 나갔다.

나는 그때까지 무심결에 쓰보이의 '공부방'을 조립식 주택 같은 곳이라고 상상했는데 찬찬히 들어 보니 좀 더 번듯한 건물 같았다. 독립된 현관이 있고 들어가면 화장실과 주방이 있고 안쪽에 원룸 형태의 방이 있었다. 책상과 책장 이외에도 침대가 있고 텔레비전과 오디오 세트가 있고 물론 에어컨도 달려 있었다. 욕실만은 없어서 욕실을 쓰려면 본채에 들어가야 했겠지만 그 이외에는 대부분 거기서 생활이 가능하게 되어 있었다.

나는 그림을 받아 그리며 무난한 질문으로 자리를 이어가려 했다.

"……네가 갔을 때 분위기가 나빴다는 건 구체적으로 어떤 느낌인지 가르쳐 줄래?"

그러나 상대가 대답하기 곤란한 듯해 말을 덧붙였다.

"혹시 문제가 있으면 기사에는 쓰지 않는다고 약속할게. 그냥 내가 개인적으로 흥미가 가서 더 자세히 가르쳐 주었으면 하는 거야."

그러자 소년은 목소리 톤을 낮추고 말하기 시작했다.

"여기서만 하는 이야기로 해 주세요, 꼭이요. ……솔직히 말하면 그 친구가 초대했을 때는 야한 잡지나 비디오 같은 걸 볼 수 있다고 해서—그렇게 들었거든요. 그러면 역시 흥미가 생기잖아요. 그래서 몇 년 만에 쓰보이네 집에 갔죠. 갔더니 저 말고도 제가 모르는 녀석들이 몇 명인가 와 있었는데 그중에 여자애도 있었어요.

그런 데서 그런 비디오나 잡지 같은 걸 볼 수 있을 턱이 없잖아요. 그런데도 대놓고 상영회를 시작하더니 다 같이 담배도 막 피워 대고……. 아무래도 위험하다는 생각이 들었어요."

아카에는 열여덟이라는 나이에 걸맞게 순수한 눈으로 나를 보았다.

"저는 바로 돌아왔지만 나중에 듣자하니 거기 있던 여자애랑 또 그러니까―."

말을 하다말고 소년은 말문이 막혀 솟아 나오기 시작한 땀을 자꾸만 손수건으로 훔치기 시작했다.

"성적인 일?"

어림짐작으로 물어보니 소년은 크게 고개를 끄덕였다. 말로 하기 힘든 부분을 넘겨서 한시름 덜었는지 컵을 집어 들고 연거푸 목을 축였다.

그렇다고 해도 의외의 이야기였다. 쓰보이가 고교 시절에 그런 일을 했다는 것은.

"고등학생끼리 그런 식으로 모여서 소란을 떨었는데 가족들한테 들키지 않았어?"

의문스러운 점을 물어보았다.

"아, 그건 까닭이 있어요. 그 녀석 형이 예전에 음악인가 뭔가 한다고 그 방에 방음장치를 했거든요. 그래서 몰랐을걸요."

이건 유익한 정보였다. 얼핏 핵심에서 빗나간 질문이라도 수를 거듭해 상대방에게 많은 질문을 퍼붓다 보면 결과적으로 유익한 정보를 끌어내는 경우도 있다.

"그럼 최근에도 계속 그런 상태였어?"

나는 재차 물었다.

"그게 말인데요."

소년은 컵을 내려놓고 이야기를 시작했다.

"사실 제가 가고 얼마 지나지 않아 역시 문제가 된 모양이에요. 쓰보이네 집에 그런 녀석들이 모인다고. 왜냐하면—저는 이번 사건이 있고 나중에 처음 들었거든요. 아는 사람은 다 아는 모양이지만—그때 여자애가 있었다고 했잖아요. 그 애인지 누군지가 자살해 버렸나 봐요. 작년에. 그래서 그 애 부모가 문제로 삼아서—쓰보이네 별채가 나쁘다, 거기가 악의 소굴이다 같은 말을 꺼내서 불량한 애들도 더는 모이지 못하게 된 모양이에요. 아, 그러고 보니 경찰도 그쪽으로 조사를 했다고 누구한테 듣긴 했어요. 덕분에 그 뒤로는 특히 그런 불미스러운 일은 없었나 봐요. 쓰보이도 이후로는 상당히 몸을 사렸다는 이야기도 들었어요."

"수험생이기도 하고?"

"네. 근데 이상하긴 했어요. 센터 시험 결과가 나빴는지 시험 보고 나서부터 오락실에서 자주 보였다고 친구가 그러더라고요. 그래서 '입시는 포기했냐?'라고 물으니까 '도쿄대에 들어갈 거야'라고 대답했대요. 그래서 이 녀석 심상치 않다고 생각했더니 이번 사건이 일어나서 역시 머리가 좀 이상해졌구나 싶었죠. ……근데 그게 조금 전에 말한 별채 모임과 직접 관계가 있냐고 하면 그건 또 아닌 것 같지만요."

화제가 자신이 알고 싶은 곳에서 벗어나고 있다는 자각이 들어 나는 질문을 멈추었다.

문제는 그가 정말 살해당했는지 어떤지 하는 것이었다.

만약 정말 살해당했다면 범인은 쓰보이를 어디까지 알고 있었을까. 그가 본채가 아닌 '공부방'을 사용한다는 사실도 미리 알았을까. '공부방'에 방음 시설이 갖춰져 있어 범행 시에 소리가 외부로 새어 나가지 않는다는 사실도, 부지에 침입하기 편한 루트가 신사 쪽에 있다는 사실도 범인은 모조리 알고 있었을까.

아니, 그전에 애초에 범인은 어떻게 그의 주소를 캐냈을까. 우리만 해도 쓰보이의 주소를 캐내기 위해 다소는 고생을 감수해야 했다. 덴도가 없었다면 지금까지 알아내지 못했을지도 모른다. 게다가 우리에게는 전화번호라는 실마리가 있었지만 범인의 수중에는 그것조차 없었을 텐데. 쓰보이의 전화번호를 아는 사람은 동료 중에서도 가자마 정도였다.

"저…… 이제 끝났어요?"

정신이 드니 아카에가 의아하다는 듯 나를 보고 있었다.

"아, 미안."

나는 황급히 자세를 가다듬었다. 아직 캐물을 게 있을 성싶었지만 일단 이번에는 '고등학생의 자살'을 주제로 한 취재였기에 그 주제에서 명백히 벗어난 질문을 하기는 곤란했다.

"근데…… 작년에 자살했다는 그 여자애, 어디 사는 누군지 혹시 알아?"

허울뿐인 취재라고 해도 오히려 그 질문이 나오지 않은 채 끝나는 게 부자연스러웠다. 일단 수첩을 준비하고 받아 적을 자세를 취했다.

"음, 이름이 오시마 사오리고 주소도 듣긴 들었는데……. 유월인가 뭐라고 했었는데."

"유월?"

"아, 지명인데 유월이랑 발음이 같아요. 닛코 가도를 따라서 쭉 위로 올라간 데에요."

그 정보를 건성건성 메모하고 나는 가짜 취재를 끝마쳤다.

전표를 집어 들고 일어섰을 때에 문득 떠오른 생각을 물어보았다.

"참, 아카에는 덴도 씨랑 어떤 관계지?"

"지금은 아니지만 무지 옛날에―제가 아직 중학생이었을 때 우리 사촌 누나랑 덴도 씨가 사귀는 사이였거든요. 사실 그때도 사건이 있어서…… 모리 씨는 못 들으셨어요?"

"어, 어."

나는 솔직히 대답했다.

"그랬구나. 거꾸로 자기 쪽에서는 기사로 쓰지 않는구나."

멋대로 납득하더니 이야기를 들려주었다.

"살인 사건이었거든요. 우리 삼촌이 살해당하셨어요. 꼭 드라마 같은 데 나오는 것처럼 진짜 딱 그런 느낌이었어요. 경찰이 조사하러 와서 꽤 큰일이 벌어졌구나 싶었죠. 근데 그때 우연히 그 자리에 있던 덴도 씨가 해결해 버렸죠. 당시에는 아직 대학생이었지만 꼭 명탐정 같았어요. 다들 있는 데서 수수께끼를 풀었거든요."

소년은 그렇게 말하고 선망의 눈빛으로 허공을 바라보았다. 아무래도 농담이 아닌 듯했다.

그렇다고 해도 덴도가 명탐정이라니……?

아니, 덴도가 아니라 누구라도 좋다. 경찰을 무시하고 사건을 해결하는 명탐정이라는 존재가 현실에 있을까?

확실히 덴도의 능력이라면 그런 일이 가능할 것도 같았다. 그렇다면 이번 '리피터 연속 괴사 사건'에 대해서도 만약 가능하다면 특기인 추리력을 발휘해 단숨에 시원스럽게 해결하는 모습을 보여 주면 좋겠다고 생각했다.

Ø7

1

시나가와 역 북쪽 출구로 나와 큰 길을 건너 언덕을 올라가니 오른쪽에 신타카나와 프린스 호텔이 있고 가자마가 새로 입주했다는 맨션이 대각선 건너로 보였다.

출입구는 자동 잠금 장치로 되어 있었다. 호수를 누르고 인터폰으로 이름을 대자 가자마가 응답하고 유리문이 스르르 열렸다.

가자마의 집은 십육층이었다. 입지도 흠잡을 데가 없었지만 구조에도 여유가 있었다.

"여기가 침실이고 이쪽이 서재. 욕실, 화장실 그리고 여기는 손님방."

가자마가 설명을 하며 복도를 앞서 걸어갔다.

막다른 문을 열자 그곳은 열 평 정도 되어 보이는 넓은 주방과 식당을 겸한 거실이었다. 정면 벽이 끝에서 끝까지 유리창으로 되어 있어 멋진 고층 전망이 보였다. 이쯤되면 자랑하고 싶어지는 것도 당연하다. 왼쪽 바로 앞에는 'ㄷ'자의 대면식 주방이 있고 오른쪽의 넓은 공간에는 척 보기에도 새 제품인 소파 세트가 놓여 있었다. 발이 낮은 테이블을 둘러싸듯이 맞은편에 삼인용 소파 두 개가 있고, 그 이외에도 일인용 소파가 둘 있었다.

먼저 온 손님은 넷이었다. 덴도와 이케다는 입구에서 가까운 소파에, 고하라와 오모리는 창 쪽 소파에 자리를 잡고 있었다. 거기에 집주인인 가자마와 지금 막 온 내가 끼었다.

오늘은 이렇게 여섯이 전부였다. 시노자키는 나중에 나한테 이야기를 들으면 그만이라고 해서 이 자리에는 오지 않기로 했고 다카하시, 요코사와, 쓰보이 셋은 이미 죽었다.

비어 있던 일인용 소파에 엉덩이를 붙이며 나는 고하라에게 인사했다.

"안녕하세요, 오랜만에 뵙겠습니다."

지난번에 시부야로 오지 않았던 그와는 이번이 리피트 후 첫 대면이었다. 아담한 체구의 노인은 천천히 허리를 굽히며 정중한 인사로 답했다.

가자마가 차를 준비하는 동안 우리는 잡담을 나누었다. 동료가 세 명이나 죽었는데도 분위기는 비교적 온화했다.

"저는 아직 점심 전인데 혹시 식사하실 분 계십니까? 배달 음식도 괜찮다면 같이 주문할까 합니다."

가자마가 물었다.

"그럼 부탁하지."

덴도가 손을 들었기에 나도 덩달아 손을 들었다.

모두의 앞에 차가 준비되자 가자마가 이야기를 시작했다.

"지난번 모임 이후 지금까지 두 명의 동료가 숨졌습니다. 요코사와 씨는 이달 오일에 자택에서 방화로 숨졌고, 쓰보이 군은 지난주 일요일에 자택에서 목을 매달아 죽어 있는 걸 발견했다고 합니다. 여기까지는 여러분도 다 아시지요?"

쓰보이의 사인이 액사라는 사실은 덴도의 조사로 밝혀졌다. 덴도에게서 가자마로 정보가 전달되어 다른 세 사람에게도 전해졌겠지.

"두 분의 숨진 양상을 보아 누군가 이미 리피터의 존재를 눈치채고 모종의 이유로 우리 모두의 목숨을 노린다는 줄거리도 상상이 가능합니다. 만약 사실이라면 우리에게 그 상대의 존재는 다소나마 위협이 되겠지요. 하여 이 자리에서 여러분께 협력을 구해 어떻게 하면 이 위협에서 몸을 지킬 수 있을지, 애초에 정말 그런 상대가 있는지에 대해 의견을 여쭙고자 합니다."

"애초에 그런 상대가…… 어, 없을 수도 있다는 건가요?"

오모리가 놀란 표정을 숨기지 않고 발언했다.

"네. 저는 가능성이 있다고 생각합니다. 요코사와 씨는 일단 제쳐 두고 쓰보이 군만을 생각해 보십시오. 경찰이 조사한 결과 자살이라고 판단했지요? 그렇다면 진짜 자살이라고는 생각할 수 없을까요? 그럼 적어도 두 사건 사이에 연속성은 사라집니다."

"진짜 자살이었다……?"

나는 무심코 중얼거렸다. 신기하게도 이케다 역시 나와 같은 말을 되뇌었다. 다음은 내가 대표해서 말했다.

"도무지 자살할 이유가 없잖아요. 쓰보이 군은 2차 시험에 나올 문제를 모조리 알았다고요. 세간에서는 어찌 봤는지 모르지만 본인은 대학에 반드시 합격한다고 생각했다는 말입니다. 그런데 왜 자살 따위를 하냔 말이죠."

"사람이 자살하는 이유는 대학 입시뿐만이 아니지요. 뭔가 다른 일로 고민했는지도 모릅니다."

"하지만 쓰보이는 리피터였어요. 무엇에 관해서건 고민할 일은 없지 않나요."

"리피터가 만능일까요? 분명 목표하는 대학에 들어가거나 돈도 좋을 대로 벌 수는 있지만…… 가령 연애 문제는 어떨까요? 리피터라도 누구나 사랑하는 여성을 자신의 것으로 삼을 수는 없지요? ……모리 군은 그에 가까운 일이 가능했는지도 모르지만 일반적으로 거기까지는 무리입니다."

나를 언급한 부분은 나에 대한 빈정거림이었는지도 모른다.

"어쨌든 말입니다."

가자마는 말을 계속했다.

"연애는 하나의 예로 치고 어쨌든 자살하는 이유 같은 건 무수히 생각할 수 있습니다. ……어쩌면 리피터이기에 고민했던 일이 무언가 있었을지도 모릅니다."

　나는 그 '리피터이기에 고민했을 일'이라는 대목에 묘하게 끌렸다. 역설적인 말이며 맹점을 찔렀다는 느낌이었다. 그러나 그 말에는 구체적인 이미지가 따르지 않았다. 어떤 경우를 가정할 수 있을까?

　가자마의 이야기는 이어졌다.

　"한편 살인의 이유는 어떨까요? 리피터니까 죽여 버리겠다는 건 제가 지금까지 몇 번이나 끄집어낸 예이지만 그건 여러분이 비밀을 엄수하도록 다소 과장해서 말했던 겁니다. 만약 정말 비밀이 새어 나간 경우를 가정해 봅시다. 일반적으로 리피터의 존재를 안 사람은, 그렇다면 자기에게도 미래의 정보를 가르쳐 달라는 이야기를 꺼내는 것부터 시작하겠지요. 가령 경마로 돈을 벌거나, 예언자 행색을 해 주목을 모으거나, 뭔가 그럴듯한 목적을 가지고 정보의 유출을 요구할 겁니다. 그렇게 되면 리피터 본인도 비밀이 새어 나갔다는 사실을 알게 되겠지요? 그리고 그런 경우에는 저에게 상담을 하러 오는 게 보통이라고 생각합니다. ……그렇지 않을까요? 하지만 요코사와 씨에게도 쓰보이 군에게도 연락은 오지 않았습니다. 그렇다는 이야기는 비밀은 새어 나가지 않았다고 생각할 수 있지 않을까요?"

　"그런데 가자마 씨는 중요한 순간에 안 계시지 않았습니까."

　나는 즉각 지적했다.

　"뭐……, 그건 그렇습니다만. 요코사와 씨 때는 그랬죠."

가자마는 그 점을 인정했다.

"아니면—."

그때 덴도가 끼어들었다.

"연락을 했을지도 모르지. 요코사와도 쓰보이도. 비밀이 탄로 났다고. 그래서 죽였다고 생각할 수도 있지 않을까."

발언의 진의를 우리가 헤아릴 때까지 잠시 틈이 생겼다.

"제가, 말입니까?"

잠시 후 가자마가 망연자실한 말투로 되물었다.

"리피터의 비밀을 지키기 위해……?"

"그럴 가능성도 생각해 볼 수 있다는 거지. 또는 가자마가 아니라도 좋고. 이 자리에 있는 누구나 만약 요코사와가 비밀을 흘렸다는 사실을 알았다면—아니, 딱히 비밀이 새어 나가지 않았어도 상관없겠군. ……어쩌면 그 녀석이 비밀을 털어놓을지도 모른다는 불안함에 자신의 몸보신을 위해 죽였다는 가정도 가능하지. 그런 의미에서는 요코사와도 쓰보이도 우리와는 이해가 일치하지 않았지. 음, 뭐랄까 감각이 달랐다고 생각하지 않아? 혹시 이 녀석이 비밀을 흘리지 않을까 같은 불안을 품을 만한 부분이 있었고. 그렇다면 돌다리도 두드려 본다는 심정으로 미리 불안 요소는 배제하려 했다는 가능성도 있겠지."

"요컨대 요코사와 씨도 쓰보이 군도 살해당했다—."

가자마가 말했다.

"그리고 살인자는 우리 중에 있다?"

이케다가 이어받아 말했다.

"의심하려면 의심 못할 것도 없지. 그 경우에는 누구보다 가자마, 당신이 제일 의심스러워. ……전부터 한번 물어보고 싶었는데, 당신─."

덴도는 평소보다 한층 험악해 보이는 눈으로 가자마를 향해 말했다.

"지금까지 비밀이 새어 나가서 곤란해졌던 적은 없었나?"

"어쩔 수 없이 죽였다는 말입니까?"

가자마는 기가 막힌다는 말투였지만 바로 평상심을 되찾은 모양이었다.

"아뇨, 그런 적은 없습니다. 솔직히 말하면 R-5 때 어떻게든 해야겠다는 사태에 빠졌던 적은 있습니다. 그래도 죽이지는 않았습니다. 살인을 저지르면 체포될 가능성도 있고 만일 체포되면 그 시점에서 저는 다음 리피트를 할 수 없게 되니까요. 리피트의 필수 조건은 시월 삼십일에 자유의 몸이어야 한다는 겁니다. 다시 말해 아무리 위험한 입장에 처한다고 해도 시월 삼십일에 자유의 몸이기만 하면 저는 다음 세계로 리피트해서 위기를 모면할 수 있습니다. 굳이 살인 따위의 위험 부담이 높은 수단을 취할 필요가 없죠. ……여러분도 제 입장에 서서 생각해 보십시오. 그러면 이해하시리라 믿습니다. 혹시 그래도 의심이 풀리지 않으신다면 요코사와 씨 댁에 불이 난 이월 오일의 알리바이를 주장해도 좋습니다. 저는 외국으로 여행을 나가 있었습니다. 여권을 보면 아시겠지요.

……가져올까요?"

가자마가 질문을 던지자 잠시 침묵이 이어졌다. 그것을 깬 사람은 나였다.

"저, 그만하죠, 이 이야기는. 저는 여기 여섯 명 중에 요코사와 씨나 쓰보이를 실제 자기 손으로 죽인 인간이 있다고는 생각하지 않습니다. 그런 얼토당토않은 일보다 좀 더 가능성이 높은 일을 생각하면 어떻겠습니까?"

"찬성합니다."

그렇게 말하고 웃어 보인 사람은 이케다였다.

"그러면 현 시점에서 판명된 사실을 정리하는 부분부터 시작할까요."

나는 그때까지의 분위기를 불식하기 위해 스스로 그 자리를 정리하기 시작했다.

"억측은 뒤로 미루고. ……먼저 요코사와 씨 사건부터. 니시우라타 5가에 있는 요코사와 씨 댁에 불이 난 건 이월 오일 오전 네 시경이었습니다. 그전에—딱 일주일 전이군요. 일월 이십구일 오전 네시에 근처에서 세 건의 작은 화재가 일어났습니다. 그 사건이 같은 범인의 소행이라는 점은 아마 틀림없겠지요. 세 건의 방화도 R-9에서는 일어나지 않았으니까요. 그렇죠, 가자마 씨?"

확인 사항을 가자마에게 넘겼다. 올해를 열 번이나 반복한 가자마는 며칠에 무슨 일이 있었는지를 상당히 상세하게 그리고 정확하게 기억하고 있을 터였다.

"그 점은 확실합니다."

그는 확언했다.

"감사합니다. ……즉 앞선 세 건의 방화도 리피터인 요코사와 씨가 R-9와는 다른 행동을 취한 탓에 벌어진 셈입니다. 그건 차치하고 사실을 계속 살펴보면 이월 오일 요코사와 씨 사건 이후로는 니시우라타 근방에서 방화 사건이 일어나지 않았습니다. 아니, 니시우라타뿐 아니라 R-9에서 일어나지 않았던 화재 같은 건 이월 오일 이후 한 건도 일어나지 않았습니다. 제가 신문에서 확인한 범위 내에서는요. ……예를 들어 일주일 후인 이월 십이일에는 첫 번째와 두 번째 방화 간격으로 보아 사건이 일어날 법도 한데 실제로 화재는 일어나지 않았습니다."

"그날 날씨는 어땠죠? 비가 내려서 그냥 넘어 갔을 가능성은 없을까요?"

이케다가 물었다.

"맑았습니다."

즉답한 사람은 가자마였다.

"십이일도 십구일도. 참고 삼아 말하면 모레 이십육일도 맑습니다."

"……그렇다고 합니다."

나는 뒤를 이었다.

"요컨대 처음 이 주간은 그야말로 규칙적인 방화 사건 같았는데 요코사와 씨가 죽은 두 번째를 기점으로 사건이 뚝 끊기고 말았습니다. 마치 그 시점에서 범인은 목적을 이미 달성했다는 듯이."

"지금 건 억측이 섞여 있네요."

지적한 사람은 이케다였다.

"억측 부분은 철회하겠습니다."

나는 순순히 응했다.

"……계속하겠습니다. 사실만을 말하자면 요코사와 씨 사건에서는 가족 세 사람 중 요코사와 씨와 여덟 살 난 따님이 사망했습니다. 부인은 가벼운 부상만 입고 구출되었죠. ……확실한 사실만 정리하면 요코사와 씨 사건에 관해서는 이게 전부인가요? 누구 다른 정보를 가지고 있는 분 안 계십니까?"

"두 가지 있지."

발언한 사람은 덴도였다.

"나도 여러모로 마음에 걸려 아는 사람한테 부탁해서 조사해 봤거든. 그 결과 알아낸 사실이 있어. 다만 사건과 관계가 있는지 어떤지는 알 수 없고. 우선 첫 번째는 요코사와가 아무래도 가족에게 비밀로 바람을 피웠던 모양이야. 상대는 같은 회사 부하 직원으로 모리이라는 서른 살 정도의 여성이고."

요코사와가 바람을 폈다는 사실은 확실히 의외였지만 사건과는 관계가 없을 성싶었다.

또 그와는 별개로 떠오른 일이 있었다. R-9에서 내가 전화를 걸었을 때였다. 아이가 "모리이 씨라는 분이 전화—"라고 바꿔 주자 요코사와가 전화를 받았을 때 묘하게 허둥대는 느낌이 수화기 너머로 전해져 왔다. 어쩌면 그는 당시 불륜 상대가 자택에 전화를 했다고 오해해 허둥댔는지도 모른다.

"또 하나."

덴도의 이야기가 이어졌다.

"이건 신문에도 실리지 않은 건데……. 구출됐다는 부인도 결국 죽었다더군. 병원에서 뛰어내려서 자살했다나 봐."

나는 순간적으로 숨이 막힐 듯한 감각에 휩싸였다.

"그러니까 혹시 부인이 요코사와를 죽인 범인이고 사건 전에 리피트의 비밀을 들었다고 쳐도 이미 그쪽에서는 우리한테 피해가 올 걱정은 하지 않아도 되겠지. ……음, 이건 사실은 아니군. 사실은 자살했다는 부분까지."

덴도가 말하는 동안 인터폰 벨이 울렸다. 인터폰을 받은 가자마가 돌아와 "배달이 왔습니다"라고 우리에게 알렸다.

2

덴도와 가자마는 돈가스 덮밥을 나는 튀김 덮밥을 주문했다. 셋이 식사를 하는 동안 이케다가 자리를 정리하고 그때까지 발언이 적었던 오모리와 고하라의 의견을 들었다.

"다카하시 씨 사건과 관련짓지 않아도 되겠습니까?"

고하라는 그 점을 지적했지만 그건 생각하지 않아도 좋으리라. 사고 발생 시각으로 보아 원인은 명백히 리피트 시의 의식 소실 현상으로 여겨졌기 때문이다.

내가 식사하던 손을 멈추고 지적할 것도 없이 이케다가 같은 의견을 말했다.

한발 앞서 식사를 마친 덴도가 가자마의 양해를 얻어 담배에 불을 붙였다. 달라붙은 연기를 내뿜을 때의 소리가 큰 한숨 소리처럼 들렸다. 나도 서둘러 남은 밥을 그러넣었다.

가자마가 세 명분의 식기를 주방으로 정리하러 갔다 돌아왔을 때 다시 전원이 모여 회의가 시작되었다.

"죄송합니다. 왠지 식사로 타이밍이 어긋난 것 같군요. 그럼 계속합시다. ······다음은 쓰보이 군 사건이었죠?"

나는 아카에 신지에게 들은 정보 몇 가지를 먼저 보고했다. 현장 겨냥도를 그린 수첩도 모두에게 보여 주었다.

"범인의 현장 침입은 가능했습니다. 참고로 죽인 다음에 자살로 위장하는 방법도 있다고 합니다. ……그렇죠, 덴도 씨?"

"어. 뭐, 나도 소설 같은 데서 읽은 게 다지만. 예를 들어 방심한 상대 뒤로 다가가 밧줄을 목에 이렇게 걸어서 그대로 단숨에 꽉 제압하는 방식이라면—."

덴도는 몸짓을 곁들여 설명했다.

"그다음은 밧줄을 천장에서 늘어뜨려서 목을 매다는 것처럼 보이게 하면 끝. 주의해야 하는 게 사람이 목이 졸리거나 매달린 경우 소변이나 대변 같은 걸 반드시 흘리거든. 나중에 매달았을 때 장소가 달라지면 위장이 바로 들통 나게 되지. 반대로 그 부분까지 확실하게 고려해서 처리하면 들키지 않을 가능성도 있다는 뜻이고."

"그렇다면—."

드물게 오모리가 발언했다.

"만약 쓰보이가 사, 살해당했다면 버, 범인은 체격이 좋은 남자라고 생각해도 좋겠네요?"

"예를 들면 나처럼."

덴도는 자신을 예로 내세웠다.

"쓰보이는 체구도 작고 몸무게도 그다지 나가지 않을 것 같지만 그래도 사람을 혼자 목 졸라 죽이려면 웬만큼은 듬직한 체격에, 키 역시 어느 정도는 돼야겠지. ……이 경우라면 나는 물론 합격이고 이케다도 충분하겠군."

덴도는 키가 백구십 센티미터 가까이 되고 체격도 좋았다. 이케다도 전업 운동선수인 만큼 전신의 근육이 탄탄하고 키도 백칠십오 센티미터 정도는 된다.

"가자마도 체격은 충분하지만 키가 아슬아슬하겠군. 모리가 딱 키랑 체격이 아슬아슬한 선이고 고하라와 오모리는 아쉽지만 불합격. 체격상 무리가 있으니까. 뭐, 말은 그렇지만 물론 이 중에 범인이 있다는 얘기는 아니야. 어디까지나 이 자리에 있는 인간을 기준으로 사용한 것뿐이니까 크게 마음에 담아 두지들 말라고."

"그리고 어디까지나 살인일 경우에만 해당하는 얘기지요."

가자마가 덧붙였다.

"자살할 이유가 없단 말이지."

"다만 살인일 경우에는 문제가—."

나도 참견을 했다. 범인이 어떻게 쓰보이의 주소를 알아냈는가 하는 문제를 거기서 화두로 삼았다.

"시부야에서 다 같이 모였을 때 요코사와 씨가 미행을 당한 게 아닐까요? 요코사와 씨를 미행했던 녀석이 모임이 끝난 후에 이번에는 쓰보이의 뒤를 밟았고요."

얼마간 침묵이 이어졌다.

"음, 요코사와 씨와 쓰보이 사건이 연속한다고 생각하니까 어려워지는군요."

잠시 뒤 이케다가 말했다.

"역시 각각 독립된 별개의 사건이라고 생각해야 하지 않을까요?"

"요컨대?"

"요코사와 씨는 요코사와 씨대로 누군가에게 살해당했다. 쓰보이도 마찬가지다. 두 사람 모두 누군가 다른 인간에 의해 살해당했다. 아마 가까이 있던 인간에게. 생각해 보면 둘 모두 가족과 같이 살았잖습니까. ……그러고 보니 고하라 씨는 어떠십니까? 가족들과 같이 사시나요?"

갑자기 관심의 대상이 된 고하라는 잠시 눈을 끔뻑거렸지만 담담하게 이야기했다

"네. 아내와 장남 부부, 손자들과 저를 포함해 일곱 식구가 같이 삽니다. 그중에 가장 예민한 사람은 역시 아내겠지요. 어쩌면 이상한 낌새 정도는 느끼고 있을지도 모릅니다."

"그건…… 그다지 바람직한 상태는 아니군요."

가자마가 낮은 목소리로 천천히 말했다.

"네. 압니다. 아무래도 오랜 세월 한 이불을 덮고 잔 부부인 만큼 뭔가를 숨긴다고 해도 한계가 있습니다. 하지만 아내는 근본적으로 저를 신뢰하는 사람입니다. 뭔가 이상하다고 느꼈더라도 어설프게 소란을 떠는 일은 절대 하지 않습니다. 오히려 이런 문제가 있다고 전부 설명하는 편이 아무 문제도 없고 후련하지 않을까 싶습니다만……. 그래서는 안 되겠지요?"

"네. 아무리 신뢰하는 상대라도 리피트의 비밀만은 절대 새어 나가지 않도록 해 주십시오."

가자마가 당부했다.

"그런 예를 보아도—."

이케다가 거기서 본론으로 돌아갔다.

"같이 사는 가족에게 비밀을 지킨다는 게 얼마나 어려운 일인지 아시겠지요. 오늘은 오시지 않았지만 시노자키 씨도 비슷한 느낌을 받고 계시리라 생각합니다. 그리고 가족과 같이 사는 리피터 중에 요코사와 씨와 쓰보이가 살해당했다……. 그렇다면 각자의 가족 중 누군가가 비밀이나 이변을 알아챈 게 범행의 동기는 아닐까요? 그렇게 사건은 개별적으로 일어났다고 생각하는 게 일반적이죠."

"음—."

덴도가 신음했다.

"쓰보이는 '공부방'에서 불상사를 일으키는 바람에 경찰 사태까지 있었으니 가족의 신뢰는 이미 잃었다고 봐야겠지. 그런데도 이번 리피트 후에 놀러나 다니면서, 그런 주제에 도쿄대에 들어간다고 큰소리를 땅땅 쳤다더군. 가족 입장에서 보면 이 녀석은 틀렸다고 어느 정도 포기하지 않았을까 싶기는 하지만……. 그렇다고 해서 죽여 버린다는 건 정상이 아니잖아?"

덴도는 그렇게 말하며 부정했지만 나는 가능성이 있다고 여겼고 또 그러길 바랐다.

만약 그것이 진상이라면 우리는 자신들에게 불똥이 튈 걱정은 하지 않아도 좋으리라.

"그보다 지금은 가능성이 어느 정도인지는 모르지만 최악의 사태를 상정해도 손해 볼 건 없겠지. 처음에 우리가 생각했던 것처럼 만약 리피트의 비밀이 새어 나가서 얼굴도 모르는 누군가가 우리 생명을 노린다면 우리는 어디로 도망쳐야 할까? 그렇게 가정했을 때, 만약 가자마가 우리를 R-11로 데려가 준다면 더 이상 여기서 목숨을 위협당할 일은 없겠지. ……안 그래? 그러니까 가자마. 혹시 시월 삼십일까지 우리가 살아남는다면 R-11로 데려가 줘. 전에 모리나 오모리가 물었을 때는 안 된다고 딱 잘라 거절했지만 지금은 그때와 상황이 다르잖아. 만일 당신 혼자 R-11로 가 버린 후에도 우리가 줄줄이 살해당한다면 곤란하지 않겠어? 우리가 살해당하는 건 당신이 이리로 데려왔기 때문이니까. 그런 사태가 되기 전에 당신은 우리의 안전을 마지막까지 보살펴 줘야 할 의무가 있어. 아닌가? 그러니까 지금 여기서 약속해 줬으면 해. 만약 우리가 시월 삼십일 시점에 살아남는다면 우리도 함께 R-11로 데려가 줘."

나는 내심 탄복했다. 이야기를 거기로 몰아갈 줄이야.

전화위복이라던가. 동료가 연속해서 괴사한 이번 재난을 덴도는 교묘하게 자신에게 유리한 상황으로 바꾸려 한다.

"알겠습니다."

가자마는 천천히 대답했다.

"……약속하지요. 여러분이 시월 삼십일에 살아 계시다면—물론 그러리라고 생각하지만 화근을 남기지 않기 위해 희망하는 분은 제가 R-11로 데려가겠습니다. 이제 만족하십니까?"

"훌륭하군."

덴도는 크게 고개를 끄덕였다. 그의 만족스러운 표정을 보고 나는 순간 오싹한 상상을 해 버렸다.

설마 덴도가 가자마에게 이 한마디를 끌어내기 위해 일련의 사건을 일으킨 건 아닐까.

3

결국 그날 모임에서는 이런저런 설이 나왔지만 딱 이거다 싶은 결론은 나오지 않은 채 끝이 났다. 두 사람의 죽음을 불연속적인 사건으로 가정한 경우에는 자살설과 가족 범인설, 연속 살인 사건으로 가정한 경우에는 내부 범인설과 외부 범인설이 추정 가능하다. 내부 범인설은 가자마가 미심쩍어했지만 나는 속으로 덴도를 범인으로 하는 설도 검토했다.

그러나 어느 것이나 애매한 채였다. 완전하게 부정하지도 못했지만 반대로 완벽히 이거다 싶은 확증이 있는 것도 아니었다.

그날 모임에서 유일한, 동시에 최대의 성과는 우리에게 R-11행 차표가 주어졌다는 것이었다.

시월 삼십일까지 살아남은 나는 R-11로 간다. 물론 그전에 내가 죽는다면 그 시점에서 내 인생은 끝이다. 어찌 되었든 이번 인생에서 내가 십일월 이후를 맞을 일은 없다. 본방이 돌연 리허설로 격하된 느낌이다.

그러나 나는 거기서 긴장을 늦추지 않도록 애썼다. 언제 무슨 일이 생겨 이 세계에 버림받을지 알 수 없다—이 세계가 본방이 될지 모른다는 불안은 항상 내 마음에 있었다.

R-9와 달리 작은 행동 하나하나가 각자의 위험 부담으로 이어진다는 가자마의 말도 귀에 맴돌았다. 요코사와와 쓰보이가 어떤 이유로 누구에게 살해당했는지는 모르지만 근본적인 원인은 그들이 R-9와는 다른 행동을 취한 데 있었을 것이다.

그래서 나는 매일 착실히 대학에 가서 강의를 들었고 밤비나에서 아르바이트도 계속했다.

그런데도 기말 시험은 조마조마했다. 3학년 2학기 과정을 마지막 몇 번은 실시간으로(그것도 내 입장에서는 두 번이나) 수강했지만 그 이전 수업은 일 년이나 전에 들었던 내용이기 때문이다. 솔직히 기억은 꿩 구워 먹은 자리였다. 아무것도 기억나지 않는 상태로 나는 기말 시험에 임해야 했다.

이대로라면 R-9에서 무사히 이수했던 학점조차 놓칠 지경이다. 나는 새삼스럽게 교재를 읽고 친구의 강의 노트 복사본을 그러모아서 벼락치기 공부에 열을 올렸다.

그런 보람이 있었는지 시험 결과가 발표되고, 과락이 난 과목 없이 무사히 4학년으로 진급할 수 있었다. 이걸로 나는 걱정 없이 한 달 남짓한 봄 방학을 맞이했다.

도쿄 도내에 보름 만에 비가 내렸고 입춘 후 처음 불었던 남풍이 빠져 나간 이월의 마지막 날, 사흘 만에 시노자키에게 전화가 왔다.

"게이스케, 시험은 어땠어?"

"괜찮았어."

처음 사귀기 시작했을 때는 그녀도 틈만 나면 거의 매일 전화를 걸었지만 요즘에는 일주일에 한 번이나 두 번 간격으로 줄어들었다. 그렇다고 딱히 둘 사이가 식은 건 아니다. 좋은 의미에서 '친밀한' 관계가 되었다고 나는 생각했다.

그녀는 집으로 돌아온 뒤에 자기 방 침대에서 쉬며 자기 전에 잠깐 남자친구와 대화를 나눈다. 그걸로 충분하다. 나 역시 그걸로 충분하다. 어설프게 무리하지 않고도 둘의 마음은 이어질 수 있다.

그런 식으로 생각했지만 오늘 시노자키의 전화는 단순한 잡담 분위기가 아니었다.

"그럼 시험도 끝났으니 신경 쓰이는 일은 다 끝난 거네? 그래서 말인데……. 이번 주말에 어떡할래?"

"어떻게 하다니, 뭘?"

"왜, 저번에도 말했잖아. 우리 집에 한번 오라고."

"아아……."

그녀는 자신이 남자친구를 사귄다는 사실을 부모님께도 공개했다. 부모님께서 상대를 한번 데려오라고 말씀하셨단다.

"어떻게 할래?"

음—, 나는 생각에 잠기고 말았다. 그다지 마음이 내키지 않는 이야기였다. 나는 '댁의 따님과 자 버렸다'고 고백해야 하는 입장이라서 어떤 얼굴로 그녀의 부모님을 뵈어야 좋을지 대책이 서지 않았다.

"게이스케, 나를 배신하지 않는다고 했지? 그렇게 약속했잖아."

"응. 물론이지."

"먼 훗날의 일이지만 아마 우리는 결혼하겠지?"

"그래, 그렇겠지."

반사적으로 대답했지만 그 점에 관해서는 그다지 깊이 생각하지 않았다.

왠지 모르게 등줄기가 서늘했다.

"그러니까 언젠가 우리 집에 와서 '따님을 주십시오'라고 말할 거잖아."

"으, 응……."

"우리 부모님 입장에서 생각해 봐. 계속 숨어서 몰래 사귀다 덜컥 결혼하겠다는 것과 처음 사귈 때부터 제대로 인사드리고 부모님의 공인하에 사귀다 결혼으로 골인하는 거랑 비교하면—어느 쪽이 낫겠어? 게이스케는 어느 쪽이 낫다고 생각해?"

"그야 처음부터 사귄다고 확실히 말하는 게—."

"그치?"

"그래도 저기…… 어차피 우리는 R-11로 갈 거잖아."

나는 지난번 모임에서 가자마에게 그런 약속을 받아 냈다는 사실을 그녀에게도 보고했다.

"그러니까 이번에는 그냥 편하게 만나도 좋지 않을까?"

"……역시 게이스케는 R-11로 가고 싶어?"

시노자키는 새삼스럽게 물었다. 그녀는 이 세계에 남고 싶어 한다. 같이 사는 가족에게 비밀을 들키지 않도록 매일 신경을 곤두세워 온 그녀는 그걸 또다시 처음부터 되풀이하고 싶지 않다는 이야기로, 나도 이해할 수 있는 문제였다.

"그러면 R-11이 본방이고 이번은 예행연습이라고 생각하면 어떨까?"

그녀가 그렇게 말하며 R-11 건을 양보해 주었기에 나도 내 고집만 내세울 수는 없었다.

"알았어, 갈게. 찾아뵙도록 하지요."

그런 연유로 다음 일요일 나는 시노자키의 집에 가게 되었다.

삼월 삼일. 마침 히나마쓰리_{여자아이가 있는 집에서 딸의 행복을 빌며 히나 인형을 장식하는 일본의 명절}인 삼월 삼짇날이었다.

도부도조 선을 타고 도키와다이 역에서 내려 기다리던 시노자키와 만났다.

"엄마가 괜히 들떠서 케이크까지 구워 놓고 기다리고 계셔. 하지만 크게 마음 쓰지 않아도 괜찮아. 내 방 구경이 진짜 목적이고 그 김에 잠깐 부모님하고도 인사하려는 거라고 말해 뒀으니까. 그러니까 얼굴만 보이고 그다음에는……. 게이스케도 우리 집에서는 불편할 테니까 바로 밖에 나가서 평소처럼 데이트하자."

함께 걸으며 시노자키가 오늘의 일정을 설명해 주었다. 자신의 홈그라운드에 있는 탓인지 오늘의 그녀는 시종 편안해 보였다. 꾸밈없이 민얼굴 그대로의 편안함이 느껴졌다.

거리 풍경은 역시 신주쿠와는 다르게 확실히 여기에 사람이 산다는 느낌이 엿보여 호감이 갔다. 상가가 있고 단지가 있고 아담한 단독 주택이 늘어서 있다. 어떤 집에는 이불이 널려 있고 또 빨래가 바람에 나부꼈다. 아이들이 와자지껄 분주하게 뛰어다니고 있었다.

시노자키의 집은 중간 정도 규모의 주택이었다. 이층집으로 문에서 현관까지 사이에는 적지만 정원수도 심어져 있다. 차고에 서 있는 차는 국산 대중차였다.

"안녕하십니까, 인사드리러 왔습니다."

자신에게만 들릴 정도의 목소리로 말하며 집 안으로 들어갔다. 시노자키에게 이끌려 복도를 지나 거실로 들어가자 먼저 안쪽 벽에 장식된 일곱 단짜리 히나 인형의 붉은색 주단이 눈에 확 들어왔다. 그 앞에 응접 세트가 있고 그녀의 부모님이 소파에 나란히 앉아 있었다.

"어서 와요."

의자에서 일어나 쾌활하게 맞이해 준 사람은 시노자키의 어머니로 아버지는 의자에 앉은 채 난처한 듯 멋쩍은 웃음을 짓고 있었다.

"우리 아버지랑 어머니셔."

시노자키가 양친을 내게 소개했다.

"모리 게이스케라고 합니다. 처음 뵙겠습니다."

"그렇게 격식 차리지 않아도 괜찮아요, 편하게 앉아요."

그 뒤로 삼십 분가량 그녀의 가족과 친목의 시간을 보냈다. 일단 멍석만 깔리면 나는 상당히 싹싹하게 대처할 자신이 있었다.

"히나마쓰리 인형을 장식해 두셨네요."

"내가 이제 됐다고 해도 하시네—."

"되긴 뭐가 됐다는 거니. 이렇게 꾸며 놓아도 시집갈 둥 말 둥한 녀석이[일본에서는 히나마쓰리 인형을 호화롭게 잘 꾸미면 딸이 시집을 잘 간다는 속설이 있다] 안 그래요, 모리 씨?"

시노자키와 그녀의 어머니는 비교적 평소대로 스스럼없이 행동했지만 한 사람, 그녀의 아버지만은 묘하게 들뜬 느낌이 말과 행동 곳곳에서 드러났다.

"참 자네, 문학부라고 했지? 나도 젊었을 적에는 이노우에 히사시 책도 곧잘 읽었는데."

"아, 네. 이노우에 히사시 말이죠."

"영화로도 나왔지. 음…… 맞다, 『덴표의 기와』."

"아빠, 그건 이노우에 야스시 아니에요?"

"아차, 그렇지. 허허허."

평소에는 훨씬 진중한 사람이리라. 딸의 남자친구라는 남자를 앞에 두고 묘하게 흥분하고 만 소심함까지 포함해 분명 심지가 바른 사람이리라고 짐작하며 나는 그녀의 아버지를 바라보았다.

때를 보아 적당한 시기에 자리를 떠야겠다고 생각했다.

"이만하면 됐지, 아유미? 모리 씨도 어떻게 해야 좋을지 곤란해하고."

마침 시노자키의 어머니가 그렇게 말하며 도움의 손길을 내밀어 주었다. 나와 시선이 마주친 눈이 장난꾸러기처럼 웃으며 '수고했어요' 하는 뉘앙스를 전해 왔다. 나도 눈으로 '고맙습니다'라고 감사의 마음을 보냈다.

"그럼 저희는 올라가 볼게요. ……게이스케, 가자."

"실례하겠습니다."

나는 부모님께 일단 인사를 마치고 시노자키가 안내한 이층 그녀의 방으로 들어갔다.

"수고했어."

카펫 위에 탈싹 앉은 시노자키가 깊게 고개를 숙여 인사했다. 나는 침대 끝에 걸터앉아 겨우 온몸의 힘을 뺐다.

"후ㅡ. 긴장했다."

"역시 그랬구나. 그래도 그렇게 안 보였는걸. 의외로 게이스케 완전 명석 체질 아니야? 우리 아빠는 눈에 보이게 멋쩍어했잖아."

"아, 그래도 느낌 좋은 가족인걸."

"진짜? 다행이다. 게이스케에게 그런 말을 들어서 나 지금 무지 안심했어."

눈이 반짝반짝 빛났다. 나는 지극히 자연스럽게 손을 뻗었다.

그 손을 그녀가 양손으로 감쌌다. 완력으로 그녀를 들어 올려 옆에 앉히고 어깨에 팔을 둘러 입술에 키스했다.

"아이, 여기서 이러면 어떡해."

말하지 않아도 그 이상 할 마음은 없었다. 아래에 그녀의 부모님이 계시다는 지금 상황은 잘 알고 있다.

그녀는 앨범을 보여 주었다. 여자가 주도하는 이런 시간도 나는 꽤나 좋아한다. 보여 준 사진 중에는 고등학교 교복을 입은 그녀의 모습이 특히 인상적이었다.

도중에 시노자키의 어머니가 케이크와 차를 가지고 들어왔다.

"아빠가 보고 오라고 성화셔."

접시를 테이블에 두며 눈을 찡긋하더니 작은 소리로 그런 사실을 폭로했다. 나는 엉겁결에 마시던 차를 내뿜을 뻔했다. 마음에 드는 성격이다. 오늘 처음 만났건만 나는 벌써 시노자키의 어머니가 무지 좋아져 버렸다.

앨범을 다 보고나니 오후 두시 반쯤 되어 우리는 밖에 나가기로 했다.

"저녁때까지 돌아올게요."

현관까지 배웅하러 나온 부모님께 시노자키가 그렇게 말했다.

"안녕히 계세요."

나는 마음에서 우러난 인사를 하고 깊이 허리를 숙였다. 인사를 하던 중 집 안에서 전화벨이 울렸고 어머니가 발걸음을 돌려 복도를 통해 돌아가는 게 보였다. 현관문이 닫히는 순간 우리를 염려스러운 듯 보던 아버지의 모습이 마지막으로 눈에 들어왔다.

전철로 이케부쿠로까지 나가 둘이서 거리를 산책했다. 그리고 날이 저물 무렵 헤어졌다. 둘만 있으면서도 섹스를 하지 않은 건 사귀기 시작한 이후로 처음이었지만 오늘은 그래도 족하다고 나는 생각했다.

4

오치아이로 돌아왔을 때는 이미 밤의 장막이 드리워졌고 대기는 완전히 써늘해져 있었다. 도중에 편의점에 들러 저녁으로 먹을 도시락을 산 나는 집으로 돌아가는 발길을 재촉했다.

집에 들어와 도시락을 주방 조리대에 올려놓고 우선 난방을 넣기 위해 안쪽 방으로 가 전등 스위치를 켜자마자 나는 흠칫했다.

"이제 왔어?"

침대에 누워 턱을 괸 자세로 나를 보는 여자는—유코였다.

"너…… 지금 여기서 뭐하는 거야."

"데이트했어? 재미 좋았어?"

나는 필사적으로 마음을 가라앉히자고 마음먹었다. 숨을 쉬느라 들썩거리는 어깨가 스스로도 느껴졌다. 화난 목소리를 내지 않도록 의식하며 말했다.

"왜 네가 여기 있는 거야."

"왜라니?"

"왜 여기 있는데? 어디로 들어왔어?"

"현관. 열려 있었거든. 억지로 들어온 건 아니다, 뭐."

문이 잠겨 있지 않았다……? 그러고 보니 오늘 아침 시간에 쫓겨서 깜빡하고 문단속을 잊은 듯한 기분이 들었다. 물론 그렇다고 멋대로 남의 집에 들어와도 좋다는 건 아니다.

멋대로―남의 방에 들어와서.

나는 천천히 침대 앞까지 나아갔다. 거기서 인왕처럼 무섭게 버티고 서서 위압감을 담아 유코를 내려다보았다.

"멋대로 남의 집에 들어오지 마."

"자기, 데이트했어?"

유코는 내 다리에 팔을 둘러왔다.

"건드리지 마."

"있지, 같이 잤어? 시노자키 씨랑."

……무슨 말을 하는 거야, 이 녀석은?

"어떻게 네가, 그―?"

"시노자키 씨네 집에 갔었지?"

……어떻게 이 녀석이 그걸 아는 걸까?

유코는 침대 위에서 자세를 바꿔 앉더니 양손을 등 뒤로 돌려 착 달라붙는 원피스의 지퍼를 스스로 내리기 시작했다.

"그렇게 어린애 같은 여자가 좋아?"

"잠깐. 너 대체 어떻게―."

나는 침을 삼키며 그 자리에 주저앉았다. 시선을 유코에게 맞추고 호흡을 골랐다.

"옷 벗지 마. 그만둬. 어째서 네가 시노자키에 대해 아는 건데?"

"전화했거든."

"언제? ……너 언제부터 여기 있었어?"

"음…… 아마 두시 좀 넘어서부터였나?"

두시쯤 이 방에 들어와…… 재발신 기능을 이용한 걸까?

"전화하고 나서 또 뭘 했는데?"

"뭐, 딱히. 전화했더니 시노자키라고 하던걸. 그래서 모리 씨가 지금 그쪽에 계신가 하고 물었더니 지금 막 나갔다고 하더라."

우리가 시노자키네 집을 나오기 직전에 울렸던 전화가 유코였나.

"바로 부르러 나가면 잡을 수 있는 것 같다고 했는데 게이스케가 받아도 곤란하고 해서 됐다고 하고 끊었지."

"그게 다야?"

"응. 그게 다."

"네가 누군지는 말 안 했고?"

"누군지 밝힐 걸 그랬나? 저는 게이스케에게 버림받은 여자예요, 라고."

나는 자리에서 일어나 유코가 하는 말을 무시하고 필사적으로 생각했다. ……아직 시노자키나 그 가족에게 둘러댈 여지는 있는 듯했다.

그러나 앞으로 이 여자가 또 훼방을 놓는다면 이야기는 달라지겠지.

"너―도대체 어떻게 하고 싶은 건데?"

"나는…… 나……."

그녀는 돌연 뚝뚝 눈물을 흘리며 내 다리에 매달렸다. 반쯤 내린 등의 지퍼가 V자 모양으로 벌어져 안쪽의 피부가 훤히 내려다보였다. 견갑골이 또렷하게 불거졌다. 뼈에 가죽이 달라붙었을 뿐 살집이 느껴지지 않는 등허리. 자세히 보니 내 다리에 매달린 팔도 전보다 한층 야위고 가늘어졌다.

추하다는 생각에 이어서 딱하다는 생각이 일었다.

이건…… 내 탓일까?

어째서냔 말이다. 이래서는 내가 나쁜 놈 같잖아. 원래는―R-9에서는―네가 나를 버렸으면서. 악역은 바로 너라고.

"……게이스케랑 다시 시작하고 싶어."

"그건…… 불가능해."

나는 고개를 가로저었다. 유코는 고개를 빳빳이 쳐들고 흘겨보는 눈으로 나를 올려다보았다.

"그러면 게이스케를 엉망진창으로 만들어 줄 테야. 내가 아는 걸 모조리 그 여자한테 불까."

"그래도 상관없어. 말하고 싶으면 해."

리피트했던 시점에 사귀던 여자친구가 있다는 이야기는 시노자키도 알고 있었다.

유코는 거기서 숨을 죽였다.

"그런 거였어? 아, 그런 거였구나. 그 여자도 동료란 말이네. 그래서 잽싸게 나한테서 갈아탄 거구나."

중얼중얼 혼잣말을 하더니 갑자기 격앙된 목소리로 외쳤다.

"그럼 왜 게이스케는 나를 데려가 주지 않는 거야?"

"무슨 말이야? ······어디로?"

"갔잖아? 그녀랑 덴도라는 사람이랑 같이―."

······덴도? 어떻게 그 이름을?

"―미래에!"

뭐가 어떻게 돌아가는 걸까―나는 잠시 넋이 나갔던 것 같다. 갑자기 쥐죽은 듯 고요해진 방에 에어컨 실외기가 작동하는 소리가 베란다에서 들려왔다.

―읽은 거다. 노트를.

나는 그 노트가 어디에 있는지 실내를 둘러보았다.

"맞지? 지요의 후지가 은퇴한다며?"

노트는 원래 있던 자리에 놓여 있었다.

"화산 분출로 사람이 엄청 죽는다며."

남의 방에 멋대로 들어와서―.

"있지, 와카토 아키라가 행방 불명된다는 건 뭐야?"

남의 노트를 멋대로 보고―.

"닥쳐!"

내 일갈을 유코는 흥 하는 콧방귀로 날렸다.

"지금 엄청 곤란하지? 게이스케. ······그럼 나도 데려가 줘."

비밀은 나한테서 새어 나갔단 말인가!

이 멍청한 여자 탓에 나는—우리는—.

갑자기 격한 분노를 느꼈다. 온몸이 순식간에 뜨거워졌다. 분노가 너무나도 급격한 탓인지 가벼운 구토 기미까지 느껴졌다. 현기증도 났다.

이 멍청한 여자 때문에—.

다음 순간, 나는 너무나 자연스럽게—정신이 들었더니—유코에게 달려들었다.

하얀 목을 양손으로 거머쥐었다.

"자, 잠깐만—."

유코가 눈을 희번덕거렸다.

멍청이! 닥쳐! 닥쳐! 닥치라니까! 입 다물어! 다른 집에 들리잖아—.

그녀의 손은 필사적으로 버둥거렸다. 몸이 뒤로 젖혀졌다. 유코가 내 손목을 움켜쥐었다. 손톱이 파고들어 아팠다. 나는 그 움직임을 멈추려고 무릎을 옆으로 세워 그녀의 온몸을 자신의 체중으로 제압했다. 목을 조른 손은 결코 풀지 않았다. 다시 한 번 체중을 가해 졸랐다. 양손 속에서 숨이 잦아드는 게 느껴졌다. 팽팽한 근육이 내 손을 밀어내려 했다. 목을 짓누른 상태를 유지하기 위해 나는 필사적으로 힘을 가했다. 완력뿐 아니라 전신의 무게를 가해 목을 눌렀다.

그만! 그만! ……그만둬!

머릿속에서는 저지하는 목소리가 메아리쳤다. 내 자신에게 말하는 것이기도 했다. 그러나 나는 이미 이성을 상실한 채 마음의 소리에 맞춰 힘을 더했다.

그만! 그만! 그만해!

꽉! 꽉! 꽈악!

눈. 희번덕거리는 눈.

일그러진 얼굴. 크게 벌린 입. 윗니의 치열이 보였다. 그 하얀 알갱이의 반원에 둘러싸여 위턱 안쪽에 검붉은색이 보였다. 거기에 불거진 혈관이 보였다.

이윽고 그녀는 저항을 멈추었다. 내 몸 아래에서 축 늘어졌다. 축—죽은 것처럼 움직임이 없다.

내가 거침없이 가하는 힘에 순순히 몸을 맡겼다.

그만! 그만! ……그만하라니까!

희미하게 낯선 냄새가 나서 나는 퍼뜩 정신을 차렸다. 몸의 움직임을 멈췄다. 갑자기 손을 흔들어 대고 싶지만 양손이 말을 듣지 않았다. 팔이 딱딱하게 굳은 듯했다. 어쩔 수 없이 그 자세 그대로 나는 크게 숨을 들이쉬고 내쉬길 반복했다. 가슴이 아팠다. 숨이 막혔다. 몸 안이 후끈했다.

섹스로 절정에 달한 직후 같았다.

5

유코는 움직이지 않았다. 푹 자고 있다.

냄새가―소변 냄새.

갑자기 오한이 났다. 피부는 아직 뜨거운데 내장은 급격히 식어 갔다. 어딘가 구멍이 뚫려 피가 술술 빠져 나가는 느낌.

냄새가―토할 것 같다.

갑자기 토악질이 났다. 위가 뒤집어질 듯 식도를 역류해 오는 액체를 나는 필사적으로 목구멍에서 억눌러 억지로 삼켰다. 위 안이 욱신거리고 눈앞이 부옇다.

"아……."

제멋대로 날뛰던 양팔에 힘이 빠졌다. 양손으로 황급히 입가를 눌렀다. 구토 기미가 물러가자 유코의 하반신에 걸쳐 있던 상체를 일으켰다.

너무 추웠다. 땀으로 흠뻑 젖은 피부가 온몸의 피부에서 열을 빼앗아 갔다. 그리고 조금 전과는 반대로 이번에는 위에서 식도에 걸쳐 불쾌하게 치밀어 올랐다. 또 토할 것 같아 오른손으로 입을 막았다.

침착해라. ……괜찮다. 자신을 타일렀다.

나는 현기증을 느끼며 서서히 일어났다. 위에서 유코의 전신을 내려다보았다.

몸은 역시 움직이지 않았다. 푹 잠이 든 채 미동도 하지 않는다. 머리는 침대 끄트머리를 향해 쓰러져 있었다. 부자연스러울 정도로 머리를 뒤로 젖힌 탓에 하얀 목이 이상하게 길어 보였다. 그 목의 흰 피부에 내가 조른 흔적이 붉은 멍이 되어 남았다.

그녀의 옷 가랑이 사이로 액체가 스며 얼룩이 생겼다. 겹쳐져 있던 내 옷가지에도 얼룩과 냄새가 희미하게 옮아 있었다. 더럽고 불쾌했다.

다시 그녀에게 눈길을 돌렸다. 전신을 훑듯 훑었다.

"어이…… 유코?"

만약을 위해 작은 소리로 불러 보았지만 꼼짝도 하지 않았다. 그녀는 어떻게 보아도—역시…… 죽었다……. 죽은 걸까?

나는 먼저 그녀의 온몸을 덮은 이불의 남은 끄트머리를 손으로 집어 그걸로 둘러싸듯 온몸을 감쌌다. 그녀는 양 끝으로 머리와 다리를 각각 내밀고 이불에 쌓인 상태가 되었다. 그대로 이불을 끌어다 공간을 만들고 다시 반 바퀴 회전시켰다. 그렇게 그녀의 허리 아래에 깔려 있던 바닥을 살폈다.

얼룩이 거기까지는 침투하지 않았다.

한숨을 내쉬었다. 급격히 온몸의 힘이 빠져 버려 서 있기조차 힘들어진 나는 그 자리에 무너지듯 주저앉았다. 그대로 고개를 들고 이불에 둘둘 말린 물체를 바라보았다.

끄트머리로 비어져 나온 두 개의 다리. 그건—아무리 봐도 시체였다.

성가시게 됐다는 실감이 겨우 솟아났다.

침대 위에 시체가 있다. 내가 죽였다. 그랬다. 내가 그녀를 죽였다. 좋지 않은 상황이다. 그대로 둘 수도 없는 노릇이다. 어떻게든 해야 한다. ……어떻게? 어떻게 해야 좋을까?

필사적으로 머리를 굴렸지만 머리가 잘 돌아가지 않았다.

변명은 얼마든지 떠올랐다. 멋대로 남의 방에 들어와서 남의 노트를 훔쳐봤다. 자기 감정만 우선해 상대의 기분 따위는 눈곱만큼도 배려하지 않았으면서 사랑한다고 뻔뻔하게 말했다. 상대방에게 폐를 끼치면서 뭐가 사랑한다는 건지. 말은 잘한다. 정말 사랑한다면 내 기분을 최우선으로 생각해 주어야지.

그건 그렇다 치고…… 어쩌다 이 지경이 되었을까. 죽일 것까지는 없었다. 순간적으로 이성을 잃어 앞뒤 가리지 않고 행동하고 말았다. 아니, 주의가 부족했다. 오늘 아침 집을 나설 때 확실하게 문단속을 했어야 옳았다. 이 녀석이랑 헤어질 때, 일방적으로 이별을 통보하고 납득할 만한 이유를 만들지 못했다―. 그건 내 잘못이다. 미래의 기억을 노트에 적어 둔 것도 돌이켜 보니 생각이 짧았다. 그중 어느 하나라도 제대로 했더라면 이렇게까지 되지는 않았을 텐데.

아니, 지금은 그런 생각을 할 상황이 아니지, 나는 자신을 질책했다. 반성은 나중에 얼마든지 해도 된다. 지금은 우선 이 시체를 어떻게든 해야 한다.

시체……? 이 녀석 진짜로 죽은 거야? 살아 있는 건 아니겠지?

지금은 가사 상태지만 나중에 숨을 되돌릴 가능성은……?

나는 조심조심 이불에서 비어져 나온 유코의 다리에 손을 뻗었다. 오른쪽 다리 뒤를 쓸어 보았다. 살을 꼬집어 보았다. ……틀렸다. 이런 짓을 해 봤자 알 수 있을 리가 없다. 확인하려면 똑똑히 얼굴을 보고 확인해야지.

거기서 기가 꺾였다. ……그만두자. 유코는 조금 전에 분명히 죽었다. 그만큼이나 목을 졸랐으니까. 그러고도 살 수 있을 리가 없다. ……만약 정말 살아 있다면—어떻게 하지? 사태가 호전될까? 쓸데없이 성가셔지지 않을까? 유코가 다시 살아나면 리피트의 비밀도 살인 미수도 불문에 부쳐 줄까?

적어도 시체라면 나를 규탄하지 못한다. 이 녀석은 시체다. 시체는 아무 말도 하지 않는다. 더 이상 아무 말도 하지 않는다. 이 녀석의 입으로 리피트의 비밀이 새어 나갈 일은 이제 걱정할 필요가 없다. 성가신 건 시체가 여기에 있다는 사실이다. 내버려두어도 저절로 해결되지 않는다. 시체가 여기서 발견되면 내가 죽인 사실이 들통 난다. 살인을 저질렀다는 사실이 밝혀진다. 그러면 나는 살인자가 된다. 경찰에 체포당해 앞으로의 인생을 형무소에서 보내야 한다. 창창한 미래가—R-11의 삶이—몇억 엔이라도 내키는 대로 벌어들이고 유유히 나만의 삶을 살 터인 내 창창한 미래가—범죄자가 되어 형무소 생활을 강요당하다니……?

너무나 불합리하다. 나는 그런 일을 하기 위해 과거로 돌아온 게 아니다.

시체를 어떻게든 처리해 살인이 탄로 나지 않도록 해야 한다.

등 뒤에서 전화벨이 울리기 시작했다.

6

요란한 전화벨 소리.

전화―누구지?

이내 떠오른 생각은 조금 전 유코의 목소리 또는 싸우는 소리로 벌써 살인이 탄로 나지 않았을까 하는 기우였다. 그러나 양옆집이든 아랫집 주인이든 내 전화번호를 알 리가 없다. 설령 그들이 소리를 들었다 쳐도 이 전화는 아니다. 그렇다면…… 아마 괜찮겠지. 그 정도로 주의를 끌 만큼 격한 소리나 소음은 들리지 않았을 것이다. 그러므로 벌써 누군가에게 들켰을 리가 없다.

괜찮다. 정신 바짝 차리자.

분명 시노자키의 전화다. 이 멍청한 여자가 그녀의 집에 전화했다고 했으니 집에 돌아간 시노자키가 그 사실을 가족에게 듣고서 내게 연락한 것이리라.

시노자키에게 이 사실을 솔직히 고백한다면―그녀는 나를 어떻게 생각할까? 역시 살인자라고 비난할까?

그녀에게는 말할 수 없다―고 나는 생각했다. 그녀에게 이 사건을 알리는 건 여러 의미에서 좋지 않다.

전화를 받지 않는다면……? 아니, 묘하게 의심을 사서 그녀가 집으로 찾아와도 곤란하다.

일단 평정심을 되찾아야 한다. 시노자키가 아닐지도 모르지만 어쨌든 전화를 받아서 평상시처럼 응대해야 한다.

벨은 여전히 울리고 있다. 나는 한차례 심호흡을 하고 천천히 수화기를 들어올렸다.

"네, 모리입니다."

"어이, 있었군. 덴도다."

아, 덴도—나는 엉겁결에 천장을 올려다보았다.

그렇다. 덴도가 있었다. 지금은 신이나 부처보다 그 무엇보다 그에게 기대고 싶다. 리피터 동료로 가장 믿음직한 남자—그에게 기대면 지금 내가 처한 역경을 어떻게든 해 줄 것만 같았다.

"—실은 오늘 낮에 이상한 전화가 왔어. 너랑 아는 사이라는 젊은 아가씨가 내 전화로—사무실이었지만—연락이 왔더라고. 너랑 어떤 관계냐고 묻기에 모르는 사이라고 일단 잡아떼긴 했는데."

유코다. ……그 멍청이.

"모리 너, 아는 사인지 어떤지는 모르지만 누가 내 연락처를 맘대로 훔쳐본 거 아냐?"

내가 노트에 적어 두었던 동료의 성씨와 연락처를 적어 놓은 일람표를 찾아내 그중 어느 게 시노자키인지—내가 사귀는 여자인지—조사하려고 위에서부터 차례대로 전화를 걸었을 것이다.

"맞습니다. 전에 사귀던 여자가 집에 멋대로 들어와서 리피트와 관계된 메모를 봐 버렸습니다."

"그래서 그 여자는?"

"……입을 막았습니다. 이제 괜찮습니다."

"어이, 설마."

덴도의 목소리가 흥분으로 떨렸다.

"죽였나?"

나는 아무 말도 하지 않았다. 그게 긍정의 의미가 되었다.

"시체는? 아직 거기에 있나?"

"네. 그래서—."

"처리를 고민중이지?"

"……네."

그렇게 대답하고 잠시 뜸을 들였다. 분명 덴도는 무언가를 생각해 주겠지…….

"지금 바로 거기로 가지. 위치를 가르쳐 줘."

덴도가 와 준다. 와서 저 시체를 어떻게든 해 준다……?

나는 가까운 역에서 집까지 오는 길을 설명했다.

"알았다. 지금 바로 나가면 히가시나카노까지 삼십 분, 거기서부터…… 십 분? 그러니까 아마 일곱시 반에는 도착할 거야. 알았나? 집에 잠자코 있어. 멋대로 움직이지 말고. 텔레비전도 켜지 마. 음악도 안 돼. 만약을 위해 집에 불도 꺼 두도록. 너는 거기에 없는 거다. 누가 와도 문 열어 주지 마. 전화는 자동 응답으로 돌려놓고 나 말고는 문을 열어 주지 마. 내가 거기 도착하면 확실하게 확인하고 문을 열어. 인터폰은 있나?"

"아뇨, 없는데요. 벨을 누르면 안에서 차임이 울려요."

"도어스코프는…… 있나? 그럼 거기로 내가 왔는지 확실히 확인해. 착각해서 다른 사람을 들여보내지 말고."

"죄송합니다. 부탁드리겠습니다."

통화가 끝나자 쓸데없는 생각을 버리고 덴도의 지시에 따르는 데만 의식을 집중했다. 집의 불을 끄고 암흑 속에서 무릎을 끌어안은 채 그가 오기를 줄곧 묵묵히 기다렸다.

커튼 너머로 비치는 밤의 가로등 때문에 실내의 사물이 희미하게 드러났다. 유코를 감싼 이불의 시커먼 윤곽은 변함없이 미동도 하지 않았다. 시체에 대해서는 애써 생각하지 않으려 했다.

어둠 속에서 단 한 곳, 비디오의 시각 표시 숫자만이 빛나 보였다. 나는 그것을 그저 물끄러미 바라보았다. 그와는 다른 방향에서 들려오는 탁상시계의 초를 새기는 소리가 어두운 방 안에 고즈넉하게 내리며 쌓여 갔다.

어둠에 빛나는 숫자가 일곱시 삼십분을 가리켰을 때 문 밖에서 인기척이 났고 차임이 울렸다. 나는 숨을 죽이며 현관으로 향했다. 도어스코프로 밖을 엿보니 덴도의 모습이 있었다. 그는 평소의 장의사 같은 차림으로 문 앞을 서성였다.

문을 열자 덴도는 말없이 집으로 들어왔다. 나는 소리 없이 인사를 건넸다. 그런 뒤 잊지 않고 문을 꼼꼼히 잠갔다.

뒤돌아보니 덴도는 주방의 짧은 복도를 몇 걸음에 가로질러 지금은 안쪽 방 입구에 서 있었다. 전등 스위치를 켜자 방이 다시 빛으로 가득해졌다. 그가 크게 한숨을 내쉬는 소리가 등 너머로 들려왔다.

7

"틀림없이 죽었군."

내게 일의 경위를 듣고서 덴도는 먼저 시체를 조사하기 시작했다. 감싸 두었던 이불을 거칠게 벗겨 내고 그 위에 시체를 바로 눕혀 온몸을 검사했다. 잘도 태연하게 그런 일을 한다고 생각했다. 나는 방 입구에 우뚝 서서 그 모습을 보지 않으려고 책장 쪽으로 시선을 돌렸다.

시체 검사가 끝나자 다음으로 덴도는 유코의 가방 안을 뒤지기 시작했다.

"네가 경찰에 잡히면 우리가 곤란해지지. 리피터의 비밀이 새어 나갈지도 모르고. 아니, 네가 불지 않더라도 네가 잡혀서 사정 청취를 받게 되면 시노자키든 누구든 뭔가 불겠지……. 으이크, 이 여자 위험한 물건을 갖고 다니네."

그 소리에 이끌려 덴도의 손을 바라보자 그는 수건에 둘둘 말린 물건을 나에게 보여 주었다. 자루가 나와 있다. 아무래도 부엌칼 같았다.

"너, 이 여자한테 무슨 짓을 한 거야?"

유코의 짐에서 부엌칼이 나왔다는 사실에 나는 경악했다. 그녀는 나를 죽이려고 했던 걸까?

"이 녀석이 리피터 살인범이었나? 아니, 그렇지는 않겠군. 이렇게 가냘픈 팔로는 쓰보이를 목 졸라 죽일 수 없으니까. 그럼 쓰보이는 쓰보이, 요코사와는 요코사와대로 각자 살해당했다는 얘긴가. 그리고 모리도 어쩌면 이 여자한테 살해당했다. 세 사람이 따로따로."

흥 하고 한차례 콧방귀를 뀐 덴도는 부엌칼을 바닥에 내려놓고 이야기를 원점으로 되돌렸다.

"어쨌든 네가 경찰에 잡히면 분명 시노자키가 뭔가 일을 벌이겠지. 가령 리피터의 능력을 세상에 과시해서 사건을 흐지부지하게 만들려고 하는 어리석은 행동을 하게 될지도 몰라. 나는 그런 위험을 감수할 생각이 전혀 없거든. 그래서 이렇게 너한테 협력하는 거야. ……어이, 이거 자동차 열쇠인가?"

덴도의 손에 잡힌 건 그 말대로 유코의 자동차 열쇠가 달린 열쇠고리였다. 작은 죽롱竹籠 같은 물체가 열쇠고리 아래에 매달려 있었다.

"차로 왔나. BMW군. ……어이, 차번호는?"

기억하고 있지 않다. 나는 도리질을 쳤다.

"잠깐 기다려. 내가 보고 오지. 주차 위반 딱지라도 끊기면 위험하니까. 만약에 차가 있으면 움직이고 올 테니 시간이 걸릴지도 모르지만 어쨌든 내가 나가면 문 꼭 잠그고 가만히 있으라고. 알았나."

덴도는 그런 말을 남기고 집을 나섰다. 돌아왔을 때는 그 뒤로 삼십 분이나 지나서였다.

"역시 차로 왔더군. 일단 언덕 위에 있는 이십사 시간 주차장에 두고 왔어. 주차 위반 딱지는 다행히 없는 것 같았지만. 두시에 왔다고 했지? 그러면 여섯 시간인가. 외제차가 그만큼이나 서 있었으니 분명히 목격자가 있겠지. 그러니까 어쨌든 시체가 발견되지 않도록 해야 해. 그 수밖에 없겠어."

덴도는 이어서 내게 유코에 대해 이리저리 물었다—이 여자, 직업은? 가족 관계는? 혼자 살았나? 아니면 가족과 같이 살았나? 너와 사귄 기간은? 둘이 사귄 사실을 아는 사람은?

나는 아는 대로 대답했다.

일은—하지 않았을 겁니다. ……가족은, 부모와 같이 살지만 사이는 소원하다고 했어요. 밤중에도 어슬렁어슬렁 놀러 다니는 걸 보면 부모가 거의 간섭하지 않는 모양이에요. 사귄 건 작년 시월 중순부터니까 제가 리피트로 돌아올 때까지 석 달 정도고. 그전에도 다른 남자가 있었고 저랑 헤어지고 나서도 아마 또 다른 남자와 사귀지 않았을까 싶어요.

그렇게 질문에 대답하는 동안에 나는 또 불합리한 분노에 휩싸였다. R-9에서는 그렇게 쉽게 나를 버리고 다른 남자로 갈아탄 주제에 어째서 이번에는 이렇게까지 내게 집착했을까?

"—꽤 놀았다니…… 잘만 하면 수색에 착수하는 시기가 늦어질 수도 있겠어. 늦어지는 만큼 행방불명된 시기를 추정할 때 전후로 폭이 생기지. 혼자 살았다면 훨씬 나았겠지만 그래도 조건으로는 양호한 편이야. 시체만 발견되지 않으면 경찰이 수사에 나설 일은 없겠지. 나머지는 부모나 친구가 이 아가씨의 부재를 얼마나 걱정하는가에 달렸어."

덴도가 '친구'라는 단어를 말했을 때 뇌리에 떠오른 사람은 요코하마에서 나를 유코와 대면시킨 구보라는 여자였다. 유코가 없어져서 걱정하는 건 아마 그 아가씨 정도가 아닐까.

작년 연말쯤에는 같이 놀던 친구를 몇 번이나 밤비나로 데려오기도 했던 유코였지만 사실 그런 사교 활동은 표면에 지나지 않고 마음을 터놓고 이야기할 수 있는 친구 따위는 없다고 언젠가 말했던 기억이 난다.

나는 침대 위의 시체를 힐끔 쳐다보았다. 복잡한 감정이 솟아나는 것을 억지로 눌러 담았다. ……지금은 어쨌든 이 시체를 어떻게든 해야 한다. 그것이 최우선 과제다. 덴도는 자기한테 맡기라고 했다. 어딘가에 버려 줄 테지. 시체를 처리한다. 그리고 시월 말까지만 시체가 발견되지 않으면 우리의 승리다. 우리는 완벽히 도망칠 수 있다.

다시 리피트를 해서—R-11로 도망쳐서.

그러면 살인도 없었던 일이 된다.

덴도는 내게 몇 번이나 그렇게 타일렀다.

"―알겠나. 시체는 내가 확실히 처리한다. 그러니까 살인 사건으로 수사를 당하는 일은 없을 거야. 너만 정신 단단히 차리면 만사 해결이라고."

초점이 어긋난 눈으로 암시를 걸 듯 내 눈동자를 뚫어지게 응시하며 같은 말을 몇 번이나 반복했다. ……내가 그 정도로 동요한 것처럼 보였나.

덴도는 시계를 봤다. 나도 덴도에게 이끌려 시계를 보았다. 슬슬 아홉시가 되려던 참이었다. 덴도는 시체를 운반하는 건 심야가 좋다며 행동 개시를 자정 이후로 정했다. 그때까지는 아직 세 시간 이상 남았다.

좁은 방에 덴도가 있고 유코의 시체도 함께 있다는 사실에 나는 이미 슬슬 견디기 힘든 상태가 되었다. 숨이 막혔다. 그러나 약한 소리를 할 수도 없는 노릇이다. 내가 그런 말을 하면 사건과는 무관한 덴도는 뭐라고 말할까. 협력을 약속하고 나와 같은 조건에서 이 방에 있어도 태연했다. 그를 본받아야……. 기껏 세 시간이라고 자신을 타이르며 나는 설핏 한숨을 내쉬었다.

"가자마한테 보고할까?"

괜찮겠어? 라고 눈으로 묻는다. 나는 마음속에서 이번 건을 이미 덴도에게 완전히 일임해 버렸기에 묵묵히 고개를 끄덕여 대답했다. 그러고는 한마디 덧붙였다.

"저…… 다만 다른 분들한테는—."

말하지 않기를 바랐다. 특히 시노자키에게 알리고 싶지 않았다.

"안심해라. 가자마 이외에는 말하지 않을 테니. 비밀은 아는 사람이 많을수록 새 나가기 쉬운 법이니까."

덴도는 십 분가량 통화했다. 나는 전화 내용을 멍하니 들었다. 덴도는 내가 살인을 저질렀다는 사실, 체포되면 리피터 전원이 위기에 직면한다는 사실, 그래서 자신이 범죄 은폐에 협력하고 싶다는 사실을 가자마에게 전했다.

덴도가 수화기를 내려놓는 소리에 나는 퍼뜩 정신을 차렸다.

"오케이. 안심해. 내가 어떻게든 할 테니."

덴도는 내게 큰 가방은 없냐고 물었다. 나는 벽장을 뒤져 제일 큰 가방을 꺼냈다.

"어떨까요?"

덴도에게 묻자 그는 가방 입구를 벌리고 그 크기와 유코의 시체를 잠시 비교하고는 이윽고 고개를 끄덕하더니 가방을 바닥에 펼쳤다.

"잠깐 손 좀 빌리지. 여기를 잡아."

나는 벌린 입구 한쪽을 잡았다. 천 가방이라 그렇게 하지 않으면 흐느적거리며 형태가 무너져 입구가 닫혀 버린다. 여행을 갈 때는 대개 이 가방을 썼다. 애초에 고향에서 산 가방으로 내가 대학에 합격해 상경하게 됐을 때 이삿짐과는 별개로 자질구레한 일상 용품을 여기에 담아 전철을 타고 왔다.

가방 위에 유코의 몸이 가로놓였다. 상반신은 가방의 높이와 거의 같았다.

"어떻게 될 것 같군."

그때 유코의 얼굴로 눈이 가고 말았다. 헝클어진 머리칼 사이로 허옇게 뒤집힌 눈이 엿보였다. 나도 모르게 헉 하고 신음이 새어 나왔다. 허둥지둥 고개를 숙였다.

"너는 이제 됐으니까 저쪽으로 가 있어."

덴도는 그렇게 말하고 나를 쫓으며 남은 작업을 혼자서 해 나갔다. 나는 고개를 숙이고 그 모습을 곁눈질했다. 유코의 시체 상반신을 먼저 이불로 덮었다. 비어져 나온 사지도 가지런히 접고 옆쪽 이불을 끌어올려 가까스로 무사히 가방에 담은 듯했다. 마지막으로 지퍼가 닫히는 소리가 나서 보니 거기에는 빵빵하게 부푼 가방 하나가 있을 뿐이었다.

가방을 어디에서 어떻게 처리할 생각인지는—덴도는 이미 계획을 세웠으리라고 짐작했지만—굳이 물어보지 않았다. 모르는 편이 낫겠다고 판단했기 때문이다.

덴도는 이내 양손으로 들어 올려서 들고 갈 가방의 무게를 재 보기 시작했다.

"의외로 가볍군."

시체를 다루며 조금도 동요하지 않는 대담한 신경과 무신경한 말투가 이 상황에서는 무척이나 미덥게 느껴졌다.

이 사람은 어째서 이렇게 태연할 수 있을까? 자기가 죽이지 않아서—라는 말로는 다 설명이 되지 않는 경이로운 침착함은 도대체 어디서 오는 걸까?

그러한 의문에 대한 답이 될 만한 화제가 그 후 시간을 때우는 사이에 덴도의 입에서 나왔다.

"—나는 무엇보다 다른 사람 앞에서 동요하는 게 싫다. 내가 동요하는 모습은 절대 남에게 보이고 싶지 않아. 옆에서 보면 그런 모습은 어쨌든 볼썽사납거든. 추악하다고 할지. 나는 무슨 일이 있어도—무엇을 보더라도—동요하지 않기 위해 지금까지 줄곧 그 점을 염두에 두고 살았지. 또는 내내 그런 수행을 해 왔다고 해도 좋고."

그런 마음가짐이나 수행이 어떤 것인지 상상도 되지 않았다.

"그런 식으로 생각하는 건 자신의 취약점을 극복해 나가는 과정이기도 해. 나는 무엇에 서툰지—내게 불가능한 것은 무엇일지—찾아보다가 결국은 살인에 대해 생각하게 되었어. 나는 사람을 죽일 수 있을까? 이 세상에는 살인을 할 수 있는 녀석과 할 수 없는 녀석, 그렇게 두 종류의 인간이 있음을 깨달았지. 어떤 사람을 죽이면 나한테 이득이 있고, 절대로 경찰에 잡히지 않는다는 사실도 알 경우 그를 죽일까 죽이지 않을까. 그 상황에서 태연히 상대를 죽이는 녀석이—그 녀석이야말로 이 세상의 승자가 된다. 그런 사람은 극히 일부. 반대로 죽이지 못하는 녀석은 인생의 패자야. 그런 사람은 널렸지. 아무래도 이 세상이 그렇게 생겨 먹었다는 사실을 나는 그때 깨달았다. 그래서 만약 기회가 있다면 사람을 죽여 보고 싶었어. 내가 살인을 태연히 저지를 수 있을까―그만큼 근성이 있는 인간인지 어떤지―한번 시험해 보고 싶었거든. ……사실대로 말하면 나는 오늘 너를 죽일까 했다."

덴도는 돌연 그런 생각지도 못한 말을 꺼냈다.

나는 말문이 막혔다.

"살인을 저지른 너는 바보다. 내버려두면 언젠가 경찰한테 잡히겠지. 그렇게 되면 내 몸도 안전하지 못해. 너한테서 리피트의 비밀이 새어 나가면 이쪽에도 민폐거든. 그렇게 되기 전에 단숨에 죽여 버릴까―입을 막아 버릴까―했지. 실제로 여기 올 때까지는 반쯤 그럴 생각이었다. 사건을 은폐하는 능력도, 경찰한테 잡혔을 때 리피트의 비밀을 불지 안 불지에 대해서도 너는 그다지 신용이 가지 않았으니까. ……솔직히 말하면 지금도 완전히 믿음이 가는 건 아니야. 그러니까 계속 정신 똑바로 차리라고. 정신 바짝 차리고 나를 안심시켜 보라고."

"왜…… 저를 죽일 생각을 접었습니까?"

물으면 긁어 부스럼이 될지도 모른다. 원한다면 죽여 주겠다고 나올지도 모른다고 생각했지만 나는 어느새 덴도에게 그렇게 되묻고 있었다.

덴도는 씩 웃었다.

"이번에는 잘 해낼 자신이 그다지 없었거든. 실제로 여기에 와서 너를 봤더니 생각보다 침착해 보이기도 했고. 손을 빌려 주면 어떻게든 수습되겠다 싶었지. 그래서 죽일 마음은 접고 도와주기로 했어."

온몸에 쭈뼛 소름이 돋았다. 눈앞의 덴도가 갑자기 두려워졌다. 나는 이 사람에게 살해당했을지도 모른다. 그가 만약 그럴 마음이 었다면 나는 아마 살해당했으리라.

"그러니까 너도 무사히 R-11로 갈 생각만 해. 이번에는 약점 잡히지 않을 정도로만 하라고. 시월까지 완전히 도망치는 거다. 내가 봐도 너는 상당한 배짱이 있어. 리피터이기 이전에 아까 말했던 예처럼 너는 원래 이 세상에 몇 없는 승자야. 그러니까 자신감을 가져. 알겠나?"

그런 이야기를 하는 동안 시간은 흘러갔고 마침내 자정을 넘겼다.

"그럼 슬슬 가 볼까. 잘 들어. 마지막으로 한마디만 하지. 눈에 띄는 짓은 하지 마. 네가 평소랑 다른 짓을 하면 눈에 띄게 돼. 이 여자의 실종을 전후로 네가 튀는 행동을 하면 너랑 이 여자를 묶어서 생각할 테니까. 그러니 너는 내일부터 평소대로만 해. 알아들었지?"

덴도는 시체가 든 가방을 영차 하고 끌어안더니 마지막으로 그렇게 말하고 내 방을 뒤로 했다.

8

 덴도가 떠난 후 방에 혼자 남겨진 내가 무엇을 했냐 하면 먼저 운동복으로 갈아입고 침대에 파고들었다. 한때나마 시체를 감쌌던 이불이다. 귀퉁이에는 아직 소변을 흘린 흔적이 축축하게 남았지만 개의치 않을 정도로 나는 지쳐 있었다. 뒤통수 아랫부분에 뻐근하게 뭉친 둔통도 있었다.

 지금은 일단 자고 싶었다. 잠이 들어 모든 것을 잊어버리고 싶었다. 그러나 머릿속이 묘하게 맑아 눈을 감았음에도—그래서 실제로는 아무것도 망막에 비치지 않건만—내 뇌는 기억에 있는 영상을 멋대로 헤집어 시야에 투사시켰다.

 부릅뜬 눈. 고통으로 일그러진 얼굴. 크게 벌려진 입. 그 입속에 뭔가 별스런 생물처럼 움직이던 혀—커다란 거머리처럼.

 눈을 뜨면 환상은 사라졌다. 어슴푸레한 시야에 천장의 이음새가 보였다. 그러나 눈을 뜨고 있는 한 잠은 찾아오지 않는다.

 통제를 상실한 머릿속에서는 끊임없이 질문이 생겨났다.

 —덴도는 시체를 어떻게 처리할 생각일까? 절대로 발견되지 않도록 하려면? 산에 묻든지 공사 현장에 매장해 버리든지. 바다에 가라앉히든지. 녹이거나 토막을 내는 건?

 —자동차는 어떻게 하려나. 유코가 탔던 BMW. 우리 집 옆에 서 있던 모습을 누군가 목격했을 가능성이 있다. 거기에서 발목이

잡힐 일은 없을까? 덴도에게는 어떤 계획이 있을까? 그는 지금 무엇을 하고 있을까? BMW에 시체를 싣고 유기 장소를 향해 달리고 있을까?

―만약 경찰에 잡혀 사람을 죽였다는 사실이 알려지면 다들 나를 어떻게 생각할까? 고향의 부모님은? 그 탓에 누나가 시댁에서 쫓겨나기라도 하면? 학교 친구들은 나를 어떻게 생각할까? 밤비 나의 작은 마담이나 아유미, 또 다른 모두는……?

그리고…… 시노자키는?

만약 내가 사람을 죽인 걸 안다면 그녀는 어떤 반응을 보일까? 나를 경멸할까? 살인자라고 경멸의 눈으로 나를 바라볼까? 반대로 나를 감싸 줄까? 내가 시월까지 무사히 도망쳤을 때는 함께 R-11로 가 줄까?

그러한 생각이 머릿속에서 빙글빙글 소용돌이쳐 잠들지 못한 채 점점 희붐하게 밝아오는 창의 커튼을 그저 바라보는 수밖에 없었다.

그 와중에도 설핏 선잠이 들었다.

전화벨 소리에 나는 퍼뜩 잠에서 깨어났다. 책장의 시계로 시각을 확인하니 아직 아침 일곱시 반이었다.

자동 응답 기능을 해제해 놔서 벨은 계속 울렸다.

누구일까.

덴도라면 전화를 받아야 한다. 전화를 받아서 '안심해라, 잘 처리했으니'라는 그의 한마디를 빨리 듣고 싶었다. 그러나 어제 일을 생각하면 시노자키일 가능성도 있다. 지금은 그녀와 이야기하고 싶지 않았다. 지금 이야기를 하면 내가 저지른 일을 깡그리 그녀에게 간파당할 것만 같은 기분이 들었다.

그렇게 고민한 끝에 나는 결국 전화를 받지 않기로 했다. 덴도에게는 나중에 전화를 걸면 그만이다.

이불을 휘감은 채 나는 벨 소리를 셌다. 벨 소리는 열 번 울리고 끊어졌다.

결국 그대로 잠이 깨 버린 나는 해가 뜨기를 기다려 이불을 베란다에 말리고 이불 커버를 빨기 위해 세탁기를 돌렸다.

중학교 시절 딱 한 번 이불에 지도를 그린 적이 있었다―빨래를 하며 그런 일을 회상하기도 했다.

그렇게 오전 시간을 보내고 정오가 지나서 나는 마음먹고 덴도의 사무실에 전화를 걸어 보았다. 그러나 응답한 것은 부재중 메시지였다. 나는 바로 수화기를 내려놓았다.

아직 시체 처리가 끝나지 않은 걸까―아니면 경찰에 잡혔나? 그가 술술 털어놔 지금 경찰관이 떼거지로 우리 집을 향해 오는 중이라거나―?

그런 불안으로 가슴을 졸이며 오후에는 내내 텔레비전을 보았다. 와이드쇼 프로그램에서 항간의 살인 사건을 다루고 있는 것을 보고 나는 복잡한 심경이 되었다. 예전의 나라면 치정에 얽혀 애인을 죽인 남자 따위는 '멍청한 녀석'이라는 한마디로 잘라 버렸을 텐데. 만약 유코의 시체가 발견되어 내가 살인범으로 체포된다면 그 보도를 보고 역시 다들 나를 '멍청한 녀석'이라고 말할까?

해거름이 되어 이불과 빨래를 거둬 들였다. 살펴보니 이불 커버의 얼룩은 사라지고 이불에 있던 습기도 이제는 알아차리기 힘들 정도로 말라 있었다. 살인의 흔적은 이걸로 이 방에서 깨끗하게 사라졌다. 이제 와서 생각해 보니 나는 그 일이 도무지 현실이었다고는 느껴지지 않았다.

저녁 여덟시를 지나 멍하게 텔레비전을 보고 있을 때 또 전화가 걸려 왔다. 나는 엉겁결에 숨을 삼켰다. 텔레비전 소리가 멀어지고 대신 벨 소리가 귓전에 크게 메아리쳤다. 나는 숨을 죽인 채 그 수를 헤아렸다. 한 번…… 두 번…….

이번에는 아침에 걸려 왔던 전화보다 더 누구인지 판단이 서지 않았다. 덴도일지도 모르고 시노자키일지도 모른다. 어제 덴도가 사정을 전했으니 가자마일 가능성도 있다. 물론 대학 동기나 아르바이트 동료일지도 모른다.

경찰일 가능성은?

또는—유코의 가족일 가능성은?

유코가 우리 집에 온 시간이 어제 두시라고 했다. 그녀가 집을 나선 지 벌써 서른 시간가량 경과했다. 이제 슬슬 누군가 그녀의 부재를 수상하게 생각하기 시작해도 이상하지 않을 무렵이다.

유코의 가족은 과연 그녀가 나와—모리 게이스케라는 남자와—한때 사귀었던 사실을 알까? 아니, 그건 모르더라도 가령 누군가 그녀의 소지품을 조사하여 거기서 내 이름이나 여기 전화번호가 적힌 쪽지를 발견했을 수도 있다.

전화벨은 끈질기게 울렸다. 스무 번 정도 울리고 끊겼다가 잠시 뒤 또 울리기 시작했다. 받지 말자고 결심하고 듣고 있자니 전화벨은 실로 귀에 거슬리는 소음이었다. 신경을 거스르는 소리를 멈추기 위해 무심코 수화기를 집어 들고 싶다는 충동에 휩싸였다. 그 마음을 가까스로 진정시키며 전화벨이 그치기를 그저 기다렸다.

또다시 스무 번 이상 울리던 전화벨 소리가 겨우 잦아들었을 때 나도 모르게 깊은 한숨을 내쉬었다.

나는 결국 고향집에 돌아가기로 했다. 도피행이었다. 덴도는 당분간 눈에 띄는 행동은 하지 말라고 못을 박았지만 봄 방학을 맞은 대학생이 귀성하는 건 특별히 부자연스러운 행동으로는 비치지 않으리라―고 자기합리화했다.

쇠뿔도 단김에 빼랬다. 나는 바로 배낭에 갈아입을 옷가지와 소지품을 쑤셔 넣고 집을 나섰다.

신주쿠에서 일단 도쿄 역으로 가서 신칸센을 타고 도요하시로.

출발이 늦어 오카자키에 도착했을 때는 상당히 늦은 시각이었다. 버스도 없어 택시를 타고 집으로 향했다.

고향집에 당도한 건 밤 열두시가 지나서였기에 집 안의 불은 꺼져 있었다. 열쇠를 가지고 오지 않은 나는 집에 들어가기 위해 자고 있던 부모님을 깨워야 했다.

"―너도 참. 뜬금없이 이 늦은 시간에 오니? 미리 연락이라도 하지."

잠옷 위에다 솜을 넣어 누빈 덧옷을 걸치고 현관에 나온 어머니는 처음에는 놀라더니 그런 식으로 중얼중얼 불평을 늘어놓았다.

"오면 온다고 미리 전화도 못하니."

"다음에는 그럴게요. 오늘은 갑자기 생각이 나서."

"학교는? 벌써 방학이야?"

"네. 진작부터 봄 방학이죠."

그런 대화를 어머니와 나누며 태어나 자란 고향집에 들어섰다. 나는 크게 숨을 들이마셨다. 고향집에는 특유의 냄새가 있다.

복도 안쪽에는 아버지가 서서 눈을 끔뻑끔뻑하고 계셨다. 아무래도 두 분의 잠을 설치게 한 모양이다.

"배는 안 고파?"

어머니의 말을 듣고서야 겨우 깨달았다. 오늘 하루 종일 아무것도 먹지 않았다. 그러나 공복감은 없었다.

"네, 괜찮아요. 오늘은 그냥 잘게요. ……깨워서 죄송해요."

"어휴, 너란 녀석도 참—."

어머니는 아직 고시랑고시랑 잔소리를 했지만 나는 개의치 않고 계단을 올라갔다. 침실에 들어가 가져온 운동복으로 갈아입은 후에 벽장에서 이부자리를 꺼내 깔고 불을 끄고 잽싸게 이불로 파고들었다.

그리고 바로 곯아떨어졌다. 그날 밤은 꿈도 꾸지 않고 푹 잤다.

Ø8

1

고향집에서 지내게 되자 나는 바로 안정을 되찾았다.

어머니는 첫날이라고 배려해 늦게까지 자게 해 주었지만 다음 날부터는 아침 일곱시에 깨웠다. 나는 졸린 눈을 부비며 불평했다.

"네 녀석이 방학이든 뭐든 여기서 먹고 자는 이상은 우리 집 규칙에 따라야지. 안 그러면 곤란해."

나는 그 말에 반론할 수 없었다.

기상 후 아버지는 일곱시 반에는 출근하고 어머니는 빨래를 하고, 장을 보고, 청소를 하는 등 줄곧 집안일에 전념한다. 나는 낮에는 어슬렁어슬렁 거리에 나가 시간을 때웠다. 아버지가 퇴근한 후에는 세 식구가 모여 거실에서 텔레비전을 보고 나서 밤 열한시에는 취침—이라는 게 우리 집의 생활 패턴이다.

지금은 야근 규제가 있어서 예전과 달리 아버지의 퇴근 시간이 대체로 일렀지만 그 외에는 이 집에서 내가 어린 시절부터 보아 왔던 생활이 놀라울 정도로 충실하게 되풀이되고 있었다.

덕분에 불안했던 마음도 상당히 안정되었다. 이따금 유코를 죽인 장면이 갑자기 되살아나는 일도 있었지만 익숙하게 몸에 밴 고향집의 생활 속에서 그것은 마치 타인의 기억을 보는 것처럼 비현실적으로 느껴졌다.

여기 있으면 안전하겠지. 이대로 쭉 고향집에 눌러앉고 싶다고까지 생각했다. 그러나 불가능한 일이라는 사실은 잘 알고 있었다. 부모님이 어떻게 생각할지는 제쳐 두고라도 지금은 내 자신이 유코의 행방불명과 연관 지어질 만한 생활의 변화를 자신에게 용납하고 싶지 않았다.

그래서 이번 귀성도 자연스러워 보이도록 기간을 한정해 두어야 했다. 일주일이나 이 주일가량……. 늦어도 학기가 시작하는 사월 초순까지는 도쿄로 돌아가야 한다. 사월부터는 다시 낮에는 대학에 다니고 밤에는 밤비나에서 아르바이트를 하는 생활이 시작된다.

도쿄에 돌아가면 시노자키와의 관계도 여태까지와 마찬가지로 계속 이어나가야 한다. 그녀는 내가 사람을 죽였다는 사실을 모른다. 그 사실을 들키지 않도록 주의하며 남은 반년, 나는 그녀와 연애를 계속해야 한다.

그렇다면 사월 이후의 생활에 대한 포석으로 전화를 몇 통 걸어 둘 필요가 있었다. 삼월 육일 낮, 어머니가 장을 보러 나간 사이에 나는 일단 몇몇 사람과 통화했다.

먼저 덴도의 사무실에 전화를 걸었다. 시체 처리가 끝났는지를 확인하고 싶었고 사후 보고가 되어 버린 탓에 뒤통수가 따가웠지만 이렇게 고향집으로 도망쳤다는 사실도 그에게는 전해 둘 필요가 있었다.

이제 익숙해진 여성의 목소리가 전화를 받아 덴도에게 연결해 주었다. 목소리 상태는 평소대로였다.

"어이, 일은 마쳤다."

그 한마디로 풀썩 어깨의 짐을 내려놓을 수 있었다.

"근데―너 지금 어디 있는데?"

고향집으로 도망쳐 돌아온 경위를 설명하자 그는 콧방귀를 뀌었다. 그저께도 어제도 내 자취방에 몇 번씩 전화를 했지만 받지 않기에 아마 그러리라고 짐작했다고 한다.

"뭐, 큰 상관은 없겠지. 목소리로 보니 안정을 되찾은 모양이군."

혼이 나지 않고 끝나 안심했다.

"―그보다 그 가출 소녀 말인데. 마음에 걸려서 좀 찾아 봤더니 흥신소에 조사를 의뢰했더군. 어쩌면 그쪽에도 연락이 갈지 몰라. 잘 처리하라고."

가출 소녀란 유코를 뜻했다. 같은 사무실에 있는 여성의 귀를 의식해 그렇게 말했으리라. 요컨대 유코의 가족이 그녀의 수색을 흥

신소에 의뢰했다. 조사의 손길이 고향집에 있는 내게도 미칠지 모르니 마음 단단히 먹고 준비해 두라는 이야기다.

걱정하지 마세요, 각오는 됐습니다, 라고 나는 대답했다.

이어서 밤비나의 작은 마담 집으로 전화를 걸었다.

"죄송합니다. 할머니가 갑자기 돌아가셔서. 장례식에 참석해야 해서요. 연락하는 걸 깜빡해서 늦어졌습니다."

"그랬구나, 그래. 그렇담 하는 수 없지."

사실 할머니는 아직 살아 계셨다. 진짜 돌아가시는 건 삼월 구일—사흘 뒤의 일이다.

"그래서 말인데요, 기왕 고향에 온 김에 좀 쉬었다 갈까 싶은데요."

이야기의 앞뒤는 뒤바뀌었지만 사흘 후에 할머니가 돌아가시면 그걸로 앞뒤가 맞아 떨어진다.

"지금 게이스케가 쉬면 곤란한데. 그러니까 가능한 빨리 돌아와야 해."

통화를 끝내고 수화기에 손을 올려놓은 채 나는 새삼 할머니에 대해 생각했다—그렇지. 할머니는 이 시점에서는 아직 살아 계신다. 그러면 돌아가시기 전에 병문안이라도 갈까.

그렇게 생각하자 동시에 어린 시절의 기억이 문득 되살아났다. 나는 어머니에게 받은 용돈이 모자라면 자주 할머니 댁에 가서는 용돈을 더 달라고 조르곤 했다.

"아껴 써야 한다."

그러면 할머니는 입버릇처럼 말씀하시고는 반드시 백 엔 동전을 하나 건네곤 하셨다.

생각해 보면 불가사의한 일이다. R-9에서 나는 할머니의 부음에 단순히 고향집으로 불려가는 게 귀찮다고 생각했을 뿐 죽음 그 자체에 관해서는 아무런 감회도 품지 않았다. 일흔일곱 살 노인이 죽는 건 지극히 당연한 일이고 특별히 무언가를 생각할 거리도 없다고 여겼다. 장례식장에서 실제로 돌아가신 얼굴을 대면했을 때도 그 생각은 변하지 않았다. 지금처럼 어린 시절의 회상에 잠기는 일은 없었다.

이번에는 리피터로서 할머니의 임종을 정확히 알고 있었기에 그런 식으로 생각하는 걸까. 아니면 유코의 죽음에 영향을 받은 걸까. 사람을 죽인 경험을 했기에 지금의 나는 삶과 죽음에 대해 민감해졌는지도 모른다.

덴도와 작은 마담 이외에 또 한 통, 시노자키에게도 전화를 해야만 했다. 밤이 되길 기다려 적당한 이유를 둘러대고 집을 나와서 공원 공중전화를 사용해 전화를 걸었다.

"네, 여보세요."

전화를 받은 사람은 그녀의 어머니였다.

"저 모리입니다. 지난번에는 실례가 많았습니다."

평소처럼 예의 바르게 인사하고 시노자키를 바꿔 달라고 부탁했다. 그러나 오늘은 그전에 한 가지 관문이 더 기다리고 있었다.

"아, 참. 요전에 자네가 우리 집에서 나가자마자 전화가 왔었거든. 젊은 아가씨가 자네를 찾던데?"

유코의 전화였다. 역시 이럴 줄 알았다. 나는 사전에 준비해 둔 변명을 펼쳐 놓았다.

"네. 나중에 들었습니다. 죄송합니다. 대학 사무실 사람인데 뭔가 착오가 있었나 봅니다. 마침 그날 오전에 끝내야 할 급한 용건이 있어서요. 가야 할 시간이 되었는데 담당자가 자리에 없어 가는 곳 연락처를 남겨 뒀거든요. 번거롭게 해 드려 죄송했습니다. 급한 문제라서 그랬습니다. 학점 계산이 잘못됐다고 해서요."

"어머, 그랬어요. 그럼 그날 억지로라도 다시 불러올 걸 그랬네."

"아닙니다. 결국 사무처의 실수였어요. 그러니 저는 급할 것도 없는 일이라. ……걱정 끼쳐서 죄송했습니다."

"아니에요, 그 아가씨 목소리가 묘하게 좀 그랬거든. 미안해요, 내가 착각했나 보네. 왠지 신경이 쓰여서 아유미한테 말하기 전에 모리 씨한테 확인해 볼까 했거든."

요컨대 정보는 거기서 막혔던 거다. 나는 살인을 저지른 후에 유코가 시노자키네 집에 수상한 전화를 했으니 분명 시노자키에게 그걸 묻는 전화가 걸려 오리라 걱정하고 있었다. 그런데 듣고 보니 별일도 아니었다. 시노자키의 어머니가 우연히 파인 플레이를 펼쳐 주었다.

나는 전화박스 안에서―상대에게는 보이지 않겠지만―몇 번이나 고개를 숙였다.

어머니가 그렇게 납득하고 나서야 전화는 가까스로 딸에게 연결되었다.

"여보세요, 게이스케? 무슨 일이야? 왠지 목소리가 멀게 들리지 않아? 어제도 전화했는데 자동 응답으로 넘어가더라."

"지금 고향집에 내려와 있거든."

"시골에 간 거였구나. 오카자키……였지? 근데 왜 갑자기?"

"갑자기 생각이 나서―우리 할머니 구일에―글피지만―돌아가시거든. 마지막 가시는 길에 얼굴이라도 뵙자 싶어서 조금 일찍 내려왔어."

"그랬구나. 잘했네."

"장례식이다 뭐다 해서 당분간 여기 머물러야 할 것 같아."

"응, 알았어. 가끔은 효도도 해야지. ……근데 사실은 이쪽에 빨리 돌아와 줬으면 좋겠다."

"응. ……아, 미안. 전화카드가 다 떨어져 가서―. 사랑해, 아유미."

"나도. 또 전화―."

그녀의 말을 끝까지 전하지 못하고 뚜 소리와 함께 회선이 끊어졌다. 잔액이 다 된 카드를 전화박스 안에 버리고 집으로 돌아왔다.

전화를 건 다음 날인 삼월 칠일 목요일에 할머니가 입원하신 병원에 병문안을 갔다. 뼈에 가죽만 붙은 모습으로 변해 버렸는데도 나와 마주한 할머니의 얼굴에는 미소가 번졌다. 아직 의식은 있는 것 같았다.

할머니는 운명에 정해진 대로 구일에 돌아가셨다. 경야_{장사 지내기 전에 가족과 지인이 관 옆에서 밤을 새는 일}는 십일이고, 십일일 월요일에는 빗속에서 장례식이 거행되었다. 자기 아이를 데리고 와서 독경을 해 준 스님, 다리에 쥐가 나 넘어진 초등학생 사촌 등 모두 R-9 때의 기억대로 진행되었다. 다만 한 가지, 모인 친척들이 내가 갑자기 귀성해서 돌아가시기 직전에 병문안을 갔던 일을 화제로 '필경 할머님이 부르신 게야'라는 등 평을 한 게 지난번과 달랐다. 리피터의 특수 능력을 발휘한 꼴이었지만 딱히 신경 쓸 필요는 없었다. 어찌된 셈인지 이런 종류의 예지 능력에 관해서는 다들 크게 신기하다고도 별스럽다고도 생각하지 않는다.

할머니의 상 뒤처리를 도울 필요가 있어 나는 그 주도 계속 고향집에 머무르게 되었다.

십일일은 장례식 날이라고 비가 내렸지만 다음 날부터는 맑은 날이 이어졌다. 지난주보다 추워졌지만 그건 봄을 앞둔 꽃샘추위였다. 이웃집 뜰에 매화꽃이 만개했다.

삼월 십육일 토요일, 나는 귀경을 결심했다. 언제까지고 시골에 있을 수는 없다. 슬슬 도쿄로 돌아가야 한다.

추운 하루였다. 낮에는 추적추적 비가 내렸다. 비가 그치면 출발하자고 생각하는 동안에 떠날 시각은 점점 늦춰졌다. 정초 스모 대회 결과를 다 보고서야 겨우 고향집을 뒤로 했다.

도쿄 역 도착은 오후 아홉시가 지나서였다. 오치아이의 아파트에 돌아온 건 밤 열시가 되려는 시각이었다.

문을 열자마자 불쾌한 냄새가 코를 찔렀다. 부패한 냄새—죽음의 냄새? 유코의 시체가 썩은 냄새?

순간 그렇게 연상했지만 아니었다. 귀성 전에 꺼내 놓고 잊어버렸던 음식물 쓰레기가 부패한 냄새였다.

이 주 만에 돌아온 내 방. 고인 공기를 환기시키고 돌아다니며 불을 켰다. 자신이 범한 죄를 상기시키는 건 실내 어디에도 남아 있지 않았다.

괜찮다—나는 스스로에게 타일렀다. 괜찮다, 어떻게든 되겠지. 시월까지 도망칠 수 있다는 자신감이 솟았다.

덴도와 시노자키에게는 바로 연락했다.

덴도는 내가 돌아왔다는 사실 자체에는 시큰둥했지만 내 목소리가 안정을 되찾았다는 것은 높이 평가해 주었다.

"괜찮은 것 같군."

서로에 대한 신뢰감이 그런 짧은 대화에 응축되었다.

이어서 시노자키네 번호를 눌렀다.

"네, 시노자키입니다. ……어머, 게이스케?"

전화를 받은 사람은 시노자키 본인이었다. 그녀는 마침 목욕을 마친 참이라며 일단 통화를 보류하고(아마 자기 방에 올라가서) 다시 전화를 받았다.

"미안, 기다렸지. ……돌아온 거야?"

"응. 조금 전에."

"할머님…… 잘 뵀었어?"

"그래."

"미리 말만 해 줬으면 같이 갔을지도 모르는데. ……근데 그러면 오히려 폐가 됐을까? 할머님이 손자 게이스케가 여자친구를 데려왔으니 이제 더는 미련이 없다고 생각해 주셨으면 좋겠지만, 꼭 그렇게 된다는 법도 없으니까."

나는 시노자키에게 들리지 않도록 주의하며 살짝 심호흡을 했다. 아마 시노자키를 데려갔다면 할머니도 환영해 주셨겠지. 그러나 할머니하고만 만나게 할 수도 없는 노릇이라 나는 시노자키를 고향집에 데려가 그녀를 자신의 약혼자로 가족에게 소개해야만 했으리라. 그랬을 때 가족과 친척에게 무슨 말을 들을지 상상만으로도 짜증이 났다. 시노자키는 그것까지 포함해서 함께 가고 싶었던 모양이지만 나는 그런 귀찮은 일은 가능한 피하고 싶었다. 지금뿐 아니라 가능하면 R-11에서도.

"좀 갑작스럽지만 내일 만나지 않을래?"

내가 말하자, "응" 하고 기다렸다는 듯 들뜬 목소리. 오전에 이케부쿠로 세이부 백화점의 서점 앞에서 만나자고 약속하고 전화를 끊었다.

다음 날 데이트에 나는 복귀를 위한 마지막 점검이라는 마음가짐으로 임했다.

이 주 만에 만난 시노자키는 역시 돋보이게 예뻐 보여서 솔직하게 말해 주었다.

"거짓말도 참. 시골에서 바람이라도 피우고 온 거 아냐?"

"⋯⋯내가 그렇게 못난 남자 같아?"

"쬐끔."

웃는 얼굴로 그런 대화를 나누었다. 그녀는 내 태도에 아무런 의심도 느끼지 못하는 모양이었다.

마지막 점검은 뒷골목의 러브호텔에서 이루어졌다.

침대 위에 여자와 포개 누웠을 때의 감촉. 엉겨 붙는 팔. 하얀 목. 달뜬 목소리. 멋대로 이리저리 움직이는 여자의 다리. 그때의 일을 연상시키는 이런저런 요소로 가득했지만 나는 처음부터 끝까지 위축되지 않고 마무리할 수 있었다.

정신적으로도 육체적으로도 아무 문제가 없음을 확인했다.

마지막 점검도 여유롭게 통과하고 이걸로 원래의 생활로 돌아갈 전망이 보였다.

나는 시노자키의 벗은 가슴에 얼굴을 묻으며 만족스러운 웃음을 지었다.

2

삼월 십구일 아침. 침대에 드러누워 지금까지의 경위를 새삼 회상했다.

처음에 리피트라는 꿈같은 이야기가 제시되고 그것이 이윽고 현실이 되었다. 열 달이라는 짧은 기간이지만 어쨌든 미래의 기억이라는 특권과 함께 인생을 다시 살 기회가 주어졌다.

그러한 조건에서 나는 우선 경마로 몇백만 엔이라는 거금을 벌어들였다. 그건 아주 작은 잔재주를 부린 정도에 지나지 않았다. 또 리피터의 특권과 별개로 시노자키 아유미라는 멋진 여성도 내 것으로 삼았다.

만사형통처럼 보였던 R-10 세계에서의 두 번째 인생. 그런데 현재―정신이 들자 나는 범죄가 발각될까 겁에 질린 나날을 보내고 있다.

어디서 일이 틀어진 걸까.

왜곡은 실제로 언제 어디서 생겼단 말인가?

이제 와서 생각한들 어차피 도리가 없는 그런 일을 나는 생각하지 않고는 배길 수 없었다.

갑자기 전화가 울리는 바람에 사념이 중단되었다. 누구일까 생각하며 수화기를 들었다.

"모리 씨입니까?"

들은 기억이 없는 중년 여성의 목소리였다.

"모리 게이스케 씨?"

거듭 물었다. ……누구지?

"그런데요."

"저는 요코하마에 있는 '베이사이드 아이 서비스'라고 하는 탐정 사무소 사람입니다. 모리 씨에게 좀 여쭙고 싶은 게 있어서 이렇게 전화를 드렸습니다. 지금 시간 괜찮으시겠습니까?"

탐정 사무소—.

유코의 실종 조사다. 드디어 왔나.

"네? ……저, 무슨 용건이신지?"

"모리 씨는 마치다 유코 씨라는 여성을 아십니까?"

"네. 알긴 압니다."

"과거에 사귀셨던."

"네…… 그랬죠. 저—."

나는 대답하며 필사적으로 머리를 굴렸다. 전화를 받은 시점에서 나는 아직 유코의 신변에 무슨 일이 일어났는지 전혀 모르는 인간이어야 한다. 그때 탐정이라고 밝힌 낯선 여성에게 뜬금없이 전화가 걸려와 이렇게 자기의 사생활에 관해 무례하다고도 여겨지는 질문을 받는다—이 경우 어떤 반응을 보이는 게 자연스러울까.

탐정이 또 다시 물었다.

"—지금은 사귀고 계시지 않지요?"

"아니, 저…… 저야 크게 상관없으니 질문에 대답할 수도 있겠지만 상대방이 얽힌 이야기이기도 하고 그런 개인의 사생활에 관한 일을 갑자기 모르는 사람이 물어도, 어떻게 대답해야……. 애초에 마치다 씨에 대해 무슨 조사를 하시는 겁니까?"

"그렇군요. 실례했습니다. 그럼 먼저 이쪽의 조사 목적부터 말씀드리겠습니다. 마치다 유코 씨가 얼마 전부터 행방불명되셨습니다."

"네? 유―마치다 씨가? 언제부터요?"

"이달 삼일부터입니다."

"삼일이요? 이 주 전이란 말입니까?"

나는 그렇게 응수하며 자신이 부자연스럽지는 않았는지 점검하느라 필사적이었다. 괜찮다. 아직은 특별한 문제가 없을 것이다.

내가 사태를 파악했다고 보고 상대는 이어서 질문을 거듭했다.

"모리 씨는 예전에 마치다 씨와 사귀셨지만 지금은 헤어지셨다죠?"

"네. 헤어진 게…… 그러니까…… 일월 중순경이군요. 실제로 사귄 건 석 달 남짓이에요."

"모리 씨 쪽에서 헤어지자고 하셨나요?"

"네, 그랬습니다만."

"마치다 씨와 마지막으로 언제 만나셨습니까?"

"어디 보자…… 일월…… 그게 분명 말일 무렵이었는데…… 아마 그럴 겁니다."

"이월 구일에 마치다 씨와 구보 씨라는 여성과 함께 네기시 공원에서 만나시지 않았습니까?"

"아, 네. 맞습니다. 그게 마지막입니다."

거기까지는 이미 조사를 마쳤다는 건가.

"그 이후에는 어떠셨습니까? 전화로 이야기한 적은 없으셨습니까?"

"음, 전혀 없었습니다."

한 달 이상 전에 헤어진 옛 남자친구—아무래도 상대방 역시 그런 내가 유코의 실종에 관여했을 가능성은 옅다고 본 게 아닐까. 다음으로는 잡담 같은 말투로 물었다.

"참고 삼아 여쭤 보는 건데…… 지난주부터 계속 전화를 받지 않으시더군요. 어디 다녀오셨나요?"

"아, 네. 고향집에 좀 다녀왔습니다."

"그러셨군요. ……언제부터?"

특별한 사심 없이 단순히 이야기의 흐름으로 그런 질문이 나왔으리라 생각했다. 그러나—그 질문은 위험하다. 나는 내심 가슴이 철렁 내려앉지 않을 수 없었다.

"음, 삼일…… 아니 사일? 그때쯤인 것 같은데요."

어설프게 날짜를 얼버무리는 건 오히려 위험하리라는 생각에 정직하게 대답했다. 그러자 탐정은 잠시 뜸을 들이더니 재차 질문을 했다.

"……삼일은 일요일이고 마치다 씨가 어딘가로 사라진 날이죠. 모리 씨는 그날 도쿄에 계셨습니까? 아니면 이미 시골에 가신 이

후인가요? ……뭐, 제가 딱히 의심하는 건 아닙니다만."

그러면 왜 그런 질문을 하냐고 생각하면서도 나는 질문에서 거꾸로 활로를 찾아냈다.

"아, 삼일…… 맞다. 도쿄에 있었습니다. 여자친구랑—그러니까 지금 사귀는 여자친구랑 데이트를 했습니다. 삼일에는. 그래서 그다음 날—사일에 시골에 내려갔습니다."

그때까지의 이야기의 흐름으로 유코의 실종은 아무래도 그녀의 자발적인 의지에 의한 것으로 간주되는 모양이라고 나는 유추했다. 유코가 어떤 남자의 거처로 굴러들어 갔으리라 의심하고 있다. 그 대상으로 나를 지목한 것이다. 내게 이미 새로운 여자친구가 있다는 사실을 여기서 보여 주면 상대의 의심이 보다 옅어지리라는 노림수였다.

"그랬군요. 알겠습니다. 협조해 주셔서 감사합니다."

내 의도가 먹혀들었는지 탐정은 그렇게 말하고 전화를 끊었다.

수화기를 내려놓고 나는 한숨을 내쉬었다.

어쨌든 전화라서 다행이다. 만약 직접 얼굴을 마주한 대화였다면 이리저리 필사적으로 머리를 굴리는 내 모습은 아마 상대의 의심을 사고 말았으리라.

아직 수행이 부족하다고 자신에게 뇌까렸다—어째서 벌벌 떠는 걸까, 나는. 정신 차리자. 이 두려움은 둑에 난 개미굴이 될지도 모른다. 반대로 그것만 극복하면 더 이상 내게 두려울 것은 아무것도 없다. 정신 바짝 차리자.

그날 밤, 덴도가 내게 타일렀던 말이 뇌리에 되살아났다.

―너는 상당히 배짱 있는 놈이다.

―너는 원래 이 세상에 몇 없는 승자다.

승자…… 승자……. 그 말이 머릿속에서 빙글빙글 회전했다. 그리고 조금 전까지 느끼던 비참한 심정은 차츰 내 마음속에서 깨끗하게 사라졌다. 지금은 쌀쌀함이 느껴질 정도로 온몸의 감각이 예민해져 있다.

이겨야 한다―나는 절실했다.

유코의 망령에 이기고, 방금 전의 탐정에게 이기고, 경찰에게 이기고, 자신에게 이기고, 기필코 R-11로 가 주겠다.

실제로 나는 그 순간을 경계로 새로 태어났다. 유코를 죽였을 때도 그 몇 시간 후에 덴도가 '승자'라는 암시를 걸었을 때도 아닌, 결정적인 사건이 일어나고 보름이나 지난 뒤였지만 자신 안에서 '이겨야 한다'는 목적을 명확히 의식한 바로 그 순간에.

시월까지 이 인생 게임에서 이기려면 나는 무엇이든 해야 한다. 뭐든지 할 수 있다. 지금이라면 분명 태연하게 사람을 죽일 수도 있으리라.

몸 안쪽에서부터 솟아난 자신감이 온몸으로 용솟음쳤다. 여태까지 맛본 적 없는 감각이었다.

3

 사월이 되어서도 시노자키와 예전처럼 변함없이 일주일에 한 번 데이트를 계속했다. 그녀는 내가 살인이라는 대죄를 범한 사실을 전혀 눈치채지 못했다.

 지갑에는 오카쇼에서 산 마권이 들어 있었다. 이 세계에서는 더 이상 돈이 필요 없지만 만약을 대비해 만 엔가량을 주고 구입해 둔 것으로 이 한 장이 이백이십만 엔의 가치가 있다. 만일 무슨 사태로 큰돈이 필요하게 될 때는 마권을 환전하면 그만이다.

 '베이사이드 아이 서비스'의 탐정도 이후로는 내게 접촉해 오지 않았다.

 새 학기 수업도 본격적으로 시작되었다. 강의 시간표는 제1지망으로 짤 수 있었고 R-9 때와 같은 교수의 지도를 받게 되었다. 강의 첫 시간에 지정된 자료는 모두 R-9 때 이미 한 번 읽었지만 솔직히 그렇다고 말하면 역사가 바뀔 우려가 있어 모르는 척했다. 이대로 가면 졸업 논문도 식은 죽 먹기이리라.

 R-9에서는 공부에 할애했던 시간을 이번 인생에서는 온전히 다른 일에 쓸 수 있었다. 또 어떤 실수를 해도 목숨에 관련된 일이 아닌 한 만회할 수 있다. 이 기회에 경험해 두고 싶은 일은 산더미처럼 많았다. 국내외를 불문하고 여행하고 싶은 곳은 수없이 많았고 스카이다이빙이나 요트 조종도 배워 보고 싶었다. 골프 코스에

도 나가 보고 싶었다. 선박과 헬리콥터 면허 취득에도 흥미가 있었다. (물론 R-11에 가면 면허가 없는 상태로 돌아가 버리겠지만 습득한 기술은 없어지지 않는다.)

다만 리피터는 튀는 행동을 자제해야 한다는 말을 들었고 내 경우에는 유코 사건이 있었기에 남의 눈에 띌 만한 행동은 특히 삼가야 했다. 가자마에게 헬리콥터 조종을 배우는 건 논외였다. 해외여행도 자중해야겠지. 실현할 수 있는 건 국내여행과 골프 정도일까.

그런 생각을 하던 사월 십육일 저녁, 이케다에게 전화가 걸려왔다.

"모리 씨? 이케다입니다. 드디어 이사를 했어요."

이케다의 목소리에는 근심이 없었다. 그는 내가 살인을 저질렀다는 사실을 모른다. 만약 그걸 안다면 어떻게 생각할까. 그래도 리피터 동료로서 지금과 마찬가지로 대해 줄까.

"장소는 전과 같습니다. 사실 이쪽에 와서 돈은 벌 만큼 벌었지만 전과 같은 생활을 하라는 말을 들은 참이라. 그렇다고 뭐 불만이 있지는 않습니다. 전화번호도 전하고 같아요. 기억나세요?"

"네."

내가 번호를 외워 보이자 이케다는 탄복한 듯했다.

그러고는 잡담을 나누다가 골프를 배우고 싶다고 청했다.

"골프를 하신 적은 있습니까?"

이케다가 물었다.

"골프 연습장에는 간 적이 있지만 코스에 나간 적은 없습니다."

"그럼 같이 한번 골프 연습장에 가 보죠. 거기서 어느 정도 치게 되면 코스에 함께 가 드리겠습니다."

"그래도 될까요?"

전문 강사인 이케다에게 배운다면 최고다.

우선 다음 금요일에 이케다의 새집도 구경할 겸 골프 연습장에서 레슨을 받기로 했다.

만사가 순조롭게 진행되는 것 같았다. 그러나 이면에서 사태는 착착 진행되고 있었다.

사월 십구일 금요일. 아침 아홉시를 지나 집을 나선 나는 지하철을 갈아타고 이케부쿠로 역에서 내려 약속한 열시보다 십 분 전에 이케다의 맨션에 도착했다. 그의 집은 스미다가와 강이 내려다보이는 고층 맨션의 십층에 있었다. 물론 가자마의 새집과 비교하면 볼품이 없었지만 창으로 내다보이는 전망은 좋았고 방 두 개에 거실과 주방이 딸린 실내도 널찍했다.

"꽤 좋은 집이죠."

이케다는 반쯤 쑥스러운 얼굴로 자랑했다. 리피터의 특권을 살려 벌었으리라고 무심코 착각하기 쉬웠지만 이케다는 R-9에서도 이 집에 살았으니까 원래 벌이가 상당했다는 뜻이다.

차를 마시고 집을 나섰다. 골프백을 자동차에 싣고 삼십 분 정도 달렸다. 직장이라면 레슨비가 발생하기 때문에 평소와는 다른 골프 연습장에 간다고 했다.

평일 낮인데도 연습장은 많은 사람으로 시끌벅적했다. 십 분쯤 기다려 빈 타석에 둘이 들어갔다. 내 레슨이 목적이었기에 이케다는 한 번도 치지 않았다.

처음에는 생각대로 공을 치지 못했지만 점차 똑바로 날릴 수 있게 되었다.

"상당히 소질이 있는데요. 이 정도면 바로 코스에 나가도 괜찮겠어요."

백 구 정도 치고 장갑에 구멍이 뚫렸을 때 레슨을 마쳤다. 긴시초의 메밀국숫집에 들러 점심을 먹고 아즈마바시의 맨션으로 돌아왔을 때는 오후 두시가 지나 있었다.

집으로 돌아오자 이케다는 바로 텔레비전을 켰다.

"가구는 전부 새로 샀습니다. 약간은 사치를 부려 보자 싶어서요."

대형 화면의 텔레비전에서 와이드쇼가 나오고 있었다. 앉기 딱 좋은 소파에 엉덩이를 붙인 채 나도 이런 집에 살고 싶다고 생각하며 멍하니 텔레비전 화면을 바라보았다. 스튜디오에서는 삼류 연예인이 탁자를 둘러싸고 의기양양한 얼굴로 뭐라도 된 양 떠들고 있었다. 화면 오른쪽 구석에는 선정적인 글자체로 쓰인 '번화가에서 백주대낮에 묻지 마 살인! 중견 회사 사장 살해의 수수께끼!'라는 자막이 나왔다.

어딘가 꺼림칙한 기분이 들었다. 무의식적으로 R-9의 기억과 조합했으리라. 불현듯 이런 사건은 R-9에서는 일어나지 않았다는 사실에 생각이 미쳤다. 그것이 위화감의 원인이었다. 그렇게 생각하며 진지하게 화면을 보려던 순간이었다.

화면이 스튜디오에서 현장 중계로 넘어가고 마이크를 잡은 리포터가 빠른 말투로 떠들기 시작했다.

"여기는 사건 현장입니다. 시부야 미야시타 공원에 있는 이 길은 평소부터 많은 사람들이 역으로 가는 길목으로 이용해 왔습니다. 피해자인 고하라 도시키 씨는 열두시를 지나 몇 명의 부하 직원과 함께 저쪽에 보이는 건물을 나와 이쪽으로 걸어오는 길이었다고 합니다……."

피해자인 고하라 도시키? 설마…… 고하라인가!?

옆에서 이케다도 "헛" 하는 신음을 뱉었다.

"모리 씨……."

"잠깐만 기다려 보세요!"

지금은 무엇보다 먼저 실시간으로 살아 있는 정보가 필요했다. 이케다의 발언을 가로막고 텔레비전에서 흘러나오는 정보에 귀를 기울였다.

리포터의 보고에 따르면 고하라는 오늘 열두시가 지난 시각에 시부야 역 미야마스자카 출구의 미야시타 공원 옆길을 걷던 중 반대 방향에서 걸어오던 괴한에게 갑자기 습격당했다고 한다. 범행은 순식간에 일어났으며 동행자가 이변을 알아차렸을 때는 이미 가슴과 배 두 군데를 칼에 찔려 대량 출혈과 함께 그 자리에 쓰러진 뒤였다. 범인은 역과는 반대 방향으로 급히 도망쳤고 아직까지 붙잡히지 않았다. 목격자의 증언에 따르면 범인은 야구 모자와 마스크로 얼굴을 감췄고 나이는 이십 대에서 사십 대. 키는 백칠십 센티미터 전후의 탄탄한 체형으로 검은색 가죽 점퍼에 검은색 계통의 청바지를 입었다고 한다.

화면이 스튜디오로 바뀌고 삼류 연예인들이 번갈아 가며 생각나는 대로 시시껄렁한 코멘트를 날리는 동안 변호사 자격을 가진 듯한 남자만이 비교적 제대로 된 말을 했다.

"묻지 마 살인과 같은 범행은 여성과 어린이 등 무의식적으로 자신보다 약한 상대를 노리는 경우가 많습니다. 그러나 이번 사건에서는 피해자가 남성이며 게다가 일행이 몇 명이나 있었기에 무차별적으로 노린 상대라고 하기에는 적합하지 않습니다. 물론 현 시점에서는 확실한 말은 아무것도 할 수 없지만, 이번 범행은 묻지 마 살인이 아닌 피해자 개인을 노린 계획적인 살인일 가능성도 상당히 커 보입니다."

사건에 대한 보도가 일단락되자 나는 이케다와 이야기를 시작했다.

"이번에는 확실한 살인이네요."

"네. ……열두시가 지나서라면 우리가 메밀국숫집을 향해 가고 있던 중이군요."

이케다는 그렇게 말하고 나이 든 바다거북 같은 눈으로 허공을 바라보았다.

리피터 중 사망자는 이걸로 네 명째다. 다만 처음에 죽은 다카하시는 분명 리피트 당시의 블랙아웃이 원인이었고 그의 죽음에 의심스러운 점은 없었다. 고하라는 요코사와, 쓰보이에 이어 세 번째 의문사에 해당한다.

아무리 그래도 이번 범인의 행동은 너무나 대담했다.

요코사와 사건은 심야의 어둠을 틈탄 범행이었다. 또 사건 한 주 전에 연속 방화 사건을 일으켜 범인의 목적이 요코사와 일가에 있다는(특히 요코사와 죽음에 있다는) 사실이 일반에는 의식되지 않고 끝나고 말았다.

쓰보이 사건은 일몰 후에 방음 장치가 갖추어진 별채 내부에서 범행이 자행되었다. 또 범인이 교묘하게 위장한 결과 사건은 자살로 처리되었다.

앞선 두 사건에서 범인은 신중하게 일을 진행했다는 인상이 있었다. 그러나 이번 사건에서는 대담하게도 사람이 많은 곳에서 범행을 저질렀다. 까딱했다면 그 자리에서 붙잡혔을지도 모른다.

이런 차이는 무엇을 의미할까.

"사건이 일어난 지 두 시간밖에 지나지 않았군요. 그래서 아직 범인이 체포되지 않은 거겠죠. 어쩌면 새로운 목격자가 나타나서 범인이 잡힐지도 몰라요."

이케다는 애써 낙관적으로 전망했다. 물론 그럴 가능성도 아예 없는 건 아니지만 나는 절대로 그렇게 되지 않으리라고 예측했다. 근거 따위는 없다. 굳이 말한다면 감이다.

"참, 먼저 다른 사람들한테도 연락해 보죠."

생각이 난 김에 내가 말했다.

"그게 좋겠네요."

이케다는 재빨리 일어섰다. 거실 문 옆에 있던 전화기에 매달려 번호를 누르고 한동안 그 자세로 있었다.

"가자마 씨는 자리에 없는 모양입니다."

그러더니 수화기를 놓았다. 다음으로 건 곳은 덴도의 사무실로 이번에는 상대가 받은 듯했다.

"여보세요. 저는 이케다라고 하는데 덴도 씨 계십니까. 안녕하십니까, 이케다입니다."

이케다의 목소리를 들으며 나는 범인의 인상착의에 대해 망연히 생각을 굴렸다.

이십 대부터 사십 대. 키는 백칠십 센티미터 전후. 다부진 체형.

만약 우리 중에 범인이 있다고 친다면.

이케다에게는 알리바이가 있다. 시노자키는 여성이니까 논외. 덴도의 키를 백칠십 센티미터로, 또 오모리의 몸을 탄탄한 체형으로 잘못 볼 리는 없으리라. 물론 나도 범인이 아니다.

가자마만이 모든 조건에 부합했다. 범인이 마스크로 입가를 가린 이유가 특징적인 콧수염을 숨기기 위해서였다면?

그러나 가자마는 범인이 아니다. 그는 요코사와 사건 당시 외국에 있었다. 지난번 모임 때는 그걸 증명하는 증거를 제시하려고까지 했다. '체포당할 정도의 위험성이 있는 범행 따위 자신은 절대로 저지르지 않는다'는 설명도 충분히 설득력 있었다.

"……네. 모리 씨도 지금 여기 있습니다."

자신의 이름을 부르는 소리를 듣고 나는 이케다의 말에 귀를 기울였다.

"……알겠습니다. 그럼 연락 기다리겠습니다."

이케다는 그렇게 말하고 수화기를 내려놓았다.

"일이 끝나면 이쪽으로 오기로 했습니다."

그리고 내게 설명해 주었다.

"모리 씨는 오늘 오후에 뭔가 예정이 있나요?"

"특별히 없는데요."

"그러면 덴도 씨가 올 때까지—빨라도 저녁 이후가 될 법한데 그때까지 여기 계셔도 되겠군요? 그럼 저를 포함해 우선 셋만이라도 오늘 밤 여기서 회의에 참가할 수 있겠지요. 오모리 씨와 시노자키 씨는 아직 회사에 계실 테니 일단 지금은 여기까지군요."

현 시점에서 달리 무엇을 할 수 있을까.

"조금 전 방송…… 비디오로 떠 둘 걸 그랬네요."

문득 떠오른 생각을 말하자 이케다도 동의했다.

"그럴 걸 그랬군요. 그럼 저녁 뉴스는 잊지 말고 녹화해 두죠."

4

오후 다섯시 민영 방송 뉴스를 녹화하고 있을 때 덴도에게 전화가 왔고 여섯시 전에는 본인이 도착했다.

슥 하고 몸을 숙여 문을 빠져나오는 낯익은 정장 차림이 보이자마자 덴도는 내게 물었다.

"범인은 아직 안 잡혔나?"

이어서 이케다를 보고 물었다.

"가자마와 연락은?"

우리는 둘이 같이 고개를 가로저었다. 두 시간이 지난 시점부터 상황은 거의 변하지 않았다.

거실로 가자 덴도는 바로 앞의 소파 중앙에 앉더니 옆구리에 낀 신문을 테이블 위에 털썩 내던지며 팔짱을 끼고 크게 "음" 하고 한 차례 신음했다. 이미 집주인인 이케다보다 강력한 존재감을 발휘하고 있었다.

"일단 오는 길에 신문은 읽었고 라디오도 들었지. 사건 자체는 단순하더군. 속임수도 뭣도 없이 그냥 찌르고 도망갔을 뿐이야. 피해자는 사망했고 범인은 아직 잡히지 않았다. 우리만 아는 정보로는 피해자인 고하라는 리피터이고 열 명의 리피터 가운데 사망자가 이걸로 네 명째란 거지. 그걸 알지리 않는 한 경찰은 요코사와며 쓰보이 사건을 별개로 생각할 테고, 특히 쓰보이는 자살로 매듭지었으니 오늘 사건과 결부해 조사하지는 않겠지. 혹시라도 사건들을 관련지을 증거가 나오더라도 어째서 세 사람이 표적이 되었는지 녀석들은 절대로 알 턱이 없지. 하지만 우리는 그걸 알아."

 등장하자마자 풀어낸 장광설에 이케다는 그저 압도된 듯했지만 나는 덴도가 과거에 경찰을 제쳐 놓고 사건을 해결했다는 이야기를 들었기에 드디어 탐정의 면모가 발휘될 때가 왔다는 기대로 가슴이 벅찼다.

 "—말하자면 미싱 링크의 역패턴이군."

 "미싱 링크라는 건 뭐죠?"

 나는 바로 질문했다. 분명 추리 소설에 등장하는 탐정 홈즈에게는 왓슨이라는 조수가 있었고, 그는 모르는 부분을 탐정에게 즉시 질문하곤 했다.

 "직역하면 '잃어버린 고리'라는 뜻이고 추리 소설에서는 특히 연속 살인 사건의 피해자 간의 관련성을 알 수 없는 사건일 때 그런 말을 쓰지. 얼핏 보면 묻지 마 살인처럼 보이지만 자세히 들여다보면 피해자 간에는 특정 연결 고리가 있다는 거야. 그들 전부를 죽일 동기를 가진 인간을 조사하면 범인을 찾아낼 수 있다—라는 건 소설 이야기지. 그에 빗대어 이야기하면 이번 사건은—다카하시 사건은 별개로 치고. 그건 어떻게 생각해도 우연한 사고니까. 그 외의 요코사와, 쓰보이, 그리고 오늘 고하라 사건을 놓고 봤을 때 우리는 세 사람의 공통점을 처음부터 알고 있어. 그러니 미싱 링크도 뭣도 아니야. 하지만 경찰은 모르고 우리가 먼저 그걸 알릴 생각도 없지. 리피터의 비밀을 누설할 수는 없으니까. 우리에게는 경찰에 기대지 않고 자력으로 범인을 밝혀내는 길밖에 없어."

덴도는 거기서 자조 섞인 코웃음을 쳤다.

"우리끼리…… 밝혀낼 수 있을까요?"

이케다가 불신감을 드러내며 물었다.

"할 수 없잖아. 조사에 필요한 재료가 어느 정도 갖추어져 있기도 하고 말이야."

덴도는 단언했다.

"일단 범인은 우리가 리피터라는 사실을 알아야겠지. 그걸 아는 건 누구일까? 물론 우리 자신이 먼저 해당되겠지만—."

덴도는 조금 전에 내가 했던 것과 같은 소거법을 이용해 가자마 이외의 다섯을 일단 범인 후보에서 제외했다.

"문제는 가자마다. 동기도 있다면 있어. 전에도 말했지만 요코사와와 쓰보이는 비밀 엄수에 관해 신뢰하기 힘들었다. 그리고 이번에는 고하라다. 그 아저씨, 전에도 말했지? 부인한테 비밀을 들킨 것 같다고. 비밀을 누설할 만한 인간을 잇달아 죽였다고 가정하면 설명은 되지. 하지만 말이야……."

그는 거기서 말을 멈추고 날이 선 눈빛으로 나를 지그시 노려보았다.

'비밀을 누설할 만한 순서로 말하면 고하라보다 네가 먼저다. 무엇보다 전과가 있으니까'라고 말하고 싶겠지.

"외부에 전혀 비밀이 새어 나가지 않았다고 가정하면 범인 후보

리피트 399

는 우리 중에 있을 수밖에 없어. 자동적으로 가자마가 범인이 된다. 하지만 정말 그럴까? 내 생각에 아마 R-8이나 R-9에서도 고하라 같은 인간은 있었으리라고 봐. 그런데도 문제없이 우리를 초대했다는 건 그 정도의 일은 이미 다 예상했다는 말이지. 그렇다면 서둘러 죽일 필요는 없어. 애초에 비밀이 새어 나가는 게 싫다면 처음부터 우리를 끌어들이지 않으면 그만이라는 말이다."

"어쩌면…… 우리를 죽이기 위해 이 세계로 초대했다?"

이케다는 자신이 그렇게 말해 놓고도 의미를 알 수 없다는 듯 자꾸만 고개를 갸웃거렸다. 나도 그 발언에는 무언가 의미가 있을 법하다는 생각이 들었지만 그것이 구체적으로 어떤 뜻인지는 알지 못해 답답하기만 했다.

"수사학적으로는 재미있겠지만 결국 의미가 없어."

덴도가 고개를 저었다.

"우리를 죽일 거라면 처음부터 이쪽으로 데려올 필요가 없지. R-9에서 그대로 죽여 버리면 편하잖아. 회룡정 모임 전—아니, 예언 전화를 걸기 전이겠군. 그러니까 우리 사이에 아무런 연결 고리가 없는 상태에서 죽이면 요코사와가 죽어도 쓰보이가 죽어도 남은 우리는 아무런 경계도 하지 않았을 거야. 그러나 지금은 달라. 요코사와가 죽고 쓰보이가 죽고 이번에는 고하라도 죽었단 말이지. 다음은 내 차례가 아닐까 하고 경계하게 됐어. 그렇지 않은가? 이쪽에 데려오는 바람에 죽이기가 힘들어졌다고. 죽이기 위해 데려왔다면 아무런 이점이 없잖은가."

"그 이점…… 말입니다만."

이케다가 천천히 이야기하기 시작했다.

"쓰보이가 살해당했을 때 문득 떠올랐다가 너무 비현실적이라 지금까지 아무한테도 말하지 않은 생각인데요. 말하자면 이렇습니다. 그는 정말로 살해당한 걸까요? 본인은 죽을 생각이 없었던 게 아닐까요."

"무슨 뜻이지?"

덴도가 물었다.

그가 의아하다는 표정을 짓자 험상궂은 얼굴이 한층 강조된 느낌이었다.

이케다는 잠시 말을 고르는 듯했지만 이윽고 더듬더듬 말하기 시작했다.

"쓰보이에게 가자마 씨는 신과 같은 존재가 아니었을까요? 그 사람이 하는 말을 믿고 헬리콥터를 탔더니 정말 과거로 돌아왔다. 믿길 잘했다……라고 진심으로 생각하는 쓰보이에게 가자마 씨가 슬쩍 이런 말을 속삭인다면 어떨까요. ……사실 리피터는 불사신이다, 거짓말 같다면 시험해 봐라—뭐, 그런 식으로요. 그래서 그 말을 들은 쓰보이가 그 사람이 하는 말이니 이번에도 분명 진실일 거다, 그럼 바로 시험해 보자—는 가벼운 마음으로 시험 삼아 목을 매달아 봤는지도 모릅니다. 그게 만약 사건의 진상이라면 그런 살해 방법이 가능했던 건 가자마 씨가 쓰보이를 리피트시켰기 때문이죠. 말하자면 이쪽으로 데려왔기 때문에 생긴 이점이 아닐까요?"

나는 머릿속이 짜릿해지는 감각을 맛보았다. 진실이야 어찌 됐든 잘도 그런 생각을 해냈구나 하고 새삼 마음속에서 이케다를 다시 보게 되었다.

"재미있군."

덴도도 웃는 표정을 지었다.

"……하지만 나는 수긍할 수 없다."

덴도의 말에 나는 '수긍##'이라는 단어의 뜻을 깨닫는 데 약간 시간이 걸렸다. 그동안 덴도는 자꾸자꾸 이야기를 진행해 갔다.

"그런 수법이 가능했다면 가자마는 알리바이를 만들어 둘 수도 있었겠지. 외국에 나가서 전화 한 통만 걸면 쓰보이를 자살하게 만들 수도 있을 테니까—뭐, 나라면 그렇게 하겠어. 그러나 가자마는 적어도 쓰보이 때는 알리바이가 있다고 자기 입으로 말하지 않았잖아? 알리바이로 말한다면 반대로 요코사와 때는 외국에 있었다고 주장했지? 그러니 가자마를 범인으로 가정하려면 그 알리바이도 무너뜨려야 해.

아니, 좀 더 근본적인 문제가 있다. 애초에 가자마가 우리를 죽이겠다고 생각할 리가 없어. 생각해 봐. 가령 그 녀석이 우리를 미워할 이유가 있고 그래서 죽이기 쉽도록 우리를 이리로 데려와서 죽인다고 치자. ……그렇지만 그 녀석은 리피트를 영원히 반복할 생각이라고. 처음부터 R-11로 갈 생각이었어. 그런데 R-11로 가면 그곳의 우리는 살아 있지. 거기서 설령 또 우리를 죽인다고 해도

R-12에 가면 또 살아 있다. ······어때? 죽일 의미가 없잖아? 리피트를 되풀이하는 인간에게 사람의 생사 따위 처음부터 관심 밖의 일이야. 관심사는 오로지 자신의 생사에 관한 문제나 비밀이 새어 나갔는지 정도겠지. ······내 말이 틀렸나?"

나는 잠시 생각한 끝에 고개를 끄덕였다. 확실히 덴도의 말대로라고 생각했다.

"오케이, 그럼 우리 여섯 명 중에 범인은 없다고 전제하고. 그 경우 범인은 외부에 있고 우리의 정체나 이 세계에 리피터가 있다는 사실을 안다는 말이지. ······그에 해당하는 사람은?"

"역시 요코사와 씨가 누군가에게 흘린 게 아닐까요?"

이케다가 대답했다.

"아니, 그렇다 쳐도 그 녀석이 알아낼 수 있는 건 리피터의 존재와 우리 이름, 또 우리 전원이 아닌 그중 몇 명의 전화번호가 최대다. 아마 전원의 주소까지는 밝혀내지 못했겠지. 누구한테서 새어 나갔는지에 따라 달라지겠지만—예를 들어 모리에게서 새어 나갔다면—너는 모두의 집 전화번호를 알지?"

갑자기 화제에 오른 나는 횡설수설했다.

"저, 그게 그러니까······ 그렇긴······ 하죠. 아마."

실질적으로 내게서 유코에게 정보가 새어 나갔다. 그리고 유코는······.

유코가 또 다른 누군가에게 비밀을 전달했다—?

그 경로가 정답이라면 범인을 밝혀내기 위해서는 모두에게 유코의 건을 말해야 한다.

내가 살인을 저질렀다는 사실이 이케다에게도—시노자키에게도 전해진다…….

덴도의 이야기가 어디로 도달할지 불안을 느끼면서도 나는 귀를 기울였다.

"현 시점에서 살해당한 사람은 요코사와, 쓰보이, 그리고 고하라까지 셋이다. 범행 현장으로 보아 범인은 요코사와와 쓰보이의 집 주소와 고하라의 직장을 각각 알고 있다는 게 된다. 그걸 범인은 어떻게 알아냈을까. 가장 많은 정보를 가진 모리도 직접적으로 거기까지는 몰랐지?"

"네, 맞습니다. 제가 아는 건 그 셋의 집 전화번호와 요코사와 씨의 직장과 또 고하라 씨가 사장으로 있던 회사의 이름 정도니까요."

"그건 내가 R-9에서 조사해서 이 녀석에게 가르쳐 줬지."

덴도는 이케다에게 설명했다.

"뭐, 나도 R-9에서 어디까지 조사했는지 증명할 수는 없으니 혹시 내가 요코사와나 쓰보이의 주소까지 알아낸 게 아닐까 하고 의심한다면 어쩔 수 없어. 하지만 나로서는 이제 와서 거짓말을 해 봤자 뾰족한 수가 없거든. 그러니 믿어 달라고. 내가 아는 건 회룡정에서 명함을 교환했던 다섯 명과 고하라의 회사 이름과 이쪽에 와서 알게 된 가자마의 전화번호 정도니까. ……그렇게 생각하면 또 제일 의심스러운 게 가자마란 말이지."

내 살인을 언급하지 않기 위해 이야기를 다른 방향으로 가져간 다고 생각했지만 정보를 흘린 사람이 가자마가 아닐까―라는 덴도의 의심은 진지해 보였다.

"가자마가 우리를 고른 건 결코 우연이 아닐지도 몰라. 그 녀석은 적당히 전화번호를 눌렀더니 우연히 우리가 걸렸다고 이야기했었지. 그게 거짓말이 아닐까 하고 나는 내내 마음 한구석에서 찜찜했거든."

"우연이 아니라면?"

이케다가 물었다.

"미리 우리를 조사해서 얼굴과 주소를 알아냈다. 전화번호는 그 뒤라도 상관없어. 우편함에 손을 찔러 넣고 NTT일본 전신 전화 주식회사에서 온 영수증을 슬쩍하면 계약 번호가 나오니까 그걸로 간단히 알 수 있지. ……아니, 정확히 말하면 특별히 R-9가 아니라도 상관없어. 예를 들어 R-5에서 안면을 트고―술집 같은 데서 죽이 맞으면 그 길로 서로의 주소에서 전화번호까지 알려 주잖아. 어쨌든 미리 조사할 기회는 얼마든지 있었어. 가자마라면 말이야. 그래서 거기까지 조사해 두고 '우연찮게 적당히 번호를 눌렀더니 당신한테 걸게 되었습니다' 하는 말을 늘어 놓아도 우리는 그게 거짓말인지 알 도리가 없잖아? 믿을 수밖에 없지. 반대로 그런 가능성이 있기에 나만 해도 이런 식으로 의심하게 됐지만. 이런 이야기, 지금이니까 할 수 있지. 가자마 없이 이런 이야기를 할 기회가 전에도 있었다면 좋았을 텐데."

덴도는 그렇게 말하고 탄식하며 장난스럽게 어깨를 으쓱했다.

"그건 됐고. ……그런데 만약 그런 식으로 가자마가 처음부터 우리 주소며 직장까지 모조리 알고 있었다면, 거기서 비밀이 새어 나갔다고—또는 고의로 흘렸는지도 모르지만—생각하는 게 앞뒤가 제일 잘 맞아떨어진단 말이지. 범인이 어떻게 요코사와의 주소를 알았을까. 어떻게 쓰보이의 주소를 알았을까. 그게 더 이상 수수께끼가 아닌 게 되니까."

"하지만 어째서…… 좀 전에 덴도 씨 자신이 인정하셨잖아요. 가자마 씨는 범인이 아니라고. 우리를 죽여도 의미가 없다고."

나는 떠오르는 대로 말했다.

"게다가 우리를 일부러 선택할 만한 의미는요?"

이케다도 의문을 제기했다.

"우리가 적당히 선택된 게 아니라면 이 아홉 명에게 뭔가 의미가 있는 게 되겠지요? 그렇다면 조금 전의 미시 링크…… 맞나요?"

"미싱 링크."

덴도가 정정해 주었다.

"음. 확실히 그 문제가 걸리는군. 만약 미리 우리 신원을 조사한 뒤에 전화를 걸었다면 어째서 이 아홉이 선택된 걸까—사실 우리에게는 본인들도 모르는 공통점이 있어서 가자마에게 선택된 게 아닐까 하는 이야기가 되겠지. 다만 내가 생각하는 건 그게 아니라 게스트로서 초대하기 전에 그 녀석이 신뢰할 수 있는 상대인지—즉 비밀을 누설하지 않을 인간인지 어떤지를 조사했다고 생각했거든. 왜냐하면 정말 무작위로 고른 경우에는 분위기를 타고 예언을 주절주절 떠들어 댈 인간이 섞일 수도 있잖아? 가자마는 그런 상대를 가능한 피하고 싶었던 거지. 그래서 개별적으로 이 녀석이라면 안심이 된다고 여겨지는 상대를 점찍은 다음에 전화를 걸었을 가능성이 커. 그런데 미리 신분을 스리슬쩍 조사했다는 말을 들으면 우리 기분도 나빠질 테니까 적당히 전화를 걸었다고 말한 게 아닐까. 이번 사건과는 관계없이 그런 생각을 하던 차에 이런 일들이 일어나서, 그러면 가자마에게서 정보가 새어 나간 건 아닐까 하고 먼저 의심했지.

그리고 방금 모리가 질문했던, 가자마가 우리를 죽일 리가 없다는 말에 대해서라면—우리가 조금 전에 말한 건 살의를 가지고 고의로 죽인다는 거고 그 이외의 형태로 죽는 건 딱히 상관없다고 할까. 좀 전에도 말했지? 타인의 생사에는 흥미가 없다고. 그렇다는 얘기는 굳이 죽일 생각도 없지만 반대로 굳이 살리자—살기를 바라지도 않는다는 거야. 우리가 죽든 살든 가자마에게는 상관없는 일이지. 그러니 그 녀석이 비밀을 흘려서 동료들이 잇달아 살해당하더라도 자신만 안전권에 있다면 딱히 상관없는 셈이잖아. 그래서 한 가지 생각난 게 있는데.

조금 전에 이케다가 한 말도 관계가 있지만, 가자마는 본인이 바란다면 타인에 대해 신과 같은 존재가 될 수 있잖아? 예언 전화를 걸어서 적중시킨 뒤에 내가 하는 말을 따르면 너도 시간 여행에 데려가 준다는 말을 들으면 전화를 받은 인간 중에는 뭐든지 시키는 대로 하겠다는 인간도 있겠지? 우리한테는 예언 전화가 한 번—두 번인가. 두 번밖에 없었지만 그걸 서너 번씩 적중시켜서 우리처럼 반신반의가 아닌 진심으로 '당신을 믿습니다' 하는 무리를 만들어 두는 거야. 그 녀석들에게 그냥은 데려갈 수 없다, 이미 R-11로 데려갈 멤버도 정해져 있다, 만약 그중에 결원이 생기면 대신 데려가겠다, 따위의 이야기를 하면서 우리 아홉의 신상 명세를 전부 가르쳐 줬다고 가정하자. 다카하시 겐은 사고니까 제외하고 정확히 말하면 우리 여덟 명의 주소와 이름을……이겠지. 그 녀석들은 자신들이 간택받고 싶을 거야. 그중에는 우리를 죽여 버리겠다는 녀석도 나오겠지. 그래서 하나가 살인에 대한 대가로 리피터로 승격하면 너도 나도 나서겠지. 덕분에 요코사와, 쓰보이, 고하라가 살해당했다고 생각하면…… 어떨까?"

나는 자기도 모르게 고개를 좌우로 절레절레 흔들고 있음을 알아차렸다.

"하지만…… 그런 일을 해서 가자마 씨에게 득이 될 게 뭐가 있을까요?"

"재미지. 옆에서 지켜보면 재미있지 않겠어?"

"설마……."

그 말을 끝으로 나는 말을 잇지 못했다.

"한 사람이 한 명씩 죽였다면 사건마다 수법이 다른 게 설명이 돼."

"그렇다고 해도 이상한 점이 있습니다."

이케다가 끼어들었다.

"만약 그런 식으로 가자마 씨가 우리 이름을 누군가에게 알려 주었다면 거기서 리피트의 비밀이 밖으로 새어 나갈 위험성이 있습니다. 제안을 받은 누군가가 우리를 죽이지 않고 반대로 우리와 접촉을 하려는 경우를 상상해 보십시오. 또는 범인이 실수를 해서 경찰에 잡힌 경우를 생각해도 좋고요. 우리는 경찰에게 사정 청취를 당할 테고 그러면 무슨 일이 일어났는지 알게 됩니다. 그런 취급을 받았으니 반대로 가자마 씨를 골탕 먹이기 위해 우리가 리피터의 비밀을 공개할 가능성도 있고, 또 더욱 강경한 수단을 취할 가능성도 생각해 볼 수 있습니다. 가자마 씨가 거기까지 고려하지 않고 반쯤 재미로 그런 일을 했을 가능성이 있을까요?"

"······그렇군."

한숨을 섞어 말하고 덴도는 눈을 감았다. 아직 무언가를 생각하는 듯했지만 더는 아무 말도 하지 않았다.

NHK의 일곱시 뉴스가 시작되어 셋이 함께 보았다. 그러나 고하라를 찌르고 도망간 범인은 아직 잡히지 않았다. 경찰에서는 묻지 마 살인 같은 무차별 범죄일 가능성도 함께 고려하며 중점적으로는 고하라 개인을 노린 사건으로 조사를 진행할 예정이라는 보도였다.

텔레비전을 보며 이케다가 문득 떠올랐다는 듯이 말했다.

"만약 범인이 잡히면 우리한테도 사정 청취를 하러 경찰이 찾아 오겠죠?"

"그렇겠지."

덴도가 대답했다.

"범인은 경찰에게 리피트에 대해 말해 버릴 테고. 만약 저나 모리 군이 출처가 수상한 거금을 가지고 있다는 사실이 판명되면 진짜 리피터라는 소리니까…… 위험한 거 아닐까요?"

"경마로 딴 돈이라고 솔직하게 말하면 그만이지. 범인이 어디까지 알고 어디까지는 모르는지 알 수 없지만. 아마 그걸 시샘해서 리피트 운운하는 이야기를 만들었을 거라고 시치미를 떼면 그만이야."

범인이 잡히면 경찰이 우리를 조사하러 올 것이다. 거기에 생각이 미친 나는 불현듯 숨을 삼켰다. 아니, 이 정도의 일로 얼굴색이 변해서는 곤란하다. 나는 '승자'에 들어갈 테니까. 사체를 처리한 덴도만 해도 태연하지 않은가.

범인이 경찰에 잡히지 않는 한, 언젠가 내 목숨도 노릴지 모른다. 그러나 범인이 잡히면 그 때문에 내가 경찰에서 조사를 받다가 유코 살해 건이 엉뚱한 곳에서 발각되지 말라는 법도 없다.

범인이 잡혀도 잡히지 않아도 곤란하다. 황당한 딜레마였다. 그러나 그것이 평생 계속되지는 않는다. 우리에게는 결승점이 있다.

앞으로 반년—시월까지 이대로 도망친다면.

어쩌면 그전에 자력으로 범인을 밝혀내기만 한다면.

그 경우 필요하다면 범인을 죽이는 일도 불사할 각오는 이미 되어 있었다.

5

그 후 가자마와 오모리 둘 모두에게 연락이 되어 모레인 이십일 일에 다시 가자마의 집에서 모임을 열기로 했다.

집으로 돌아오자 시노자키에게 부재중 전화가 와 있었다. 나는 바로 전화를 걸었다.

"게이스케? 지금까지 뭐했어? 오늘은 아르바이트하는 날도 아니잖아?"

전화를 받은 목소리는 걱정했던 만큼 겁먹은 기색이 없었다.

"아, 여태까지 이케다 씨 집에 있었어. 처음에는 골프 연습을 하러 갔었는데—."

먼저 오늘 하루 일을 보고하고 이어서 덴도를 포함한 셋에서 검토한 내용에 대해 언급했다.

"고하라 씨는 두 번밖에 만나지 못했지만—그다지 살해당할 만한 사람처럼 보이지는 않았는데. 그냥 평범한 아저씨 같았지."

나는 리피트 전에 한 번뿐이지만 그와 전화로 나누었던 이야기를 떠올렸다. 그는 소년 시절에 방공호에서 체험한 일을 내게 들려 주었다. 우리 아버지보다 훨씬 연배가 위인, 태평양 전쟁을 실제로 겪고 기억하는 세대. 만약 리피트가 성공하면 손자들과 같이 도쿄 디즈니랜드라도 가 볼까, 라고 말했던 초로의 남자. 그 바람은 실현되었을까.

다음 날인 토요일에 나는 시노자키와 둘이서만 만나기로 약속했다. 지난주는 그녀가 컨디션이 좋지 않아 데이트를 하지 못했기에 이 주 만의 만남이었건만 역시 데이트를 즐길 기분은 아니었다.

"열 명 중에 네 명이라는 건 진짜 예삿일이 아니네."

시노자키가 바다를 보고 싶다고 해 우리는 도쿄 동쪽 끝—가사이 임해 공원까지 발길을 뻗었다. 거센 바닷바람이 몰아쳐 그녀의 치마를 들어 올렸고 긴 머리칼을 마구 헝클어뜨렸다. 그러나 그녀는 개의치 않는 듯했다.

"시간 여행은 어떠세요?—하는 옛날 노래가 있잖아. 진짜 시간 여행에 초대받아 와 보니 그건 저주받은 여행이었다는 얘기네."

"저주—일까."

나는 코웃음을 쳤지만 시노자키는 진지한 표정을 지었다.

"나한테는 진짜 저주처럼 느껴져. 저주라고 해야 할지—역사는 바뀌고 싶어 하지 않는지도 몰라—또 비과학적인 말이 되겠지만. 게이스케는 '카오스 이론'이라는 말 기억해?"

나는 고개를 끄덕였다.

"아무리 봐도 똑같아 보이는 상태에서 출발했지만 완벽하지 않아서 작은 오차가 있어. 그 오차가 점점 증폭되어 순식간에 완전히 다른 결과를 낳는다는, 그러한 '닫힌 끈'을 카오스라고 하는데……. 가장 대표적인 예가 날씨겠지. 하늘의 날씨 말이야."

그렇게 말하고 그녀는 하늘을 쳐다보았다. 나도 그녀에게 이끌려 커다란 물웅덩이로처럼 보이는, 도쿄만 위에 빼꼼하게 펼쳐진 푸른 하늘을 올려다보았다. 도쿄에서 이만큼 하늘이 드넓게 펼쳐진 장소는 없으리라. 여기는 바다를 보는 장소가 아닌 하늘을 보기 위한 장소다.

"날씨는 카오스. 그걸 설명하는 '나비 효과'라는 말도 있잖아. 베이징에서 나비가 팔랑팔랑 날갯짓을 하면 그 영향으로 일주일 후에 뉴욕에서 비가 내린다는 거 말이야. 과장된 표현이겠지만 우리라는 이분자는 나비의 날갯짓 정도가 아니야. 전과는 완전히 다르게 움직이지. 날씨도 말하자면 공기의 움직임이니까 우리가 전과 다른 행동을 하면 아주 사소한 차이라도 공기의 흐름이 전과는 달라지게 돼. ……음, 인간의 움직임 정도로는 아무런 영향도 미치지 않을지 모르지만, 요코사와 씨가 휘말린 화재는—전에는 일어나지 않은 사고잖아? 화재로 말한다면 그건 이미 국지적인 난기류가 발생한 것과 같은 상태인데. ……하지만 현재 아무 영향도 없는 것 같아. 이전 세계에서는 맑았던 날이 여기서는 비가 내리거나 해도 이상하지 않을 텐데. 아마 저 구름 모양도—R-9 당시에 오늘 여기에 오지 않았으니 알 길이 없지만—아마 전과 같은 모양이 아닐까 싶어.

그러니까 말이야. 딱히 날씨가 아니라도 역사 전체는 우리 생각 이상으로 완고하게 만들어진 게 아닐까, 나는 그렇게 생각했어. 자잘하게 전과 다른 일이 일어나도 그것을 자연스럽게 원래대로 돌려 버리는 그런 이치가 작용한다는 생각이 들어. 뭐라고 말해야 할지……. 선로를 따라가는 느낌이야. 약간은 어긋나도 자연히 궤도가 수정되지. 궤도를 바꾸려면 선로 폭 이상으로 방향을 크게 틀어야 해. 크게 틀어 탈선을 시켜서 역치를 넘지 않는 한 저절로 원래대로 돌아가 버리지—."

"그 힘이 모두를 죽인 원인이라는 말이야? 그—복원력 같은 게?"

이분자가 열차의 진행 방향을 바꾸려 한다. 그러나 힘이 달려서 영향 범위가 선로 폭을 넘지 않으면 열차는 스스로 원래 궤도로 돌아오고 복원력에 의해 이번에는 힘을 가했던 분자 쪽이 옆으로 휙 나가떨어지고 만다.

"그래서 저주라는 거야. 화를 부른 거지. 다카하시 씨야 운이 없었다고 칠 수 있겠지만, 쓰보이 씨는 어차피 합격할 거라고 공부도 하지 않고 놀기만 했잖아? 요코사와 씨와 고하라 씨에 대해서는 잘 모르겠지만……."

시노자키의 이야기를 멍하니 들으며 나는 자신에 대한 생각으로 머리가 복잡했다.

그날 유코가 내게 다시 사귀자고 한 것도 큰 틀에서 보면 '역사 복원력'이 그렇게 시켰는지도 모른다. 덴도가 그녀의 짐을 뒤졌을 때 부엌칼이 나왔던 걸 떠올렸다. 어쩌면 고하라가 아닌 내가 네 번째 사망자가 되었을지도 모르는 일이다.

내 경우에는 유코가 범인이 될 예정이었다……?

그렇게 생각하면 역시 리피터 넷은 개별적으로 죽었고 그들을 한 번에 죽이려는 범인 따위는 없다는 게 되어 버리겠지만…….

"어쨌든 시월까지 살아남기만 하면 우리는 R-11로 가서 안전권으로 뛰어들 수 있으니까."

시노자키의 기운을 북돋아 주자는 생각에 애써 밝은 말투로 그렇게 말했더니 그녀는 반대로 고개를 숙이고 커다란 한숨을 내쉬었다.

"R-11로 가는 이야기 말인데……. 게이스케는 포기할 생각 없지?"

"가기로 했잖아. 왜 그런 말을 하는 거야?"

"나, 갈 수 없게 됐어. 부탁이야, 게이스케도 함께 남아 줘."

"도대체 왜? 어째서? 갈 수 없다는 건데?"

"그게 말이지……."

시노자키는 갑자기 시선을 피했다.

"아기가 생겼어."

나는 순간 말을 잃었다.

"그런, 말도 안 돼. 나는 아직 학생인데."

"그래서? 아기를 지우라는 말이야?"

"아니…… 그러니까 내 말은 어쨌든 R-11로 가서—."

그렇게 말하다 말고 나는 깜짝 놀랐다.

혹시 그녀가 나와 함께 R-11행 헬리콥터를 탄다면—그때 그녀의 뱃속에 있는 아이는 어디로 돌아가야 할까? 올 일월에 아이는 아직 수정되지도 않은 상태였다. 육체의 편린도 없었다.

그녀는 자신의 배꼽 부근에 양손을 댔다.

"생명이 깃들어 있어. 이 뱃속에, 게이스케와 나 사이에 생긴 새로운 생명이 깃들어 있어. 그게 R-11로 간다면 사라져. ……부탁이야. 나랑 우리 아기랑 같이 이 세계에 남아 줘. 돈 같은 건 없어도 괜찮으니까. 아니, 없는 편이 나아. 게이스케만 내 옆에 있어 주면 돼. 되감을 필요는 없어. 앞으로 계속 나이를 먹고 죽어도 좋아. 나는 그걸로 충분해. 부탁이야. 아이를 버리지 말아 줘. 나를 버리지 말아 줘. 나와 함께 남자!"

이런 딜레마가…… 있어도 좋은 걸까?

시노자키는—아기는 이 세계에 돌아온 뒤에 생겼으니까 아직 일 개월 정도일 텐데—이미 어머니의 얼굴이 되어 있었다. 절대로 낙태는 하지 않겠다고 얼굴에 씌어 있었다. 그녀를 R-11행 헬리콥터에 태운다는 건 아이를 지우라는 것과 같은 의미다. 그녀는 결코 승낙하지 않으리라.

그렇다고 R-10에 남을 수도 없는 노릇이다. 이 세계에서 나는 살인범이다. 아직은 발견되지 않았지만 이 세계 어딘가에 내가 죽인 여자의 시체가 있다. 무엇보다 내가 그 여자를 죽였다는 사실이 여기에 있다. 그것을 없었던 일로 하려면 나는 어떻게든 R-11로 가야 한다.

서로 주장을 굽히지 않는다면 대답은 하나밖에 없다. 즉—나는 R-11로 가고 그녀는 여기에 남는다. 그것뿐이다.

아니, R-11로 가면 거기에 또 '시노자키 아유미'가 있다. 그 '시노자키'가 이 시노자키를 대신할 수 있을까?

그 '시노자키'는 나에 대해 알지 못한다. 나와 함께 보낸 몇 개월의 기억을 그녀는 공유하지 않는다. 그러나—그녀는 분명 '시노자키'다.

이 시노자키를 버리고 홀로 R-11로 가서 거기서 또 다시 '시노자키'와 만나고 그녀와 새로운 관계를 쌓아 간다. 그걸로 족하지 않을까?

"—알았어. 나도 이 세계에 남을게. 내가 아빠잖아."

내가 미소 지으며 그렇게 말하자 시노자키는 나에게 착 달라붙었다. 나는 그녀의 뺨에 흐르는 눈물을 오른손 손끝으로 가만히 닦았다.

6

다음 날인 이십일일, 나는 가자마의 집에서 열리는 모임에 빠지고 시노자키와 둘이서 산부인과로 발걸음을 옮겼다. 모임에서는 어차피 금요일에 셋이서 검토한 내용 이상의 이야기는 나오지 않으리라 짐작했고 지금은 무엇보다 그녀의 일이 최우선이었다.

시노자키는 그렇게 보여도 의외로 강한 면이 있었다. 이 세계에서 우리가 재회하고 얼마 지나지 않아 육체관계를 가진 것도 그녀가 예상외로 적극적이었기 때문이다. 지금 와서 생각해 보면 그녀가 내 뒤에 다른 여자(유코)의 존재를 알아차린 것이 애초에 원인이었다고 여겨진다. 나를 그 여자에게서 빼앗기 위해 그녀는 행동에 나섰던 것이다.

곰곰이 생각해 보면 '한번 해 버리면 그걸로 상대는 자신의 것'이라는 발상 자체가 시대착오적이며 도덕주의적이다. 시노자키에게는 의외로 그런 부분이 있었다. 그렇다면 '아기가 생겼으니 이제 상대는 자신과 결혼하는 수밖에 없다'고 그녀가 생각하는 것도 크게 이상하지 않다.

그녀는 정말 임신했을까? 어쩌면 나를 이 세계에 붙잡아 두기 위한 연기가 아닐까? 아니, 의식하고 하는 연기가 아니라도 '아이만 생기면' 하는 그녀의 바람이 자아낸 망상—상상 임신—일 가능성은 없을까?

나는 은근히 그런 의심을 품고 있었다. 무슨 근거가 있는 것도 아니고 내 바람이 그런 의문으로 나타났는지도 모른다.

일요일에 우리가 찾아간 곳은 시노자키가 여성지에서 평판을 조사했다고 하는 메구로의 병원이었다. 생경한 분위기 속에서 안절부절못하는 기분으로 가까스로 접수를 마쳤다.

이런 경우 남자의 의무는 접수처까지 따라가 주는 것일 뿐 대기실 앞으로는 들어가지 않는 법이라고 막연하게 생각했지만 실제로는 시노자키와 함께 안까지 들어가게 되었다. 검사를 하는 동안 거기서 혼자 기다렸다. 너무나 무료했다.

이윽고 검사가 끝났다. 시노자키와 의사가 나란히 나왔다.

내 시선을 느낀 의사가 고개를 살짝 숙였다.

"임신하셨습니다. 삼 개월입니다."

선고받기 전에 표정으로 알았다. 시노자키가 내 옆에 앉아 팔짱을 꼈다. 나는 애써 다정한 표정을 지으며 그녀와 얼굴을 마주했다.

의사가 우리에게 물었다. 거기서 겨우 따라온 남자에게도 할 일이 생긴 셈이었지만 우리의 경우에는 결국 시노자키가 거의 혼자서 대답했다.

"두 분은 아직 결혼 전이시고, 남자분은 아직 학생이시죠? 어떻게 하시겠습니까?"

"물론 낳을 생각이에요."

시노자키는 딱 잘라 말했다.

"제대로 결혼해서 아이를 기를 가정 환경을 만들겠어요. 그이도 결혼에 동의해 줬거든요. 그렇지?"

"어, 응."

나는 웃는 얼굴로 대답했다.

출산 예정일은 십이월 오일이라고 한다.

패밀리 레스토랑에서 식사를 하며 우리는 앞으로의 일에 대해 이야기를 나누었다.

맨 처음 결혼식을 올리는 것부터 정했다. 자신이 바랐다기보다 그렇게 하지 않으면 양친이 승낙해 주지 않을 거라고 시노자키는 설명했다.

식을 올리려면 마냥 느긋하게 있을 수는 없다. 칠월이면 슬슬 배가 불러오기 시작할 것이기 때문이다. 그러니 늦어도 유월 말이 한계다. 그렇게 되면 앞으로 두 달 남짓밖에 여유가 없다. 두 달 동안에 식장을 확보하고 하객을 선별하고 예물은 어떻게 할지 드레스는 무엇을 입을지—등등, 생각해야 할 일이 산더미처럼 많았다. 신혼여행은 신부가 임신중이니 삼가자는 걸로 이야기가 되었다. 하나라도 줄일 수 있는 항목이 있다면 나는 두 팔 벌려 환영이었다.

시노자키의 직장을 어떻게 할 것인지도 하나의 문제였다. 확실히 그만두든지 아니면 산후 휴가 및 육아 휴가만 얻고 끝낼지. 어차피 임산부에게 그대로 일을 시킬 수는 없는 노릇이다. 그렇게 되면 나도 지금처럼 대학을 계속 다닐지 아니면 확실하게 그만두고 일을 할지 하는 이야기가 나오게 된다. 또는 올해만 휴학계를 내는 방법도 있다.

앞으로 둘의 신혼집을 어떻게 할지 하는 문제도 얽혀 있었다. 당분간은 둘만 살고 싶다는 마음은 나도 시노자키도 같았지만 그러려면 돈이 있어야 한다. 아니, 실제로는 경마로 얼마든지 벌어들일 수 있으니 임산부와 학생 둘의 살림이라도 충분히 여유는 있을 것이다. 그러나 그걸 대놓고 말할 수도 없는 노릇이다. 그래서 모양새만이라도 내가 졸업할 때까지 우선 시노자키네 집에 들어가 사는, 다시 말해 데릴사위로 지낸다는 게 상당히 현명한 안이 아닐까 하는 이야기도 나왔다.

처음부터 시노자키네 집에서는 가능하면 데릴사위를 맞고 싶어 했던 모양이다. 그러나 나는 장남이다. 하나뿐인 누나도 남의 집 며느리다. 결혼에 얽혀 발생하는 그런 양가의 후계 문제에 관해 우리끼리 이야기를 마칠 수는 없다. 각자 집안의 부모님께—상황에 따라 친척까지 더해—차분히 이야기를 나눌 필요가 있었다.

어쨌든 모든 문제를 제쳐 놓고 제일 먼저 해야 하는 일은—.

"—나도 게이스케도 먼저 각자 부모님께 말씀드려야겠지. 저희 아이가 생겨서 결혼하겠습니다—라고."

"그렇겠지. ……음, 솔직히 말하면 상당히 마음이 무겁지만. 어쨌든 가긴 가야겠지. 그다지 시간 여유도 없고."

나는 가능한 긍정적인 자세를 밖으로 드러내도록 애썼다.

그 후 며칠은 매일 바늘방석에 앉은 기분이었다. 먼저 고향집에 전화를 해서 사정을 설명드리자 전화 너머로 불호령이 떨어졌다. 다음 날에는 시노자키네 집을 방문해 시노자키의 부모님 앞에서 엎드려 빌었다. 또 다음 날에는 우리 부모님이 상경해 시노자키네 집에 인사를 가는 데 동행해야 했다. 밤비나에서 하던 아르바이트도 갑작스럽게 그만두게 되었다.

아무튼 황금연휴 기간에 오로지 의논, 의논 그리고 또 의논만 했다. 건건이 미묘하게 다른 결정이 내려졌고 내려진 결정을 번복하는 통에 또 우왕좌왕했다. 나도 도리 없이 소동의 소용돌이에 휘말렸다. 아니, 소동의 씨앗을 뿌린 장본인이었기에 휘말리고 자시고 할 것도 없었다.

만일 이것이 한 번뿐인 인생이라면 나는 아마 도중에 진저리가 나 절대로 끝까지 소동에 맞춰 줄 수 없었으리라. 그걸 인내하며 어떻게든 견딜 수 있었던 건 시월에 R-11행 헬리콥터를 타기만 하면 전부 없었던 일이 되고 일월부터 모든 것을 다시 시작할 수 있다—라는 희망이 있었기 때문이다.

현실 세계에서 이것저것 고생을 강요받을 때마다 나는 짬만 나면 그러한 몽상에 잠겨 자신을 위로했다.

물론 리피터 살해 사건에 대해서도 잊지는 않았다.

누가 요코사와 집에 불을 질렀을까. 누가 쓰보이를 자살로 위장해 죽였을까. 누가 고하라를 백주대낮에 당당히 찔러 죽였을까.

시노자키는 '역사의 커다란 저주'설을 피력했지만 그 설을 취한다면 R-9에서는 존재하지 않았던 아이를 가진 그녀가 제일 먼저 숙청당해야 할 운명이 아닐까?

이 세계는 어차피 없었던 것이 된다. 나는 시월에 그녀를 버리고 간다는 결심을 이미 굳혔다. 그렇다면 그녀가 여기서 죽더라도 결국 매한가지 아닐까? 냉큼 죽어 주는 편이 결혼에 얽힌 성가신 일을 회피할 수 있으니 내게는 행운이 아닐까—나는 시나브로 그런 끔찍한 상상을 하고 있었다.

언제부터 이렇게 이기적인 사고방식을 가지게 되었을까.

이대로는 안 된다고 생각했다. 아무리 리피터의 특권을 살려 생활이 넉넉해지더라도 마음이 가난해져 버리면 의미가 없다.

이번 인생에서는 우연히 살인까지 저질러 버렸기에 이미 다시 시작할 수 없지만 R-11에 가면 좀 더 정신적으로 건전한 인간이 되자고 새삼 결의했다.

09

1

 시노자키의 임신과 우리의 결혼 이야기는 물론 다른 리피터에게도 전해졌다.

 "재미있는 이야기군."

 그게 덴도의 첫마디였다.

 "아니, 널 야유하는 게 아니라 임부가 헬리콥터를 탄다면 어떻게 될지가 그렇다는 말이야. 태어나지 않은 아이니까 사라져도 상관없다—수지가 맞는다는 생각은 들지만 그렇다면 갓 태어난 아이는 어떻게 될까? 일월 십삼일에는 아직 뱃속에 있었던 아이가—그래, 직후인 십사일쯤 태어난 아이가 있다고 가정하면……. 그러니까 리피트 당시에는 생후 십 개월째가 되겠지? 만약 그런 아이가 있다고 치고 그 아이를 헬리콥터에 태우고 리피트 시킨다면 어디로 돌아갈 거라고 생각해? 일월 십삼일에는 아직 어머니 뱃속에 있던 태아였지, 그 녀석은. 갓난쟁이니까 사정은 모른다 치고 폐호흡을 하던 게 갑자기 양수 속으로 돌아가 버리면 어떻게 될까? 역시 숨이 막힐까―그렇게 생각하니 실제로 시험해 보고 싶어지는군. 아기에서 태아로 돌아가려면 뇌가 어느 정도까지 완성돼야 돌아갈 수 있을까? 시월 삼십일에 갓 태어난 신생아를 태우면 일월 십삼일에는 아직 아무 흔적도 없으니까, 있다고 해도 수정란에서 제대로 세포 분화도 하지 않은 상태일 테니 그래서는 돌아갈 수 없을 듯싶지만 말이야. 그렇다면 어디까지가 돌아갈 수 있는 범위일까. 그러고 보니 리피터의 기간이 딱 이백구십 일이라는 것도 수태 기간과 관계가 있지 않을까 하는 생각이 드는데. 참 잘도 만들어졌군―."

덴도는 그렇게 마음대로 화제를 꺼내고 한바탕 달아올랐다.

"그런데 너, 어떻게 할 생각인데? 시노자키는 이 세계에 남는다고 하지 않았나?"

"그렇죠. 하지만 저는―."

"역시."

덴도는 그렇게만 말해도 알아들었다. 내가 이 세계에 남지 못할 사정은 누구보다 그가 잘 안다.

"너는 시노자키를 버리고 가는 거야. 그래도―괜찮겠어? 저쪽도 네가 그럴 생각이라는 건 아마 알지 않을까? 그 녀석이라면 순순히 속은 척하다가 시월 삼십일 아침에 너를 침대에 묶어 두는 짓도 서슴지 않을 거야."

덴도가 그런 식으로 지적해 왔다.

"괜찮을…… 거라고 생각은 하지만."

"그래도 시노자키 입장에서 생각해 보라고. 아무리 너를 믿더라도 시월 삼십일만은 절대로 외출시키고 싶지 않아 할걸?"

그건…… 그럴지도 모른다.

"네가 아무리 구렁이 담 넘듯 잘 얼버무리고 나가더라도 결국 행선지는 뻔하니까. 헬리콥터 앞에서 타네 못 타네 실랑이를 한다면 우리까지 낭패지. 너 같은 녀석은 내버려두고 우리끼리 출발해도 딱히 상관은 없겠지만—."

"그런……."

나는 엉겁결에 처량한 목소리를 내고 말았다.

"하지만 그렇게 되면 너도 자비로 헬리콥터를 구해서 쫓아오려나. 흠? 잠깐만."

거기서 덴도의 음색이 변했다.

"가자마가 조종한 헬리콥터가 오로라로 날아들었지. 그래서 우리는 리피트를 했고. 그런데 그 뒤에 또 다른 헬리콥터가 오로라로 날아든다면? 오로라가 얼마나 지속되는지 가자마도 모르겠지. 그럴 거야. ……그렇지 않을까? 그런데 오로라가 일정 시간—가령 삼십 분 정도 지속된다면……. 우리가 모르는 사이에 오로라로 날아든, 슬쩍 R-9에서 R-10으로 리피트한 녀석이 있다는 것도—가능하지 않을까?"

순간 그가 무엇을 말하고자 하는지 이해가 가지 않았지만 약간 뒤쳐져 나도 겨우 그 말을 알아들었다.

"말하자면 그게……."

"우리를 사냥하는 녀석이라는 뜻이지."

덴도의 말투가 빨라졌다. 하지만 아무리 말이 빨라도 덴도의 두뇌 회전 속도에 따라가지 못한다는 느낌이 들었다.

"R-9에서 우리 중에 누군가가 비밀을 누설해서 가능하면 자신도 데려가 달라고 했지만 딱 잘라 거절당한 사람이 있다면? 그 녀석이 시월 삼십일에 우리 뒤를 밟아서……. 아니, 그렇게 갑자기 헬리콥터를 수배할 수도 없을 테고 오로라가 나오는 장소도 모를 텐데. 헬리콥터를 쫓았다면 가자마가 눈치 챌 테고, 처음 오로라를 본 사람이 섣불리 거기에 날아들지는 못할 거야.

그러니까 그 녀석은 헬리콥터를 스스로 조종했던 거다. 오로라의 위치도 알았고. 조종은 배웠겠지. 인생을 다시 살면서 말이야. R-10으로 데려가 달라는 요청을 거절당하자 혼자 갈 생각으로. 즉 그 녀석은 R-8에서 R-9로 온 리피터 중 누군가라는 말이다. …… 어떻게 생각해, 모리?"

"요컨대…… 리피터는 사실 열한 명이다?"

"그렇다고 쳐도 우리에 대해 어떻게 알았을까? R-8에서도 가자마가 회룡정을 썼다면 그날 거기에 우리가 모이리라고 예측하고 잠복하면 우리 얼굴은 알 수 있었을 테고, 미행하면 주소도 알아낼 수 있지. 아니면 리피트한 이후의 첫 모임이라도 가능하겠군.

아마 지난번에도 성년의 날에 거기서 만났겠지—그리고 가자마가 이사한 집도 전과 같은 장소라고 했으니까 그 방을 감시하면—우리 주소를 알아낼 기회는 얼마든지 있었어."

"그렇지만 어째서 우리를—."

"다른 리피터가 있으면 할 수 없는 일이 하고 싶어졌다든가?"

나를 상대로 이야기하기보다 거의 혼잣말에 가깝다.

"예를 들어서 언론에 예언자로 등장한다거나—아니면 가자마를 대신하려는지도 모르지. R-9에서 R-10으로 이미 한 번 자기 혼자서 리피트를 했으니까 가자마의 도움조차 필요 없어진 거야, 그 녀석은. 그렇게 되면 가자마 따위 눈엣가시겠지. 물론 다른 리피터는 더 눈에 거슬릴 테고. 냉큼 사라져 줬으면 싶은 심정이 아닐까. 리피터가 모두 없어지면 자신이 예언을 해 보이거나 누군가를 구하거나 구하지 않거나 정할 수 있는 위치에 서는 셈이다. 말하자면 신과 같은 입장이 되는 거야. 그래서 같은 입장인 우리를 죽이고 다니는 거지."

"그렇다면—."

"가자마에게 물어봐야겠어. 그 녀석이 기억한다는 전제에서 말이지만. R-8에서 R-9로 데려온 멤버가 누구누구였는지. 그래서 그 녀석들 하나하나와 부딪쳐 보면 개중에 수상한 행동을 하는 녀석이 있지 않을까. 그 녀석이 범인이다."

덴도는 인사도 하는 둥 마는 둥 하고 전화를 끊었다. 지금이라도 가자마에게 연락해서 범인 색출에 나설 작정인 모양이다.

그러나 그걸로 범인의 정체가 판명되어도 그 후는 어쩔 셈일까. 경찰에 신고할 수도 없다. 그 녀석은 리피터 경험자이니만큼(그것도 이번이 두 번째다) 이런저런 일을 기억하고 있을 테니, 알고 있는 사실로 예언을 펼쳐 보인다면 시간은 걸릴지 몰라도 최종적으로는 자신의 리피트 경험을 경찰과 언론을 상대로 믿게끔 할 수 있을 것이다. 만일 그가 경찰에 체포되고 만다면 어쩌면 거기까지 비밀을 밝히고 분명히 우리를 동료라고 지목하겠지. 그런 식으로 공표되면 이번에는 우리의 신변이 위험해진다.

설령 우리 모두를 죽일 생각인 상대의 정체를 밝혀낸다고 해도 경찰에 넘길 수 없다면—역시 상대를 죽이는 길밖에 없다.

현재 내 목적은 어쨌든 무사히 R-11로 가는 것—그뿐이다. 앞으로 출발하는 날까지 다섯 달 남짓한 동안 결혼식에 얽힌 번잡한 일은 산더미처럼 쌓였고 유코의 시체가 발견될까 봐 걱정이기도 하고 출발 당일에 시노자키를 무사히 떨치고 갈 수 있을지 어떨지 하는 불안도 있지만 가장 큰 불안 요소는 역시 연속 살인귀가 나 역시 노리고 있다는 사실이었다. 그것이 해결된다면 만만세다.

그런데—.

결혼식이 한 달 앞으로 다가온 오월 십팔일 밤, 덴도에게 보고 전화가 왔다.

"그 건은 꽝이었다. 가자마에게 들은 아홉을 조사해 봤는데 전원이 완벽하게 결백했어. R-8에서 9로 왔던 게스트 중에는 그럴 만한 인간이 없어."

"그렇다면—."

나는 그 자리에서 떠오른 생각을 말하려 했다.

"R-7에서 R-8로 온 게스트 중에 있을 거 같다고?"

덴도도 그 가능성은 이미 염두에 뒀던 모양이다.

"단독으로 R-8에서 R-9로 와서 또 10으로 왔다. 물론 나도 거기까지는 생각했어. 그쪽 아홉도 조사했단 말이지. 그래서 이만큼이나 시간이 걸린 거야. 결과를 말하자면 그쪽도 글렀어. 열여덟 명 모두 완벽하게 결백해. 그래서 가자마 녀석이 거짓으로 알려 줬을 가능성까지 생각해 봤는데 딱히 거짓말을 할 이유도 없거든. 그 녀석도 우리와 마찬가지로 표적이 되고 있으니까. 제길, 뭔가 놓친 부분이 있겠지."

전화기 너머로 커다란 한숨 소리가 들려왔다. 미간에 주름을 잡고 고뇌하는 그의 얼굴이 눈앞에 떠오르는 듯했다.

다음 날은 시노자키와 만나기로 약속했다. 시노자키네 집에 가서 그녀의 방에 들어가자마자 나는 먼저 덴도에게 들은 이야기를 전했다.

"범인은 여전히 알 수 없어. 어쩌면 지금도 우리를 노리고 있을지 몰라."

내가 말했다.

"그래서 같이 R-11로 가자고 말하려고 했지? 귀에 못이 박히겠다. 있잖아, 게이스케. 내가 R-11로 가면 어떻게 될지 알잖아?"

"아니, 그 말이 하고 싶었던 게 아니야. 그저 우리도 가능한 조심해야겠다는—고하라 씨처럼 습격받을지 알 수 없고. 지금도 그렇지만 결혼한 후에도 내내 같이 있을 수는 없잖아. 만약 시노자키가 혼자 있을 때 습격받는다면…….”

나는 왼손으로 그녀의 어깨를 감싸고 오른손으로 복부를 쓰다듬었다. 임신 사 개월째에 들어간 배는 기분 탓인지 약간 불러 온 것처럼 느껴졌다. 그 속에 내 아이가 들어 있다고 생각하면 몹시 불가사의한 일처럼 여겨진다. 아직 달걀 정도의 크기겠지. 그런데도 어머니의 몸에 큰 영향을 준다. 입덧이 심하다고 전화로 들었다.

그렇게까지 해서 낳으려고 하는 생명을 내가 함부로 할 수는 없으리라. 혹시 내게도 부성애가 싹튼 걸까. 만약에 리피터 살인 사건이 해결되고 나아가 유코 건도 절대로 들키지 않는다는 보증이 주어진다면 나는 이 세계에 남아 시노자키와 둘이서 태어날 아이를 길러도 좋겠다는 마음이 들었다. ……아주 조금은.

“나는 백 퍼센트 안전해.”

그녀는 그렇게 말하며 환하게 웃었다.

“이 아이를 죽게 둘 수는 없으니까.”

그 순간 넘칠 듯한 사랑이 갑자기 몸 깊은 곳에서 복받쳤다. 한 여성을 이토록 사랑스럽다고 느꼈던 적은 없었다. 새삼 내게는 그녀밖에 없다고 생각했다. R-11에도 ‘시노자키’는 있겠지만 그건 겉만 빼닮은 복제품에 지나지 않는다. 나에게 시노자키는 유일한 사람이었다.

하지만…… 나는 어찌해야 좋을까. 유코 건을 큰맘 먹고 그녀에게 털어놓아 볼까. 내가 느끼는 딜레마를 그녀에게도—아니, 그건 불가능하다. 고난을 짊어진 사람은 나 하나로 충분하다. 모든 원인은 내게 있으니까.

2

오월 이십사일 오후, 의외의 방문객이 있었다.

벨이 울리고 현관문을 열자 마흔 살가량의 여성이 문 앞에 서 있었다. 밤색 머리칼에 은테 안경을 끼고 하늘색 정장을 입었다. 순간적으로 보험 판매원인가 싶었지만 아니었다.

"안녕하십니까, 모리 씨 되시지요?"

"네, 맞는데요."

"저는 '베이사이드 아이 서비스'의 다니모토라고 합니다."

정장 차림의 여자는 명함을 내밀었다. 회사명보다 그 말투 때문에 생각이 났다.

"아, 전에 한번 전화를 주셨던……."

눈앞에 서 있는 사람은 유코 실종 사건을 쫓는 탐정이다. 허를 찔린 나는 내심 몹시 당황했다.

탐정에게 전화가 온 지 벌써 두 달 이상 경과했다. 유코의 부모는 아직도 수색을 계속하고 있다는 말인가.

"기억하고 계셨습니까."

그녀는 상냥하게 미소 지었다.

"아직도 못 찾았습니까?"

나는 짐짓 놀란 표정을 지었다. 그리고 순간적으로 떠오른 대사를 농담조로 말해 보았다.

"저희 집에 숨기지는 않았는데요. 뭣하면 찾아보시겠어요?"

유코가 죽었다고는 상상조차 하지 않는, 어차피 단순한 가출이라고 믿는 전 남자친구라면 이런 대사를 하지 않았을까 하고 생각했던 것이다. 괜찮다. 나는 의외로 냉정하다. 이러면 현명하게 대처할 수 있으리라는 생각이 들었다.

자신을 다니모토라고 밝힌 탐정은 나에게 이런저런 종류의 질문을 해 왔다. 유코와 사귄 기간부터 시작해서 그동안 둘이서 갔던 장소와 가게 이름도 물었고 또 유코의 자동차로 놀러 갔던 곳이 있느냐는 질문도 받았다.

"자동차라……. 타 본 적은 없습니다. 가지고 있다는 이야기는 들었지만. BMW였나요?"

R-9에서는 BMW로 같이 기요사토까지 드라이브를 갔던 일도 있었기에 순간적으로 머뭇거렸지만 그녀의 귀에 딱히 부자연스러운 느낌으로는 들리지 않았으리라고 생각했다.

"그러셨습니까. 그러면 유코 씨한테서 시즈오카 시에 누구 아는 사람이 있다는 말을 들으신 적은 있으십니까?"

"시즈오카 시…… 말입니까? 아니요, 아마 없을 겁니다."

나는 솔직히 대답하며 왜 그런 질문을 할까 의아해하는 것처럼 보이도록 고개를 갸우뚱하며 속으로는 딴 생각을 했다.

시즈오카 시—아마 유코의 자동차가 거기서 발견되었겠지. 그녀의 사체도 그 땅 어딘가에 숨겨져 있으리라.

그녀의 시체—이불에서 비어져 나온 하얀 두 다리가 눈앞에 어른거렸지만 나는 눈을 감아 그것을 시야에서 지우고 필사적으로 평정을 유지했다.

"감사합니다. 바쁘신데 실례했습니다."

탐정이 인사하고 자리에서 일어났다. 나는 샌들을 꿰차고 통로로 나갔다.

"뭐 더 하실 말씀이라도?"

그녀가 뒤돌아보았기에 고개를 저으며 대답했다.

"아닙니다. 신문을 가지러 갈까 하고요."

마음에 켕기는 구석이 있다면 한시라도 빨리 혼자가 되어 한숨 돌리고 싶으리라. 나 자신이 지금 그런 기분이었다. 그랬기에 반대를 택했던 것이다. 그녀와 나란히 계단을 내려가 출입구에서 한 손을 들어 작별 인사를 했다. 마무리였다.

우편함에서 신문을 빼들고 방으로 돌아와 문을 닫자 자연히 커다란 한숨이 새어 나왔다. 스스로 생각했던 것 이상으로 긴장했던 모양이다. 무엇보다도 유코의 수색이 아직도 계속된다는 사실이 내게 큰 압박감을 주었다.

나는 석간을 들고 안쪽 방으로 들어갔다. 찬찬히 신문 기사를 읽으며 마음을 가라앉힐 셈이었다. 먼저 일면 내용을 대충 훑어보고 다음으로 사회면 표제를 확인했다.

본 기억이 없는 기사가 실려 있다는 사실을 알아차린 건 그 순간이었다. 또 화재 소식이다.

미나토 구에서 화재 사상자 2명

5월 24일 새벽, 미나토 구 미나토미나미 4가에서 아파트 한 동이 전소한 화재가 발생, 대피가 늦었던 주민 1명이 사망, 1명이 병원으로 이송되었다.

화재가 일어난 곳은 다카하마 운하변에 있는 미나토미나미 아파트 17동으로 동아파트 102호실 주인인 나가오카 스스무 씨(68)가 전신에 화상을 입고 병원으로 이송되었지만 끝내 사망했다. 또 205호실 주인인 이란인 이즈마엘 다에이 씨(28)도 이산화탄소 중독 증상으로 병원에 옮겨졌다.

화재 원인은 나가오카 씨의 부주의한 담뱃불 뒤처리로 보인다.

기사 속의 '미나토미나미 아파트 17동'이라는 글자의 나열이 눈에 익었다. 이건…… 분명히 다카하시가 살던 아파트였는데…….

그걸로 대강 짐작이 갔다. 다카하시가 일월에 죽은 대신 이 나가오카라는 사람이 아파트로 이사온 것이리라. 그가 R-9에서는 일어나지 않았던 화재를 일으키고 말았다. 이런 곳에서도 카오스의 장난이 숨어 있었다.

그러나 리피터가 일으킨 날갯짓은 어째서 이렇게 많은 사람의 죽음을 초래하는 걸까.

이십육일 일요일에는 웨딩플래너와 만날 예정이었다. 그러나 시노자키가 몸이 좋지 않아 외출할 수 없는 상황이라 나는 그녀의 어머니와 둘이서 식장으로 가 용무를 마쳤다. 시노자키네 집으로 돌아와 이층 그녀의 방으로 올라갔다.

"미안해."

시노자키는 침대에서 일어나 힘들어하는 표정을 지었다.

"괜찮아, 걱정하지 마."

나는 웃는 얼굴로 대답했다.

"괜찮겠어? 이십이일이면 이제 한 달도 안 남았는데. 정 힘들면 결혼식은 아기를 낳은 후에 해도 괜찮은데."

"괜찮아. 다음 달이면 입덧도 거의 없어질 거라고 의사 선생님이 그러셨으니까."

"그날은 비가 내린다고 하고."

당일 날씨는 가자마에게 물어 확인했다. 이상을 말하면 이럴 때야말로 리피터의 특권을 살려 맑은 날을 골라 식을 올리고 싶었지만 이번에는 일정을 고를 만한 여유가 없었다.

"참, 좀 전에 텔레비전에서 봤는데—."

그녀는 무심한 말투로 말을 꺼냈다.

"고하라 씨 사건의 범인이 잡혔대."

"뭐!"

나는 큰 소리를 내고 말았다. 시노자키에게 주의를 받고 목소리를 낮추면서도 흥분을 감출 수 없었다.

"근데…… 진짜야?"

"응."

"누군데?"

내가 물었다.

"모르는 사람."

시노자키는 고개를 살래살래 내저었다.

"이름이…… 아소였나? 전직 경찰관이라고 하던데. 삼십 대 중반에 겉보기에는 평범한 인상이고."

아소……? 전직 경찰관……? 얼른 감이 오지 않았다.

"그래서? 동기는 뭐였대?"

중요한 부분을 물었다.

"몰라. 이제 막 체포되었으니 아직 모르지 않을까?"

"어째서 그 사람이?"

어떻게 리피터의 비밀을 알게 되었을까.

어쩌면 그 남자는 리피터의 비밀 따위는 알지 못할지도 모른다고 생각했다. 내 행동이 원인이 되어 유코가 원래 품지 않았을 살의를 내게 품었던 것과 마찬가지로 그 남자도 고하라의 리피터로서의 행동이 원인으로 원래 품지 않았던 살의를 그에게 향했던 것뿐인지도 모른다.

고하라 살인 사건은 단독 사건이고 요코사와나 쓰보이 건과는 관계가 없을 수도 있다.

오후 여섯시에 집으로 돌아와 나는 바로 가자마에게 전화를 걸었다.

"고하라 씨 사건의 범인이 잡혔다고 들었습니다. 저는 아직 뉴스는 못 봤지만."

"네. 그런 모양이더군요. 사건 당시 입었던 점퍼가 발견되었다나 뭐라나. 일단 확실한 사실인 것 같더군요."

가자마의 목소리는 너무나 침착했다.

"리피터의 비밀이 그 사람 입에서 새어 나온다거나……."

"이번에 붙잡힌 범인은 아마 그런 건 모를 거라고 생각합니다."

그 남자가 고하라를 죽인 건 사실이지만 리피터 연속 살인 사건의 범인은 아니라는 말인가. 아무래도 가자마는 나와 똑같은 생각을 하는 모양이다.

"일단 지금은 사태의 추이를 지켜보는 수밖에 없겠지요."

그렇게 말하고 가자마는 전화를 끊었다.

나는 다음으로 덴도에게 전화를 걸었다. 몇 번의 신호음 후에 자동 응답으로 넘어갔다.

"저 모리인데요. 뉴스는 보셨습니까? 전화 기다리겠습니다."

덴도 이외의 인간이 들을 우려가 있었기에 애매한 표현으로 메시지를 남겼다.

일곱시 뉴스에서 나는 처음으로 범인에 대한 정확한 정보를 입수했다. 아소 마사요시는 작년까지 니시신주쿠 경찰서 형사과에 근무했다고 한다. 증명사진도 화면에 나왔지만 본 기억이 없는 얼굴이다. 정말 이 녀석이 범인일까?

화산 활동의 추이와 정초 스모 대회 최종 결승의 대역전극 등 그날 밤은 다른 뉴스도 넘쳐났다. 또 사정 청취도 그다지 진전이 없었던지 고하라 사건에 관해서는 짤막하게 보도되었을 뿐이었다. 역시 반 뉴스도 비슷한 정도로 다루었기에 세간에서 아소라는 범인에 관심을 기울이는 사람은 나뿐이 아닐까 하는 생각까지 들었다.

그러고 보니 집에 돌아왔을 때도 자동 응답기에는 메시지가 전혀 남아 있지 않았다. 사건 보도를 보았을 터인데 가자마가 연락하지 않는 건 어째서일까. 덴도도 이케다도—낮에는 외출해서 뉴스를 못 보고 놓쳤다 치더라도 이 시간이 되어서까지 연락이 없다는 건 이상하지 않은가?

뉴스가 스포츠 소식으로 넘어가자 전화가 울렸다. 겨우 걸려 왔구나 싶었는데 상대는 의외의 인물이었다.

"여보세요, 모리 씨 댁입니까? 오모리입니다."

"네, 안녕하셨습니까? 모리입니다. 오모리 씨…… 뉴스는 보셨어요?"

"네, 봤습니다. 그래서 가자마 씨께 연락을 했더니 이번에는 특별히 모일 예정은 없다고 하기에……."

그도 역시 나와 같은 생각이었다. 리피터에게 중대한 사태가 생겼건만 우리가 이런 식으로 조용히 보고만 있어도 좋을까.

아소 마사요시 사건은 그다음 주에 들어서자 리피터들에게 마냥 관망할 수만은 없는 전개를 보이기 시작했다. 그가 그 밖에도 두 건의 살인을 저질렀다는 사실이 밝혀지게 된 것이다.

작년 십일월에는 아다치 구 니시아라이에 살던 아르바이트생 청년을 사고로 위장해 벼랑에서 밀어 떨어뜨려 죽이고, 올 이월에는 아다치 구 우메지마에 살던 고등학생인 쓰보이 가나메를 자살로 위장해 죽였다고 했다.

쓰보이를 죽인 자도 아소였다.

그럼 이 녀석이 리피터 연속 살해 사건의 범인이었나?

그러나 그렇다고 하기에는 이상한 점이 너무 많았다. 어째서 아르바이트생 청년 따위가 피해자에 섞였을까. 작년 십일월은 리피트 기간 전이고 아르바이트생 청년 사건과 리피터 살해는 아무 관련성도 없다는 건 확실했다.

이만큼이나 정보가 나왔는데 요코사와 건에 관해서는 아직도 아무 정보가 없다는 건 이상했다. 요코사와 사건은 또 다른 인물이 저질렀다는 말인가?

이래저래 앞뒤가 맞지 않았다.

3

 와이드쇼에서는 연일 수사 과정에서 밝혀진 아소의 이상 성격에 대한 내용이 흘러나왔다. 아소는 경찰 생활 십사 년 동안에 보고 들은, 사람의 죽음에 책임이 있지만 법률상으로는 죄를 물을 수 없는 자들을 스스로의 손으로 말살했다고 했다. 또 그런 자신을 '형살관刑殺官'이라고 은밀히 칭했다고도 보도되었다.
 아소가 쓰보이를 죽이려고 한 이유는 내가 아카에게 들은 예의 자살 사건에 있는 듯했다. '공부방'에 드나들던 여학생이 자살한 사건이다. 아소 '형살관'은 소녀의 자살 원인이 쓰보이에게 있다고 단정했다.
 한편 고하라가 살해당하기에 이른 것은 구 년 전 오오쓰키 시 노상에서 일어난 교통 사고가 원인이라고 했다. 차도를 걷던 여중생이 트럭에 치여 사망했는데 소녀가 차도를 걸었던 이유는 인도를 가로막듯이 승용차가 주차되어 있었기 때문이라고 했다. 당시 파출소 근무였던 아소가 현장에 출동했을 때 이미 그 차는 현장에서 내뺀 뒤였지만 그는 목격자 증언을 토대로 차의 소유주를 밝혀냈다. 그것이 고하라였다고 한다.
 그런 보도를 믿는 한 쓰보이도 고하라도 리피터라는 이유로 살해당하지는 않았다는 뜻이 된다. 그들에게는 각각 죽어 마땅한(아소 '형살관'이 그렇게 판단했다) 과거의 죄상이 있었다. 그 둘이 우연히 같은 기간에 리피트 멤버에 초대받은 것뿐일까? 아니, 그렇지 않다.

애초에 어째서 R-9에서 아소 '형살관'은 쓰보이와 고하라를 죽이지 않았을까? 둘을 살해한 동기가 리피터 관계가 아니라 그러한 과거의 죄상에 있다고 한다면 R-9에서도 똑같은 사건이 일어났어야만 했다. 사건이 일어났다면 쓰보이와 고하라는 이른 봄에 살해당했을 테니 가을에 살아 있을 리가 없다. 우리가 회룡정에서 만났을 리가 없다. 이 모순을 어떻게 해석해야 할까.

결론은 명백했다. 아소 마사요시는 틀림없이 거짓말을 하고 있다. 경찰과 언론은 쉽게 속아 넘어간 듯하지만 리피터인 우리는 그 정도로는 속지 않는다.

왜 거짓말을 했을까. 누군가를 감싸는 건 아닐까. 아소에게 리피터를 함께 살해한 동료가 있지는 않을까. 그 녀석이 남은 리피터들(우리)의 살해를 지속해 주길 바라는 건 아닐까.

언론 보도를 통해 들려오는 아소의 자술 내용은 내 최대의 관심거리였지만 그에 못지않게 신경이 쓰이는 일이 또 하나 있었다.

덴도와 연락이 닿지 않는다. 월요일부터 수요일까지 낮에 걸어도 밤에 걸어도 응답하는 건 자동 응답 전화의 안내 멘트였다.

수요일 밤에 나는 큰맘 먹고 신주쿠로 향했다. 회룡정에서 받은 명함에 새겨진 주소의 기억을 의지해 가부키초 2가의 번화가에서 벗어난 곳에 있는 맨션을 찾았다.

문에는 '㈜ 덴도 기획'이라고 쓰인 명판이 붙어 있었다. 여기가 확실하다. 벨을 눌렀다. 안에서 벨이 울리는 소리가 들렸다. 그러나 문 너머에 인기척은 없었다.

문득 생각이 나 전기 계량기를 들여다보았다. 원반이 천천히 회전하고 있었다. 다른 방 계량기와 비교하니 회전 속도가 약간 느린 느낌이 들었지만 그걸로 뭔가를 알아내지는 못했다.

일층으로 내려가 우편함을 확인해 보자 싶었다. 숫자 자물쇠가 달려 있었지만 시간만 들이면 열 수 있다. 그렇게 생각하고 '0·0·1'부터 시작해 '3·1·9'까지 시험해 보던 참이었다.

"이봐, 당신 뭐하는 거야!"

갑자기 들린 고함에 나는 심장이 졸아붙는 기분을 맛보았다.

목소리가 난 쪽을 쳐다보자 맨션 입구에 이십 대 후반 정도의 젊은 여성이 서 있었다. 그 여성은 십 미터가량 거리를 두고 나에게 달려들지, 아니면 그 자리에서 도망칠지 망설이는 모양이었다.

"저…… 혹시 덴도 기획 분이십니까?"

내가 생각나는 대로 말을 걸어 보니 여성은 경계심을 드러낸 채 천천히 고개를 끄덕였다. 역시 예상대로였다. 내가 낮에 전화를 걸었을 때 항상 받던 사람이다.

"저는 모리라는 사람입니다. 덴도 씨와 아는 사이죠. 일요일부터 연락이 닿지 않아 걱정이 돼서 와 봤어요."

그렇게 말하자 여성의 어깨에서 힘이 쑥 빠지는 모습이 똑똑히 보였다. 그녀는 가슴을 쓸어내리며 나에게 다가왔다.

"모리 씨? 사무실에 전화하신 적이 있지요?"

리피트 443

"네. 알고 지내던 아가씨가 가출한 건으로 예전에 몇 번 상담을 했습니다."

언젠가 전화로 덴도가 유코 건을 대놓고 말하지 않고 '가출 소녀'가 이러쿵저러쿵하는 식으로 말했던 것이다.

"그러면 모리 씨한테도 연락하지 않고 갑자기 사라졌단 말이네요."

여성은 그렇게 말하고 크게 한숨을 내쉬었다.

"저는 나나미라고 해요. 덴도 씨 사무실에서 사무를 맡고 있습니다. 아니, 맡고 있었다고 하는 편이 나으려나. 월요일에 출근해 보니……."

"열쇠는 가지고 계시지 않습니까?"

그렇게 물어보니 가지고 있지 않다고 했다.

"안에서 쓰러져 죽은 건 아니겠죠."

그녀가 아무렇지도 않은 말투로 말했건만 내 쪽이 민감하게 반응하고 말았다. 설마 덴도까지…….

불안이 전염되었는지 나나미라는 여성도 바로 진지한 얼굴이 되어 양팔로 자신을 끌어안았다.

"관리인한테 말해서 열어 달라고 할까요……. 모리 씨도 같이 가 주실래요?"

"네. 그럴게요."

나는 그렇게 대답하고 꿀꺽 침을 삼켰다.

오 분 정도 지나 나나미가 데려온 관리인 남자를 앞세우고 셋이서 사무실 문 앞까지 갔다. 열쇠 구멍에 열쇠를 밀어 넣은 관리인은 우리를 돌아보며 "열겠습니다"라고 말했다.

문이 열리자 어렴풋이 이상한 냄새가 났다. 방 안은 어두웠다. 내 몸이 떨리는 게 느껴졌다. 불안감으로 가슴이 터질 듯한 심정이었다. 관리인이 벽을 손으로 더듬자 팟 하고 실내에 불이 켜졌다.

"들어가겠습니다."

관리인이 그렇게 말하며 신발을 벗으려 하자 나나미가 뒤에서 일러주었다.

"그냥 신발 신고 들어가셔도 돼요."

들어간 정면에는 칸막이가 쳐 있는데 칸막이를 돌아가자 네 평 정도 넓이의—원래 주방 겸 식당이었을 곳에 카펫이 깔려 있고 책상이 네 개 놓여 있어 사무실로 기능하는 공간이 있었다. 오른쪽에는 간이 욕실의 문이 있고 안쪽 벽에 미닫이문이 두 짝 늘어서 있었다.

책상 위도 책장 안도 깔끔하게 정리되어 있었다. 누군가가 어지럽힌 흔적은 특별히 찾아볼 수 없었다.

"금요일에 퇴근했을 때 그대로네요."

나나미도 말했다.

우리는 세 개의 문 너머도 살폈지만 아무도 없었다. 물론 사체도 없었다.

텐도가 개인 공간으로 썼다는 방을 확인한 나나미가 탄성을 질렀다.

"짐을 꾸린 흔적이 있는데요. 여기요……. 보세요, 여행 가방도 없어진 것 같고. 그렇다는 건……."

"여행을 떠났다……는 말인가요?"

맙소사란 말투로 관리인이 대답했다.

"하지만 저한테 아무 연락도 없이—."

"보통 누군가에게 쫓겨서 도망갈 때는 연락처 같은 건 가르쳐 주지 않죠."

"설마……."

나나미는 고개를 절레절레 흔들었지만 이 경우는 그녀보다 관리인이 하는 말이 타당하다고 생각했다.

요컨대 덴도는 도망쳤다.

무엇으로부터—? 물론 리피터 살인 사건의 마수다.

상대를 모르는 이상 자신의 목숨을 지키려면 몸을 숨길 수밖에 없다. 그렇게 결심했으리라.

그가 그렇게 했다면 나도 도망치는 편이 나을지 모른다.

그렇지만 그것은 불가능한 이야기였다. 앞으로 삼 주 하고 며칠 뒤에는 시노자키와의 결혼식이 기다리고 있다. 여기서 내가 모습을 감출 수는 없다.

아니면 시노자키를 데리고—?

홀몸도 아닌 그녀를 데리고—?

시월 말 출발까지 앞으로 다섯 달이나 남았다. 그때까지는 도저히 버티기 힘들겠지.

사무실 공간으로 돌아오자 나나미가 부재중 메시지를 재생했다. 스피커에서 흘러나오는 목소리가 귀에 익어 나는 무심코 귀를 쫑긋했다.

"이케다입니다. 사건을 막았습니다. 뉴스로 확인해 보십시오."

이케다가 덴도에게 메시지를 남겼다. '막았습니다'라는 말은 무슨 의미일까. 녹음 시각은 이십육일 오전 열시가 지나서였다.

이어서 내가 같은 날 오후 여섯시가 지나 녹음한 메시지가 재생되었다.

"저 모리인데요. 뉴스는 보셨습니까? 전화 기다리겠습니다."

내가 남긴 메시지가 재생되고 있었다. 나나미는 나를 흘깃 쳐다봤지만 별다른 말은 하지 않았다. 이어지는 메시지를 듣는 게 먼저라고 생각했겠지.

이케다와 내가 남긴 두 건의 메시지. 어느 쪽에나 '뉴스'라는 단어가 나왔다. 나는 아소 체포 뉴스를 의미했다. 이케다도 같은 뉴스를 가리킨 걸까. 그렇다면 그가 아소를 고발했다는 말로 해석할 수는 없을까. 막았다는 말은 일련의 사건을 막았다는 뜻이고 즉 이케다는 혼자 힘으로—아니, 덴도도 협력했겠지, 그러니까 둘이서 수사한 결과……. 아소의 정체를 밝혀냈다는 걸까?

그렇다고 해도 그들은 왜 아소를 경찰에 체포당하게 두었을까. 그 판단은 옳았을까? 문제가 없었다면 덴도는 왜 도망쳤을까.

뭔가 이상하다는 생각이 들었다.

아파트로 돌아온 나는 전화기를 앞에 두고 생각에 잠겼다. 사건의 경위를 이케다에게 물어 확인해 볼까 싶어 수화기를 들었지만 번호를 누르기 전에 전화기를 돌려놓았다.

질문을 해도 바른 답을 얻을 수 있으리라는 생각이 들지 않았다. 동료라고 생각해 신뢰했던 이케다와의 거리가 갑자기 벌어지고 만 것만 같은 기분이 들었다.

이케다와 덴도가 나에게 비밀을 만들었다는 사실은 충격이었지만 그 이상으로 지금은 '왜?'라는 의문이 더 컸다. 왜 그들은 아소를 체포되게 놔두었을까. 왜 그들은 그 사실을 내게 숨겼을까. 그들은 어떻게 해서 아소의 범행을 알아낸 걸까. 그리고 덴도는 왜 모습을 감추었을까.

모르는 일투성이였지만 혼자서 생각하는 수밖에 없었다.

4

유월 칠일 밤, 가자마에게 연락이 왔다. 그는 다음 날 정오에 모임을 열 생각이니 와 달라고 했다. 나는 대학 강의가 있었기에 시간을 옮겨 달라고 부탁했지만 부득불 정오여야 한다고 했다.

"내일은 꼭 모리 군이 와 주셔야 합니다. 오시지 않으면 후회할지도 모릅니다."

가자마는 여느 때와 달리 강요하는 투로 말했다. 당장이라도 리피터끼리 모임을 갖는다는 사실 자체는 나 역시 바랐기에 시간을 바꿀 수 없다면 강의를 빠져도 하는 수 없겠다는 생각에 승낙했다.

유월 팔일은 쾌청했고 기온은 오전부터 마구 치솟아 정오 전에는 이미 이십칠 도를 넘겼다. 땀을 훔치며 시나가와의 언덕을 올라가 가자마의 맨션에 들어가니 이케다가 이미 와 있었다.

"이래저래 고생이 많지요."

"아, 네."

나는 애매하게 대답했다.

생각해 보니 이케다와 직접 얼굴을 맞댄 건 고하라 사건 이후 처음이었다. 그 후로 한 달밖에 지나지 않았건만 나를 둘러싼 상황은 믿기지 않을 정도로 변화했다. 시노자키와의 결혼식이 정해졌고 아소 마사요시가 체포되고 덴도가 행방을 감추어 버렸다.

"앉으시죠."

가자마의 권유로 나는 소파에 앉았다.

"점심은 드셨습니까? 저희는 배달 음식이라도 시킬까 하는데."

"저는 괜찮습니다."

오기 전에 소고기 덮밥집에 들러 점심은 먹고 왔다.

가자마가 주문 전화를 걸고 있어서 나는 이케다에게 물었다.

"어라? 오모리 씨는 안 오셨어요?"

"오늘은 우리 셋뿐입니다."

그런 대답이 돌아왔다.

주문한 음식이 올 동안에는 본론으로 들어가기 힘든 분위기였기에 나는 결혼 준비와 관련한 화제로 적당히 대화를 이끌었다.

이윽고 돈가스 덮밥 두 그릇이 배달되고 가자마가 돌아오자 자리의 긴장감이 별안간 고조되었다. 아직 덮밥에 젓가락도 대지 않았는데 아무래도 이야기가 시작될 모양이다.

"시작하죠—."

나무젓가락을 쪼개며 첫마디를 뗀 사람은 이케다였다.

"모리 씨를 이리로 부른 건 또 다른 이유가 있지만, 그전에 리피터 연속 괴사 사건의 수수께끼를 풀까 합니다."

리피터 연속 괴사 사건의 수수께끼를 푼다고—?

나는 엉겁결에 숨을 삼켰다. 앞으로 어떤 이야기가 시작될지 짐작도 되지 않았다.

그러나 가자마는—그리고 화자인 이케다도—지극히 태평한 표정으로 덮밥 뚜껑을 열어 냄새를 맡더니 부지런히 젓가락을 움직이기 시작했다. 둘 사이에는 무언가 이미 결론이 내려졌고 그것을 전하기 위해 나를 불렀다는 사실은 겨우 이해했지만 나는 어리둥절한 채 둘의 모습을 바라볼 수밖에 없었다.

입에 그러넣은 걸 씹어서 꿀꺽 삼키고 나서 이케다는 말을 계속했다. 젓가락은 쥔 채였다.

"다카하시 씨의 죽음은 의심의 여지없이 사고였습니다. 리피트 순간에 일어날 수 있는, 말하자면 불행한 사고 같은 거죠. 그러나 그 이외의 세 건—요코사와 씨 방화 살인, 쓰보이와 고하라 씨 사건—둘이 아소라는 전직 경찰에게 살해당한 것도—모두 운명대로였습니다."

"네? 무슨 뜻입니까?"

나는 갈피를 잡지 못한 채 이케다에게서 가자마, 또 이케다로 번갈아 시선을 던졌다. 그러나 둘은 태평스레 식사를 계속했다.

이케다가 우물우물 씹으며 이야기를 계속했다.

"실제로 재미있는 사건이지 않습니까? 우리가 아니면 사태가 이상하다는 걸 알 수 없었으니까요. 요코사와 씨 사건과 아소 '형살관'이 일으킨 사건을 연관 지어 보는 것은 우리뿐입니다. 다른 사람들에게는 각각이 독립한 사건으로 보일 뿐이죠. 과거를 조사해도 요코사와 씨와 다른 둘 사이에는 절대 연결 고리 같은 게 나올 리가 없습니다. 거기서 연결 고리를 찾아낸 건 우리뿐입니다. 하지만 그걸 경찰에게 신고할 수도 없는 노릇이죠. 그저 줄곧 연속 살인범의 공포에 떨든가 아니면 자신들끼리 사태에 맞서든가……. 덴도 씨가 이 자리에 있었다면 분명히 미스터리 소설을 인용하겠지만 이래 봬도 저 역시 상당한 독서가거든요. 제 입으로 말하려니 좀 머쓱하지만, 이 사건은 애거서 크리스티라기보다 앙드레 스티망의 『여섯 명의 사자死者들(Six Homme Morts)』에 가까울지도 모릅니다. 아니, 그보다 더욱 소재가 비슷한 건 호그—."

이케다의 입에서 밥풀이 튀어나왔다. 그는 허겁지겁 밥풀을 줍더니 입가를 손으로 닦았다.

"아이쿠, 실례했습니다. 그런데 모리 씨는 이 기사를 알고 계신가요?"

그렇게 말하며 덮밥 아래에 깔린 신문을 집어서 내게 넘겼다. 이케다는 일단 그 이상은 말할 생각이 없는지 시선을 덮밥으로 향한 채 부지런히 젓가락을 놀렸다. 가자마도 묵묵히 젓가락을 움직였다. 돈가스 위에 얹은 달걀 반숙이 참으로 먹음직스러워 보였다.

나는 건네받은 신문을 읽었다. 미나토미나미 아파트 17동의 화재를 보도한 기사가 실린 오월 이십사일 자 석간이었다.

"이 화재 기사 말입니까? 다카하시 씨가 살던 아파트지요. R-9에서는 일어나지 않았던 화재라서 신경은 쓰였지만……."

"거기까지 알고도 수상쩍다고 생각하지 않으셨습니까?"

"수상쩍다니요? 아니요, 확실히 이상하다고는 생각했지만—."

거기서 나는 그 기사를 찾아낸 직후에 했던 생각을 이케다에게 설명했다.

"과연. 그렇게 생각해 버리셨군요. 사실은 그렇지 않습니다. 참고로 모리 씨, 다카하시 씨 아파트 호수는 기억나시나요?"

"그게, 아마…… 205호였던 거 같은데."

대답하고 나서야 나는 자신의 착각을 알아차렸다.

"맞습니다. 잘 기억하고 계시는군요. 반면 이 기사를 잘 보세요. 발화점이 된 나가오카 씨라는 분의 방은 102호입니다. 조금만 더 신중하게 생각했으면 어쩌면 자력으로 풀었을지도 모르는데 참으로 안타깝네요. 덴도 씨는 이걸 알아차렸죠."

"덴도 씨가?"

갑자기 나온 이름에 나는 과잉 반응했다.

"무엇을 알아차렸단 말이죠?"

"그러니까 사건의 비밀에 대해서죠. 덴도 씨는 좀 더 평범하게 생각한 듯합니다. ……만약 리피트 직후의 사고가 없었고 다카하시 씨가 무사히 리피트에 성공했더라도 이 화재로 죽었을지도 모른다. 반대로 다카하시 씨가 리피트 직후에 사고로 죽어 버린 이상 이 화재는 어떻게 생각해도 덤입니다. 다카하시 씨가 살아 있는 경우에는 의미가 있지만 이번에는 의미가 없죠. 다카하시 씨가 안 계신 이상 화재를 일으킬 필요는 없으니까요. 그런데도 화재는 일어났습니다. 사실 이 화재는 원래 일어날 운명이었어요. R-9에서 화재가 일어나지 않아 다카하시 씨가 가을 초입까지 살아 있었다는 게 운명을 거스르는 일이었던 겁니다. 요코사와 씨도 마찬가지입니다. 원래의 운명에 따랐던 결과가 그 화재입니다. 그가 R-9에서 시월까지 살아 있었던 건 누군가 화재를 저지했기 때문에

리피트 453

요. ……그게 누구일까? 여기에 계신 가자마 씨밖에 없습니다. 덴도 씨는 그렇게 생각했습니다.

게스트분들은 모두 원래 죽을 운명이었습니다. R-7에서도 R-8에서도. 그러나 R-9에서는 우리가 몰래 살려 주었죠. 그리고 여러분을 리피트로 초대했고, 이쪽에 도착한 뒤에는 또 운명에 맡겼습니다. 그렇게 된 겁니다."

이케다는 그런 식으로 간단히 말했다. 내가 그 의미를 이해할 때까지는 다소 시간이 필요했다. 가까스로 의미는 알았지만 그것은 순순히 믿을 수 있는 이야기가 아니었다.

설마―그런―말도 안 되는!

나는 답답한 기분으로 이케다에서 가자마로 시선을 옮겼다. 마침 돈가스 덮밥을 다 먹은 가자마가 나를 보며 한차례 트림을 했다. 그리고 천연덕스러운 말투로 말했다.

"이케다 씨가 지금 하신 설명대로입니다."

눈동자는 선글라스 안에 숨겨져 보이지 않았지만 눈초리에 생긴 가느다란 주름으로 그가 미소 짓고 있다는 사실을 알아차렸다.

"그전에 한 가지 더, 이케다 씨가 깜빡한 부분이 있습니다. 사실 이케다 씨도 저와 함께 R-0부터 계속 리피트를 반복해 온 동료입니다. 우리는 '단골'이라고 부릅니다."

5

맨 처음 시작은 골프였다고 이케다는 말했다.

"오다키 씨라는 분이 계셨는데 그분이 상당한 골프 애호가라 자주 저를 불러내서는 코스로 초대했습니다. 바쁘신 분이어서 직전까지 일을 하시거나 또는 반대로 플레이 직후에 위원회가 있거나 하는 경우가 많아 이동에는 헬리콥터를 쓰는 일도 잦았습니다. 시월 삼십일도 비서인 와타나베 씨와 둘이서 헬리콥터를 전세 내서 코스로 향하던 길이었습니다. 저도 도중에 합류해 셋이 함께 기사라즈의 코스로 갔습니다―."

"헬리콥터를 조종했던 사람이 접니다."

가자마가 끼어들었다.

"그런데 갑자기 눈앞에 '오로라'가 나타나서―피할 틈도 없었죠. 그렇게 우리 넷이서 최초의 리피트를 경험하게 된 겁니다. 오다키 씨와 와타나베 씨는 R-1에서 그대로 살아간다는 선택을 했습니다. 그러나 우리는 리피트를 반복한다는 선택을 했습니다."

"그간의 이야기를 자세히 설명하자면 골프라는 키워드에서 혹시 저도 리피터가 아닐지 간파당할 우려가 있었기 때문에 가자마 씨에게는 그에 관한 부분을 대강 얼버무리고 설명하도록 부탁드렸습니다."

"도대체 왜―."

자신의 목소리가 갈라진 걸 느낀 나는 한차례 헛기침을 하고 나서 말을 이었다.

"이케다 씨는 처음인 척하셨나요?"

"그거야 물론 여러분과 가능한 가까운 입장에 서서 여러분의 생각을 피부로 느끼고 싶었으니까요. 사실 요전에―고하라 씨 사건 때는 가자마 씨 같은 입장이었다면 절대로 듣지 못했을 이야기도 들었고요."

그렇게 말하고 만족스럽게 미소 지었다. 볕에 그을린 얼굴 사이로 드러난 하얀 이가 눈부셨다.

"말하자면 심심풀이였지요."

가자마가 설명을 시작했다.

"저희는 리피트를 반복하는 한 나이도 먹지 않고 영원히 죽지도 않습니다. 하지만 똑같은 일 년을 몇 번이나 반복한다는 건 상상해 보시면 아시겠지만 상당히 따분한 일이거든요. 뭔가 새로운 자극이 필요했습니다. 처음―R-3에서 R-4 무렵에는 사고나 화재가 일어날 장소를 알아 두고 그걸 구경하러 가기도 했습니다."

그건 나도 생각했던 일이었다. 그뿐 아니라 덴도와 둘이서 실행에 옮기기까지 했다.

공중으로 날아올랐던 라이더. 헬멧 속의 얼굴…….

나는 고개를 가로저었다.

"그래서 다음에는 사람을 구해 보자 싶었습니다. 이래 봬도 타고난 악인은 아니거든요. 리피트라는 특권으로 어떻게든 남을 돕고 싶다는 생각에 사고 등을 미연에 방지하는 방법을 여러모로 생각했습니다. 실패로 끝난 일도 있지만 몇 번은 사람 목숨을 구할 수 있었습니다―덕분에 자기만족에 젖을 수는 있었지만 사고를 미연에 방지해 버렸으니, 살아난 사람마저 자신이 누군가의 도움으로 살아났다는 사실도 모른 채 그대로 끝이죠. 당연히 감사의 말 한마디 없습니다. 게다가 다음 세계로 리피트하면 또 같은 사고가 일어납니다. 그것도 미연에 방지해야 하는데, 그래서야 밑도 끝도 없다. 처음부터 보답받을 길도 없이 사람을 구한들 의미가 없지요. 그래서 이번에는―심심풀이가 주된 목적이었지만―저와 이케다 씨, '단골' 둘과는 별개로 일회 한정의 리피터를 손님으로 초대하자는 이야기가 돼서 R-7과 8에서는 게스트분들을 초대했습니다. 어차피 초대할 거라면 우리가 목숨을 구한 사람들을 리피터로 초대해서, 그 사람들이 리피트 후에 원래의 운명과 조우하고 공황상태에 빠지는 걸 동료로서 구경할 수 있다면―사건을 그저 밖에서 구경할 때와는 또 다른 재미가 있지 않을까 싶었습니다. 그래서 이번 R-9에서는 여러분의 목숨을 구해서―구할 수 있도록 공작을 해 두고―R-10으로 데려왔다는 이야기입니다."

"요컨대 게임 같은 거지요."

이케다가 옆에서 말참견을 했다.

"서바이벌 게임. 과연 누가 살아남을까, 같은 느낌이죠."

사람의 생사를 게임이라고······.

이 사람들은―.

"분하십니까? 저희를 원망하시렵니까? 그렇지만 저희가 아무것도 하지 않았다면 여러분은 R-9에서 죽었을 텐데요. 저희를 원망하는 건 번지수를 잘못 찾은 거 아닐까요."

"하지만—결국 자신이 즐기기 위한 거잖아—."

"그래도 여러분의 목숨을 구해 드렸다는 사실에는 변함이 없습니다."

나는 말을 삼키고 심호흡을 했다. 분하지만 이케다의 말에도 일리가 있었다.

내가 잠자코 있자 이케다도 그걸로 이야기는 끝이라는 듯이 입을 다물어 버렸다. 가자마가 손목시계를 보고 "아직 시간이 있네요"라고 말했다.

"그럼 저희가 어떻게 R-9에서 각각의 사건을 미연에 방지했는지를 설명드리겠습니다. 먼저 요코사와 씨 사건입니다—그 전에 연속적으로 일어났던 세 건의 작은 화재가 있었습니다. 그 일주일 전에. 사실 방화범은 현장 가까이에 살던 수험생이었습니다. 저희는 R……4?"

"맞습니다."

이케다가 짧게 대답했다. 가자마는 고개를 끄덕였.

"R-4에서 방화 현장을 감시했습니다. 나타난 범인이 소년이었기에 현행범으로 붙잡아서 주소와 이름부터 전화번호, 방화 동기까지 그 자리에서 캐물었습니다. R-5 이후에 사건을 막는 건 간단했습니다. 사건 전날 낮에 가족에게 전화를 하면 그만이었으니까요. ……댁의 자제분이 라이터를 가지고 나가 밤중에 돌아다닌다, 방화를 할지도 모르니 주의하라고요. 그걸로 고교생이 이웃에 세 건의 방화를 저지르는 걸 막았고 다음 주에 요코사와 씨 집도 타지 않고 마무리됐습니다."

"다음은 아소 마사요시 사건입니다."

이번에는 이케다가 이야기하기 시작했다.

"저희가 그에게 주목한 때는 사실 네 번째 사건인—아니, 작년 사건도 있으니까 다섯 번째가 되겠군요—그에게는 다섯 번째가 되는 덴도 씨 사건이었습니다. 덴도 씨도 사실 앞으로—칠월에 아소에게 살해당할 예정이었습니다. 그도 과거에 니시아라이의—아소가 근무하던 경찰서의 관할 내에서 사건에 관계했습니다. 육 년 전……이었죠? 모리 씨도 아시겠지만 아카에 사루히코 사건입니다."

아카에 사루히코라는 이름은 들은 기억이 있다. 분명 문학관계의 저자였을 것이다. 아카에의 삼촌이라는 사람이 그 아카에 사루히코였나.

소년에 의하면 덴도는 명탐정과 비금비금한 추리를 펼쳐 그 사건을 해결했다고 한다. 그러나 수사를 맡았던 경찰관 중 한 사람인 아소의 주장은 달랐다. 그는 사건 해결 후 덴도에게도 죄가 있다고 주장했다.

"덴도 씨가 정말로 아소의 말처럼 그 사건에서 고의로 사람을 죽게 내버려두었는지는 알 수 없습니다. 지난번에 덴도 씨 본인에게 직접 물어봤을 때는 아소가 멋대로한 망상이라고 말씀하시더군요. 아소 마사요시도 법으로 심판할 수 없는 죄인에게 천벌을 내릴 생각이었겠지, 라고 달관한 사람처럼 말을 했죠. 사실 부자에 대한 원한이라고 할지 아니면 시샘이라고 할지, 그런 감정이 상당히 더해져 있어서 아소의 말은 액면 그대로는 받아들일 수 없어요."

아소 마사요시의 성장 과정은 와이드쇼의 보도를 본 기억이 있었다. 집이 가난한 탓에 자라면서 상당한 고생을 했다고 한다. 그리고 그가 일련의 사건으로 노렸던 상대는 쓰보이가 그렇고 고하라가 그렇듯 모두 부자였다.

"그렇지만 덴도 씨가 다섯 명째라는 말은—?"

"네. 네 번째가 있습니다. 말하는 김에 알려 드리자면 원래 역사에서 아소는 올해 시월까지 체포되지 않습니다. 어쩌면 시월 이후에도 살인을 거듭했을지 모르지만 일단 시월까지 죽인 사람은 다섯 명이에요. 한 사람은 작년에 죽였으니 저희가 구할 수 있는 건 그중 네 사람이었죠. 쓰보이, 고하라 씨, 그리고 고마타 씨라는 분이 중간에 계시고 그다음 덴도 씨가 칠월에 일을 당했습니다."

"고마타 씨라는 분은……?"

"외식 체인을 경영하는 분입니다. 모리 씨가 하고 싶은 말은 어째서 그 사람은 동료로 끌어들이지 않았는가 하는 거지요? 이야기는 간단합니다. 그는 구월 일일에 집에 없었어요."

"구월 일일……?"

"벌써 잊으셨습니까? 지진 말입니다."

이케다는 웃어 보였다.

"저희가 R-9에서 목숨을 구한 사람은 여러분이 다가 아닙니다. 전부 다해서 스무 명 가까이 구했습니다. 그중 지진 전에 가자마 씨가 전화를 걸어서 연결된 사람이 이번 여덟 명이었던 겁니다."

"그럼—내가 만약에 전화를 받지 않았다면……?"

"리피트에 초대받지 못했을 테니 그대로 R-9에서 시월 이후를 사셨겠지요. 고마타 씨처럼."

그 전화가 분기점이었던 것이다. 원래 죽었어야 할 사람들이 스무 명 가까이 살아나고 그중 절반은 그대로 이후 인생을 보내게 되었지만 절반은 다시 죽음을 향해야 할 운명이었다. 나도 그 전화를 받지 않았더라면—아니, 받았어도 리피트 권유를 받아들이지 않았더라면, 무사히 이후의 인생을 보내고 있겠지.

6

"본론으로 돌아갈까요."

이케다가 말했다.

"저희는 R-5에서 덴도 씨 사건을 미연에 방지하는 데 도전했습니다. 도전이라고 해도 언제 어디서 사건이 일어날지 미리 알고 있었으니 저희가 한 일은 경찰에 밀고 전화를 한 게 다입니다. 전화를 받은 경찰은 현장 주변을 은밀히 경계했습니다. 거기에 어슬렁어슬렁 나타난 게 아소였습니다. 그는 덴도 씨를 습격하다 살인미수 현행범으로 붙잡혔습니다.

그 후는 이번과 같습니다. 아소는 일단 체포되자 자신의 범행을 숨기지 않고 깨끗하게 자백했습니다. 그래서 그가 과거에 넷씩이나 사람을 교묘하게 죽였다는 사실이 밝혀지게 되었습니다. …… 원래 역사에서는 거기에 덴도 씨도 포함되니까 전부 다섯 명입니다. R-6에서 우리는 시험 삼아 쓰보이 사건 전에 아소와 직접 접촉해 보기로 했습니다. 전화를 걸었지요. 네가 앞으로 하려는 일은 모조리 다 안다. 작년에 이미 한 사람을 죽인 것도 안다고 말했더니 그는 두려움에 벌벌 떨었습니다. 그것만으로도 그의 범행은 저지할 수가 있었습니다. 저희는 네 사람의 목숨을 구했죠. 그걸로 만족해 R-7 이후에는 또 내버려뒀습니다만……. 이번 실험을 위해 수많은 목숨을 구해야만 했기에 R-9에서 또 같은 일을 해서 그의 범행을 저지했습니다.

 참고로 이번에 아소가 이 시기에 붙잡힌 것도 저희가 경찰에 밀고했기 때문입니다. 왜 그런 일을 했느냐 하면, 덴도 씨가 수수께끼 풀이에 성공했거든요. 수수께끼를 푼 덴도 씨는 자신을 죽일 운명의 수레바퀴를 멈춰 달라고 했고 저희도 게임의 승자에게는 당연히 그럴 생각이었기에 지난달 이십육일에 아소가 체포당하도록 손을 썼습니다."

 그와 동시에 덴도의 사무실에 전화를 걸어 자동 응답에 그 일을 보고해 두었다는 것이다. 그 메시지의 의미가 겨우 이해되었다.

 "덴도 씨는 끝내 저희를 믿지 못하신 걸까요······."

 가자마가 고개를 갸웃거렸다. 덴도가 실종된 이유를 의심하는 거겠지.

 "다카하시 씨 경우도 말씀드리겠습니다."

 이케다가 이야기를 되돌렸다.

 "그는 아파트 화재로 불에 타 죽을 운명이었습니다. 화재 원인은 나가오카라는 아래층 사람이 담배를 피우다 선잠을 잤기 때문입니다. 그러니 그 영감의 잠을 깨우면 그만이었습니다. 전화 한 통으로 끝났죠. ······그런데 문제가 모리 씨였습니다."

 나는 침을 꿀꺽 삼켰다. 마치 사형 판결을 받는 미결수와 같은 심정이었다.

 "제 단골 술집이 쓰다누마에 있었는데 원래대로라면 거기가 오월 무렵에 경영난으로 남의 손에 넘어가 버립니다. 경영자가 바뀌니 가게 분위기도 변해 버렸습니다. 단골손님으로서 그저 환영할 수만은 없는 사태였어요. R-2 시절에, 그렇다면 내가 자금을 제공해서 마스터에게 가게를 계속하게 할까란 생각을 하게 되었죠. 오월 이후에 자금을 제공해서는 언 발에 오줌 누기에 그치고 말 테니 리피트를 하자마자 바로 제안했습니다. 그랬더니 삼월에 일어날 터였던 오치아이 대학생 살인 사건이—모리 씨 사건이 일어나지 않게 되어 버렸습니다. 운명의 수레바퀴를 멈추는 스위치를 미리 발견했지만 어째서 그게 스위치로 작용하는지 알 수가 없는 상황이 발생했습니다. 그래서 저는 어째서 그렇게 되는지 무척 흥미를 느껴 그 원인 관계를 규명해 보려고 했죠. 상당히 애를 먹었습니다. R-3에서는 신주쿠의 밤비나에도 단골로 다녔고—모리 씨는 모르겠지만 저희는 상당히 친했습니다."

온몸이 후끈 달아올랐다. 소리 지르고 싶은, 아니, 상대방을 후려갈기고 싶은 기분이었다. 조금 전에 리피터 연속 괴사 사건의 비밀을 들었을 때조차 이렇게까지 화가 치밀지는 않았다.

어떻게 말하면 좋을까. 생판 모르는 곳에서 멋대로 나와 사이가 좋았다고 한들 나는 뭐라고도 맞받아칠 수 없다.

아니, 그가 알고 지냈던 상대는 같은 '모리 게이스케'이기는 해도 내가 아니다.

내 마음속 분노를 눈치챘는지 못 챘는지 이케다는 담담하게 이야기를 계속했다.

"그렇게 이리저리 조사해 보고 겨우 알게 된 사실이 마스터의 딸이 사건에 관계되었다는 사실이었습니다. 모리 씨는 모르시겠지만—아니, 이 세계에서는 만나셨나요? 쓰지야 아유미라는 아가씨입니다."

이월부터 밤비나에 일하러 나왔던 아유미였다. 나는 천천히 고개를 끄덕였다.

"올해에 들어서고 나서 마스터는 그녀의 학비와 유흥비를 지금까지처럼 대줄 만한 여유가 없어져 버렸지요. 그래서 딸이 연줄로 물장사를 시작했고 거기서 모리 씨와 알게 되었어요. 당시 마치다라는 여자친구가 있었지만 쓰지야에게 빠진 모리 씨는 마치다에서 쓰지야로 사귀는 상대를 갈아탔습니다. 차인 마치다는 좀처럼 기분을 가라앉히지 못했죠. 마음속에 갖은 원망을 쌓아 가다 결국 삼월 삼일, 집에서 짜증나는 일이 있었던 걸 계기로 발작적으로 모리 씨의 자취방을 찾아가 부엌칼로 당신을 찔러 죽이고 말았습니다. 대강의 줄거리는 그렇습니다.

그런데 제가 일월에 쓰다누마의 술집에 자금 지원을 약속하자 마스터도 따님에 대한 생활비 보조를 줄이지 않게 되었고 따님도 밤비나에서 아르바이트를 하지 않아도 상관없게 되어서 모리 씨는 쓰지야 아유미를 만나지 않고 마치다와 계속 사건 끝에 그녀와는 자연스러운 형태로 헤어지게 되었고—뒤는 모리 씨가 R-9에서 경험한 대롭니다."

R-9가 이케다와 가자마에 의해 조작된 인생인 이상 나는 '원래의 인생'을 경험하지 못한 게 된다. 그러나 지난번과 이번 인생의

단편을 합쳐 보고 그것을 상상하는 일은 가능했다.

유코와 뜨거웠던 이월 초순, 밤비나에 새 아르바이트생이 들어왔다. 아유미의 웃을 때 눈 모양, 밝은 성격, 이야기가 잘 통했던 점……. 분명 나는 그녀에게 흑심을 품고 있었다. 아유미도 내가 유혹하면 따라왔으리라는 확신이 있었다. 그 바람이 어느새 진심이 되고 유코와 소원해져서—.

그리고 유코의 칼에 찔렸다.

그것이 원래의 역사였다. 내 인생이었다. 운명이었다…….

"괜찮으십니까?"

이케다의 말에 비로소 정신을 차렸을 때 나는 웃고 있었다. 우스웠던 것이다.

"괘, 괜찮습니다."

대답은 그렇게 했지만 좀처럼 웃음이 멈추질 않았다. 눈물이 나왔다.

잠시 뒤 겨우 발작이 멈췄을 때는 숨이 막혀 개처럼 헥헥거렸다.

"죄송합니다."

그 말을 하자 또 웃음이 터져 나올 것만 같았다.

가자마가 손목시계를 흘깃 보는 모습이 문득 눈에 들어왔다.

7

"시간이 없으니 다음으로 넘어가죠."

가자마가 이케다를 향해 말했다. 무슨 시간을 신경 쓰는 걸까 싶어 일단 마음을 진정시켰다.

이케다가 이야기를 재개했다.

"그날, 저는 모리 씨의 아파트 근처까지 갔습니다. 사건 후 리피트 관계의 메모 따위가 현장에 남아 있으면 난감하니까 현장에 가서 회수할 생각이었습니다. 그런데 마치다 씨는 아무리 시간이 흘러도 나오지 않고 방의 불은 갑자기 꺼지고 도대체 안에서 무슨 일이 일어나는지 안절부절못하고 있자니 잠시 후에는 덴도 씨가 나타나는 게 아닙니까. 그때 대강 짐작은 했지만 손 쓸 도리가 없어 일단 잘 처리하기만을 바랄 따름이었죠. 아무래도 잘 처리한 모양입니다만."

"아, 네. 덴도 씨가."

"그는 우수합니다."

이케다는 미소 지었다.

"부러울 따름입니다. 서바이벌 게임에서도 맨 처음 정답에 도달한 사람은 그였으니까요. 다만 생존을 실제로 확정지은 건 모리 씨가 먼저였어요. 두 분은 이미 운명의 수레바퀴 스위치가 멈춘 상태입니다. 문제는 다른 두 사람이죠. 그들을 어떻게 할지—."

"앗! —아유미?"

한순간에 깨달았다. 그보다 어떻게 머리가 거기까지 돌아가지 않았는지 스스로도 자신을 후려갈기고 싶었다.

"아유미는— 언제 어디서—?"

그렇게 물으면서도 나는 질문을 반쯤 예측했다. 역시나.

"오늘입니다."

이케다가 말했다.

"스위치가 멈출 때까지의 유예 시간은 앞으로—."

"이십 분 미만입니다."

가자마가 시계를 보며 말을 계속했다.

"그러면—멈춰 주십시오."

내가 이케다에게 애원하자 그는 내 눈을 물끄러미 바라보았다.

"멈춰도—되겠습니까? 모리 씨가 처한 상황은 저도 잘 압니다. 당신은 시노자키 씨를 이 세계에 버리고 갈 생각이 아니었나요? 가자마 씨에게 그렇게 말했죠? 그렇다면 그녀가 여기서 죽어도 딱히 상관없지 않습니까. ······결혼 준비가 성가시다고 조금 전에도 말했잖습니까. 하지만 시노자키 씨가 오늘 운명대로 죽으면 모리 씨도 이 세계에서 남은 다섯 달을 자유롭게 보낼 수 있습니다."

이케다의 말은 가슴속 깊은 곳을 후벼 팠다. ······그렇다. 나는 시노자키가 죽을 운명이라면 어서 죽어 주면 좋겠다고, 그렇게 잔인한 생각을 한 적도 있다.

"솔직히 말하면 모리 씨와 시노자키 씨 건은 불안 요소 중 하나예요. 모리 씨는 R-11로 가야 합니다. 한편 시노자키 씨는 이 세계에 남아야 합니다. 어느 쪽 이유나 저희는 이해가 가지만 지금 이대로는 둘 모두 뜻을 굽힐 것 같지 않군요. 그렇다면 결론은 하나, 그녀는 여기 남아도 모리 씨는 R-11로 간다. 모리 씨는 그렇게 결론을 내리셨죠? 단지 그녀가 납득하지 않을 테니 아슬아슬한 순간까지 그녀에게는 여기 남는 척을 하면……. 그리고 그 때문에 저희도 리피트 직전까지 걱정의 씨앗을 품고 있어야 합니다. 가능하면 그런 상황은 피하고 싶어요.

그런데 다행히—다행이라는 말은 좀 그렇지만—이대로 내버려 두면 시노자키 씨는 죽을 운명입니다. 그렇게 되면 우리도 한시름 덜 수 있습니다. 그러나 잠자코 그녀를 죽게 하면 모리 씨가 비밀을 알게 됐을 때 나중에 저희에게 트집을 잡을지도 모를 일이죠. 어째서 죽게 내버려뒀냐고. 함께 R-11로 데려갈 생각이었는데. 또는 함께 이 세계에 남을 생각이었다고 말할지도 몰라요. 어차피 그런 식으로 나중에 비난받기보다 미리 기회를 주자고, 모리 씨 자신이 선택할 권리를 주자는 생각에 오늘 여기로 오시게 했습니다."

"제한 시간까지 앞으로—십오 분 남았습니다."

가자마가 불시에 선고했다. 가슴이 아팠다.

"어떻게 하시겠습니까? 시노자키 씨를 운명에 맡기시렵니까? 만약 그렇게 결단을 내리셨다면 저희는 모리 씨를 아무 걱정 없이 R-11로 데려갈 수 있습니다. 반대로 그녀를 살리겠다는 결단을 내린다면 이대로 이 세계에 남기고 가겠습니다."

"말도 안 돼……."

그래서는. 그래서는 곤란하다. 양 관자놀이 부근이 지끈지끈 쑤셨다.

"양자택일입니다. 그녀를 살리고 함께 이 세계에 남거나 그녀의 죽음을 못 본 체하고 혼자 R-11로 가거나. 그 이외의 답은 받아들일 수 없습니다. 가령 일단 지금은 그녀의 목숨을 구해 놓고 시월에는 그녀를 내버리고 혼자 R-11로 간다는 생각은 금물입니다. 그녀를 살릴 생각이라면 동시에 R-11행을 현 시점에서 포기해 주셔야 합니다."

"모리 군에게 이렇게 선택의 기회를 준 건 우리의 아량입니다. 우리는 사태를 그냥 내버려둘 수도 있었습니다. 그 점을 잊지 마십시오."

"어떻게 하시겠습니까?"

"앞으로—십삼 분 남았습니다."

"멈춰—."

반사적으로 나온 말이 도중에서 막혔다.

"……아니, 잠깐만요."

가자마는 선택권을 내게 준 게 아량이라고 했지만 그 아량을 살리려면 내가 지금 여기서 시노자키를 구한다는 결단을 내려야 한다. 그것은 동시에 R-11로 가는 권리의 포기를 의미한다.

이런 아량 따위 원치 않았다. 내 책임 범위 밖에서 제멋대로 일이 굴러가는 편이 훨씬 감사했다. ……이렇게 생각한다는 자체로 나는 이미 결론을 내려 버린 게 아닐까?

그것이 운명이라고 한다면 굳이 내가 죄의식을 느낄 필요 따위는 없지 않을까.

"시노자키는…… 어떻게 죽습니까?"

나는 우선 그렇게 물었다. 이케다와 가자마가 얼굴을 마주 보았다. 이케다가 고개를 까딱하자 가자마가 답했다.

"우리 회사의 헬리콥터가 추락합니다. 하네다에서 우라와까지 탑승객을 태우고 가던 전세편인데 정비 불량이었습니다. 앞으로 십 분 뒤에는 도쿄 헬리포트에서 하네다를 향해 날아오릅니다. 막는다면 지금밖에 없습니다. 우리 업계에는 감을 믿는 사람이 많습니다. 한 길 아래가 천 길 낭떠러지인 세계니까요. 제가 전화를 한 통 걸어—헬리콥터가 추락하는 꿈을 꿨다, 신경이 쓰이니 회전 날개를 연결하는 부품을 다시 점검해 달라고 말해서 불량인 부분을 발견하게 만든다는 방법입니다. 저도—조종사는 세리자와라는 젊고 유능한 친구입니다—그가 죽는 게 안됐습니다. …… 아니, 이제 슬슬 시간이 다 돼 가는데요? 점검할 시간이 아슬아슬한데—."

그런 말을 하며 손목시계에 시선을 떨어뜨렸다. 나는 실내를 둘러보았다. 주방 카운터 위 벽에 시계가 있었다. 현재 시각은 한시 십칠분. 초침이 째깍 하고 경련하듯 움직이며 시간을 새겨 갔다.

어쩌지—어쩌지—어떻게 하지!?

"실은 오늘 이런 자리를 마련한 이유 중 하나는 제게도 그녀가 죽지 않기를 바라는 마음이 있었기 때문입니다."

가자마가 이야기를 시작하는가 싶더니 거기서 말도 안 되는 이야기를 꺼냈다.

"저도 그녀와 사귄 적이 있거든요."

"뭐라고!?"

나도 모르게 소리를 질렀다. 가자마의 얼굴을 뚫어지게 바라보았다. 그런 이야기는 듣지 못했다.

가자마는 미소를 띠며 계속했다.

"물론 다른 인생에서의 이야기입니다. ……R-5 때였나, 제가 목숨을 구한 여자니까—저쪽은 모르겠지만 이쪽에서는 나랑 사귀어 주어도 괜찮지 않을까 하고 생각하지요, 보통. 그래서 만남의 자리를 만들어 적극적으로 공략했더니 저와 사귀어 주었습니다. 어디까지나 R-5의 이야기니까 현재 그녀는 물론 그런 일은 기억하지 못합니다. 청순해 보여도 그쪽 방면으로는 상당히 정열적—이지요? 모리 군."

눈앞이 순간적으로 휘청하고 일그러졌다. 그만큼 내 속에 치민 분노는 엄청났다.

이 녀석은 일부러 이런 이야기를 꺼냈다. 나를 야유하기 위해.

이 녀석을 죽여 버리고 싶다.

"헛! 모리 씨, 진정하세요."

이케다의 외침이 멀게 들렸다. 나는 가자마에게 덤벼들었다. 그러나 상대의 멱살을 잡으려 뻗었던 손은 옆구리 아래에서 단단히 제압당했다. 덤벼들었을 때 테이블 모서리에 정강이를 찍었다. 욱신욱신한 아픔이 뇌에 전달된다. 나는 손목을 붙잡힌 채 팔꿈치 공격을 가했지만 그것도 쉽게 피했다.

"어이쿠, 여기가 소림사입니까."

가자마는 여유만만했다.

"그럴 때가 아닐 텐데! 진정하라고."

이케다가 내 어깨를 토닥토닥 두드렸다. 나는 그 시점에서 이미 공격을 멈추었다. 가자마도 양팔의 힘을 뺐다. 나는 다시 소파에 앉았다.

이 녀석을 죽여 버리고 싶다―그 생각은 여전히 가슴속에 맺혀 있었다. 그러나 가자마를 죽일 수는 없는 노릇이었다. R-11로 리피트를 하기 위해서는 반드시 가자마의 협력이 필요했다.

제길, 이 얼마나 약한 입장인가!

분노의 창끝은 시노자키에게도 향했다.

어째서 이런 불한당과 사귄 거야! 어리석은 여자야!

현재의 시노자키에게 말한들 어쩔 수 없는 일이었다. 가자마와 사귄 사람은 다른 세계의 그녀였으니까. 그러나 머리로는 이해해도 마음속에서 그녀를 그렇게 매도하지 않고는 견딜 수가 없었다.

"앞으로 칠 분 남았습니다."

가자마가 말했다. 제기랄. 그만 진정하자.

지금은 그런 생각을 할 때가 아니다. 나도 냉정을 찾아야 한다.

"죄송합니다."

일단 고개를 숙였다. 가자마는 머리를 긁적거리며 "괜찮습니다"라고 신경 쓰지 않는다는 태도를 보였다.

시간이 없다. 나는 어떻게 해야—.

"헬리콥터는 백 퍼센트 거기로 추락합니까?"

우선 질문을 해 보았다.

"백 퍼센트 확실합니다. 반드시 시노자키 씨 댁에 떨어집니다. 제가 막지 않는 한은 그렇습니다."

대답은 분명했다. 이런 문답을 하고 있을 때가 아니다. 어떻게 할까? 나는 어떻게 해야 좋을까?

이 나이에 결혼해서 아이까지 생기고—그렇게 인생이 결정되어 버리는 건 솔직히 말해 싫다. 나는 인생을 다시 시작하고 싶었다. 앞으로 이 세계에 남으면 유코를 죽였다는 사실도 사실로서 확정되고 만다. 그러나 R-11로 가면 유코는 살아 있다. 리피트 직후에는 싫어도 살아 있는 그녀와 만나게 될 것이다.

그러면 내 죄는 없었던 일이 된다.

그렇다고 해서 시노자키를 죽게 해도 좋을까? 같은 예언 전화로 소환되어 동료로 만나고 오늘까지 행동을 같이 해 왔던 그녀를. 지금은 내 아이까지 가졌다. 그런 그녀를 죽게 내버려두어도 좋을까.

내면에서 엄청난 갈등이 펼쳐졌다. 아무리 시간이 흘러도 결론이 나오지 않는다. ……아니, 결론은 이미 나왔다. 그러나 나는 그것을 내 입으로 말할 수가 없었다. 말로는 하지 못한 채 그대로 시간이 가기만을 기다렸다.

제법 긴 시간이 지난 듯했다. 처음에 가자마가 움찔하는 기척이 들었다. 한숨이 새어 나왔다. 그리고 그가 말했다.

"시간이 됐습니다. 헬리콥터는 벌써 출발했습니다."

이케다도 그 옆에서 크게 한숨을 내뱉었다. 긴장된 자리의 공기가 단숨에 풀렸다.

8

이제 시노자키를 구할 수는 없다……?

아니, 아직 늦지 않았다. 방법은 있다.

"헬리콥터는 몇 시에 추락하죠?"

"두시 십분인가, 그쯤일 텐데요?"

말투에서 '그래서 어쩌려고?' 하는 분위기가 느껴졌지만 가자마는—그리고 당연히 이케다도—내가 무엇을 생각하는지 손바닥 들여다보듯 훤할 것이다. 그러나 그들은 아무 말도 하지 않았다.

"저는—이만 실례해도 될까요?"

"그러시지요. 이야기는 끝났습니다."

가자마는 말하고 턱짓으로 문 쪽을 가리켰다. 가고 싶으면 맘대로 하라는 뜻이리라.

나는 말없이 자리에서 일어나 그대로 가자마의 맨션을 뒤로 했다.

밖으로 나와서 역 쪽으로 정신없이 걸었다. 신호 대기 시간이 이상하게 길게 느껴졌다. 파란불이 되었을 때는 뛰기 시작했다.

역사 밖에 전화박스가 늘어선 구역이 있었다. 나는 빈 박스로 뛰어들어 갔다. 전화카드를 넣고 시노자키네 집 번호를 눌렀다.

나는—어떻게 할 생각인가? 무엇을 하고 있나? 시노자키를 위해 R-11행을 무산시킬 작정인가—나는!?

신호음이 끊기고 상대가 나왔다.

"여보세요."

시노자키 어머니의 목소리였다.

"저, 모리입니다."

"아, 모리 씨."

장래의 사위를 향해 한가롭게 응대했다. 그럴 때가 아니라니까! 위험이 다가오고 있건만!

"아유미 있습니까?"

"미안해서 어쩌지. 아유미는 오늘 회사에 갔어요. 지난주에 몸이 안 좋다고 쉬었잖아요. 쉰 만큼 만회해야 한다며—."

시노자키는—집에 없다!

원래 역사에서는 있을 수 없는 전개였다. 시노자키는 오늘 집에 있다가 사고에 휘말릴 터였다. 그러나 이 세계에서 그녀는 나와 사귀어 임신을 했고 입덧으로 몸이 좋지 않아 평일에 회사를 쉰만큼 휴일 근무를 하러 오늘 회사에 나갔다.

그녀는 이미 스스로의 운명을 바꾸었던 것이다!

"여보세요…… 모리 씨?"

시노자키 어머니의 목소리가 들렸다. 아차, 시노자키는 무사하다고 치더라도 어머니와—아버지도 집에 있겠지……?

그들을 어떻게 해야 할까? 억지로라도 일단 밖으로 끌고 나오면 그들을 죽지 않게 할 수도 있다. 그러나 나중에 설명이 궁해지리라는 건 분명했다.

—어떻게 헬리콥터가 떨어질 걸 예측했지?

누구보다 시노자키가 그렇게 캐물었을 때 나는 뭐라고 대답해야 할까?

그 순간, 무시무시할 정도로 악랄한 생각이 내 머릿속에서 번뜩였다.

"아, 그럼 됐습니다. 그냥…… 아유미 목소리가 듣고 싶었거든요. 없으면 됐습니다. 나중에 다시 걸겠습니다."

"어머, 그래? 그럼, 그렇게 해요."

나는 끝까지 듣지 못하고 그대로 수화기를 내려놓고 말았다.

이대로—헬리콥터가 추락하고 그녀의 부모님이 돌아가시면 시노자키는 어떻게 할까?

처음에는 비탄에 잠기겠지만 그 순간 분명히 퍼뜩 깨닫겠지. R-11로 가면 또 부모님과 함께 인생을 다시 시작할 수 있다. ……그

대신 그녀는 뱃속에 든 아이를 잃게 되겠지만.

그때 시노자키는 어느 쪽을 선택할까. 아직 생명의 형태를 갖추지 못한 아이보다는 여태까지 반평생을 함께해 온 부모님을 선택하지 않을까.

그렇게 되면 만사는 당초의 내 바람대로 된다. 나는 지금까지 줄곧 함께 시간을 보내온 시노자키와 더불어 R-11로 되감은 인생에서 재출발할 수 있다.

그렇다. 그 때문에 나는 그녀 부모님의 죽음을 못 본 척하기로 결심했다.

전화박스를 나왔을 때는 다리가 휘청거렸다. 표를 사서 개찰구를 통과했다. 야마노테 선에서 주오 선으로 갈아타고 히가시나카노 역에서 내렸다. 야마노테도리 길의 짧은 언덕길을 오르고 있을 때 하늘 높이 헬리콥터의 폭음이 들려왔다. 나는 문득 숨을 삼키고 하늘을 올려다보았지만 헬리콥터의 모습을 볼 수는 없었. ……저 헬리콥터가 그 헬리콥터일까?

집에 도착하자 침대에 쓰러졌다. 현재 시각은 대강 알았지만 가능한 시계를 보지 않으려 했다. 헬리콥터가 추락하는 시간 따위 듣지 않는 편이 나았다.

생각하면 생각할수록 자신이 저지른 짓거리가 어리석게 느껴지기 시작했다.

R-9에서는 일어나지 않았을 사고였다. 게다가 이번만은 어떤 작위도 생각할 여지가 없었다. 사태를 눈앞에 두면 시노자키도

아마 사건의 비밀을 눈치채리라. 그녀는 당연히 가자마를 탓할 테고 그러면 가자마도 아마 나에 대해 그녀에게 말해 버리겠지. 결단을 내린 사람은 모리 군입니다, 라고. 어쩌면 유코 얘기도 그녀에게 해 버릴지 모른다. 그렇게 되었을 때 그녀는 나를 어떻게 생각할까.

그녀는 그 후 내 의도대로 R-11행을 결심할지도 모른다. 그러나 그것은 부모님을 구하기 위한 것이지, 나와의 관계를 이어가기 위해서는 아니다. 아마 그녀는 오늘 사건으로 나를 미워하게 될 것이다. 아니면 살인자라며 경멸하게 될까.

전화벨 소리에 의식을 되찾았다. 커튼 저편이 어둑하다. 어느새 잠이 들었던 모양이다. 비디오의 시각 표시를 보니 다섯시 이십오 분이 지나고 있다. 가자마의 말이 맞다면 헬리콥터는 이미 세 시간도 전에 추락했을 터였다.

전화벨이 집요하게 울렸다. 시노자키일까. 스무 번쯤 계속 울리던 벨은 갑작스럽게 멈췄다. 방 안이 쥐죽은 듯 조용해졌다.

나는 텔레비전 리모컨에 손을 뻗었다. 계속 못 본 척할 수는 없다. 자신이 저지른 일의 결과를 지켜볼 결의를 가지고 나는 전원 버튼을 눌렀다.

마침 보도 프로그램이 시작하던 참인지—그 영상이 바로 흘러나왔다.

반쯤 부서진 주택이 화면에 비쳤다. 폐허 안에서 하늘을 향해 튀어나온 것은 분명 헬리콥터의 꼬리 날개 부분이었다.

소방차와 구급차가 현장을 에워싸고 있었다. 마치 영화 촬영 현장 같았다. 오렌지색 옷을 입은 구급 대원 몇 사람이 폐허의 산에 과감히 덤벼들었다. 촬영하기 좋은 위치를 확보하려고 이리저리 돌아다니는지 영상이 쉴 새 없이 흔들흔들 움직였다.

그 주택은—거의 원형이 남아 있지 않았지만 나는 알 수 있었다. 시노자키네 집이었다.

이윽고 영상이 리포터의 상반신을 비춘 화면으로 넘어갔다. 출입금지 선이 그 바로 뒤에 쳐져 있었다. 하늘빛이 조금 전과는 달라져서 이게 생중계고 조금 전의 영상은 VTR이라는 사실을 깨달았다.

리포터가 수첩을 보며 떠들었다.

"네, 현재 사망자는 이하 여섯 명으로 보고 있습니다. 조종사인 세리자와 료타 씨. 그리고 탑승객인 기시이 노부로 씨와 아쓰코 씨 부부. 추락한 집 주인인 시노자키 가쓰이치 씨, 부인 도모코 씨, 딸 아유미 씨 이렇게 일가족 셋입니다."

화면이 푸른 배경막으로 바뀌고 리포터의 보도 내용이 다시 자막으로 표시되었다.

사망
조종사　세리자와 료타(29)
탑승객　기시이 노부로(41)
　　　　　기시이 아쓰코(35)

주민	**시노자키 가쓰이치(51)**
	시노자키 도모코(49)
	시노자키 아유미(23)

어찌된 영문일까―아유미의 이름까지 거기에 표시되어 있었다.
"―어째서?"
나는 넋이 나간 채 그렇게 되뇌일 수밖에 없었다.

10

1

 시노자키 아버지의 남동생이라는 사람이 상주가 되어 세 식구의 성대한 장례가 거행되었다. 호적에는 올리지 않았지만 나는 시노자키의 약혼자로, 또 세 사람과 함께 조용히 죽어 간 태아의 아버지로 친족에 가까운 대우를 받아 참석하게 되었다. 우리 부모님도 당연히 시골에서 달려왔고 교수와 함께 강의를 듣는 친구들도 와 주었다. 열흘 후에 피로연으로 모일 예정이었던 사람들이 흑백의 상장喪章에 둘러싸여 침울한 얼굴을 마주했다.

 장례식장에서 그녀의 회사 동료들의 이야기를 듣는 동안 나는 당일 사정을 대강 알게 되었다.

 시노자키는 팔일 토요일에 휴일 출근을 했지만 점심을 먹은 후에 몸 상태가 악화되어 만약을 위해 일찌감치 집에 돌아왔다고 한다. 입덧이 갑자기 심해졌기 때문이었던 것 같다고 했다.

그녀를 죽음에서 멀어지게 했다고 생각했던 임신이라는 요소. 그것이 마지막에는 그녀를 죽음의 운명으로 다시 불렀다. 나는 그 순간 우연으로는 끝나지 않을 무언가를 느꼈다. 운명의 완고함—또는 역사의 크나큰 저주.

그 운명을—나만이—바꿀 수 있었다. 그런데도 나는 아무것도 하지 않았다. 시노자키 가족을 죽게 내버려두었다. 시노자키가 말려든 건 예측 밖이었지만 부모님의 죽음에 대해서는 확실히 나에게 책임이 있다. 살리려면 살릴 수 있었건만 일부러 못 본 척해 버린—죄.

리피터라면 그런 일은 일상다반사이기에 일일이 후회한들 어쩔 도리가 없었다. 올해 발생한—그리고 앞으로 발생할 예정인—수많은 천재·인재가 뇌리에 떠올랐다. 너는 수많은 죽음을 못 본 체했고 앞으로도 그럴 테지? 그거와 뭐가 달라? 요는 같지 않나. 너는 달리 아무것도 하지 않았다. 죄의식 따위 느낄 필요도 없건만…….

그러나 그런 논리는 통용되지 않았다. 명백히 스스로의 손을 더럽혀 유코를 죽였을 때보다 한층 무거운 죄악감이 내 마음을 짓눌렀다.

몸이 뒤틀릴 정도의 회한에 나는 눈물을 흘렸다.

세 사람의 죽음을 애도하는 수백 명에 달하는 조문객들. 그들은 나를 탓하고 꾸짖어야 했다. 그러나 그들은 나에게 따스한 동정의 시선을 보내왔다.

사정을 모르는 사람에게 죄는 모두 운명의 비정함에 있고 내 눈물은 그 비정한 운명에 연인을 빼앗긴 남자의 풀 길 없는 비통함의 결정으로 보였으리라. 그러나 사실을 말하자면 잘못은 모조리 나에게 있었다. 내가 흘리는 눈물은 스스로의 행위에 대한 후회였다―나를 그렇게 따뜻한 눈으로 보지 말아 줘. 전부 내 짓이니 나를 탓해 줘…….

세 사람의 죽음을 애도하는 조문객들은 아무도 나를 책망하지 않았다. 대신 언론의 취재진이 나를 몰아세웠다.

―연인을 잃은 지금 심경은 어떠십니까?

―시노자키 씨는 임신중이셨다고 하는데, 사실입니까?

―'세이요 항공'에 대한 생각은?

일가족 셋이 함께 사망했기에 비극적인 사건 보도에 반드시 뒤따르는 비탄에 잠긴 가족의 목소리를 이 사건에서는 얻을 수 없었다. 언론은 대신할 것을 찾아 나에게 주목했다.

―괴로운 심정은 잘 알지만.

―사고 재발 방지를 위해서라도 한 말씀 부탁드립니다.

타인의 상처 입은 마음에 흙발을 들이미는 무례한 취재 공격을 나는 자신의 죄에 대한 징벌로 받아들였다. 고향으로 돌아가면 그만이겠지만 나는 그렇게 하지 않았고 그저 묵묵히 견뎠다. 취재 전화는 깡그리 '죄송합니다'라는 한마디만 하고 끊었다.

부모님은 당신들과 함께 일단 집으로 돌아가자고 권했지만 나는 고개를 젓고 오치아이의 아파트에 홀로 남았다. 언론이 취재를 하러 온 건 장례식 다음 날까지였다. 정신을 차리자 내 곁에는 아무도 없었다.

우편함까지 신문을 가지러 갔다. 신문을 다 읽자 텔레비전을 켜고 질릴 때까지 화면을 바라보았다. 배가 고파지면 편의점에서 도시락을 사다 먹었다. 방 안이 어두컴컴해지면 불을 켰다. 그리고 문득 떠올랐다는 듯이 태극권 체조를 했다. 체조를 하는 김에 근력 운동도 했다. 버번을 스트레이트로 들이켰다. 적당히 취했을 때 이부자리에 들어갔다. 어두운 천장을 쳐다보며 생각해 보니 편의점 점원을 빼고는 온종일 아무와도 말을 하지 않았다.

그런 나날이 사흘가량 이어진 후, 간만에 부모님 이외의 사람에게 전화가 걸려 왔다.

이케다였다.

"모리 씨? 잘 참으셨습니다. 마음은 좀 추스르셨나요?"

나는 아무 대답도 하지 않았다. 그의 목소리를 듣기만 해도 신물이 올라왔다.

"저희는 이제 정식으로 모리 씨를 동료로 인정하기로 했습니다."

리피터 따위 쓰레기다. 가자마도 이케다도 인간 쓰레기다. 동료 취급하지 말란 말이다!

아니……. 그런 말을 하는 내가 제일 쓰레기다. 이케다나 가자마와 동료라는 사실이 지금의 나에게는 어울렸다.

"괜찮습니까? 피곤하십니까?"

"……괜찮습니다."

나는 가까스로 대답했다. 다른 선택은 없다. 나는 이 녀석들과 함께 R-11로 간다. 처음부터 선택할 길은 그것밖에 없었다. 그걸로 모든 것이 없었던 일이 된다. R-11로 가면 유코는 살아 있고 시노자키도 그리고 시노자키의 부모님도 다들 살아 있다. 이번에는 죽게 내버려두지 않겠다. 절대로.

"참, 모리 씨한테도 오모리 씨에게 연락이 왔었나요?"

"네? 아니요. 못 받았습니다."

"아, 네. 실은 이번 사건으로 오모리 씨도 겨우 진상을 눈치채지 않았나 싶은데……. 추락한 비행기가 '세이요 항공' 헬리콥터였잖아요. 아무래도 가자마 씨를 의심하기 시작했나 봅니다. 가자마 씨가 자기 부하 직원에게 자살 테러를 시킨 게 아닐까 하더군요."

"맙소사, 그게 말이 됩니까."

그 비쩍 마른 샌님은 진심으로 그런 생각을 하는 걸까. 처음에는 바보가 아닐까 싶었지만 나도 정답을 알려 주지 않았다면 그렇게 생각했을지도 모른다고 생각을 고쳤다.

"예언으로 사람들을 조종한 게 아니냐고 하더군요. 아소 마사요 시도 그렇고 세리자와라는 조종사도 그렇다며. 상당히 겁에 질려 있었어요. 헬리콥터가 집에 떨어지면 몸을 지킬 방법도 없다면서. 신변 보호를 위해 어떻게 해야 좋을지 같이 생각해 달라고 상담을 받았습니다."

"정답을 알려 주지 그러셨습니까?"

오모리가 정답을 알게 되든 말든 상관없다고 생각했다.

그 주는 장마가 잠시 소강 상태에 접어들어 최고 기온이 삼십 도를 넘는 날들이 이어졌다. 나는 빨래를 하는 김에 방 청소도 했다. 낮에는 거리를 휘적휘적 걸어 보기도 했다. 길을 가는 사람들은 인생에 아무런 의문도 품지 않은 표정으로 지나쳐 갔다. R-9에서는 아마 나도 이런 얼굴을 하고 오늘을 살았겠지.

밤에는 신주쿠에 나갔다. 누군가와 이야기하고 싶었다. 밤비나에 얼굴을 비추었다.

"어머, 게이스케짱. 웬일이야?"

작은 마담이 눈을 동그랗게 떴다. 뒤에서 유키가 웃는 얼굴로 손을 흔들었다. 그녀들은 내가 결혼한다는 사실을 알고 있었지만 상대가 누구인지는 몰랐다.

"그 이야기는 막판에 없던 일로 하기로 했습니다."

"어머나, 정말?"

나는 서글픈 표정을 지어 보였다. 더 말할 마음도 없었다. 작은 마담은 굳이 그 이상을 내게 물으려고 하지 않았다.

"앞으로 어쩔 거야? 또 아르바이트 할래? 만약에 게이스케가 돌아와 준다면 우리야 두 팔 벌려 환영이지."

내내 집에 있기보다는 그 편이 잡생각이 들지 않아 나을지도 모른다고 생각했다.

"네, 생각해 볼게요. 일단 오늘은 손님으로 마시고 싶어요."

"그렇게 해."

작은 마담은 그렇게 말하며 되지도 않는 윙크하는 시늉을 했다. 나는 웃었다. 이런 식으로 부드러운 표정을 짓는 게 며칠 만일까 싶었다.

"처음 뵙겠습니다. 이달부터 일하게 된 미도리라고 해요."

그때까지 유키와 소곤소곤 이야기하던 미도리가 내 앞으로 와서 고개를 숙였다. 그런가. 이 세계에서는 미도리와 첫 만남인가.

"처음 뵙겠습니다. 사월까지 일했던 모리 게이스케입니다. 어쩌면 다시 여기서 신세를 지게 될지도 모릅니다. 잘 부탁드립니다."

인사를 하며 말실수를 하지 않도록 주의해야겠다고 새삼 다짐했다. 오래간만에 팽팽하게 긴장된 기분을 맛보았다.

그다음 주부터 나는 밤비나의 아르바이트를 다시 시작했다. 같은 시기에 대학에도 복귀했다. 같이 강의를 듣는 동기들은 다들 시노자키의 일을 알고 있었기에 여러모로 신경을 써 주는 게 도리어 무거운 짐으로 느껴졌다.

화요일에는 밤비나에서 간만에 아유미와 마주쳤다. '단골'인 둘에 의하면 나는 원래 그녀와 사귀는 사이였고 그게 원인이 되어 살해당했다고 한다. 그렇게 들었기 때문인지 나는 복잡한 심경을 품지 않을 수 없었지만 아유미는 나와의 재회를 순수하게 기뻐하며 해맑게 웃고 있었다.

그 주 토요일 강의는 휴강이었다. 나는 오전 시간을 집에서 빈둥빈둥 보냈지만 점심나절이 지나고부터는 안절부절못하게 되어 우산을 쓰고 집을 뛰쳐나왔다. 전철을 갈아타고 향한 곳은 과거에 네 번이나 발걸음 했던 호텔이었다. 출입구 십 미터 앞에서 발을 멈추고 비의 장막 너머로 드나드는 사람을 잠시 바라보았다.

나는 오늘 이 호텔에서 시노자키와 결혼식을 올리기로 했다. 준비하는 동안은 마음이 내키지 않아 그녀의 컨디션을 핑계로 결혼식을 취소할 수는 없을까 생각하곤 했는데 설마 이런 형태로 취소되리라고는 생각도 하지 못했다.

시노자키도 그녀의 어머니도 그렇게나 즐거워했건만.

열흘 전에 장엄한 식을 치렀지만 오늘은 나 혼자만의 장례식이었다.

물론 R-11로 가면 오늘이라는 날은 다시 온다. 그러나 그것은 이번 인생의 오늘과 같은 날이 아니다. R-11의 '시노자키'는 일월이라는 시점에서 아직 나를 모른다. 거기서부터 시작해 유월 이십이일에 결혼식을 치르는 일은 아마 없겠지. 그녀와 사귀기는커녕 자연스러운 느낌으로 알게 되는 것조차 쉽지 않으리라.

아니, R-11의 '시노자키'는 애초에 내가 알던 시노자키가 아니다.

그녀는 죽었다.

내가 죽였다.

나는 R-11에서 '시노자키'와 사귀고 싶다고는 생각하지 않는다.

그런 일이 가능할 리 없다.

갑자기 비가 한층 거세졌다. 우산이 무겁게 느껴졌다. 비의 감옥에 갇혀 나는 마치 벌을 받고 있는 것처럼 그 자리에 망연히 서 있었다.

2

 칠월 둘째 주에 1학기가 끝나자 일주일에 두 번 있던 강의마저 없어진 나는 남아도는 시간을 주체할 수 없었다.
 R-9에서는 인생의 마지막 장기 휴가를 매일 바쁘게 보냈다. 졸업 논문 자료로 책을 스무 권 이상 읽어야 했고 대학 친구들과의 술자리도 몇 차례 가졌다. 소림권법 동아리 친구들과 가루이자와로 여행도 갔고, 펜클럽 기관지에는 단문을 기고하기도 했다. 물론 밤에는 화, 목, 토에 밤비나에서 아르바이트를 했다. 오카자키에 귀성해서는 고교 시절 동창생들과 매일 밤마다 술집을 돌았고, 누나와 매형과 셋이서 나고야에 가서 놀기도 했다.
 지금은 밤비나에서 하는 아르바이트 외에는 아무것도 하지 않았다. 자료로 읽어야 할 책은 R-9에서 이미 읽었고 만약 다시 읽을 필요가 있더라도 이번이 아니라 R-11에서 다시 읽으면 그만이었다. 술자리 출석은 리피터로서 가능한 삼갈 생각이었고 여행도 한 번 갔던 곳에 또 가서는 재미가 없다. 가족과 친구들이 묘하게 배려해 주는 것도 싫었고 봄 방학 때의 귀성이 길었기에 이번에는 고향집에 돌아갈 마음도 들지 않았다.

시간에도 돈에도 여유가 있다. 예전의 나였다면 친구를 꼬드겨 해외여행 계획이라도 세웠겠지만 지금은 그럴 기분도 나지 않았다. 밤비나의 탈의실에서 아유미가 갑자기 여름 방학 예정을 물었을 때도 내 마음에 설렘의 불길이 지펴지는 일은 없었다.

적극적으로 무언가를 하고 싶다는 마음조차 들지 않는 자신이 있었다. 어디를 가도 무엇을 해도 이 우울함은 사그라질 줄 몰랐다. 어쨌든 R-11로 가지 않고서는 아무것도 시작할 수 없다. 지금은 인생의 금고형과 같다. 앞으로 석 달이면 형기가 끝난다. 시간이 빨리 지나가면 좋겠다고 그것만을 매일 바랐다.

한여름의 열대야도 뜸해 평년보다 기온이 낮은 여름에 걸맞게 미적지근한 나날을 보내던 나를 오래간만에 흥분시킨 것은 팔월 팔일 이른 아침에 걸려 온 한 통의 전화였다.

"여보세요?"

"어이, 모리. 나다."

그 목소리를 듣는 건 두 달 만이었다. 잠에 취해 흐리멍덩했던 머리가 순간적으로 맑아졌다.

"덴도 씨? 지금까지 뭘 하고 살았습니까?"

"그 이야기는 나중에 하고—일단 너, 오늘 시간 있어?"

"오늘이요?"

반사적으로 되물었지만 수첩을 볼 것도 없었다.

"괜찮습니다."

"그럼 우선 마에바시까지 나와."

별안간 예측도 하지 못했던 지명이 나왔다.

"마에바시면 군마 현의 마에바시 말입니까?"

"세 시간 정도 걸리겠지. 역 북쪽 출구로 나오면 이토요카도^{한국의 전자랜드와 같은 일본의 가전제품 전문 체인}가 있거든. 이토요카도 일층 동쪽 출구에서 만나지. 시간은—열한시 정도면 올 수 있겠어?"

"도대체 마에바시에 뭐가 있는데요?"

"오면 알아. 말해 두는데 가자마 일당한테는—가자마랑 이케다한테는 비밀이다. 알아들었지?"

"알았습니다."

통화가 끝나자 바로 나는 외출할 채비를 시작했다. 일곱시 전에 집을 나섰다.

히가시나카노 역에서 신주쿠, 이케부쿠로, 오미야를 거쳐 다카사키 선을 타고 이어서 료모 선으로 갈아타 오전 열시 전에 마에바시 역에 도착했다.

한 시간이나 일찍 도착해 버려 어디서 밥이라도 먹자고 생각하며 북쪽 출구로 향했는데 뜻밖에 덴도가 이미 거기에 나와 있었다. 백구십 센티미터의 장신은 멀리서도 바로 알 수 있었다. 여전히 검은 바지 검은 넥타이에 흰 와이셔츠 차림이었지만 오늘은 선글라스를 꼈고 또 선글라스 아래 얼굴을 뒤덮은 턱수염이 검정 일색의 차림을 더욱 강렬하게 만들었다.

"오랜만입니다."

"제법 빨리 오지 않을까 해서 와 봤더니 감이 딱 맞았군."

"오늘은 왠지 야성미가 넘치네요."

눈에 익지 않은 턱수염을 그렇게 평했다.

"어쩌다 보니."

덴도가 싱긋 웃었다.

"아, 차를 빼 올 테니 여기서 잠깐 기다려."

이토요카도의 주차장에 세워 둔 모양이다. 로터리를 돌아온 차는 사브였다.

덴도는 차 안에서 행방불명 기간 동안의 경위를 설명해 주었다.

"사실 두 달 정도 로스앤젤레스에 갔었지—."

미국으로 건너간 목적은 헬리콥터 조종 면허 취득이었다고 한다. 일본 국내에서 자격을 따려면 짧아도 일 년은 걸린다고 했다. 그때는 늦다. 그러나 미국에서는 잘만 하면 두 달 만에 취득이 가능하다는 걸 알고 바로 항공 유학을 결심했다고 한다.

"가자마 일당에게는 내가 헬리콥터 면허를 따려 한다는 걸 알리고 싶지 않았거든."

일부러 실종된 것처럼 꾸민 이유를 그는 그런 식으로 설명했다.

"그럼 면허를 땄겠네요?"

내가 그렇게 묻자 덴도는 운전을 하며 왼손 엄지손가락을 세워 보였다.

스스로 헬리콥터 조정 면허를 따기만 하면 가자마에게 의지할 필요 없이 R-11로 리피트가 가능해진다—말로 하면 쉽지만 그것을 실현하기 위해 얼마만큼의 고난이 동반될지는, 이미 내 상상의 영역을 넘어섰다. 덴도의 추진력에는 참으로 탄복할 따름이었다.

"다만 문제는 오로라가 나오는 위치다. 아무리 헬리콥터를 조종할 수 있어도 장소를 몰라서는 곤란하지. 그래서 너한테도 협력을 구했는데……. 기억나? 그때 헬리콥터 안에서 공중에서 보이는 위치를 기억해 두라고 했던 말."

"네."

도쿄만 상공에서 공중 정지 비행을 했던 건 전에도 후에도 그때 단 한 번뿐이었다. 그 순간 눈에 들어왔던 풍경은 지금도 똑똑히 기억하고 있다. 다만 시야의 대부분이 바다였기에 그때의 위치가 정확한지 물었을 때 대답할 수 있을지 불안은 남았다.

"모리 너도 그 녀석들에 대한 생각이 있을 거 아냐. 게임의 말처럼 취급당했잖아. 나, 원 참."

나는 오모리가 시연해 보였던 게임을 떠올렸다. 빨강, 파랑, 마젠타 등으로 색이 나누어진 기호가 팽이 돌듯 윈도 안을 떠돌았다. 가자마 일당의 입장에서 우리는 게임의 기호 생물과 같은 존재가 아니었을까.

게임의 말은 열 개가 아니었다. 처음부터 여덟 개밖에 없었다. 가자마와 이케다는 게임을 보고 즐기는 쪽이었다. 그리고 여덟 개 중 이미 다섯 개의 말은 사라져 버렸고 남은 말은 나와 덴도 그리고 오모리가 있을 따름이었다.

"하여간 우리끼리만 리피트를 할 수 있다면 너 이상 그 녀석들이 시키는 대로 할 필요가 없고 반대로 녀석들을 찍소리 못하게 할 수도 있지."

덴도는 '찍소리'라는 부분에 힘을 주었다. 흥이 났는지 그 후에 갑자기 KAN의 〈사랑은 이긴다〉의 절정 부분을 불러 젖혀 나를 놀라게 했다.

시골길을 십 분가량 달리고야 목적지에 도착했다. 철조망에 둘러싸인 널찍한 도로와 잔디밭. 그 너머에 늘어선 창고. 자연 속에 돌연 나타난 기지는 군마 헬리포트라는 시설이었다. 덴도는 여기서 어제 오늘 헬리콥터를 한 대 전세 냈다고 했다.

"어제 혼자 날아 봤는데 역시나 장소를 딱 짚어 낼 수가 없더군. 이렇게 되면 믿을 건 모리 너뿐이다."

수속과 기체 정비에 한 시간 정도 걸렸고 비행 준비가 갖춰졌을 때는 열한시 반이 넘어 있었다. 발착장에서 나를 기다린 것은 무척이나 왜소한 각다귀 같은 기체였다. 나는 담당자의 손을 빌려 오른쪽 문을 통해 기내로 올라탔다. 좌석은 둘밖에 없었다. 어느 쪽이나 조종석 같았다.

"사실 그쪽이 조종석이지만 그때와 똑같이 오른쪽 창문으로 보는 게 나을 거 같아서. ……좋았어. 그럼 안전벨트 맨 다음에 그걸 쓰도록 해. 아무것도 만지지 말고. 오케이. 그럼 시동 건다."

머리 위로 끽 하는 소리가 울려 퍼지기 시작했다. 그와 동시에 방풍 유리 너머로 쏟아지는 햇빛이 회전을 시작한 날개에 의해 단속적으로 가려지기 시작했다. 헬리콥터 비행은 두 번째였다. 이번에는 제일 앞좌석이라 시계가 양호했고 눈앞에는 계기판이 있었다. 또 좌석 아래에서 불쑥 나온 조종간은 내가 손을 내밀면 잡을 수 있는 위치에 있었다. 자신이 전에 없이 흥분했다는 걸 스스로도 알 수 있었다.

날개의 회전 속도가 올라갔다. 공기를 가르는 파닥파닥 하는 소음은 귀에 헤드폰을 착용해도 상당한 음량으로 들려왔다.

"간다, 출발해도 되겠지?"

덴도의 목소리가 회선을 통해 귀에 닿았다. 음성은 제법 깨끗했다.

"네, 가시죠."

입가로 뻗은 마이크 암을 향해 대답했다.

기체가 부상하는 느낌이 들더니 다음 순간에는 시야가 반 바퀴 회전했다. 그 정도만으로도 우리는 이미 지상에서 십 미터 정도 높이에 떠 있었다.

헬리콥터가 고도를 올려 갔다. 그에 따라 내 시계는 점점 넓어졌다. 헬리포트 주위에는 논밭과 수풀이 펼쳐져 있었다. 헬리콥터가 앞으로 기울어진 자세를 취했기에 지평선을 약간 올려다보는 각도로 보였다.

헬리콥터가 속도를 올리기 시작했다. 발밑으로 저 멀리 보이는 마을은 마치 지도와 같았고 그것이 게임 화면처럼 쑥쑥 배경 위에서 가로로 이동했다. 자동차나 열차와는 달리 차창 가까이 흘러가는 건물도 수목도 없었기에 좀처럼 체감할 수 없었지만 상당한 속도를 내는 듯했다.

바로 왼쪽에 앉은 덴도를 보았다. 정면으로 햇빛을 받은 그의 표정은 무척이나 진지했다. 조종하는 자세도 굳어 있었다. 나는 그가 갓 면허를 땄다는 사실을 상기했다. 그렇지 않아도 지상 수백 미터라는 익숙하지 않은 높이로 인해 위가 오그라드는 느낌인데 조종사에 대한 불신까지 싹트면 도저히 하늘 여행을 즐기지 못한다. 나는 시선을 바깥으로 돌렸다.

지상을 흐르는 풍경은 시시각각으로 변해 갔다. 하천이 있고 삼림 지대가 있고 물론 주택 밀집지도 있었다. 간선 도로는 때로 하천에 가로막혔고 때로 산을 우회했지만 헬리콥터는 목적지까지 일직선으로 나아갔다. 그럼에도 군마에서 도쿄까지는 제법 거리가 있어 눈 아래로 고층 빌딩군이 보이게 될 때까지는 한 시간 남짓 걸렸다. 멀리 보이던 지평선이 어느새 수평선으로 변했다.

도쿄만 위로 나오자 덴도는 헬리콥터의 순항 속도를 늦췄다. 눈 아래의 아득한 해수면에서 엄청나게 많은 선박이 오가며 물길을 남기는 게 눈에 들어왔다.

"대충 이쯤이지 싶은데……. 어때?"

기체를 공중에서 정지 비행시킨 상태로 덴도가 물었다.

"음……, 이거보다 좀 낮지 않았나요?"

고도를 낮췄지만 그때 보았던 풍경과는 어딘가 달라 보였다. 이후로는 내 기억에 따라 기체 이동을 반복했다. 그 결과 좌우의 폭은 일 킬로미터 이내까지 좁힐 수 있었지만 전후(남북 방향)는 몇 킬로미터 단위로 이동해도 그럴싸한 위치를 좀처럼 찾을 수가 없었다. 무엇보다 고도가 애매모호했다.

"위치는 다소 달라도 '오로라'가 나오면 알 수 있지 않을까요?"

내 말에 덴도는 고개를 설레설레 흔들었다.

"아니, 오로라가 얼마나 멀리까지 보이는지도 모르는데다 액정 화면처럼 약간이라도 각도가 달라지면 보이지 않을 수도 있어."

결국 딱 여기다 싶은 위치를 찾지 못한 채 귀환 연료가 슬슬 걱정이 되어 마에바시로 되돌아가지 않을 수 없었다.

"저기가 도쿄 헬리포트다."

덴도가 순항을 시작하자마자 한 말에 나는 지표를 내려다보았다. R-9에서 방문했을 때는 그렇게 넓게 느껴졌던 시설이 상공에서는 사방 몇 센티미터 정도의 크기로 보여, 말해 주지 않았다면 모르고 넘어갔으리라고 생각했다. 도쿄 헬리포트를 기지로 삼으면 연료의 낭비도 자릿수가 다르게 줄어들고 그만큼 오로라의 출현 장소를 찾기 위한 시간도 충분히 확보할 수 있을 텐데. 그러나 덴도가 왜 그렇게 하지 않았는지 나도 충분히 이해했다.

"결국 우리끼리 가는 건 포기해야겠군. 이것만은 그저 하늘의 뜻에 맡길 수만도 없는 노릇이고."

"오로라를 찾지 못하면 그걸로 끝이죠."

"결국 두 달 하고도 팔백만 엔을 들인 내 투자는 헛수고였다는 건가."

"그렇게나 많이!"

나는 경악의 탄성을 올렸다.

"……제법 들지. 헬리콥터라는 건. 나도 깜짝 놀랐지만."

돌아오는 헬리콥터 안에서 우리는 헤드셋으로 그런 대수롭지 않은 대화를 나누었다.

3

도쿄에 있어도 남아도는 시간을 주체하지 못했던 나는 밤비나가 백중 연휴에 들어감과 동시에 귀성길에 올랐다.

팔월 십이일 저녁, 거실에 드러누워 텔레비전을 보다가 엉겁결에 몸을 벌떡 일으켰다. 기억에는 없는 열차 사고 소식이 보도되고 있었다.

선로 안에 멈춰 선 승용차에 열차가 추돌해 운전사와 승객을 합쳐 여덟 명이 사망했다고 아나운서는 전했다. 사망자 여덟 중 셋은 후쿠시마 시에서 개최중인 '일본 식품 화학 학회'에 출석할 예정이었다고 한다.

R-9에서는 일어나지 않았을 사고. '식품 화학'이라는 말. 그 말라깽이 남자가 이 사고로 죽을 예정이었다는 사실은 바로 추측할 수 있었다. 그러나 사망자 여덟 명 중에 '오모리 마사시'의 이름은 없었다. 어쩌면 현 단계에서는 중상자로 분류되어 있다가 나중에 목숨을 잃게 되는지도 모른다.

저녁을 먹은 후, 바람을 쐬러 나간다고 가족에게 말하고 외출해 공원 전화박스에서 이케다에게 전화를 걸어 그간의 사정을 물어보았다.

"맞습니다. 원래 오모리 씨는 그 무슨무슨 학회에 출석하기 위해 열차에 탔다가 사고로 죽을 예정이었습니다. 그러나 그는 무사합니다. 조금 전에 저희 집으로 전화가 왔습니다. 사고 뉴스를 봤다며. 자신은 사고가 난 열차를 탈 예정이었다고. 자기를 노리고 꾸며진 사고라고 하더군요."

오모리는 아깝게도 진상에는 아직 도달하지 못한 듯했다. 그 탓에 가자마가 스위치를 멈추지 않아 오늘 열차 사고는 예정대로 일어나고 말았으리라.

그렇다면 그가 사전에 정답에 도달하기만 했다면 여덟 명의 사망자는 살 수 있었을까.

"전에도 말했지만 그는 시노자키 씨의 사건 이후 가자마 씨야말로 자신들을 죽이려는 계략을 꾸민 사람이라고 굳게 믿게 됐습니다. 회사에도 가지 않고—저는 어떻게든 그를 원래 생활로 돌리려고 이런저런 조언을 해 봤지만 완전히 겁에 질려서 제가 하는 말이 전혀 먹혀들지 않더군요. 그래서 이번 학회에도 참가하지 않았고 결과적으로 난을 면하게 된 셈입니다."

오모리가 운명대로 이번에 사고를 당하도록 이케다가 뒤에서 손을 썼다는 말이다.

"그건 불공평합니다."

나는 그에 대해 비난했다.

"하지만 오모리 씨 때문에 약간 난처하게 돼서요."

이케다가 설명을 시작했다.

"모리 씨에게도 남의 일은 아니지요. 왜냐하면 그는 제가 아는 한 이미 두 번이나 지역 경찰에게 보호를 요청했으니까요. 처음에는 누가 자기 목숨을 노린다는 정도만 말했지만 상대도 해 주지 않았던 모양입니다. 그래서 두 번째는 리피터에 대해서도 말해 버렸답니다."

"네에!"

나는 숨을 삼켰다. 그건 역시 섣부른 행동이라고 생각했다.

"뭐, 이번에도 역시 상대도 해 주지 않은 모양이지만."

이케다는 말하고 웃었다.

"다만 오모리도 리피터는 리피터니까 예언 같은 퍼포먼스도 하려고 마음만 먹으면 할 수 있겠지요. 얼마만큼 미래의 기억을 가지고 있는지는 모르지만 어쨌든 구월 일일 지진을 예언할 수는 있을 거예요. 그런 일을 벌이고 나서 모리 씨나 저를 동료라고 지목하거나 가자마 씨가 자신을 죽이려 했다며 고발하면 저희로서도 난감하지요. 그래서 이번에 운명대로 죽어 주었으면 했죠."

지당한 말이라고 생각했다. 확실히 남의 일이 아니다. 일과 순서에 따라서는 내 신변에도 위험이 미칠 우려가 있었다.

그러나 나도 이케다도 그날 전화를 하던 시점에는 오모리를 그다지 위협이라고는 인식하지 않았다. 그를 얕잡아 보는 마음이 어딘가에 존재했기 때문이리라.

이틀 후인 십사일에는 자신의 그런 안일한 인식을 뼈저리게 후회했다.

내가 사건의 제일보를 접한 것은 오후 두시부터 시작하는 와이드쇼였다. 화면 가득 불길한 글자체로 '시나가와 고급 맨션에서 괴사!'라는 자막이 너울대고 있었다. 뒤로는 공중에서 촬영한 맨션이 비쳤다. 가자마의 맨션이 틀림없다.

나는 아나운서가 전하는 사건의 개요를 한마디라도 놓칠세라 앉은뱅이 밥상 앞으로 몸을 바짝 당겨 앉았다.

"오늘 정오를 지나 이곳 맨션 십육층에서 한 남성이 아래 도로로 추락해 사망하는 사건이 발생했습니다. 남자가 뛰어내린 집을 경찰이 수색하자 그 집 안에서 다른 남성이 권총에 맞아 사망한 채로 발견되었습니다. 사망한 남자는 집주인인 가자마 모토하루 씨, 서른세 살로 자위대 출신이며 현재 헬리콥터 조종사로 일하는 중이었다고 합니다."

텔레비전 화면에 가자마의 증명사진이 크게 비춰졌다. 면허증에서 뽑아낸 사진인 듯 색이 없는 안경을 끼고 긴장한 얼굴로 카메라를 똑바로 응시하고 있었다. 선글라스를 벗었을 때의 얼굴을 처음 보았지만 그 눈빛은 의외로 온화했다.

그런데 가자마가…… 살해당하다니.

십육층 베란다에서 추락사한 남성의 신원은 아직까지 판명되지 않았다고 뉴스는 전했다. 신분을 증명할 만한 서류를 가지고 있지 않았던 모양이다.

나는 직감했다, 가자마를 죽이고 창으로 뛰어 내린 사람은 오모리라고. 그에게는 동기도 있고, 그저께 사건에 이어 오늘 일이 터졌다는 점도 시기적으로 맞아떨어진다. 다만 한 가지, 권총이라는 흉기가 오모리의 학자다운 성격과 어울리지 않는다. 하지만 목숨에 관계된 일이라면 인간은 필사적이 되는 법인지라 오모리도 어떻게든 권총을 손에 넣었으리라고 나는 짐작했다.

인기척을 느끼고 돌아보니 어머니가 내 바로 뒤에 있었다. 팔에는 거두어들인 빨래를 끌어안고 있다.

"쯧쯧, 도쿄는 역시 험한 곳이야. 너도 여기서 취직하면 좋으련만."

그제야 나는 먹다 만 전병을 오른손에 쥔 채라는 것을 깨달았다. 부자연스럽게 여기지 않도록 허겁지겁 나머지를 우겨 넣었지만 손끝은 이미 끈적끈적해져 있었다.

저녁 뉴스 시간에는 가자마를 사살하고 창으로 뛰어내린 남자의 신원도 판명되었다. 역시 오모리였다.

초등학교 시절 반마다 한 명은 있던 공부벌레가 그대로 어른이 된 듯한 인상이었다. 겉모습으로는 나이를 짐작할 수 없었지만 뉴스에서는 서른여덟 살이라고 했다.

가자마가 죽고 오모리도 죽고 이제 리피터는 드디어 세 사람이 되고 말았다.

그건 그렇고 오모리는 왜 자살했을까. 살인죄를 후회했기 때문일까. 앞으로 두 달 반 뒤에는 R-11로 가서 모든 것을 없던 일로 하는 것도 가능했건만. 나도 어쩌다 그만 유코를 죽이고 말았다. 그렇기에 안다. R-11로 가기만 하면 살인은 없었던 일이 된다. 리피터라면 그것을 알 것이다. 그런데 어째서 오모리는 스스로 죽음을 선택했을까.

죽인 사람이 헬리콥터를 조종해야 할 가자마였기 때문일까. 조종사를 죽이고 만 이상 이제 헬리콥터로 갈 수 없다, R-11에는 못 가게 되었다고 절망한 걸까. 그럴 리가 없다. 나는 덴도라는 새로운 헬리콥터 조종사의 탄생을 안다. 그러나 그 사실을 몰랐더라도 우선은 적당히 다른 조종사를 고용하는 방법을 얼마든지 생각할 수 있었을 텐데.

이런 중요한 순간에 하필 시골에 있어서 뉴스로밖에 정보를 얻을 수 없는 자신의 처지를 저주하며 나는 저녁 식사를 마치고 또 산책을 핑계로 외출해 이케다의 집으로 전화를 걸었지만 이번에는 받지 않았다. 일단 집으로 돌아와 두 시간 정도 지난 후에 다시 시도해 보았다. 역시 받지 않았다. 덴도에게도 연락해 보고 싶었으나 귀국 후에 그가 적을 둔 곳이 어디인지 나는 알지 못했다. 혹시나 해서 예전 전화번호로 걸어 보니 당연하게도 '현재 이 번호는 사용할 수 없는 번호입니다'라는 안내만이 흘러나왔다.

다음 날이 되어 겨우 이케다와 연락이 닿은 나는 뜻밖의 사실을 알게 되었다.

"모리 씨였군요. 실은 저도 그 자리에 있었습니다."

이케다는 괴로운 목소리로 말을 이었다.

"오모리 씨를 베란다에서 떨어뜨린 사람은 접니다."

가자마의 맨션에 초대받았을 때 창으로 보았던 전망이 부지불식간에 떠올랐다. 대학 강의실 정도 되는 널찍한 거실. 벽 끝에서 끝까지 이어진 커다란 통유리.

"그가 섣부른 짓을 하기 전에 저희는 그날 그에게 비밀을 밝힐 계획이었습니다. 결과적으로 그의 생존도 정해진 셈이었지요. 그런데 그는 자신이 거기에서 살해당하리라고 생각했던 모양입니다. 가자마 씨가 설명을 시작하기도 전에 불쑥 권총을 꺼내서 쏴 버렸습니다. 가자마 씨를. 그가 얼마나 초월적인 존재였는지 그 멍청이는 몰랐던 겁니다."

이케다는 가자마의 죽음을 진심으로 마음 아파했다. 타인의 생사에 감정이 동하지 않았던 '단골'에게도 역시 동료의 죽음만은 각별하겠지. 생각해 보면 둘은 약 팔 년 동안(열 달을 열 번) 고락을 함께 해 온 사이였다. 물론 R-11로 가면 거기에도 '가자마'는 있겠지만 그 사람이 이케다가 알던 가자마가 아니라는 사실은 내 경우의 '시노자키'와 같으리라.

"오모리는 제가 가자마 씨와 같은 '단골'이라는 사실을 몰랐습니다. 그는 저도 가자마 씨가 노리는 동료라고 생각했습니다. 그래서 저한테는 방심했던 겁니다. 그가 권총을 손에서 내려놓는 순간을 기다려 그의 얼굴을 힘껏 갈겼습니다. 그때는 정말로 화가 났거든요. 그랬더니 졸도해 버리더군요. 저는 사태를 수습할 수 있는 방안을 떠올렸습니다. 창을 열고 베란다로 나가서 오모리의 몸뚱이를 떨어뜨렸지요. 그 뒤에 서둘러 방을 나왔고 엘리베이터를 타고 내려가 현장에 모인 구경꾼에 섞여 그럭저럭 무사히 도망칠 수 있었습니다.

때려서 생긴 멍이나 방에 남기고 온 지문이 어떻게 될지 불안한 마음도 있었지만 아직은 그들과 저를 연결 지을 증거는 하나도 없습니다. 과거를 뒤져도 아무것도 나오지 않겠지요. 전에 거기서 모임을 열었을 때 모리 씨도 지문을 남겼을 가능성이 있지만 저와 마찬가지로 신경 쓸 필요는 없습니다. 안심하세요."

이케다는 힘주어 그렇게 말했지만 나는 반대로 그가 말하면 말할수록 가슴속의 불안이 증폭됨을 깨달았다.

"이제 생존자는 저와 모리 씨뿐이군요. 아니, 어쩌면 덴도 씨도 어딘가에 살아 있을지도……."

"덴도 씨 말인데요—."

나는 생각을 고르며 이야기하기 시작했다.

"얼마 전에 연락이 왔습니다."

가자마가 죽은 지금 리피터를 태울 헬리콥터를 조종할 수 있는 사람은 덴도를 빼면 아무도 없다고 생각했다. 물론 일반인 헬리콥터 조종사를 끌어들인다는 선택도 있기는 했지만 그 '오로라'를 본 일반인이 어떤 행동을 할지 모른다는 불확정 요소가 남는다. 한편 덴도와 나 둘이서는 '검은 오로라'의 출현 위치를 찾을 수 없다는 결론도 이미 났다. 이케다는 그 장소를 열 번이나 갔었다. 그 장소를 찾는 데는 우리보다 나을 터였다. 그렇다면 덴도가 헬리콥터를 조종하고 이케다가 길 안내를 하는 게 현 단계에서 최선의 선택임은 논의할 필요도 없다. 나는 그렇게 판단하고 우리 셋이 앞으로 취해야 할 방도에 대해 이케다에게 설명했다.

"알겠습니다."

이케다도 이해한 모양이었다.

"그래도 너무 그럴듯한 이야기인데요. 동료 중 유일하게 헬리콥터를 조종할 줄 알았던 가자마 씨가 죽고 우리가 난감해하고 있을 때 덴도 씨가 때마침 헬리콥터 조종 면허를 가지고 나타나다니……. 뭐, 깊은 뜻은 없습니다만 어쩐지 그런 생각이 들어서요."

이케다는 끝으로 애매모호한 말을 덧붙이고 나와의 통화를 마쳤다.

다음 날 차례를 지내고 나는 곧 도쿄로 돌아가기로 했다. 가족들은 좀 더 있다 가라며 만류했지만 나는 졸업 논문을 핑계로 억지로 귀경했다.

집으로 돌아와 먼저 부재중 전화 내용을 확인했다. 십이일 날짜로 오모리가 녹음한 메시지가 남아 있어 깜짝 놀랐다. 이 메시지는 지워야겠다고 생각했다. 나머지는 동기가 보낸 메시지 한 건과 밤비나의 아유미에게서 온 한 건이었다. 십사일 오후에는 이케다도 메시지를 남겼다.

마지막으로 덴도의 메시지가 있었다.

"덴도다. 조금 전에 뉴스를 봤다. 내 투자도 헛수고는 아니었던 것 같군."

그렇게 말하고 나서 흥 하고 콧방귀를 뀌는 소리가 났다.

"생각해 둔 일이 있어서 그 이야기도 하고 싶었는데—또 연락하지."

그 말만 남기고 통화를 끝냈다.

이 마당에 이르러 덴도가 '생각해 둔 일'은 도대체 뭘까.

4

그 주는 가능한 외출하지 않고 덴도의 전화를 기다릴 작정이었는데 실제로는 기다릴 필요가 없었다. 전화는 바로 다음 날 왔다.

"고향에 갔었나. 나는 벌써 몇 년이나 가질 않았는데."

덴도는 드물게 잡담을 시작했다. 그렇게 떠들다 갑자기 물었다.

"그런데 모리, 너 가자마 일당의 수법에 대해 어떻게 생각해? 바보 취급당했으니 화가 났을 법도 한데."

"물론 그런 마음도 있었지만 그래도 그 사람들이 R-9에서 그렇게 하지 않았다면 우리는 거기서 죽었을 테니까 어쩔 수 없었다는 마음도 듭니다."

"음, 그럼 이케다도 용서할 생각인가?"

"용서를 하네 마네 할 일은 아니고. ……덴도 씨는?"

"나는 가능하면 용서하고 싶지 않아. 당한 만큼 되갚아 주자는 게 내 신조거든. 솔직히 그 녀석들한테 한 방 먹여 줘야 속이 시원할 참인데 가자마는 죽어 버렸고 지금 남은 건 이케다지. 할 수 있으면 그 녀석에게 한 방 먹여 주자 싶어서 나름대로 생각을 해 봤어. 들어 봐.

나는 헬리콥터를 조종할 수 있고 그 녀석은 '오로라'의 출현 장소를 정확히 알지. 그러니 둘의 이해는 일치하고. 하지만 너는 어떨까. 딱히 할 줄 아는 게 없잖아. 있어도 그만 없어도 그만이지—내가 가진 면허로 조종할 수 있는 헬리콥터는 지난번 같은 이인승이 대부분이야. 삼인승도 있기야 있지만 그다지 많지 않아. 그래서 그 녀석에게는 너한테 다른 집합 장소를 알려 주고 우리 둘만 가자고 꼬드겨 보려고."

이야기를 듣고 나니 얼굴에서 핏기가 빠져나가는 것 같았다.

—하지만 너는 어떨까.

—딱히 할 줄 아는 게 없잖아.

—있어도 그만 없어도 그만이지.

확실히 그 말대로였다. 덴도와 이케다 둘만 있으면 리피트는 가능하다.

"어이, 모리. 지금 내 말은 그런 식으로 이야기를 몰고 가서 그 녀석을 속인다는 거니까 이상한 걱정은 하지 말라고."

덴도의 목소리가 귓전에 다다라 나는 가까스로 정신을 차렸다.

"당일에 나는 그 녀석과 둘이서 먼저 출발한다. 그리고 도쿄만 위에서 그 녀석에게 '오로라'의 출현 장소를 알아낸 다음 헬리콥터를 지바의 산속에 착륙시켜 그 녀석을 거기에 두고 간다. 너는 거기서 대기하고 있다가 그 녀석이 내리면 나와 함께 다시 '오로라'가 나오는 장소까지 돌아간다. 그걸로 우리끼리 리피트를 성공하는 게 최종 목적이지.

장소만 알아내면 더 이상 녀석에게는 볼일이 없다는 얘기야. '오로라'가 출현하기 삼십 분 전에 지바의 산속에 버려지면 대신할 헬리콥터를 부르려 해도 부를 도리가 없겠지. 그런 절망감을 녀석에게 꼭 맛보게 해 주고 싶은데……. 어때?"

쉽게 입이 떨어지지 않았다. 물론 덴도의 말대로 일이 진행되면 속은 시원하겠다고 생각했다. 내버려진 이케다는 분명히 발을 동동 구르며 후회하겠지. 그 모습을 아득한 상공에서, 글자 그대로 '높은 곳에서 구경'할 수 있다면—상상만으로도 가슴이 후련하다.

그러나 지금의 이야기는 덴도가 나 대신 이케다와 협력할 마음을 먹었을 때 나를 속이고 지바의 산속에서 바람을 맞힌다는 줄거리로 손바닥 뒤집듯 쉽게 바뀔 수 있다.

이 세계에 버려진다.

상상만 해도 위가 오그라들 것 같다.

막판에 그런 위험 부담을 감수하고 싶지는 않았다. 가능하면 셋이서 사이좋게 여행을 떠난다는 무난한 줄거리를 선택하고 싶었지만 덴도에게는 아무래도 그럴 마음이 없는 것 같았다.

물론 내가 지금 이렇듯 자신에게 최악의 가능성에 대해 생각하는 것도 덴도는 이미 모조리 꿰뚫어 보았으리라.

"이케다 씨를 어떻게 내리게 하죠? 이케다 씨도 자신이 버려지게 되면 나름대로 저항할 텐데요."

"비행중에는 괜찮아. 왜냐하면 나는 조종사니까. 속아 넘어간 모리의 얼굴이나 보러 가자며 네가 기다리는 데까지 갈 거야. 거기서 착륙을 하고—그다음에는 나도 생각이 있거든."

그가 말을 흐렸을 때 불현듯 고향에서 나눈 이케다와의 이야기가 떠올랐다.

덴도가 헬리콥터 면허를 가지고 돌아오자마자 때마침 가자마가 죽었다는 말.

오모리가 그에게 어울리지 않는 권총 같은 무기를 가지고 있던 일.

혹시⋯⋯. 아니, 아마 그렇겠지.

그가 오모리에게 권총을 건넸던 것이다. 오모리가 그걸 어떻게 사용할지 뻔히 예상했으면서.

다시 말해 덴도에게는 권총을 입수할 수 있는 연줄이 있다. 이케다를 헬리콥터에서 내리게 할 때도 그걸 사용할 생각일까.

"그렇게⋯⋯ 하지요. 덴도 씨 계획에 따르겠습니다."

나는 대답했다.

이제 덴도를 믿는 수밖에 없다. 같은 게스트로서, 이케다를 위시한 '단골'에게 험한 꼴을 당한 동료로서 그가 이케다보다 나를 택해 주기를 지금은 믿는 수밖에 없었다.

그 후에 나는 덴도와 그런 암약을 맺은 사실을 이케다에게 말하지 않았고, 이케다 역시 덴도에게 들었을 가짜 집합 장소를 내게 가르쳐 주면서 덴도가 나만 이 세계에 내버리고 가자는 이야기를 했다는 사실을 말해 주지 않았다.

출발까지 남아 있던 두 달은 담담하게 흘러갔다.

구월 일일 저녁에는 지진이 있었다. 내 방에서 에어컨을 켜고 구질구질하게 엎드려 있던 나는 그 순간 어질어질한 가벼운 진동을 느꼈다.

순간적으로 비디오의 시각 표시에 눈이 갔다. 다섯시 사십오분.

그제야 나는 그 지진이 R-9에서 예언에 사용되었던 지진이라는 사실을 상기했다.

그 후로—이백구십 일이 지났다. 그동안 나는 너무나 변해 버렸다.

시월 육일에는 덴도가 내 방을 찾아왔다. 지바의 아네사키 부근의 도로 지도를 펼쳐 24호선을 올라간 곳에 있는 골프장 조성지를 내게 보여 주었다.

"자금난으로 공사가 중단된 곳이지. 이게 공중에서 촬영한 사진이고."

산림이 코스 모양으로 죄다 깎여 헐벗은 대지가 맨살을 드러내고 있었다. 그중 한 곳, 매직으로 X 표시가 그려진 곳이 있었다.

"여기가 9번 그린이 될 지점이다. 너는 그날 여기서 기다려. 나는 꼭 간다. 믿어."

평소보다 한층 험악한 눈이 나를 물끄러미 바라보았다.

나는 홀린 듯 순순히 고개를 끄덕였다.

5

드디어 그날 아침이 되었다. 나에게는 두 번째인 시월 삼십일 아침.

나는 꿈을 꾸었다. 늦잠을 자는 꿈이었는데 잠에서 깼더니 정오가 지나―지난 참이라 벌떡 일어났다. 알람을 설정했던 오전 일곱 시까지 아직 한 시간쯤 여유가 있었지만 이제 와서 다시 잠들 생각은 없었다. 나는 침대에서 빠져나와 바닥에서 태극권 체조를 시작했다. 몸을 움직이자 머리도 차츰 깨어 가는 게 느껴졌다.

장소는 우치보 선 아케가사키 역에서 몇백 미터 떨어져 있는 호텔로 나는 이십칠일부터 삼 일을 묵기로 하고 방을 잡아 두었다. 그저께와 어제 오전에는 택시를 불러 현지까지 가 보기도 했고 어제 오후에는 걸어서 왕복으로도 도전해 보았다. 시간적으로도 여유가 있고 장소도 헷갈릴 리가 없다. 이 정도면 만반의 준비를 해 놓은 셈이다.

어제는 자정이 되기 전에 침대에 들어가 그대로 푹 숙면을 취했다. 거사를 앞두고 이렇게 숙면을 취할 수 있다니―자신에게 이런 배짱이 있었나 싶어 조금은 기뻤다.

가볍게 샤워를 마치고 머리맡에 개켜서 준비해 두었던 옷을 입었다. 그걸로 출발 준비는 끝났다. 이제 일곱시를 막 지난 참이었지만 늦기보다는 빨리 가는 게 백번 낫다. 내선으로 프런트를 호출해 정면 현관에 택시를 준비시킨 다음 배낭을 짊어지고 방을 나섰다.

택시 운전사는 안면이 있었다. 어제와 같은 운전사였다.

"손님, 열심이시네요."

그쪽도 나를 기억하는지 말을 걸어 주었다. 달리 아무것도 없는 산속에 택시를 세우고 그 자리에서 기다리게 하는 구실로 나는 대학의 '자연 관찰 동호회'에 소속되었다고 기사에게 말해 두었다. 이 산에서만 볼 수 있는 희귀한 들새가 있다며 그럴듯하게 꾸며낸 이야기를 했다.

"어제 갔던 데서 내려 주세요."

그 말만으로 이야기가 통하는 게 고마웠다.

"오늘은 오래 걸릴 것 같으니 기다리지 않으셔도 됩니다."

돌아갈 차를 걱정할 사태에만은 빠지고 싶지 않다고 생각하며 그렇게 덧붙였다.

구루리 가도에서 사쿠라다이 단지 입구를 좌회전해 유슈미나미 초등학교 옆을 지났다. 오르막 좌우로는 단풍이 깊어진 나무들이 멋들어진 색채를 그리고 있었다. 임도를 십 분가량 달리고 나서 택시는 스르르 멈추었다. 요금을 지불하고 차에서 내린 나는 좁은 오솔길을 걷기 시작했다. 신발에 밟히는 낙엽이 웨하스 같은 소리를 냈다. 나무 사이로 새들이 서로 지저귀는 소리가 들려왔다.

숲을 오 분 정도 나아가자 시야가 활짝 열렸다. 나무들이 벌채되어 황토가 드러난 폭 삼십 미터 남짓한 띠 모양의 공터가 보인다. 그 오른편 안쪽의 막다른 곳이 덴도가 지정한 장소였다.

시계를 쳐다보니 아직 여덟시 전이었다. 헬리콥터를 이리로 몰고 오면 열한시쯤이 될 거라고 덴도는 말했었다. 앞으로 세 시간이나 남았다—또는 앞으로 겨우 세 시간밖에 남지 않았다.

십 분 정도 걸었더니 몸에서 땀이 배어 나온다. 나는 점퍼를 벗어 지면에 깔고 그 위에 드러누웠다. 올려다본 하늘은 납빛으로 우중충했다.

나는 때때로 일어났다 때때로 드러누우며 오로지 시간이 가기만을 기다렸다. 세 시간 동안 나는 손목시계를 몇 번이나 확인했을까. 아마 백 번도 넘었으리라. 세 시간은 느릿느릿 그러나 착실하게 흘러갔다.

덴도는 오지 않을지도 모른다.

지금까지 몇 번이나 그런 불안에 휩싸였을까. 그러나 지금은 마음이 정리되었다. 그럴 가능성을 생각해도 위가 오그라들 만큼 불안하지는 않게 되었다.

헬리콥터는 우리가 생각했던 것 이상으로 하늘 위를 높이 날겠지. 아홉시쯤 오 분가량 간격을 두고 두 번 정도 헬리콥터가 지나는 걸로 여겨지는 소리가 내 귀에 다다랐다. 상공을 올려다보았지만 그림자도 볼 수 없었기에 아마 훨씬 먼 곳을 날고 있던 게 여기까지 들렸으리라고 짐작했다.

그리고 오전 열시 십오분—세 번째로 들려온 폭음은 멀어지지 않고 점점 커졌다.

나는 일어나 지면에 깔았던 점퍼를 집어 들고 흙먼지를 손으로 털었다. 공터의 반대쪽 끝까지 걸어가 소리가 들려오는 방향을 쳐다보자 납빛 하늘을 배경으로 검은 점 같은 물체가 눈에 비쳤다. 그것은 위치를 바꾸지 않고 점차 커졌다. 틀림없다. 헬리콥터는 내가 있는 지점을 향해 날아오고 있었다.

아직 그림자는 보이지 않았다. 몇 초 뒤에 내 바로 위까지 날아왔을 때 비로소 헬리콥터의 모습을 또렷하게 식별할 수 있었다. 기체는 그 위치에서 서서히 고도를 낮추었다.

회전 날개가 만들어 내는 기류가 광장 전체에 쏟아졌고 주위 나뭇가지를 뒤흔들며 낙엽을 마구 잡아챘다. 지면에서는 흙먼지가 뭉게뭉게 피어올랐다. 나는 수풀까지 후퇴해 헬리콥터가 착륙하는 모습을 믿을 수 없는 마음으로 바라보았다.

덴도는 정말로 데리러 와 주었다!

6

 방풍 유리 너머로 조종석 안의 모습을 볼 수 있었다. 헬리콥터는 이쪽에서 왼쪽 측면이 보이는 방향으로 착륙하려 했다. 내가 일전에 앞자리에 탔던 각다귀 같은 기종이었다. 흰색에 짙은 감색으로 칠한 도장이 눈부셨다. 왼쪽 옆자리에 앉아 있는 사람은 이케다였다. 나를 보고 있다. 유리 너머로 눈이 마주쳤다. 지면과의 거리는 앞으로 일 미터도 남지 않았다. 천천히 하강하고…… 착륙했다!
 나는 기체까지 십 미터 정도의 거리를 천천히 걸었다. 회전하는 날개가 그리는 원 바로 바깥까지 다가간 뒤에 발걸음을 멈추고 조종석 안의 상황을 관찰했다.
 이케다가 헤드셋을 벗고 안전벨트를 푸는 모습이 보였다. 드디어 내리겠지. 문이 열렸다. 이케다의 왼쪽 다리가 나를 향했다. 오른쪽 다리를 모으더니 발치의 지면을 내려다본다. 거기서 다시 멈칫하는 모습을 보였다. 고개를 뒤로 돌려 덴도를 향해 무언가를 말하고는 다시 나를 향해―뛰어내렸다.
 나는 목을 움츠리고 회전하는 날개 아래로 들어가 잰걸음으로 기체 근처까지 갔다. 이케다를 내린 뒤에 덴도가 나를 태우지 않고 날아가 버리지는 않을까 하는 불안에 순간적으로 달음질쳤다.
 내 진로를 막듯 내려선 이케다가 그 자리에 우뚝 섰다. 덴도를 바라보고 있다. 몸에 풍압을 느꼈다. 앞으로 세 걸음. 두 걸음. 그리고······.

공중에 굉음이 울려 퍼졌다. 이어서 또 두 발. 그리고 또 한 발. 소리에 놀라 발을 멈춘 나는 그대로 얼굴부터 엎어졌다. 얼굴 바로 아래에 지면이 있었다. 나는 옆에 있는 이케다의 등을 올려다보았다.

붉은 안개가 일렁인다. 날개의 회전에 의해 지면으로 휘몰아친 안개의 일부가 내 코끝까지 쏟아져 내려왔다.

이케다가 내게로 쓰러진다. 나는 순간적으로 위를 보며 몸을 움직여 간신히 그의 등 아래에 깔리는 것을 피했다.

상체를 일으켜 등 뒤를 돌아보자 열린 문이 자기 무게 때문에 닫히려 하고 있었다. 잽싸게 일어나 기체로 달려간 나는 일단 닫혔던 문을 다시 열었다.

조종석에도 온통 피범벅이었다. 방풍 유리의 오른쪽 반은 옅은 핑크색으로 물들어 있었다. 불꽃놀이를 한 후와 같은 냄새가 사방에 충만했다.

오른쪽 옆 자리에 덴도가 몸을 꿈틀대고 있었다. 가슴을 누른 손이 시뻘겋게 물들어 있다. 쿨럭하는 묘한 소리와 함께 입에서 붉은 액체를 토해 내는 모습도 보였다.

덴도도 맞았다―?

내가 그것을 인식한 순간, 등 뒤에서 굉음이 났다. 그와 동시에 왼쪽 넓적다리 부근에 격심한 아픔이 느껴지며 다리에서 힘이 빠지기 시작한다. 나는 중심을 잃었지만 문가를 필사적으로 잡고 어떻게든 버텼다. 자연히 몸의 방향이 바뀌며 지면을 구르던 이케다의 모습이 비쳤다. 괴로운 얼굴로 나를 보고 있다. 오른손에는 권총이 쥐어져 있었다.

"나도 헬리콥터는 조종할 수 있어. ……'단골'이니까. ……덴도가 무슨 생각을 하는지 알고 있었지. ……나는 그런 덴도의 뒤통수를 칠 생각이었거든."

바로 그때 헬리콥터의 엔진이 윙윙거리기 시작했다. 이케다의 목소리가 내 귀에 닿을 리가 없었다. 그런데도 그의 목소리가 들렸다. 입술의 움직임을 읽었다는 게 정확할지 모르지만.

"부탁이다. ……나를 태워 줘. ……두고 가지 말아 줘."

휘적휘적 움직이는 총구가 순간적으로 내 얼굴을 향하기도 했다. 그러나 이케다가 방아쇠를 당기는 일은 없었다.

언제까지나 이렇게 있을 수는 없다. 나는 그에게서 시선을 돌리며 헬리콥터에 올라타려 했다. 그 순간, 왼쪽다리에 격통이 스쳤다. 엉겁결에 오른손으로 왼쪽 넓적다리를 눌렀다. 그 손이 축축한 액체의 감촉을 뇌에 전달해 왔다. 내려다보니 바지의 왼쪽 다리 부분이 시꺼멓게 물들어 있었다.

나도 맞았던 것이다. 그러나 넘어질 수는 없었다. 넘어지면 끝장이라고 생각했다. 겨우 상반신을 기내로 쑤셔 넣었다. 좌석에 매달리는 듯한 자세가 되었다.

그 상태에서 어떻게 기내로 올라탔는지 알 수가 없었다. 정신이 들었을 때 나는 좌석에 앉아 있었다.

　머리 위에서 둔중하게 울리는 엔진 소리와 회전 날개가 공기를 가르는 소리가 커져 갔다. 옆을 보니 덴도는 필사적으로 정면을 향해 조종간을 조작하고 있었다.

　아직 날 수 있다. 나는 왼쪽 손목의 시계에 눈길을 떨어뜨렸다. 열한시 십이분. 아직 시간은 있다. 지금 날아오르면 시간에 댈 수 있다.

　나는 자신이 무엇을 해야 할지 필사적으로 생각했다.

　그렇다. 안전벨트다. 그리고 헤드셋.

　내가 헤드폰을 쓰자 "난다"라는 덴도의 목소리가 들려왔고 동시에 헬리콥터는 출렁하고 크게 흔들렸다. 그것을 신호로 마치 크레인에 매달려 들려 올라가는 것처럼 서서히 고도를 높여 갔다.

　덴도는 오른손으로 조종간을 잡고 왼손으로는 자동차의 사이드 브레이크와 같은 것을 쥐고 있었다. 헬리콥터는 전방을 향한 자세로 스르르 순조롭게 상승해 가나—싶더니 헤드폰으로 "윽" 하는 소리가 들리면서 갑자기 왼쪽으로 기울었다.

　떨어진다—고 생각한 순간에는 좌석에서 굴러 떨어질 것 같았다. 순간적으로 버티려 했던 왼쪽 다리에 격통이 스쳤다. 안전벨트가 몸에 꽉 파고드는 게 느껴졌다.

　헬리콥터는 추락하지 않았다. 기체가 다시 중심을 잡았다. 잠시 후 "………미안" 하고 들려온 덴도의 목소리는 당장이라도 죽을 것 같은 느낌이었다. 나는 그를 바라보았다. 늘 입고 다니던 검은 정장 왼쪽 가슴 언저리가 더럽혀져 있다. 구토를 한 듯했다.

기체가 기울었을 때 내 바로 왼쪽 문이 자신의 무게를 이기지 못해 열리자 눈 아래로 헐벗은 지면의 모습이 펼쳐졌다. 이케다의 몸이 지면에 누워 있는 모습도 보였다. 넝마 조각이 버려져 있는 것 같았다.

이윽고 방향을 바꾼 기체가 삼림 너머로 펼쳐진 바다를 향해 똑바로 날기 시작했다. 오른쪽 좌석을 보자 덴도는 귀신 같은 형상으로 전방을 응시하고 있었다.

드디어 헬리콥터는 바다 위로 나갔다. 그러나 전에 왔을 때와 경로가 달랐기 때문인지 우리가 어디에 있는지 도무지 알 길이 없었다.

왼쪽 다리의 통증이 욱신욱신 맥놀이를 쳤다. 출혈이 상당한 듯했다. 멍한 느낌이 드는 이유가 떨어진 혈압 탓인지도 몰랐다.

"모리……."

헤드폰에서 들리는 모기가 우는 듯한 가냘픈 소리에 나는 의식을 되찾았다. 모기가 우는 것 같은 소리는 계속되었다.

"나머지는 네가…… 나는 좀 쉬어야겠어. 기필코─기필코─."

목소리가 끊어짐과 동시에 쿵 하는 큰 소리가 나더니 덴도의 상체가 오른쪽으로 쓰러졌다. 손은 조종간에서 떨어져 있었다. 헤드셋이 그의 머리에서 스르륵 흘러내렸고 팽팽하게 당겨진 코드가 용수철처럼 되감겨 흔들흔들 요동쳤다.

그의 좌석 아래에는 피 웅덩이가 생겨 있었다.

"덴도 씨! 덴도 씨!"

있는 힘껏 덴도를 불렀다. 그럴 생각이었다. 그러나 엔진의 소음에 섞여 나에게조차 잘 들리지 않았다.

지금 시간은? 손목시계를 보았다. 열한시 이십팔분. ……앞으로 구 분.

앞으로 구 분!?

아무도 조종간을 잡고 있지 않았다. 불현듯 그 사실을 깨달았다. 온몸에 털이 곤두서는 느낌이었다. 그런데도 헬리콥터는 공중에 떠 있었다. 공중에서 정지 비행을 하는 것 같았다.

믿기지 않을 정도로—불안했다.

나는 조심조심 눈앞의 조종간을 오른손으로 잡아 보았다. 왼손은 좌석 옆의 레버 같은 데 갖다 댔다.

지난번 비행 때 덴도 옆에서 두 시간이나 그의 조종을 지켜보았다. 오른손과 왼손 레버의 기능은 대충 알 것 같았다.

본 대로 흉내 내면 내가 조종할 수 있을지도 모른다.

아니, 할 수 있을지 모른다는 걸로는 충분하지 않다. 조종하지 못하면 곤란하다.

어떻게 해서든 R-11로 가야 한다.

정신을 차리니 조종석 안은 엄청난 악취가 가득했다. 비릿한 냄새였다. 쓰레기통 안에 있는 것 같았다.

오른손으로 조종간을 약간 움직여 보았다. 기체는 상당히 민감하게 반응했고 조종간을 움직인 방향으로 이동했다. 스르르 수평선이 움직였다. 흐르는 듯한 느낌으로.

문득 다시 시계를 보았다. 열한시 삼십일분. ……앞으로 육 분.

나는—별안간 깨달았다. 높이가 다르다. 이렇게 해수면이 가깝게 보이지 않았었다. 높이는…… 왼쪽 레버다.

조심조심 조작하자 시야가 훌쩍 왼쪽으로 흘렀다. 고도는 올라갔지만 동시에 기체의 방향도 바뀌어 버렸다. 그 자리에서 돌고 있다. 웬일인지—도무지—제대로 조종할 수 없었다.

시간이 없다. 시간이—열한시 삼십오분. 앞으로 이 분밖에 없다.

이대로 날다가—나는 어떻게 될까? '검은 오로라'에 뛰어들 만한 상황이 아니다. 기체가 뜻대로 움직이지 않았다. 이대로는 이렇게 공중에서 정지 비행을 하는 게 고작이다. 그것도 연료가 떨어지면 끝이다.

어딘가에 착륙이나 할 수 있을까?

오른쪽 발 앞에 페달이 있었다. 주춤주춤 밟아 보니 시야가 훌쩍 왼쪽으로 흘렀다.

그 시야의 왼쪽 구석에 검은 띠가 스멀스멀 피어오르는 게 보였다. 나왔다!

'검은 오로라'다.

"덴도 씨! 덴도 씨! 나왔어요! 덴도 씨! 일어나세요!"

나는 오른쪽 좌석을 바라보았다. 덴도는 하반신만 남기고 상체는 완전히 좌석에서 미끄러져 떨어져 보이지 않게 되었다. 그 대신 천장에서 늘어진 헤드셋이 기체의 진동에 맞춰 가볍게 흔들리고 있었다.

죽었다.

덴도는 이미 죽었다.

내가 오른손의 조종간을 조작하자 헬리콥터는 거세게 기울었다. 허둥지둥 조종간을 되돌리자 '오로라'는 어딘가로 이동해 버렸다. 아니, 내가 조종하는 기체가 회전했던 것이다. 그 자리에서 빙글빙글 돌았다. 방풍 유리가 더럽혀지지 않은 왼쪽으로 '검은 오로라'가 보였다. 가까스로 기체의 방향을 고정하고 조종간을 그쪽으로 살짝 움직여 보았다. 약간 다가오는 듯한 기분이 들었다.

좋았어. 간다—그러나 높이가 맞지 않았다.

이번에는 오른손 레버를 슬쩍 밀어 보았다. 역시 기체가 회전하기 시작하는 것을 욱신거리는 왼쪽 다리로 어떻게든 페달을 밟아 카운터를 맞췄다. 이어서 조종간을 '검은 오로라' 쪽으로 밀었다.

간다. 조작에 성공했다. 나는 저기로 간다.

왼쪽 앞 방향에서 꿈틀대던 '검은 오로라'가 지금 착실히 다가오고 있다. 처음에는 멀리 띠처럼 보였지만 지금은 방풍 유리 너머 가득 펼쳐져 있었다.

그것은 방풍 유리를 넘어서—내 시야 전체가 암전했고—.

7

블랙아웃. 정적. 그리고 급하강.

앉아 있었는데 등줄기가 쑤욱 늘어났다.

그리고—발치에 충격이 전해졌다. 중력을 느꼈다.

그렇다. 마침내 왔다! 나는 자력으로 '검은 오로라'에 뛰어들었다. R-11에 온 것이다!

왼쪽 다리에 체중이 실린다—큰 부상을 입은 왼쪽 다리에—지탱할 수 없다!

괜찮다. 안다. 나는 지극히 냉정했다. 이 세계의 나는 왼쪽 다리를 다치지 않았다. 나는 한창 걷는 중이다. 그것만 알고 있으면 넘어지지 않는다.

오른발을 내밀었다. 체중이 실렸다. 아니, 다르다. 중력의 방향이 기울었다.

또 왼발을 내밀었다. 마치 헛발질을 한 듯한 느낌이 들었다. 하지만 괜찮다. 넘어지지 않았다.

나는 서 있다.

마침 시야도 트였다. 밤거리. 맞다, 지하철 오치아이 역으로 향하던 그 길이다.

해냈다. 드디어 R-11로 왔다! 악몽 같았던 R-10에서의 사건은 모조리 없었던 일이 된다. 다시 일월부터 인생을 고쳐 사는 거다.

시노자키를 구해야 한다. 유코와 그런 식으로 헤어지지 않도록 해야 한다. 쓰보이며 다른 동료들도 살리자. 아소 마사요시의 범행만 막으면 그만이다. 나는 이케다와 같은 짓은 하지 않겠다. 내가 리피터로 온 이상 이 세계의 모두를 행복하게 한다. 해 주겠다.

……눈이 부시다?

뒤돌아보자 나를 향해 헤드라이트가 다가왔다. 급브레이크 소리가 정적을 가르며 귀에 울렸다. 정신이 들고 보니—나는 넘어지지 않은 대신 차도로 걸음을 내딛고 있었다.

무엇을 할 틈도 없었다. 전신에 충격이 내달렸다.

다음 순간—나는 공중을 날았다.

빙글빙글 돌고 있었다.

겨울 밤하늘이 보였다. 검은 구름 사이로 별이 흩어진 하늘이 보였다. 가로수로 심어진 은행나무가 보였다. 아파트의 붉은 벽돌이 보였다. 편의점 샌스의 붉은색과 녹색 간판이 빛나는 게 보였다.

기껏 돌아왔는데…… 이런 일로…… 나는 목숨을 잃는 걸까.

보도에 서 있는 유코가 보였다. 있는 대로 휘둥그레 뜬 눈으로 나를 보고 있다. 양손을 입가에 대고 있다. 무언가를 외치고 있는지도 모른다.

역시 마지막에는 너야…….

나는 그녀를 향해 미소 지으려 했다. 그리고 실제로 미소를 지은 것 같은 기분이 들었다.

그리고—진짜 블랙아웃이 찾아왔다.

초판 1쇄 발행 2009년 9월 18일
10 9 8 7 6 5 4 3 2   쇄

지은이 이누이 구루미
옮긴이 서수지

발행편집인 김흥민 · 최내현
편집장 임지호
책임편집 추지나
마케팅 유덕형
표지디자인 이혜경디자인
용지 화인페이퍼
출력 한국커뮤니케이션
인쇄 현문
제본 다인바인텍
독자교정 손은윤, 이인선, 이현우, 조광연

펴낸곳 도서출판 북스피어
출판등록 2005년 6월 18일 제105-90-91700호
주소 (135-010) 서울특별시 강남구 논현동 77-1 디자인빌딩 2층
전화 02) 518-0427
팩스 02) 701-0428
홈페이지 www.booksfear.com
전자우편 editor@booksfear.com

ISBN 978-89-91931-58-9 (03830)

책값은 뒤표지에 있습니다.
파본은 구입하신 곳에서 교환해 드립니다.